ullstein

AUDREY CARLAN

LOTUS HOUSE

Lustvolles Erwachen

Aus dem Amerikanischen
von Ulrike Peters-Kania

Ullstein

Besuchen Sie uns im Internet:
www.ullstein-buchverlage.de

Deutsche Erstausgabe im Ullstein Taschenbuch
1. Auflage Mai 2019
Copyright © für die deutsche Ausgabe
Ullstein Buchverlag GmbH, Berlin 2019
Copyright © by Waterhouse Press 2018
Published by Arrangement with Waterhouse Press
Titel der amerikanischen Originalausgabe: *Resisting Roots.*
A Lotus House novel, erschienen bei Waterhouse Press LLC
Übersetzung: Ulrike Peters-Kania
Umschlaggestaltung: zero-medianet, München
Titelabbildung: © FinePic®, München
Satz: LVD GmbH, Berlin
Gesetzt aus der Dolly
Druck und Bindearbeiten: CPI books GmbH, Leck
ISBN 978-3-548-29110-9

Debbie Wolski

Dir widme ich diesen Roman, du Engel unter uns Normalsterblichen.
Alles, was ich über Yoga und Chakren weiß, hast du mir beigebracht.
Und vor allem hast du mir geholfen, meine Balance zu finden.

Keine Ahnung, wo ich heute ohne deine Unterstützung und
deine spirituelle Begleitung wäre.
Ich liebe dich von ganzem Herzen.
Danke, dass du mir und der übrigen Welt ein solches
Geschenk bist.

Für immer deine Schülerin.

Namaste

Liebe Leserin, lieber Leser,

alles in der *Lotus House*-Reihe entspringt jahrelanger persönlicher Praxis und dem Studium des Yoga. Die Yogastellungen und Chakren-Lehren waren Teil meiner offiziellen Unterweisung in die Kunst des Yoga am *Village Yoga Center* in Nordkalifornien. Sämtliche Beschreibungen der unterschiedlichen Chakren, Posen und Körperstellungen wurden von mir höchstselbst verfasst, aus meiner Sicht als zertifizierte und registrierte Yogalehrerin und gemäß den Leitlinien der Yoga Alliance und der Kunst des Yoga.

Wenn du einige der Stellungen in diesem Buch oder in einem anderen Band der *Lotus House*-Reihe ausprobieren möchtest, wende dich bitte an eine zertifizierte Yogalehrerin beziehungsweise an einen zertifizierten Yogalehrer.

Ohnehin empfehle ich allen, einmal einen Yogakurs zu besuchen. Denn wie ich als geschulte Lehrende des wundervollen Geschenks Yoga inzwischen weiß, tut Yoga allen und jedem Körper gut. Sei also nett zu deinem: Du bekommst in diesem Leben nur einen.

Liebe und Licht,

Audrey

1. KAPITEL

Der Lotus oder »Die vollkommene Stellung«
(Sanskrit: Siddhasana)

Damit du dich im Lotussitz auch entspannen kannst, setzt du dich am besten auf deine Yogamatte, überkreuzt die Beine und verankerst beide Sitzbeinhöcker gut im Boden. Den Rücken hältst du gerade, den Kopf auch. Und die Hände legst du auf die Knie, sodass sich Daumen und Zeigefinger berühren. Dies ist eine besonders beruhigend wirkende Yoga-Grundstellung, die es dir erlaubt, dich ganz auf deinen Körper, deinen Geist, die Umgebung zu konzentrieren.

TRENT

»Wach auf, du elender Mistkerl!«

Ein Knurrlaut, gefolgt von einem scharfen Schmerz in meinem Bein, ließ mich ins viel zu grelle Licht blinzeln. Mein Mund fühlte sich an, als wäre ein Häufchen Wollmäuse hineingekrochen und hätte Wurzeln geschlagen. Durstig schmatzte ich mit den Lippen, blinzelte ein paarmal und griff mir oben an mein gesundes Bein, um mich irgendwie per Hebelwirkung in eine aufrechte Position zu stemmen. Ein Stressknoten, der sich in meinem Nacken eingenistet hatte, protestierte sofort, als ich mich sitzend lagerte.

»Ross?« Kopfschüttelnd betrachtete ich die grauhaarige, tickende Zeitbombe vor mir, die aussah wie mein Agent. Seine große Silhouette verdeckte einen Teil des Tageslichts, das durch die Fenster hinter ihm hereinströmte – Fenster, die ich fest verschlossen hatte aus Angst vor diesem Moment, in dem ich sie öffnen musste, um zu einem weiteren Schmerzenstag voller Physiotherapie und noch mehr verdammter Physiotherapie aufzuwachen. »Was machst du hier?«, fragte ich durch die pelzigen Freunde in meinem Mund hindurch. Ich schnappte mir die erstbeste Flasche, die ich in die Finger kriegen konnte, eine *Gatorade Orange*, setzte sie an, kippte gierig etwas davon in mich hinein – und spuckte es fast in derselben Sekunde in hohem Bogen wieder aus, in der das Gebräu meine Zunge berührte und ich den Geschmack widerlich fand. Ich spähte ins Flascheninnere und würgte. Beim Anblick der darin umherschwimmenden schwarzen Flöckchen drehte sich mir unangenehm der Magen um, samt den darin verbliebenen Unmengen Alk der letzten Nacht.

Essen. Ja, so was brauchte ich jetzt. Irgend so ein vor Fett triefendes Zeug sollte ich mir reinhauen, um mein nächtliches Gelage aufzusaugen. Suchend tastete ich auf dem Couchtisch nach dem Stapel Speisekarten vom Lieferservice.

Ross fegte meine Hand beiseite, so wie alles andere auf dem Tisch, einschließlich des Orangendrinks, den ich anscheinend letzte Nacht dazu benutzt hatte, meine Zigarrenasche hineinzuschnipsen. Tja, daran hätte ich mich besser erinnern sollen, *bevor* ich mir den kräftigen Schluck reingezischt hatte.

»So läuft das also, hm? Sechs Wochen Reha, und was ist dabei rausgekommen?« Er schlug sich auf die Schenkel und schaute sich um.»Du lebst im Dreck. Du trinkst? Du rauchst?«

»Nur Zigarren, Ross.«

Er nahm sein Basecap ab, strich sich das Haar glatt nach hinten und setzte das Cap wieder auf. Kein gutes Zeichen. Er war mehr als frustriert und kurz davor auszurasten. Nach fünf Jahren bei den Stockton Ports wusste ich, wann mein Agent durchdrehte.

»Fox, du bist der beste Schlagmann im Team. Menschenskind, du gehörst zu den drei besten Battern in der American *und* in der National Baseball League. Du wurdest verletzt, ja. Schöne Scheiße! Aber hey, jetzt krieg dich wieder ein, und konzentrier dich aufs Spiel.« Ross marschierte auf und ab.

Ich setzte mich gerade hin. Uh. Gerades Sitzen war keine gute Idee. Mein Kopf dröhnte und fühlte sich an wie ein Schlagholz, das beim Aufprall des Baseballs in zwei Teile zerbarst. Ich fasste mir an die Schläfen und massierte sie, während ich, mit schmerzendem Oberschenkel, mein Bein neu ausrichtete, um es auf den Tisch hochlagern zu können.

»Warst du überhaupt schon mal bei der Physio?«

Hinterlistiger Mistkerl. Ich biss die Zähne zusammen und ballte die Fäuste.»Klar war ich da, Ross. Dreimal die Woche. Und die anderen drei Tage war ich im Gym und hab mit Clay Gewichte gestemmt.«

Er riss die Augen weit auf. »Sollst du denn Gewichtheben machen?«

Achselzuckend starrte ich aus dem Fenster. »Ich nutze auch das Laufband.« Sogar mir fiel auf, wie kindisch und bockig ich klang. Ross schaffte es, dass ich mich wieder genau wie der kleine Anfänger von damals fühlte, der nur darauf hinfieberte, endlich zu den Großen zu gehören.

Spöttisch fragte er: »Und was ist mit Krafttraining, Beweglichkeit und Dehnen? Mit wem arbeitest du daran? Im letzten Befund, den ich von deinem Sportarzt erhalten habe, wurde dir empfohlen, täglich eine Yogastunde zu nehmen.« Er setzte sich auf den Stuhl gegenüber von der Couch, auf der ich mir ein Bett gebaut hatte.

Wieder nahm Ross sein Cap ab. Diesmal hielt er es locker zwischen den Knien. Als er ruhiger wurde, fiel eine solche Last von mir ab, dass ich die ganze Anspannung förmlich aus allen Poren ausschwitzte. Nicht mal mein Vater besaß die Macht, mich emotional so zu kontrollieren, wie Ross es tat. Wenn ich es nicht besser wüsste, würde ich schwören, dass er beim Militär gedient hatte. Allein wie er alle seine Athleten immer wieder auf die Reihe bekam, bewies doch, wie sehr er da hinterher war. Spieleragenten mussten keine Hausbesuche machen, um ihre Schützlinge zu checken, selbst wenn hinter dem polternden und rauen Auftreten ein richtig weicher Kern steckte. Nur ich war nicht wieder auf die Reihe gekommen, war seit sechs Wochen nicht mehr einsatzbereit für meine Mannschaft – seit dem Tag, an dem ich in diese Höllenscheiße geraten war.

Die Menge johlte. Auf der Home Plate zu stehen, auf den Wurf des Pitchers zu warten war wie eine Offenbarung. Jedes. Verdammte. Mal. Schauer liefen mir über den Rücken, und meine Nackenhaare stellten sich auf, als würde mir der Allmächtige selbst über die Schulter schauen und aufs Spiel warten. Der Pitcher holte mit dem Arm nach hinten aus, und alles wurde totenstill. Die Menge, der Stadionsprecher, meine Mannschaft, alle blieben stehen. Es gab nur noch mich und den Ball. Ich schwöre, ich konnte sehen, wie der Pitcher die Finger so fest um den Ball schloss, dass die Knöchel weiß hervortraten ... und dann ging es ab nach vorn, im Schnellzugtempo. Der Ball schoss durch die Luft wie eine Rakete, flatterte nur ganz leicht, als er auf einmal kurz vor der Landung etwas aus der Flugbahn driftete und sich im Bogen senkte. Direkt Richtung Zentrum der Schlagzone. Damit hatte ich nicht gerechnet. Normalerweise vermied es ein Werfer tunlichst, seinen Pitch für mich im Zentrum zu platzieren. Aus gutem Grund. Dort traf ich ihn optimal. Sozusagen mit meiner Schokoladenseite.

Ich nahm beide Hände zurück, und ein leichtes Zwicken zwischen den Schulterblättern sagte mir, dass ich perfekt positioniert war. Der Ball kam näher und erreichte allmählich die Strike-Zone. Die Füße fest am Boden, drehte ich den Oberkörper nach hinten, mobilisierte alle Kräfte, die ich besaß, und drosch den Ball weg. Der krachende Aufprall des Balls auf das massive eichene Schlagholz hallte weithin. Sofort bekam der Ball eine andere Richtung und flog hoch in die Luft. Für eine halbe Sekunde sah ich ihm hinterher, wie er davonflog, und Stolz durchflutete mich, gab mir ganz viel Power und Energie. Dann ließ ich den Schläger sinken, drehte mich auf dem hinteren Fuß um die eigene Achse und stürmte ruckartig vorwärts.

Und da begann die ganze Höllenscheiße. Plötzlich spürte ich einen scharfen Schmerz in der Kniesehne, als würde jemand mit einem Messer hineinstechen. Ich fasste mir an den lädierten Muskel, lief ein paar Schritte Richtung First Base und sackte dann zu Boden. Sackte. Zu Boden. Ich fiel auf die rote Lehmerde, und meine Spielermontur war so dreckig wie bei einem besiegten Krieger, der aufs Schlachtfeld gefallen war.

Das einzig Positive daran war, dass ich einen Home Run erzielt hatte. Auch wenn mir der Oberschenkel über dem Knie weggesackt war, *als wäre ein kaputtes Gummiband drin: Dank dieses einen Schlags konnten die Jungs auf der zweiten und dritten Base die Home Plate erreichen, und die San Francisco Stingers fuhren als Verlierer nach Hause. Ich wurde im Krankenwagen abtransportiert und landete mit einer Kniesehnenruptur im OP.*

»Komm zu dir, Junge!« Ross packte mich an den Schultern und schüttelte mich kräftig. Er stand auf und durchforstete den Haufen Pillen und die Schnapsflaschen auf dem Beistelltisch neben der Couch. »Das machst du also die ganze Zeit.« Angewidert verzog er den Mund. »Wundert mich, dass dir jetzt nicht auch noch ein Groupie das Bett hier wärmt.«

Im Sitzen, wobei ich effektiv eigentlich nur die Couch am Schwanken hinderte, dachte ich noch mal über den letzten Abend nach. Und ich überlegte: Hey, da war doch eine Braut? Wo war die überhaupt? Tiffany, Kristy, Stephanie ... Wie hieß sie noch gleich? Die hatte mir eine ganze Weile den Schwanz geritten, aber von dem Danach wusste ich nichts mehr. Da hatte ich einen Blackout. Ich schnaubte. Vielleicht war sie gegangen, als ich nicht mehr in der Lage gewesen war, sie von mir runterzubekommen. Normalerweise war ich stolz darauf, ein großer Lover zu sein, aber gestern Abend hatte ich kaum einen zusammenhängenden Satz herausbringen können, geschweige denn ein Groupie dazu bringen, ein Loblied auf mich zu singen.

Ross drehte sich um, stöhnte, kämmte sich mit den Fingern durchs Haar und setzte sein Cap wieder auf. »Herrgott. Pillen, Alkohol, Frauen? Was noch?«

»Hör mal, ich bin dir keine Erklärung schuldig. Ich bin auf Krankenurlaub ...«

»Verdammt, bist du nicht!« Er kam schnell zu mir rüber, viel schneller, als ein Mann mit zwei kaputten Knien und Herzproblemen das überhaupt können konnte, und bohrte mir den Zeigefinger in die Brust. »Du hast zwei Möglichkeiten. Entweder du reißt dich endlich am Riemen, oder du verlierst deinen Vertrag. Ist dir nicht klar, dass deine Verlängerung zur Debatte steht? Vielleicht hast du ja noch was übrig von den dreißig Mille in den letzten drei Jahren, aber du riskierst damit deinen Fünfjahresvertrag. Da stehen gigantische Summen im Raum, Junge. Dank der Art und Weise, wie du den Schläger geschwungen hast, darfst du dir ein Angebot von mehr als einhundert Mille für fünf Jahre anschauen. Alles ...«, seine Augen funkelten wütend, »... aus und vorbei!« Er schnipste mit den Fingern. »Im Handumdrehen.«

Ich schloss die Augen und musste das erst mal schlucken. Mein Agent hatte Andeutungen gemacht, aber noch keine konkreten Zahlen genannt. Wir spekulierten schon lange auf einen Deal über mindestens dreißig Millionen für weitere drei Jahre. Wenn es stimmte, was Ross sagte, war ich zwanzig Millionen pro Jahr wert.

»Alter Falter«, flüsterte ich, während mir mächtig die Pumpe ging. Mein Mund wurde so trocken wie die Weinberge der kalifornischen Sierra Foothills bei Dürre.

Ross legte beide Hände auf die Rückenlehne des Stuhls, beugte die Schultern vor und schüttelte den Kopf. »Du musst wieder zurück aufs Spielfeld. Die Mannschaft braucht dich. Die Jungs haben dieses Jahr schon die Playoffs verloren und den Meistertitel. Der Coach will dich zum Frühjahrstraining. Du hast also bis zur dritten Februarwoche Zeit, um dich auszukurieren und den Anzugträgern zu zeigen, was in dir steckt. In drei Monaten musst du fit fürs Training sein.«

In meinen Ohren klang er leicht unsicher, deshalb fragte ich nach. »Was willst du mir damit sagen? Wenn ich beim Frühjahrstraining nicht meine volle Leistung bringen kann, könnte ich aus der Mannschaft fliegen?«

Ross strich sich ein paarmal übers Kinn. Ich konnte förmlich hören, wie die Stoppeln unter seiner Hand kratzten. »Ich weiß nicht. Hängt davon ab, wie gut alles verheilt bei dir. Und bis dahin, was ist dein Plan?«

Den drohenden Verlust meines Vertrags und des vielen Geldes vor Augen – mehr, als ich im Leben je ausgeben konnte –, atmete ich langsam aus, bis die Lunge leer war und nur noch ein brennendes Gefühl blieb. »Ich lass die Finger vom Alkohol und den langen Nächten.«

»Und du gehst zur Physio und zum Yoga?« Er sah mich zweifelnd an.

Ich schüttelte die Hände aus und ließ den Kopf kreisen, um die Anspannung loszuwerden. Was ich jetzt brauchte, war mein Boxsack. »Yoga? Echt jetzt? Hör mal, ich komm nicht an meine Zehen, zum Verrecken nicht. Und dieses ganze Verbiegen und Verdrehen klingt voll öde. Nee, das Müsli-Knuspern überlass ich lieber den Veganerinnen, die ich date, und überleg mir was anderes.«

Im Nu war Ross neben mir und gab mir eine Kopfnuss wie mein alter Herr. Nur der machte das aus Spaß. Ross wollte mir wirklich den Kopf waschen. Darüber ärgerte ich mich dermaßen, dass es mich richtig zur Weißglut brachte. Grimmig biss ich die Zähne zusammen. Um ein Haar hätte ich ihn geschlagen. Andererseits, wenn ich das tun würde, würde ich die Bande zwischen uns kappen. Er mochte ein Arschloch sein, aber er meinte es gut und kümmerte sich um mich. Irgendwie schon. Okay, wahrscheinlich. Entweder das, oder ihm gefiel der Haufen Kohle, den er dafür kassierte, dass er einen der besten Spieler in der Baseball Major League vertrat.

»Blas dich hier nicht so auf, Junge. Du gehst zu diesem Kurs, oder ich schwöre, bei allem, was mir heilig ist, ich schleife dich dorthin wie einen Sack Kartoffeln und werfe dich diesen Öko-Bienen einfach vor die Füße und schmiere dich überall mit Honig ein, damit sie ihre Stacheln ausfahren wie die Stingers!«

Verdammt. Jetzt spielte er auch noch auf die San Francisco Stingers an. Der gegnerische Trainer hatte schon mehrmals bei mir auf der Matte gestanden und versucht, mein Interesse zu wecken. Sie waren hinter mir her, denn auch wenn ich gerade nicht in Topform war – irgendwann würde ich wieder fit sein. Eine typische Kniesehnenruptur war sechs Wochen nach der OP ausgeheilt, danach folgten noch ein paar Monate Physiotherapie und Reha. Ich hatte einen Großteil meiner Physio-Termine abgesagt und auch keine zusätzlichen Übungen gemacht, weil ich dachte, ich könnte es mit Walking, Gewichtheben und Joggen auf dem Laufband schaffen. Im Endeffekt hatte das aber leider nur dazu geführt, dass ich nun versuchte, meine Muskelkrämpfe im Whirlpool loszuwerden.

»Na schön, ich geh hin.«

»Wann?«

Tief durchatmend sah ich mich in meinem Zuhause um. Aus einer Ecke des Zimmers wehte mir ein merkwürdig saurer Geruch entgegen. Eine fettige Pizzaschachtel lag da, und drum herum standen noch diverse andere Fast-Food-Kartons. Ich erinnerte mich nicht mal mehr, wann ich das letzte Mal Pizza gegessen hatte. Vielleicht vor ein paar Tagen? Überhaupt, wann kam eigentlich immer die Putzfrau? Kopfschüttelnd rieb ich mir übers Kinn. Ross stand da und wartete auf mich – die Hände in die Hüften gestemmt.

»Morgen!« Ich fuchtelte mit einer Hand in der Luft herum.

»Ich gehe morgen hin.«

»Versprochen?« Er machte ein paar Schritte Richtung Tür.

»Ich stehe zu meinem Wort.«

»Klar, so wie immer.« Er ließ die Schultern hängen und starrte auf den Boden. »Beweis es.« Dann schlug er die Tür derart hinter sich zu, dass der große Trinkbecher, der gefährlich kippelig auf einem Beistelltisch stand, umfiel und sich die kirschfarbene Flüssigkeit über den Boden ergoss.

Ich schloss die Augen und rieb mir die schmerzende Stirn.

»Was denn noch alles?«

GENEVIEVE

»Keine Chance, Row. Ich habe Nein gesagt, und ich meinte es
ernst.« Meine Stimme hatte ein Timbre, das mich erschreckend
an das meiner Mutter erinnerte. Wenn sie hier wäre, würde sie
wissen, was zu tun ist.

Rowan trat einen Schritt zurück, verschränkte die Arme
über der breiten Brust und guckte mich böse an. »Echt jetzt? Ich
bin sechzehn, nicht fünf.« Er schaute zu unserer kleinen Schwester Mary, die glücklich ihre Cornflakes mampfte.

Seufzend schmierte ich mir Erdnussbutter auf zwei Scheiben Brot. »Sorry. Ich kenne die Jungs und Mädels da nicht, und
außerdem brauche ich dich Freitagabend, damit du mir Mary zur
Tanzstunde bringst und sie wieder abholst. Ich habe zwei Kunden, die kommen zum Haarefärben und -schneiden.«

Rowan schrie fast. »Ständig kommen Kunden zu dir. Jedes
verdammte Wochenende!«

Ich knallte das Buttermesser auf den Küchentisch. »Ja, und
wie, bitte schön, soll ich sonst das ganze Geld für deine Baseball-
Ausrüstung auftreiben? Das wächst nämlich nicht auf Bäumen,
falls du das denkst. Denn wenn es so wäre, hätte ich schon längst
eine ganze Plantage davon im Hinterhof angelegt!« Ich zuckte
zusammen. Das klang definitiv nach Mom. ›Allein für das Trikot
musste ich zwei Monate sparen!«

Rowan zog die Schultern nach vorne und nach unten, atmete langsam aus, schüttelte den Kopf. »Super! Dann bin ich
eben die Lachnummer für alle Junioren!«

Bockig schob er den Stuhl zurück und griff sich das Lunchpaket, das ich ihm gemacht hatte. Ich hielt ihn am Handgelenk
fest und wartete, bis er mich anblickte.

»Tut mir leid. Wir brauchen das Geld«, flüsterte ich ganz
leise, damit Mary glücklich unwissend bleiben konnte.

Mein kleiner Bruder schloss die Augen und holte tief Luft.

18

Als er sie wieder öffnete, war die ganze Wut aus ihm raus. »Nein, mir tut es leid. Es ist sowieso eine blöde Party.«

Ich fand es seltsam, dass er mich überhaupt um Erlaubnis fragte. Normalerweise blieb er am Wochenende immer zu Hause und lud Freunde ein, um irgendwelche Kriegsspiele auf der Xbox zu spielen, für die ich eisern gespart hatte. Ihm diese Xbox und die beiden Spiele schenken zu können, die er sich seit Monaten heiß wünschte, war all die extra Yogakurse wert gewesen, die ich gegeben, und all die Frisuren, die ich zum halben Preis gemacht hatte. Weil ich den Kunden die Haare in meiner Garage schnitt, konnte ich nicht genauso viel dafür berechnen wie ein normaler Friseur, zumal ich keine richtige Ausbildung als Hair & Beauty Artist hatte. Irgendwann vielleicht. Obwohl, so, wie sich die unbezahlten Rechnungen stapelten, würde ich diesen Traum wohl noch länger auf Eis legen müssen als geplant.

»Es ist nicht blöd, mit seinen Freunden rumhängen zu wollen. Vielleicht könnte ich die Termine auf später in der Woche verlegen, sodass uns das Geld nicht verloren geht ...«

Er unterbrach mich, indem er mich in eine Ganzkörperumarmung zog. Mein Bruder war richtig gut im Knuddeln, besonders wenn er wusste, dass ich Sorgen hatte oder diese Art Kontakt zu einem anderen Menschen brauchte, der sich in unsere Lage und in mich hineinversetzen konnte. Doch diesmal war es anders.

»Danke, Vivvie, aber nein, danke.«

Solange ich zurückdenken konnte, war ich von meiner Familie immer abgekürzt Viv oder Vivvie, nie Genevieve gerufen worden. Noch immer verfluchte ich Mom, weil sie Mary und mich nach unseren Großmüttern benannt hatte. Als vierundzwanzigjährige Frau trug ich jetzt einen Namen, der zu einer Frau passte, die fünfzig Jahre älter war als ich.

»Mach dir keinen Kopf deswegen«, fügte Rowan hinzu. »Ehrlich gesagt, ist es keine große Sache. Es gibt Besseres. Ach, und übrigens, ich hab mich auch auf ein paar Jobs hier in der Gegend beworben. Du weißt schon, als Aushilfe.«

Ich schüttelte den Kopf und fuchtelte so wild in der Luft herum, als müsste ich einen Haufen unsichtbarer Fliegen verscheuchen. »Nein. Nein, das machst du nicht. Du musst dich ganz aufs Lernen und deinen Baseball konzentrieren. Dein einziger Job ist es, mit einem Einser-Durchschnitt abzuschließen, damit du ein Stipendium für ein gutes College bekommst, denn wie du weißt, werde ich das auf keinen Fall bezahlen können.«

Wenn ich nicht mal die Ausbildung zur Hair & Beauty Artist abschließen konnte, würde ich doch verrückt werden, wenn jetzt noch mein Bruder darauf verzichten müsste, auf eine gute Uni zu kommen. Unsere Eltern hätten es gern gesehen und hatten auch schon was in die Wege geleitet. Ich wurde ein bisschen traurig, und mein Herz zog sich schmerzhaft zusammen. Das würde aber vorbeigehen ... irgendwann. Es ging immer vorbei. Wenn Mom und Dad noch da wären, wäre unser Leben völlig anders. Leichter. Friedlicher. Unabhängig davon tat ich mein Bestes, dass die Familie zusammenblieb und weiter unter dem Dach wohnen konnte, unter dem wir bisher unser ganzes Leben verbracht hatten.

»Vivvie, ich muss das tun. Du kannst dich nicht noch länger so abrackern wie jetzt.«

»Mir geht's gut.« Ich stellte Mary ihr Lunchpaket zusammen und gab ihr einen Keks als Goody für den Tag dazu. »Wir haben das jetzt drei Jahre gut hingekriegt. Warum es ändern?«

»Vielleicht weil du keine Freunde getroffen oder dich zu einem Date verabredet hast, seit ...« Er sah zur Küchendecke, während er sich ans Kinn griff. »Ich weiß nicht mal mehr, wann ich dich das letzte Mal mit einem Typen gesehen habe.«

Ich lehnte mich an den gefliesten Küchentresen. »Das geht dich nichts an. Außerdem treffe ich ständig irgendwelche Typen.«

20

Er schnaubte und prustete. »Klar, in deinem Yogakurs. Und die, denen du die Haare schneidest, zählen auch nicht.«

Ich blickte finster drein. Mit sanfter Gewalt drehte ich ihn um und dirigierte ihn Richtung Eingangstür. Unser Elternhaus lag mitten in Berkeley, Kalifornien. Das Haus war der ganze Stolz meiner Eltern gewesen. Mom war immer Hausfrau gewesen, und Dad hatte als Rechtsanwalt im Stadtzentrum von Oakland gearbeitet. Das Haus war abbezahlt, zum Glück, sonst hätte ich es nicht halten können. Dennoch stapelten sich die Rechnungen für Grundsteuer und Reparaturen am Haus. Ich schüttelte mich, um die Sorgengedanken loszuwerden, die immer kamen, wenn ich mich bang fragte, was wohl als Nächstes kaputtgehen und das bisschen Geld aufbrauchen würde, das ich gespart hatte, und schob Rowan zu seinem Rucksack.

Die Holzböden im gesamten Haus hatten schon bessere Tage gesehen, aber ich hielt sie sauber und bohnerte sie, sooft ich konnte. Die Kids halfen mir natürlich. Wir hatten alle unsere häuslichen Pflichten. Das Haus hatte sich nicht viel verändert in den drei Jahren, seit Mom und Dad nicht mehr da waren. Wir hatten so viel wie möglich von ihnen aufbewahrt, um die Erinnerung an sie in uns wachzuhalten, wie so eine Art persönlichen Schrein. Alle Bilder, die sie aufgehängt hatten, ihre Bücher, sogar die Figürchen, die sie gesammelt hatten, all das stand und hing noch da, wo sie es im Laufe der Jahre liebevoll platziert hatten. Das war etwas, was ich unbedingt beibehalten wollte. Mein Bruder und meine Schwester sollten immer dieses Zuhause haben, in das sie zurückkehren konnten, wenn sie jeden Tag das Haus verließen.

Rowan nahm seinen Rucksack und hängte sich ihn über die Schulter. Ein paar strubbelige Fransen seines dunkelblonden Haars fielen ihm über die braunen Augen. Ich hob die Hand und strich ihm die widerspenstigen Strähnen aus der Stirn, dann streichelte ich ihm über die Wange. Wir drei hatten alle die braunen Augen unseres Vaters, obwohl die vor Row und Mary eher karamellbraun waren und meine so dunkel, dass sie fast schwarz wirkten.

»Pass auf dich auf da draußen, okay? Komm gesund wieder heim«, verabschiedete ich ihn.

»Verlass dich drauf.« Rowan lächelte mich an und tippte sich, wie zu einem Salut, mit der Hand an die Schläfe, bevor er aus der Tür ging.

Mary kam ins Wohnzimmer gestapft, ihr Shirt war mit der Rückseite nach vorn angezogen.

Ich lachte. »Schätzchen, dein Shirt ist verkehrt rum.«

Sie streckte mir die Hand entgegen. »Ich weiß. Heute ist in der Schule Rückwärts-Tag. Alle müssen ihre Sachen so tragen.« Sie nestelte irgendwie an der Vorderseite ihres Rocks herum. »Siehst du, das Schildchen ist vorne.« Sie hatte glänzende Augen, und ihr langes weißblondes Haar fiel ihr wie glattgebügelt den Rücken hinab.

»Was für ein Blödsinn, aber okay. Hast du deine Bürste dabei?«

Mary hielt Moms alte Haarbürste hoch. Rings um den Griff war der Lack schon an vielen Stellen abgeblättert. Ich sagte nichts dazu. Wenn Mary Moms Bürste benutzen wollte, bis diese keine Borsten mehr hatte, dann sollte sie es tun. Es lag mir fern, ihr etwas wegzunehmen, das ihr ein gutes Gefühl gab. Mary und ich, wir hatten unser eigenes kleines Morgenritual. Sie setzte sich auf die Ottomane, und ich setzte mich auf den gemütlichen Sessel, der Dads Lieblingsleseplatz gewesen war. Und jeden Morgen und jeden Abend bürstete ich ihr Haar, genauso wie es Mom bei mir getan hatte.

»Was möchtest du heute – Zopf oder Pferdeschwanz?«, fragte ich.

Sie spitzte die rosigen Lippen. »Zwei Zöpfe, hinten zusammengebunden.«

»Oooh, verstehe, wir wollen schick sein. Hast du wieder in meinen Büchern geblättert?« Die Frisurenbücher hatte ich bei meiner Anmeldung an der Hair & Beauty Artist Academy bekommen, bevor der Unfall mit unseren Eltern passierte. Als sie starben, hätte ich nur noch drei Monate bis zum Abschluss gehabt. Nur, das Problem war – abgesehen davon, dass ich trauerte –, ich war erst einundzwanzig und plötzlich das Familienoberhaupt. Das Geld von der Versicherung reichte, um das Haus abzubezahlen, und half uns über das erste Jahr hinweg, aber seitdem hatten wir ganz schön zu kämpfen.

Lächelnd nickte sie. »Jep. Du kannst das doch, oder?«

»Natürlich kann ich das. Ich bin doch die *Queen of the Hair*, schon vergessen?« Ich kitzelte sie an den Rippen.

Mary wand sich und kicherte und lachte über das ganze Gesicht. Mit diesem Lachen und diesen roten Bäckchen fing der Tag immer gut an.

Alles in allem ging es uns eigentlich ganz gut.

Nachdem ich mit ihren Haaren fertig war, lief ich schnell in mein Zimmer und zog eine frische Yogahose an, einen Sport-BH und ein geripptes schwarzes Tanktop.

Für jeden Tag hatte ich eine andere coole Yogahose. Diesen kleinen Luxus gönnte ich mir alle paar Monate. Die von heute war bis zum Knie pink-schwarz geflammt. Dazu hängte ich noch die Kette aus schwarzem Quarzkristall um, die mir meine Yoga-Meisterin – die treffenderweise auch noch Crystal hieß – gegeben hatte. Nachdem ich sie unter mein Shirt gesteckt hatte, um alles Negative abzuwenden, schlüpfte ich in ein Paar leichte Flip-Flops.

Ich band mein platinblondes, schulterlanges Haar zu einem festen Knoten im Nacken zusammen. Anschließend trug ich leuchtend pinken Lippenstift auf und zog mit einem flüssigen Eyeliner einen dünnen schwarzen Strich um meine Augen, um mir den Cat-Eye-Look zu schminken, der mich besonders ausdrucksstark aussehen ließ. Zum Schluss nur noch ein bisschen Wimperntusche – und fertig: Ich konnte mich auf in den Tag machen und einer Reihe von Schülerinnen und Schülern zeigen, wie sie ihren Frieden auf der Yogamatte finden konnten.

2. KAPITEL

Das Wurzel-Chakra

Ein Chakra wird oft als ein sich drehender Energiewirbel beschrieben, der sich im Schnittpunkt unseres physischen Körpers und unseres Bewusstseins bildet. Miteinander kombiniert, werden die Chakren zur Quelle unserer inneren Lebenskraft, genannt »Prana« (Sanskrit). Sind alle sieben Haupt-Chakren vollständig geöffnet, bist du ganz bei dir und fühlst dich absolut selbstbewusst.

TRENT

Ich parkte meinen Maserati GranTurismo Sport – liebevoll auch die Wunderwaffe genannt – auf der Straße vor dem Lotus House-Yogacenter. Mein Sportarzt hatte mich zum *Hatha Yoga* angemeldet. Da mir noch zehn Minuten blieben, bis der Kurs anfing, schaute ich mich noch ein bisschen um, nachdem ich die Parkuhr für zwei Stunden gefüttert hatte.

Die Straße war schon irgendwie speziell, wirkte mit ihren Fassadenmalereien in psychedelischen Farben voll Retro-Siebzigerjahre inmitten eines alten, sonst eher langweiligen Viertels. Mit seinen Blumenampeln, bunten Fahnen und malerischen Außensitzen bot diese kleine Oase in der Stadt eine wirklich einladende Atmosphäre.

Ich machte kleine Schritte, fasste mir immer wieder an den hinteren Oberschenkel und wartete darauf, dass der Schmerz verschwand, während ich mir die bizarre Gegend ringsum ansah. Vor mir lag das Café *Rainy Day*. Die Leute, die sich auf den Bürgersteigen vorbeischoben und sich im Café tummelten, trugen Rastazöpfe, Afros, Batik-Zeugs, Birkenstocks und bequeme Klamotten. Hier herrschte eindeutig eine Hippie-Atmosphäre.

Ich schlenderte weiter zum Buchladen *Tattered Pages*, der definitiv nicht zu einer der großen Buchhandelsketten gehörte. Nein, der hier sah mit seiner dunklen Holzfassade und der spärlichen Ausstattung eher aus wie ein längst vergessenes Grab. Ich blieb stehen und spähte durch eins der großen Fenster ins Innere. Regale voller gebrauchter Bücher säumten die Wände vom Boden bis zur Decke, daneben stapelten sich übervolle Kisten mit kreuz und quer hineingestopften Büchern. Genau wie im Café war es auch hier gerammelt voll. Leute kamen entspannt hinein oder heraus, die Arme und die Taschen voller Bücher. Auf einem Schild an der Tür stand: *Rette einen Baum – Bring deine eigene Tasche mit.* Ich ging weiter diese Straße entlang, die wie aus der Zeit gefallen schien. Neben der Buchhandlung befand sich die Bäckerei *Sunflower.* Ich verdrehte die Augen wegen des albernen Namens, was aber nicht verhinderte, dass mir das Wasser im Mund zusammenlief angesichts der Flut süßer Zimtschnecken, deren Duft aus der geöffneten Tür strömte, als ein Lieferfahrer heraustrat. Nach meinem rückenbrecherischen Biege-und-Verrenke-Kurs würde ich diese Bäckerei aufsuchen. Dieser Duft … verdammt, er folgte mir, als ich weiterging.

Die Vorderseite des Yogacenters war weiß gestrichen mit einer blaugrünen Einfassung. Schwere Doppelglastüren standen offen, hoch und einladend. In jede Tür war eine Blume mit einer Person in irgend so einer Yogastellung eingraviert.

Als ich reinging, schwallte mir erst mal eine Duftladung Salbei und Eukalyptus entgegen. Der ungewohnte Geruch kitzelte mir in der Nase. Mehrere Frauen standen an einem langen Tresen, hatten Yogamatten auf den Rücken geschnallt und trugen Kapuzenjacken und lange Hosen. Ich starrte ihnen auf die Ärsche, als mein Name aufgerufen wurde.

»Kann ich dir helfen?«, fragte mich eine feurige Rothaarige mit großen blauen Augen. Das Logo des Yogacenters auf ihrem blaugrünen Tanktop strahlte mit ihrer hellen Haut um die Wette. Und als sie um das Pult herumging, um Stammkunden zu helfen, während sie auf meine Antwort wartete, schaukelten ihre Möpse unter dem engen Stoff bei jeder Bewegung schön frivol mit.

»Ja. Ich bin Trent Fox, und ich glaube, ich bin für einen Kurs angemeldet, der gleich beginnt.«

Die Rothaarige tippte etwas in ihren Computer und nickte. »Jep. Du bist für die dreimonatige Mitgliedschaft mit unbegrenztem Besuch aller Kurse eingetragen.« Flink holte sie eine Chipkarte in Form einer Blume hervor. Ohne Scheiß. In Form einer Blume. Auf der Rückseite war ein Barcode. Sie zog sie über einen Scanner, der genauso aussah wie der, den andere Besucher, wie ich gesehen hatte, bei einer weiteren Reihe von Türen benutzt hatten, die tiefer in das Gebäude führen mussten.

»Du musst einfach nur die Karte mit dem Barcode vor den Scanner dort halten.« Sie wies zu der anderen Reihe Türen. »So kommst du während der üblichen Öffnungszeiten ins Haus. Da du uneingeschränkten Zugang hast, musst du dich nicht vorher bei mir anmelden. In drei Monaten kannst du verlängern oder deine Mitgliedschaft kündigen.« Sie senkte die Stimme, weshalb ich mich zwangsweise näher zu ihr beugen musste, um sie zu verstehen. Aber ich bekam auch einen tollen Blick auf ihren süßen Vorbau. »Wir drängen dich hier zu nichts, solltest du also feststellen, dass Yoga nicht dein Ding ist, werden wir dich auch nicht weiter belatschern.«

Ich lächelte mein schokoladigstes Schlafzimmer-Lächeln. »Gut zu wissen. Wirst du den Kurs geben?«

Ihre Wangen nahmen einen schönen Rotton an. Die Farbe stand ihr gut. Sie schüttelte den Kopf. »Nee. Es laufen gerade zwei Kurse. Ein *Vinyasa Flow* bei Mila, die Sitzung hat aber bereits angefangen, und ein *Hatha Yoga*, der eher auf Anfänger-Yogis und mittlere Fortgeschrittene zugeschnitten ist. Den unterrichtet Genevieve Harper jeden Morgen um neun.«

»Passt mir perfekt. Und wie heißt du, Sweetheart?«

»Ich bin Luna Marigold, einer der Besitzer ist mein Vater.«

Natürlich, wer sonst. »Cool, dann sehen wir uns jetzt öfter. Freut mich.« Ich klopfte auf den Tresen und zwinkerte ihr zu.

Sie errötete wieder in zartem Purpur. »Ja, freut mich auch, Trent. Und danke, dass du dich im Lotus House angemeldet hast. *Namaste.*«

Ich benutzte meine neue, blumenförmige Chipkarte aus Plastik und wagte mich in die hinteren Bereiche der umgebauten Lagerhalle. Direkt vor mir befand sich ein langer Flur. Rechts gab es zwei Schilder, auf denen stand *Yogini-Sanktuarium* und *Yogi-Sanktuarium*. Anhand der Endungen vermutete ich, dass der linke Raum die Männerumkleide und der rechte die Damenumkleide war. Ich ging den Flur hinunter. Die Wände waren durchgängig mit einer Wiese bemalt. Während ich auf das Ende des Flurs zusteuerte, wo eine Tür offen stand, schien das hohe Gras auf dem Wandgemälde mitzuschwingen und sich mit mir zu bewegen. Ich wusste, dass das unmöglich war, aber es sah auf den ersten Blick schon täuschend echt aus. Verdammt gute Malerarbeit, wirklich.

Links war eine Tür, durch die mir Musik von den Beatles entgegendröhnte. Seltsam, wo das hier doch ein Yogastudio war. Neben der Tür befand sich ein Innenfenster, sodass Besucher vom Flur aus dem dahinter laufenden Kurs zusehen konnten. Mindestens dreißig Leute hatten ihre Hände und Füße auf der eigenen Matte, Ärsche in die Höh. Alle zusammen bildeten sie ein ganzes Meer von Dreiecken, und dann hoben auf einmal alle, so als gehorchten sie einer unsichtbaren Choreografie, ein Bein hoch in die Luft. Manche waren etwas wackliger als andere, doch einige schienen richtige Scherenbeine zu haben, die ganz natürlich an der Hüfte auseinandergingen.

Eine kleine Latina mit einer geilen Figur und lockigem Haar, das ihr bei jedem Move auf den Schultern wippte, rief etwas, bei dem ich, ich schwöre, so was verstand wie »Dreh deinen Hund um«. Und alle im Saal ließen ihre in die Luft gereckten Beine sinken, aber nicht bis ganz runter. Nein, sie verdrehten ihren ganzen Körper so, dass ihre Stirn Richtung Decke zeigte, das

Bein, welches oben gewesen war, lag auf dem Boden, in die Gegenrichtung gerenkt, und ein Arm war in der Luft.

»Ach, du Scheiße.« Ich vermerkte für mich: niemals was mit *Vinyasa Flow* machen.

Als die Lehrerin klatschte, drehte sich der ganze Saal wieder um, sodass das eine Bein in die Luft zurückkehrte und jeder wieder in dieser Dreiecksform war. *Wenn das Yoga ist, bin ich erledigt.*

Aus Angst, noch mehr zu sehen, atmete ich tief ein, um mich zu beruhigen, wandte den Kopf ab, und mein Blick fiel auf eine offene Tür in etwa zehn Metern Entfernung. Leise klassische Musik drang aus dem Raum. Als ich mich näherte, wurden die Lichter gedimmt. Matten lagen kreuz und quer wie bunte Puzzleteile auf dem dunklen Teppichboden. Vier Frauen tuschelten zusammen in einer Ecke. Abrupt hörten alle auf zu sprechen, und vier Augenpaare richteten sich auf mich. Ich war an so unverhohlene weibliche Bewunderung gewöhnt und ließ die Blicke an mir abprallen.

Im ganzen Raum hing kein einziges Foto oder Gemälde, denn der Raum war selbst ein einziges Kunstwerk, vom Boden bis zur Decke. Dieser war ein Wald. Jede der massiven Wände zierten Bäume. Im hinteren Teil des Raums waren Berge so naturgetreu aufgemalt, dass ich weiterwandern und dann noch die Spitze erklimmen wollte. Eine andere Wand schmückte ein beruhigend rauschender Wasserfall, der so akribisch gemalt war, dass ich förmlich den feinen Sprühnebel vor mir sah, wenn das Wasser auf die schroffen Felsen herabstürzte.

Da ich in der geöffneten Tür stand und den Durchgang nahezu komplett versperrte, mussten sich ein paar Frauen vorbeiquetschen. Ich ging aus dem Weg, lehnte mich abwartend an die Wand, um herauszufinden, was ich tun sollte. Vielleicht hätte ich eine Yogamatte mitbringen sollen? Alle anwesenden Frauen und die vereinzelten Männer rollten ihre Matten aus. Im vorderen Teil des Raums stand ein Podest. Ein kleines weibliches

Wesen hastete herum, ordnete die Dinge und richtete sich den Raum her.

Ihr blondes Haar war hinten zu einem festen Knoten hochgesteckt. Das Licht des Deckenstrahlers fiel darauf und ließ es wie gesponnenes Gold schimmern. Graziös erhob sie sich von den Knien. So, wie sie sich bewegte, schien die Frau sich absolut wohl in ihrem Körper zu fühlen ... und Mann, die hatte vielleicht einen Körper. Ich hatte ja schon die Latina-Yogalehrerin und die Kleine am Empfang attraktiv gefunden. Doch die beiden waren nichts im Vergleich zu dieser Frau. Als sie sich umdrehte, raubte es mir, ehrlich gesagt, den Atem, was ein völlig neues Gefühl für mich war. Ganz ungewöhnlich warm wurde mir in der Brust, als ich sie mir von der Seite ansah, während sie mit einem anderen Kursteilnehmer plauderte. Ihre Lippen leuchteten in so einem Flamingo-Rosa und standen in starkem Kontrast zu ihrer Alabasterhaut. Sie legte die Hände auf die Hüften, nickte und lächelte, zeigte dabei ihre schönen, ebenmäßigen Zähne.

Ich lehnte mich an die Wand wie ein Stalker und beobachtete sie, den Blick fest auf die einzige Frau geheftet, die mir jemals mit ihrer Schönheit den Atem geraubt hatte. Sie war klein, reichte mir wohl kaum bis zum Kinn in Höhe von rund eins achtzig. Aber was ihr an Körpergröße fehlte, machte sie mit ihren knackigen Kurven und ihrer Sanduhr-Figur wieder wett. Weiblich gerundete Hüften gingen in eine Mini-Taille über. Das schwarze Tanktop, das sie trug, lag hauteng an und betonte ihre unglaublichen Titten. Garantiert eine Hand groß waren die, und ich hatte ziemlich große Hände. Ich öffnete und ballte die Fäuste, während ich mir vorstellte, mit beiden Händen an ihre Brüste zu fassen und diese schön fest zu kneten.

»Alter Falter!«, murmelte ich total beeindruckt von der Frau vor mir. Zu dem Tanktop, was keine Wünsche offenließ, trug sie eine pink-schwarz gesprenkelte, knielange Hose, die hauteng anlag, fast wie auf den Leib gemalt. Ich leckte mir über die Lippen und behielt sie mit der stillen Hoffnung im Blick, ihre Aufmerksamkeit auf mich zu ziehen. Und schließlich passierte es, Blondie blinzelte in das Licht des Deckenstrahlers, und ich schaute in Augen, die so schwarz waren wie die Nacht.

Ich bekam weiche Knie, und mein Schwanz zuckte in der Hose, als ich sie so voll frontal vor mir sah. Sie drehte sich wieder dem Menschen zu, mit dem sie geredet hatte, legte ihm eine Hand auf den Arm und deutete auf einen freien Bodenbereich. Der Mensch griff sich seine Matte und ging rüber zu seinem Platz. Nun wandte sie sich an die Klasse.

»Der Kurs beginnt in ein paar Minuten. Nehmt ruhig schon mal die Kind-Haltung ein und atmet tief in den Bauch.« Nachdem sie das gesagt hatte, kam sie zu mir herüber.

Ich beobachtete ihren sanften Hüftschwung, als wenn es das Letzte wäre, was ich in meinem Leben sehen würde. Sie tappte auf nackten Füßen zu mir hinüber und blieb direkt vor mir stehen. Ihre lackierten Fußnägel passten farblich zu ihrem Lippenstift – in einem leuchtenden Pink, das suggerierte, dass diese Lippen so süß schmeckten, wie sie aussahen.

Sie hob den Blick und musterte mich von Kopf bis Fuß. Sie reichte mir gerade mal bis zur Schulter.

»Ich bin Genevieve, kurz Viv.« Ihre braunen Augen passten perfekt zu ihrem ovalen Gesicht. Jedes Blinzeln schien mich zu hypnotisieren. »Bist du neu hier? Ist es dein erstes Mal?«

Ich schüttelte den Lusttaumel ab und streckte ihr die Hand entgegen. »Trent Fox.«

Ihre Augen weiteten sich, aber nicht dramatisch, nur für einen kurzen Moment, der verriet, dass ihr der Name etwas sagte. Ich schlang meine Hand um ihre kleine, und es war ein schönes Gefühl, sie sicher in meiner großen zu halten.

»Ich bin wegen der rehabilitativen Aspekte der Übungseinheiten hier«, sagte ich lahm.

Genevieve zog die Brauen zusammen, sie neigte den Kopf

und zog die Hand weg. Augenblicklich fehlte mir ihre Wärme. So hatte ich noch nie auf Frauen reagiert. Auf keine einzige. »Du hast dir die Kniesehne gezerrt, oder?«, fragte sie. Ich zuckte mit dem Kopf nach hinten, als wäre der nicht mit meinem Hals verbunden. »Gerissen. Aber woher weißt du das?« Sie lachte angenehm, und der Klang erzeugte ein angenehmes Prickeln in meiner Brust. Aus irgendeinem Grund verspürte ich den albernen Wunsch, irgendwas Lustiges zu sagen, damit ich es noch mal hören konnte.

»Mein kleiner Bruder ist Fan der Stockton Ports.« Sie schüttelte den Kopf. »Unglaublich, dass du hier bist. Rowan wird ausflippen.«

Der Klang des Namens eines anderen Mannes, der über jene Lippen kam, die ich unbedingt für mich haben wollte – und zwar bald –, brachte mich dazu, gerader zu stehen und verbissen hervorzustoßen: »Wer ist Rowan, Zuckerkirsche?«

Mein schroffer Tonfall ließ sie mit dem Kopf nach hinten zucken. »Hä? Wer? Ach, mein Bruder ... der Stockton-Ports-Fan.«

Ich grunzte irgendwas. »Ah, sorry.« Mit einer weit ausholenden Armbewegung deutete ich in den Raum. »Was soll ich hier machen?«

Genevieve blinzelte, als wäre sie gerade aufgewacht. »Ah! Ja. Da drüben ist noch ein Platz für dich frei.«

Zähneknirschend folgte ich ihr, als sie sich umdrehte und mir einen absolut perfekten Po präsentierte. Exakt den Po-Typ, der Männer dazu trieb, Liebesgedichte zu schreiben – geformt wie ein umgedrehtes Herz und an den Hüften breiter, sodass er einem Mann herrlich griffig in den Händen lag, während er aus allen möglichen Stellungen in ihre geile, feuchte Hitze drang. Sie führte mich auf die rechte Seite des Raums, von wo aus ich das Podest gut sehen konnte, aber auch genug Platz hatte, um meine ein Meter achtzig plus zu bewegen. Flink holte sie eine Matte aus einem Korb in der Nähe. Sie leckte sich noch mal über diese pinken Lippen, woraufhin ich gleich einen Ständer bekam.

Während sie ein paar Dinge um mich herum aufbaute, zog ich meinen Kapuzenpulli aus, meine Schuhe und meine Socken, und wartete darauf, dass sie etwas sagte. Irgendwann stattete sie mich noch mit einigen Yoga-Requisiten aus, drehte sich um und musterte mich von meinen nackten Zehen über meine Jogging-hose bis zu meinem weißen Tanktop, wo ihr Blick etwas länger als nötig ruhte, bevor er zu meinem Gesicht hochschnellte. Grin-send zog ich eine Augenbraue hoch.

Genevieve legte eine leuchtend orange Matte aus, die min-destens zwei Meter zehn lang war. »Ich habe mir die XXL-Größe geschnappt, da du so …«, sie schien noch mal meine Körperform nachzuzeichnen, »… kräftig bist.« Sie biss sich auf die Lippe, und dann fielen ihr fast die Augen aus dem Kopf. »Ich meine groß! Lang.« Sie atmete entnervt aus.

»Das heißt dann wohl, dass dir gefällt, was du siehst.« Ich strich mit einer Hand über mein Sixpack und knotete die Kordel meiner Jogginghose fester, die sehr tief hing.

Sie biss sich erneut auf die Lippe, den Blick wie angenietet dorthin geheftet, wo meine Hände auf meinen Hüften ruhten. Erst das Geräusch der zuschlagenden Tür schreckte sie auf und ließ sie einen prüfenden Blick durch den Raum werfen. Eine ver-legene Röte stieg ihr in die Wangen. Was könnte sie denn sonst noch erröten lassen?

»Setz dich … einfach hierhin und mach mit. Ich gebe Hilfe-stellungen, und falls mal irgendetwas zu sehr auf deinen Ober-schenkelmuskel drückt, dann halte dich da zurück. Ich muss jetzt mit der Stunde beginnen, aber wir können ja nach dem Un-terricht noch mehr über deine Verletzung und deine Reha spre-chen, wenn du möchtest.«

»Sehr gerne, Zuckerkirsche.«

»Zuckerkirsche?« Sie hob eine Augenbraue, die etwas dunkler war als ihr Haar.

Ich drang stärker in ihre Distanzzone ein, um dichter an ihrem Ohr zu sein. Sie zitterte, je näher ich kam. Oh, ich liebte diese Reaktion bei einer Frau. Viel zu sehr. Zaghaft legte sie eine Hand auf meinen Bizeps, und ich beugte ihn. Bei einer Frau wie ihr würde ich es mit fast jedem Trick aus der Trickkiste versuchen, ihre Aufmerksamkeit zu bekommen. Wahrscheinlich gab es schon Männer, die ihr die Tür eintraten. Verdammt, wahrscheinlich hatte sie auch einen Freund. Allein der Gedanke, dass ein anderer Mann sie berührte, ließ mich mit den Zähnen knirschen.

»Deine Lippen sind so schön und pink und sehen aus wie etwas Süßes. Erinnern mich an eine leuchtend pinke, zuckersüß kandierte Kirsche. Und die nasch ich total gern.«

»Aha.«

Es gab zwei Sorten von Frauen. Die einen liebten es, wenn ich sie mit Spitznamen aller erdenklicher Art, Koseworten und Aufmerksamkeit förmlich überschüttete; die anderen, die krass feministisch drauf waren, flippten schon aus, sobald sie auch nur einen Hauch von Chauvinismus witterten. Genevieves einfaches »Aha« sprach für sich. Ich könnte sie weder in eine Schublade stecken noch ihre Reaktionen vorhersagen. Sie verließ mich so schnell, wie sie gekommen war, und ging ohne weiteren Kommentar zum Podest.

»Okay, danke, dass ihr alle gekommen seid. Bitte setzt euch auf den Po, presst ihn fest auf die Matte, bis beide Sitzknochen Bodenkontakt haben. Danach bringt ihr die Hände vor dem Herzen zusammen.« Sie sah einen nach dem anderen an. »Lasst uns zu Beginn die Augen schließen und uns auf die heutige Übungseinheit einstimmen.«

Ich schloss die Augen, während sie weitersprach.

»Was erwartet ihr euch von den heutigen Yogaübungen?

Was würdet ihr wohl in euer Leben integrieren? Vielleicht möchtet ihr euch bei euren Übungen jemandem hingeben, der mehr braucht als nur eure guten Absichten. Macht euren Kopf frei von allen anderen Gedanken, und konzentriert euch nur auf dieses eine Ziel. Stellt es euch bildlich vor. Lasst es um euch herumwirbeln, während ihr atmet.«

Ihre melodisch gesprochenen Worte ließen sofort ein Gefühl von Ruhe und Gelassenheit aufkommen. Ähnlich empfand ich, wenn ich auf dem Spielfeld ganz in meinem Element war. Nichts mehr konnte meine Konzentration stören.

»Und nun sagt euch selbst, was ihr heute vorhabt.«

Ich habe fest vor, diese Frau heute zu erobern. Egal wie. Wer nicht spielt, kann auch nicht gewinnen.

GENEVIEVE

Heilige Scheiße. Trent Fox sitzt auf der Matte bei dir im Kurs. Keine Panik, Viv. Nimm dich zusammen. Du bist Profi. Er ist zur Reha hier, nicht um angegafft zu werden.

Ich gab den Kursteilnehmenden die Anweisung, in den Vierfüßlerstand zu gehen, und anschließend führte ich sie durch die Katzen-Stellung, wobei sie die Wirbelsäule nach oben drückten und den Rücken rund machten, und dann machten sie es genau umgekehrt, ließen den Rücken wieder herunter und den Bauch nach unten durchhängen, wie es die Kuh-Stellung erforderte. Ich warf einen prüfenden Blick durch den Raum und ließ ihn auf Trent ruhen, während ich die Katze durchexerzierte und die Kuh-Stellung mit einer Atemübung kombinierte. Als ich sah, wie steif er den Rücken krümmte, den wuchtigen Brustkorb absenkte, dann das Becken mit dem Po, der so hart aussah, dass ich ein Fünfcentstück daran hätte abprallen lassen können, fiel es mir schwer, die Balance zu wahren.

»Jetzt platziert die Hände im Neunzig-Grad-Winkel zu eurem Körper, stellt die Zehen auf und schiebt das Becken mit dem Po weit nach oben, sodass ihr in die Stellung eures herabschauenden Hundes gelangt.«

Ein schmerzhaftes Stöhnen schallte mir aus seiner Ecke entgegen. Ich hob den Kopf. Das eine Bein zitterte, während er es in der Pose hielt. Seine Augen waren fest zusammengekniffen, und er sah verbissen aus, hatte ein ganz angespanntes Kinn, was seinem Gesicht etwas Quadratisches gab, das nicht da war, wenn er lächelte.

»Bleibt im Hund, und kommt langsam wieder heraus. Geht mit eurem Hund spazieren. Bei einigen von euch werde ich die Körperhaltung korrigieren.«

Ich ging direkt zu Trent. Blitzartig riss er die Augen auf, als ich mich breitbeinig auf seine Matte stellte und mit festem Griff mit beiden Händen sein Becken umfasste.

»Atme tief ein«, sagte ich zu ihm. »Und jetzt wieder aus.«

Er folgte meinen Anweisungen zwei Atemzüge lang, während ich sein Becken ein Stückchen anhob und wieder nach unten drückte. »Kopf runter.«

Er ließ den Kopf fallen, und unwillkürlich legte ich ihm eine Hand auf die Außenseite des Oberschenkels und strich abwärts, bis das Zittern in seinen Kniesehnen nachließ. Ich drückte ihm mit einer Faust oben in den Muskel, tief in die angespannte Muskulatur. Er stöhnte auf. Nicht schmerzvoll, eher erleichtert.

»Du hast noch einen langen Weg vor dir«, flüsterte ich, aber hielt ihn konstant in der korrigierten Haltung, um die Bänder zu dehnen. »Wir schaffen das schon«, versprach ich, obwohl ich selbst unsicher war. Doch aus einem mir selbst unerfindlichen Grund wollte ich ihm wirklich helfen.

Ich korrigierte die Körperhaltung auch noch bei anderen, aber wie die Wellen, die immer wieder ans Ufer spülten, kehrte auch ich immer wieder zu Trent zurück. Er kämpfte hart mit sich, gab trotzdem alles. Diese Eigenschaft bewunderte ich bei einem Mann.

Wir exerzierten noch eine Reihe von Stellungen durch, die weniger dramatisch für die Kniesehnen waren. Normalerweise schnitt ich einen Kurs nicht speziell auf einen Teilnehmer zu, aber Trent war anders, und das nicht nur, weil er in der Major Baseball League spielte und wahnsinnig gut aussah. Ihn so kämpfen zu sehen, so zäh, ohne aufzugeben, fasste mich auf einer spirituellen Ebene an.

Als wir im Kurs beim Teil der Tiefenentspannung angekommen waren beziehungsweise beim *Savasana*, wie es auf Sanskrit genannt wird, brachte ich alle dazu, sich ein Kissen unter die Oberschenkel zu legen und eins über die Augen. Ich ging herum, gab jedem ein Tröpfchen ätherisches Öl aufs Kinn und auf den sensiblen Bereich zwischen Nase und Oberlippe, um die Tiefenatmung zu unterstützen. Als ich zu Trent kam, machte er einen tiefen Atemzug, der wie eine Streicheleinheit für mich war, seelisch wie körperlich, und mir bis in die Zehenspitzen prickelte. Urplötzlich streckte er einen Arm aus und umgriff mein Handgelenk, ehe ich es wegziehen konnte.

Er schnupperte an meinem Handgelenk und an der Innenseite meines Arms. Ich erschauerte und bekam eine Gänsehaut.

»Du riechst besser als das Öl.« Er raunte es mit heiserer Stimme. Irgendwie so, als würde er halb schlummern, halb wach sein. Ich würde meilenweit laufen, nur um diesen sexy Sound noch mal zu hören.

Du lieber Himmel. Was war los mit mir? Ich hatte keine Zeit für einen Mann in meinem Leben. Das Letzte, was ich neben der Erziehung von Rowan und Mary und zwei Jobs noch brauchte, war eine Ablenkung oder ein Lover. Vor allem keinen, der bekannt dafür war, ein Spieler zu sein – sowohl auf dem Spielfeld als auch abseits davon. Nein. Er wollte nur flirten. Er mochte mich nicht wirklich. Verdammt, er kannte mich ja nicht mal.

»Danke«, sagte ich leise. »Ich komm nachher noch mal wieder, um eine *Savasana*-Massage zu machen. Lausche einfach meiner Stimme, und ich lass dich wissen, wann du aufstehen kannst.«

»Dein Kurs, deine Regeln.« Er grinste.

Selbst mit einem Kissen auf dem Gesicht war dieses leichte Zucken um seinen Mund extrem sexy.

Ich gab dem Kurs eine Lektion in Meditation und bot einigen Teilnehmenden eine Kopf- und Nackenmassage. Da ich den Kurs allein gab, ohne einen zweiten Ausbilder an meiner Seite, konnte ich nicht zu allen kommen, aber ich sorgte dafür, dass ich zu Trent kam, das war mal klar. Wie ein unsichtbares Seil zog er mich an, liegend in seiner Rückenlage. Die Beine lang und mächtig muskulös, die Arme locker entspannt. Er war so viel größer als ich. Wenn ich mich auf ihn legte, könnte er mich ganz umschlingen. Ich presste die Oberschenkel zusammen, um die Lust zu zügeln, die in mir aufwallte. Seine Arme lagen seitlich am Körper, die Handinnenflächen zeigten nach oben. Ich verspürte den Drang, meine Hände auf seine zu legen, um den Größenunterschied zu messen, die Wärme seines Hand-Chakras zu spüren, wenn es mit meinem verbunden war. Das enge weiße Tanktop, das er trug, verbarg nichts von seinem imposanten Brustkorb und seinem Waschbrettbauch. Der Kerl war fantastisch gebaut, beeindruckend muskulös – wie das Meisterwerk aus Marmor eines weltberühmten Bildhauers.

Ich kniete mich oben auf seine Matte, dorthin, wo er mit dem Kopf lag, und strich ihm federleicht über die Schultern, um ihn wissen zu lassen, dass ich bei ihm war. Ich spürte den Schweiß auf seiner Haut unter meinen Fingerspitzen perlen. Mit beiden Handballen drückte ich ihm leicht in die Vertiefung nahe dem Halsansatz oben auf der Schulter. Er stöhnte auf, und irgendwie schaffte es dieser Sound, mich anzutörnen und mir wie ein Stromstoß durch den ganzen Körper zu fahren.

Ich atmete einmal langsam ein und nahm ihm das Kissen

von den Augen, platzierte meine Hände rechts und links neben seinem Kopf, hob diesen mit einer Hand an und hielt ihn. Vorsichtig lagerte ich seinen Kopf nach rechts und strich mit einem Daumen seitlich am Hals entlang zu den verspannten Schultern, glitt wieder hoch. Anschließend massierte ich seine Halswirbel. Der moderne Durchschnittsmensch hatte dort jede Menge Verspannungen. Eine sanfte Druckmassage wirkte meist sehr befreiend und half der Person, tiefer in die Entspannung einzutauchen.

Trent öffnete leicht den Mund, und ich konnte ein bisschen seine Zunge sehen. Dieses bisschen faszinierte mich. Wäre er mein Mann, würde ich mich vorbeugen und meinen Mund auf seinen pressen, mal probieren, wie er schmeckte, während ich den Duft des ätherischen Öls einatmete. Ich schloss die Augen, massierte noch die andere Seite seines Kopfes und ließ meine Fantasie spielen. Ich massierte seinen Kopf seine Schläfen, seitlich am Hals entlang, die Schultern, während ich mir träumerisch mich selbst vorstellte, wie ich mit diesem Baseballspieler allein in einem Yoga-Separee war und ihn sexuell anmachte, ihm eine andere Version von *Tiefenentspannung* zeigte.

Die Musik, die ich abspielen ließ, hatte aufgehört, und es war still im Raum geworden. Wie lange schon, wusste ich nicht. Ich legte seinen Kopf wieder ab und ging zum Podest, nahm die Klangschale und zählte von fünf an rückwärts, gab dabei eine Reihe von Anweisungen, die Geist und Körper helfen sollten, langsam wieder aus dem meditativen Zustand herauszukommen.

»Bitte setzt euch auf und schaut eurer Lehrerin und allen Dingen in die Augen«, rief ich.

Zahlreiche verschlafene Köpfe wurden gehoben, und die Teilnehmenden wechselten in eine Lotus-Stellung, bei der die Beine vor dem Körper überkreuzt, das Rückgrat gerade aufgerichtet und die Handinnenflächen vor dem Herzen aneinandergelegt werden.

»Ich möchte euch allen danken, dass ihr heute gekommen seid und gemeinsam mit mir Yoga praktiziert habt, genauso wie ich mit euch.« Langsam nahm ich Augenkontakt zu jedem Teilnehmenden auf und gab dabei allen ein bisschen von meiner Seele. »Das Licht in mir verneigt sich vor dem Licht in euch. Wenn ich an diesem Ort bei mir bin und wenn ihr an diesem Ort bei euch seid, dann sind wir eins. *Namaste.*« Ich verneigte mich leicht, eine Hand auf der Stirn.

Ich sende jedem Einzelnen von euch Licht, Liebe und Glück.

Im Chor ertönte das »Namaste«, der traditionelle, respektvolle fernöstliche und indische Gruß, und erfüllte den Raum mit einem Gefühl von Eintracht und Gelassenheit.

Als ich wieder hochkam, lächelte ich und dankte dem Kurs noch einmal. Ich drehte mich um und sah in die Haselnussaugen des Mannes, für den ich das erste Mal seit langer Zeit etwas anderes gefühlt hatte als eine freundschaftliche Verbindung. Nein, nichts von dem, was ich für Trent Fox empfand, hatte auch nur im Entferntesten etwas mit Freundschaft zu tun.

Trent grinste, sein espressofarbenes Haar stand wild durcheinander. Er schüttelte den Kopf, und eine Locke fiel ihm ins Gesicht, als er seine Sachen zusammensammelte und zum Podest kam.

»Zuckerkirsche, das war echt eine Wahnsinnserfahrung für mich. Das müssen wir wiederholen ... privat.«

Er warf einen prüfenden Blick in mein Gesicht, als ob er es überall eincremen würde, sodass ich mich ganz weich und weiblich fühlte. Ich holte scharf Luft.

Ich antwortete so, wie es ein Mädchen nur konnte, wenn einer der sexyesten Männer unter der Sonne vor ihm stand. Ein einziges, Hitze verströmendes Muskelpaket mit einer feinen, leicht glitzernden Schweißschicht auf der Haut.

»Ja, und wie genau stellst du dir das vor?«

3. KAPITEL

Die Katzen-Stellung
(Sanskrit: Marjaryasana)

Die Katzen-Stellung löst Spannungen in der Wirbelsäule und verschafft oft Erleichterung bei Schmerzen im Bereich des Rückens. Sie ist besonders hilfreich für alle, die viel sitzen. Für diese Übung gehst du in den Vierfüßlerstand, platzierst die Knie hüftbreit und die Arme schulterbreit auseinander. Beginne mit dem geraden Rücken, mach ihn dann rund, und drück die Wirbelsäule nach oben, zieh das Steißbein leicht nach innen und den Bauchnabel ein.

GENEVIEVE

Trent grinste, leckte sich über die Lippen und biss sich darauf. Ich verkniff mir ein Aufstöhnen, während ich ihm zusah, fasziniert von jeder kleinsten Bewegung. Er zuckte mit den Achseln, fasste sich mit einer Hand ans Kinn und rieb es sich.

»Ich denke, ein paar Privatstunden sind angebracht. Diese Stunde ...«, er schnaubte, legte eine Hand auf den Oberschenkel und grub die Finger fest in den Muskel, » .. war kein Spaß für mich. So weh es auch getan hat – und, Zuckerkirsche, es tat ziemlich weh, auch wenn ich es nicht gerne zugebe –, ich weiß, dass ich das brauche. Wenn ich Einzelsitzungen bei dir bekommen könnte, könntest du mir vielleicht bei den Schmerzen helfen, denke ich.«

Pure, unbändige Lust überfiel mich. Eine Schweißperle rann mir über den Rücken und fühlte sich an wie eine seidige Streicheleinheit, als ich an die Fantasie zurückdachte, die ich am Ende des Kurses gehabt hatte, und welche verschiedenen Möglichkeiten es gab, ihm bei den Schmerzen zu »helfen«. »Wie das?«

Er gluckste. »Indem du ... äh ... es nicht schmerzhaft machst?«

Lächelnd schloss ich die Augen. »Der Muskelaufbau in einem Bein nach einem Sehnenabriss und einer Operation wird nicht angenehm.«

Wenn ich mir vorstellte, wie dieser attraktive Mann tagein, tagaus Schmerzen hatte, verspürte ich leichte Schuldgefühle.

Meine Gedanken waren alles andere als anständig. Eine gute Yogalehrerin sollte sich mehr um ihren Schüler sorgen und ihm helfen, sich körperlich und seelisch von allem zu erholen, was ihn quälte, statt sich ihn als nackte Brezel irgendwo in einem Yoga-Separee vorzustellen. Ich nahm mir vor, später mit Dara darüber zu meditieren, der Meditations-Guru-Frau im Lotus House. Sie würde mir helfen können, die Dinge wieder etwas klarer zu sehen, wenn meine Hormone wegen eines einzigen, unglaublich heißen Kerls total verrücktspielten. Es war sicher nicht das erste Mal, dass eine Lehrerin etwas für einen Schüler empfand, und soweit ich wusste, verstieß es eigentlich auch nicht gegen die Vorschriften, wenn man sich privat mit Teilnehmern verabredete.

Trents Blick schien über meinen ganzen Körper zu wandern. »Ach, ich weiß nicht, wenn ich jemanden hätte, der so aussieht wie du, der das trägt, was du trägst, während ich mich durch jede Stellung quäle ... Es würde das ganze Prozedere auf jeden Fall erträglicher machen. Verdammt, sogar unterhaltsam.« Seine Stimme klang rau und tief, wie ein samtiger Whiskey on the Rocks.

»Ganz ruhig.« Ich verschränkte die Arme vor der Brust. Er war ein Spieler, ganz klar. Ich schüttelte den Kopf, war mir nicht sicher, was ich mit Mr Baseball machen sollte. Aber verdammt noch mal, er war sexy. Für einen Moment hatte ich vergessen, dass Trent Fox, der Baseball-Star überhaupt, auf allen Promi-Fotos und in allen TV-Boulevardmagazinen normalerweise jede Woche eine neue Tussie am Arm hatte. Was konnte er von mir anderes wollen als einen schnellen Quickie zwischendurch?

Nein, das wollte ich eigentlich nicht. Ich hatte schon viel zu viel um die Ohren. Ich kümmerte mich um meinen Bruder und um meine Schwester, hatte zwei Jobs, einen Haushalt zu versorgen und Essen auf den Tisch zu bringen. Trent Fox war wirklich attraktiv, aber er war eine Ablenkung. Wenn er jedoch für die

Privatstunden extra bezahlen wollte, wäre es Geld, das ich definitiv gut gebrauchen könnte, und Zeit hätte ich auch, während Mary und Rowan in der Schule waren.

»Also, was ist jetzt, Zuckerkirsche? Kannst du mir ein paar Privatstunden geben?«

Ich tat so, als würde ich einen Moment über die Frage nachdenken, da ich ihm nicht verraten wollte, dass ich aus zwei Gründen scharf darauf war. Erstens war er der sexyeste Mann, den ich je gesehen hatte. Workouts mit ihm zu machen würde hart sein, aber wie er schon angedeutet hatte, wäre der Anblick sehr schön. Zweitens brauchte ich das Geld dringend.

Ich legte die Hände auf die Hüften, eine weniger defensive Haltung, und sah ihn nickend an. »Ja, ich könnte es direkt im Anschluss an diesen Kurs machen, also täglich halb elf bis zwölf. Privatstunden können einzeln bei mir gebucht werden und werden direkt bei mir bezahlt.«

Ich drehte mich schnell zum Podest, denn der nächste Kurs fing ja gleich an, holte meinen Taschenkalender heraus und überflog die Termine für die aktuelle Woche. »Die Privatstunden sind nicht in deiner Monatsgebühr enthalten und kosten dreißig Dollar pro Sitzung. Wenn du damit einverstanden bist, plane ich dich ein. An welchem Tag möchtest du?«

»An allen«, sagte er schlichtweg.

Ich zog die Brauen zusammen. »Geht das auch genauer?«

Er näherte seine große Hand meinem Gesicht, und ich wurde stocksteif, bis er mir eine Haarlocke hinters Ohr schob. Die Geste war süß und liebevoll, so wie ein Freund es wohl machen würde. Nur war dieser Mann ganz sicher nicht mein Freund. Meine Wangen fingen an zu glühen, als er mein Gesicht mit den Fingerspitzen berührte und sanft die Konturen nachzeichnete. Er streichelte mit dem Daumen über meine Unterlippe. Der Hauch von Druck ließ mich nach Luft schnappen.

»Na ja, ich möchte dich den ganzen nächsten Monat jeden

Werktag von halb elf bis zwölf in Beschlag nehmen.« Er nahm die Hand wieder weg.

Seltsam, sie fehlte mir sofort.

Ich zuckte zurück. »Tut mir leid. Jeden Werktag? Das ist eine Menge Zeit und eine Menge Geld.« Ich bedauerte die Bemerkung, kaum hatte ich sie ausgesprochen. Wie viel Geld er für seine Reha ausgab oder was er mit seiner Zeit machte, ging mich nichts an.

Du bist so dumm, dumm, Vivvie. Du nimmst es zu persönlich. Das ist nur ein geschäftlicher Deal, auch wenn es sich nach mehr anfühlt.

»Oh, irgendwie denke ich, die Kosten werden sich am Ende auszahlen. Außerdem will mein Doc, dass ich jeden Werktag Yoga mache. Ich glaube, ich werde mich zum ersten Mal in meinem Leben an die Vorgaben halten. Denn diesmal gibt es vielleicht etwas, auf das ich mich freuen kann.«

Grinsend wandte ich mich ab und tat so, als müsste ich jetzt unbedingt seinen Namen an jedem Werktag in meinen Kalender eintragen. Die Gewissheit zu haben, dass ich hundertfünfzig Dollar mehr pro Woche verdienen würde, machte mich einfach nur glücklich. Endlich würde ich die überfällige Stromrechnung zahlen können. Es war ein harter Brocken, ein Haus von der Größe des unsrigen über den Sommer hinaus zu heizen und zu kühlen. Das klassische Berkeley-Haus sah von der Straße her sehr ansprechend gestaltet aus, aber es kostete eben auch einen Haufen Geld, es zu heizen und zu kühlen. Leider hatten wir die Wintermonate vor uns, und wir würden bald die Heizung einschalten müssen. Ich hasste es, wenn es kalt war, und der Wind in der San Francisco Bay war so frostig, dass er mich bis auf die Knochen frieren ließ.

»Okay, großer Mann, du stehst auf dem Plan, und wir sehen uns dann morgen.« Ich klappte meinen Kalender zu und hielt ihn mir vor die Brust. Ein zusätzliches trennendes Element zwischen ihm und mir war keine schlechte Idee.

Er verzog kurz den Mund. »Ich freu mich schon darauf, Zuckerkirsche.« Er drehte sich um und ging Richtung Ausgang, wegen des verletzten Beins nicht schnell, eher langsam humpelnd.

Ich müsste wohl mal nachschlagen, welche Oberschenkel-Dehnübungen im Einzelnen die besten für die unterschiedlichen Heilungsphasen waren.

»Hey!« Ich blieb in der Türöffnung stehen und lehnte mich an den Rahmen. »Mal ehrlich, warum nennst du mich immer noch Zuckerkirsche?«

Er war schon halb den Flur runter, der zur Vorderseite des Hauses führte, als er sich umdrehte und grinste. Dieses Grinsen löste ein Feuerwerk in mir aus, und ich hielt mich am Türrahmen fest, um nicht zu ihm zu rennen und vorzuschlagen, auch außerhalb der Privatstunden etwas gemeinsam zu machen.

»Ich war ehrlich vorhin. Deine Lippen. Gleich in der ersten Sekunde, als ich diesen flamingo-rosa Mund sah, wollte ich dich vernaschen. Und ich wette, du schmeckst genauso süß wie eine kandierte Kirsche.« Er zwinkerte mir zu, drehte sich um und ging hinaus.

Die nachfolgende Lehrerin, Luna Marigold, Tochter eines Mitinhabers, lehnte sich neben mich an den Türrahmen, als ich ihm hinterherschaute.

»Verdammt gutaussehender Mann«, murmelte sie.

»Das kann man wohl sagen.«

»Hat er dich angebaggert?« Ihre grauen Augen schimmerten silbern wie zwei identische, total klare Vollmonde.

Ich zuckte mit den Achseln. »Irgendwie schon.« Lachend schüttelte ich den Kopf. »Vielleicht. Ich bin mir nicht ganz sicher.«

»Tja, er ist attraktiv, und du bist schon viel zu lange allein. Womöglich sieht er sogar genau wie der Typ Mann aus, der ein Mädel mal gerne eine ganze Nacht lang richtig schön durchvögeln kann, und kaum wieder wach, will er noch mehr. Eine dritte, eine vierte und eine fünfte Runde.«

Ich schob sie durch den Türeingang und fuchtelte gespielt entrüstet mit dem Zeigefinger. »Müsstest du dich nicht um deinen Kurs kümmern?«

Luna grinste. »Müsstest du nicht einem Mann hinterherjagen?«

»Nein! Außerdem gebe ich ihm ab morgen Privatstunden.« Sie sah mich mit großen Augen an, während wir zum Podest gingen. Ich sammelte meine Sachen zusammen, während sie ihre hinlegte.

»Er hat wöchentlich einen Privattermin bei dir gebucht?«

»Genau genommen hat er Privattermine für fünf Tage pro Woche gebucht.«

Von einer Sekunde auf die andere wurden die beiden Vollmonde zu Riesenmonden.

»Mein Gott! Der will dich!« Luna schüttelte wild die Schultern, schwang die Hüften hin und her und vollführte einen wahren Mini-Shimmy-Triumphtanz.

»Tut er nicht! Er will nur, dass ich ihm bei der Genesung helfe.«

»Aha. Okay. Na logisch. Er hat bereits den Mitgliedsbeitrag für drei Monate bezahlt, könnte also an jedem Kurs teilnehmen. Und anstatt jetzt das zu nutzen, wofür er bereits bezahlt hat – was übrigens nicht gerade billig ist –, bucht er bei dir fünf Termine pro Woche und zahlt dafür noch extra?«

Ich verdrehte die Augen. »Du interpretierst da viel zu viel rein. Der Kurs gefiel ihm, aber es war hart für ihn, hat er gesagt. Er wollte, dass ich ihm bei den Schmerzen helfe.«

»Oh, ich wette, dass er deine Hilfe will.« Sie schnaubte was, aber was genau, das ging unter im Geräusch der Matte, die sie ausrollte. »Hör mal, Viv, lass es einfach laufen. Okay? Wenn das Universum will, dass du ein bisschen Spaß mit diesem Mann hast, dann hab Spaß mit ihm. Meine Güte, du könntest es brauchen. Wann hattest du überhaupt das letzte Mal einen Freund?«

»Er wird nicht mein Freund«, sagte ich ohne einen Hauch von Lachen.

»Gut! Aber das bedeutet nicht, dass du nicht ein bisschen Spaß haben kannst. Ich wette, dein Sakral-Chakra ist so fest verschlossen, dass es einen Mann seines Formats braucht, um dich da wieder weit zu öffnen.« Sie hielt die Hände ungefähr neun Zentimeter weit auseinander.

Ich bin mir ziemlich sicher, dass meine Augen so groß waren, dass jeder in der Nähe mir direkt bis ins Hirn sehen konnte. »Was für ein böses Mädchen du bist, furchtbar!« Ich schubste sie. Hitze schoss mir in die Wangen, als ich den Kopf ganz tief in den Hals einzog.

Sie gluckste, und es hörte sich an wie eine Melodie. Jewel, ihre Mutter, hatte das gleiche Lachen. Wunderbar und ansteckend. »Sei doch nicht so verschlossen gegenüber den eher sinnlichen Freuden des Lebens. Wie lange ist es her, seit du ... du weißt schon ...« Schon fast vulgär wackelte sie mit den Hüften wie beim Shimmy-Tanz.

Ich umfasste sie mit den Händen, um das Kreisen zu stoppen, und checkte schnell, ob die Teilnehmenden des nächsten Kurses, die gerade ihre Matten auslegten, uns beobachteten. Sie taten es nicht, zum Glück.

»Hör auf damit«, wisperte ich. »Mensch. Keine Ahnung. Seit meinen Eltern, okay?«

»Das gibt's nicht! Drei Jahre? Du hattest keinen ...« Sie schaute sich um und beugte sich näher. »Du hattest seit *drei Jahren* keinen Sex mehr? Wie kannst du da überhaupt noch funktionieren?«

Darüber musste ich mächtig lachen. »Von einem Tag zum anderen. Es kommt mir schon vor wie so ein Notstand.«

»Siehste! Hab ich's nicht gesagt? Mensch Mädel, das ist ein

Notstand! Und wenn dieser Typ aus deinem Kurs, Mr Baseball Extrascharf, etwas von dir will, dann lass dir die Chance nicht entgehen. Ergreif sie, und ergreif sie gut.«

»Aber ich bin nicht auf eine Beziehung aus. Du weißt, wie viel ich arbeite und mich um die Kids kümmere ...« Ich seufzte.

»Ist schon gut. Es ist doch nichts Falsches daran, gelegentlich ein bisschen Sex zu haben, hm?«

Ihre Wangen färbten sich rosarot, und der Schalk blitzte ihr aus den Augen.

Achselzuckend biss ich mir auf die Lippe. »Ich kann dazu nichts sagen. Ich war nur mit Brian zusammen, und der kam nicht damit klar, dass ich arbeiten und meine Geschwister großziehen musste und deshalb für ihn nicht zur Verfügung stand.«

»Weil er dich nicht verdient hatte. Wenn er das nicht gepackt hat, Honey, dann war er der falsche Mann. Sei froh, dass er weg ist. Aber jetzt musst du erst mal wieder ein bisschen leben. Versprichst du mir, darüber nachzudenken?«

Ich zog sie in die Arme und drückte sie fest. Der Duft von frischem Jasmin umgab mich. »Das werde ich. Versprochen. Viel Spaß mit dem Kurs. Bis morgen.« Ich winkte und verließ sie, damit sie ihren Kurs in Pränatal-Yoga zu Ende vorbereiten konnte.

Als ich vorbeiging, lächelte ich den strahlenden schwangeren Frauen mit den kugeligen Babybäuchen zu. Für einen kleinen Moment ließ ich mich dazu hinreißen, mich zu fragen, ob ich das je haben würde – eine eigene, selbst gegründete Familie.

Sicher, ich war erst vierundzwanzig, aber meine kleine Schwester war acht. Ich hatte noch gute zehn Jahre damit zu tun, sie großzuziehen, bis sie aufs College ging. Dann würde ich fast fünfunddreißig sein und versuchen, neu anzufangen. Vielleicht hätte ich dann die große Familie, die immer mein Traum war. Vielleicht würde ich einen eigenen Hair & Beauty Salon haben und ein-, zweimal die Woche Yogakurse geben, weil ich es wollte und auch gerne praktizierte, nicht, weil ich das Geld brauchte. Im Moment waren diese Träume nur ... Träume.

TRENT

Meine armen Zähne waren schon ganz abgeschliffen von den vielen Malen, in denen ich mir die Worte verbissen hatte, die ich Genevieve Harper eigentlich sagen wollte. Bei ihr klangen alle meine üblichen Sprüche falsch, irgendwie einfallslos und nicht kreativ. Was zum Teufel war los mit mir?

Alter Falter, diese kleine, sexy Lady mit den Kurven genau an den richtigen Stellen, tagelangen Kurven an den appetitlichsten Stellen, konnte selbst einen Priester andächtig auf die Knie sinken lassen. Nichts als Titten und ein schöner, knackiger Po, und das würde ich mir die nächsten vier Wochen siebeneinhalb Stunden pro Woche ansehen. Ich wollte mir schon auf die Finger pusten und mir selbst auf die Schulter klopfen, dass ich mir das ausgedacht hatte. Meinem Agenten gefallen, mich auf den richtigen Weg zur Genesung begeben und eine verdammt tolle Frau in das ganze Prozedere einbetten. Ich konnte es kaum erwarten, sie unter mich zu bringen.

Punkt eins auf meiner Liste – diese zuckersüßen Lippen. Es erforderte eine unerträgliche Selbstbeherrschung, diese granatenmäßige Platin-Blondine nicht einfach an die Wand zu drücken und mich mächtig bei ihr ins Zeug zu legen. Sie hatte diesen Gwen-Stefani-Look – einzigartig, makellos schön, ohne sich dafür im Geringsten anstrengen zu müssen. Mühelos.

Gebrochenen Schrittes zwar, aber mit einer leichten Federung in der Bewegung sah ich dem neuen Weg zur Genesung optimistisch entgegen. Bereits seit einiger Zeit stemmte ich jetzt schon Gewichte, und bald würde ich wieder wie ein Fels in der Brandung stehen – im wörtlichen und im übertragenen Sinn.

Nachdem ich das Lotus House verlassen hatte, stieg mir wieder dieser Zimtduft in die Nase. Ich schlenderte in die Bäckerei *Sunflower*, stellte mich in die Schlange und sah mir das Angebot an. Die Auswahl an köstlichen Leckereien in den beiden ausladenden Glasvitrinen war groß. In der einen lockten frische Brotlaibe, Bagels und Muffins. Die andere schwang sich L-förmig einmal quer durch den Laden bis nach hinten durch, und da waren all die fettigen Sünden drin: Kuchen, Kekse, Teigtaschen, süßes Häppchenzeugs, Cupcakes und Torten. Ich war ziemlich beeindruckt von der Auswahl. Die frisch gebackenen Zimtschnecken schrien geradezu meinen Namen, obwohl ich sicher nach dem Genuss einer einzigen gleich wieder Hunderte von Kalorien abspecken musste. Das wäre total kontraproduktiv für meine Reha, aber scheißegal, ich musste jetzt einfach ein paar von diesen herrlich klitschig gefüllten Schnecken verschlingen.

Ich hatte hohe Erwartungen an das Gebäck. Wenn die Anzahl der Kunden hier auf die Qualität schließen ließ, wäre das wohl endlich mal wieder ein Strike für mich. Einige der Leute, die mit mir im Hatha-Kurs bei Genevieve gewesen waren, saßen um einen Tisch und stocherten in so einem klebrigen Dessert herum. Ein paar Frauen blickten auf, flirteten ein bisschen und sahen wieder weg. Ich lächelte sie an, aber ich hängte mich da nicht so rein wie sonst. Wahrscheinlich weil so eine geile Weißblonde mir die Eier verdreht hatte. Keine außer ihr hätte das so gekonnt.

Die Schlange kam nur im Schneckentempo voran. Ich seufzte, befürchtete schon, vielleicht nichts mehr von den süßen Leckereien abzubekommen, bis ich den jungen Mann sah, der mit einem vollen, heiß dampfenden Backblech aus der Backstube kam.

Als ich endlich vorne an der Theke stand, war ich kurz vorm Verhungern. Zwei Zimtschnecken würden jetzt wohl nicht mehr reichen.

»Was darf's denn sein?«, fragte mich eine faszinierende junge Frau. Ihre Gesichtsfarbe passte perfekt zu den goldbraunen

Roggenbroten in der Vitrine neben ihr. Ihre Honighaut interessierte mich aber gar nicht so sehr. Es waren vielmehr ihre Augen. Die waren einfach nur magisch. Vergleichbare hatte ich noch nie bei einer Frau mit ihrem Teint gesehen. Sie schimmerten in einem tropischen Ozeanblau. Erinnerten mich an meine Zeit in Cancun im letzten Sommer. Nichts als kristallklares aquamarinblaues Wasser, so weit das Auge reichte.

Sie musterte mich ruhig, keine Spur verunsichert angesichts meiner stummen Verblüffung. Jep, ich checkte sie ab, und prompt bekam ich tiefe Schuldgefühle, als ich an Genevieve dachte. Definitiv eine neue Reaktion, und eine, die ich nicht gut fand. Man konnte mir doch nicht vorwerfen, dass ich diese Frau wahrnahm. Ich sah auf ihr Namensschild: DARA.

Ich räusperte mich und atmete tief durch.

»Gerade Kursende? Bei Mila oder bei Genevieve?«

In der Sekunde, als sie den Namen meines Mädchens sagte, sog ich scharf die Luft ein.

»Aaah, Viv.« Ihr Lächeln wurde breiter. »Sie ist sehr hübsch, hm?«, meinte Dara, als wären wir alte Freunde und würden einen üblichen Small Talk über das Wetter führen. Sie gab mir das Gefühl, als wäre ich nicht der Einzige hier, mit dem sie das machte. Wäre ich ein Wettmensch, ich würde einhundert Dollar setzen, dass jeder sich sofort wie ein Freund fühlte wenn sie Kontakt zu ihm aufnahm. Offenbar lockerte die Ungezwungenheit meine Zunge, denn in der Sekunde, als sie die Frage stellte, antwortete ich wie per Autopilot.

»Verdammt schön trifft es wohl eher«, grummelte ich und legte die Hände auf den Tresen, um den Schmerz in meinem Bein etwas zu lindern, der im gleichen Takt puckerte wie mein Herz. Nach neunzig Minuten Kurs und dreißig Minuten Schlangestehen hatte mein Bein auch schon bessere Tage gesehen. Ich musste mich ausruhen, dringend.

Ihr Lächeln war der Hammer und machte sie sogar noch

hübscher. »Ich bin Dara. Ich gebe jeden Morgen den Meditationskurs um sieben, wenn du dich mal mit deinem Höheren Selbst verbinden möchtest.«

Schnaubend warf ich einen Blick auf die Schlange hinter mir. Dara drängte mich überhaupt nicht, deshalb hatte es wohl auch so verflucht lange gedauert, bis ich endlich drankam. Als Dara mich bediente, bekam ich nicht nur Backwaren, sondern ich konnte auch mit einer heißen Braut quatschen, die backte und Meditation lehrte.

»Und was machst du hier hinter der Theke?«, fragte ich aus Höflichkeit, aber ein bisschen auch aus Neugier.

»Jeder muss ja von irgendwas leben, und meinen Eltern gehört die Bäckerei.«

»Ist hier heute in der ganzen Straße der ›Bring-deine-Tochter-mit-zur-Arbeit-Tag‹?« Ich dachte an Luna, die rothaarige Braut, die mir erzählt hatte, dass sie die Tochter eines der Besitzer des Lotus House war.

Dara lachte mit einem süßen kleinen Prusten. »Es scheint so eine Art Motto der ganzen Straße zu sein. Die meisten Betriebe hier sind in Familienbesitz, und viele von uns arbeiten an einigen der Orte.« Sie zuckte die Achseln. »Es ist unser Zuhause. Warum sollen wir nicht da arbeiten, wo wir am glücklichsten sind?«

Da führte sie ein echt gutes Argument ins Feld. »Deshalb spiele ich Baseball. Gibt nichts Besseres. Ich fühle mich jedes Mal wie zu Hause, wenn ich zur Home Plate gehe.«

»Oooh, Vivs kleiner Bruder wird dich lieben.« Dara sagte es so, als ob es ein Grund wäre, mich mit dem Jungen zu treffen. Ich fand es interessant, dass dies nicht das erste Mal war, dass Genevieves Bruder erwähnt wurde. Sie musste eng mit dem Jungen verbunden sein.

Ich nickte. »Okay, ich nehme zwei Zimtschnecken und drei von diesen kleinen Kinder-Kakaos. Ach, und meinetwegen könnte es die ruhig auch in Erwachsenengröße geben.«

Dara kicherte und holte dann geschäftig die Sachen herbei.
»Zum Hieressen oder zum Mitnehmen?«

Wenn ich mich so umsah, hatte ich wirklich keinen Grund, in meine leere Wohnung zu gehen. Es wurde reichlich gelacht, und ein paar heiße junge Yoga-Bräute in engen Outfits saßen da und quatschten, dekoriert wie in einem schönen Schaufenster.
»Ich bleibe hier.«

»Na, das war ja wohl eine schwere Entscheidung.« Sie prustete wieder vor Lachen, während sie mit der Augen rollte. »Sonst noch etwas?«

»Jep, vielleicht noch ein paar von diesen Cookies mit Schokoguss?«

»Alles klar.«

Dara war echt flink, wenn sie kein Schwätzchen mit den Kunden hielt. Nachdem ich bezahlt hatte, wurde mir das ganze Gebäck zusammen mit einem Stapel Servietten und den drei kleinen Milch-Tetrapaks hingelegt. Ehrenwort, die hatten die gleiche Größe wie die Milchtüten, die ich früher auf dem Gymnasium bekam. Eigentlich nur ein Schlückchen für einen Typ meiner Größe.

»Bleib, wie du bist«, sagte sie.

Ich ging, und sie widmete sich dem Hippie, der hinter mir stand.

»Hey, Jonas, wie laufen denn so die Geschäfte mit Krimskrams an diesem schönen Morgen?«, fragte sie.

Als ich zur Seite schaute, erblickte ich einen dünnen Typen mit einem wuscheligen braunen Lockenschopf, der ein Batik-Shirt trug, locker sitzende Jeans mit Löchern an beiden Knien und Birkenstocks. Das Outfit war Retro-Kult pur aus den Siebzigern des letzten Jahrhunderts. Weil Dara das mit dem Krimskrams gesagt hatte, vermutete ich stark, dass er in dem Tabakladen auf der anderen Straßenseite arbeitete, ihm dieser vielleicht sogar gehörte.

Ich fand einen Platz genau in der Mitte des Gaststuben-
bereichs der Bäckerei. Ich musste mich irre anstrengen, nicht
schon gleich zu sabbern, weil der Zimtduft verführerisch hoch-
waberte, als ich mich hinsetzte.

Mir die erste meiner Zimtschnecken reinzuhauen war so
schön wie das erste Abtauchen im warmen, leicht dampfenden
Blubberwasser eines Whirlpools nach einem höllischen Training – paradiesisch. Während ich mir die Reste der klebrig-süßen
Sauerei von den Fingern ableckte, checkte ich alle Leute in der
Schlange und an den Tischen in der Gaststube ab. Es gab keinen
in der gesamten Bäckerei, der nicht lächelte. Verdammt, selbst
ich lächelte. Die ganze Happiness ringsum war ansteckend. Ich
schnaubte irgendwas und zog mein Handy heraus.

An: Ross Holmes
Von: Trent Fox
Hab heute Yoga gemacht. Bin für Privatstunden angemeldet,
um die Kniesehnen zu bearbeiten. Termin ist ab morgen immer
jeden Vormittag von halb elf bis um zwölf. Block dieses Zeitfens-
ter für mich.

Während ich meinen zweiten Kakao austrank und den Anblick
einer neuen Runde Yoga-Bräute genoss, die hereinrauschten, um
sich allerlei Veganes zu kaufen, zeigte mir mein Handy den Ein-
gang einer neuen Nachricht an.

Von: Ross Holmes
An: Trent Fox
Alles Roger. Aber schwänz mir ja nicht!

Ich dachte an Genevieve und ihre nachtschwarzen Augen, ihre
makellose Haut und ihren Körper, der einfach kein Ende fand.
Diese Hochglanz-Lippen ... Verdammt, mein Schwanz fing an,

hart zu werden. Ja, ich musste auf jeden Fall zu meinem ganz privaten Rendezvous mit meiner ganz privaten, heißen Yoga-Braut. Als ich fertig war, winkte ich Dara zu, während ich Richtung Tür humpelte. Sie deutete mit einer kurzen Kinnbewegung auf mein Hinkebein.

»Keine Sorge. Nichts, wobei Genevieve, meine neue private Yogalehrerin, mir nicht helfen könnte, es wieder hinzukriegen.«

Sie bekam große Augen und lachte so breit, dass ihre weißen Zähne in einem strahlenden Kontrast zu ihrem Teint blitzten. Die Straße war voller schöner Frauen. Ich musste unbedingt mal einige meiner Kumpel aus der Mannschaft auf diese Seite der Frisco Bay einladen.

Beim Verlassen der Bäckerei beschloss ich, ins Fitnessstudio zu gehen und einige der fetten Kalorien, die ich mir gerade angefuttert hatte, gleich wieder zu verbrennen. Pfeifend dachte ich an Genevieve, Luna, Mila und Dara. Vier knackärschige Frauen innerhalb von zwei Stunden. Genevieve war die Spitzenfrau, mit Abstand. Ein Grand Slam in der Sprache des Baseballs. Ein Volltreffer! Morgen konnte gar nicht früh genug kommen.

4. KAPITEL

Das Wurzel-Chakra

Muladhara ist das Sanskrit-Wort für das untere Chakra, das sogenannte Wurzel-Chakra. Es befindet sich am untersten Ende der Wirbelsäule, dort, wo du dein Sitzbein hast. Dieses Chakra-Symbol ist das am meisten geerdete von allen Chakren. Es steht für vererbte Überzeugungen in unseren prägenden Jahren, Selbsterhaltung und persönliches Überleben. Unsere Identifikation mit der realen Welt basiert auf diesem ersten der sieben Haupt-Chakren.

GENEVIEVE

Ich wusste sofort, dass Trent Fox das kleine private Yoga-Separee betreten hatte. Die Luft im Raum wurde irgendwie drückend schwer, legte sich auf meine Haut und ließ die ohnehin schon schwache Beleuchtung noch intimer wirken. Der Raum wurde sanft von einigen Lampen erleuchtet, die stimmungsvoll die Farbe wechselten; Tapeten aus Sari-Seide bedeckten die Wände vom Boden bis zur Decke, und überall waren Kopfkissen dekorativ gestapelt, um für Ruhe und Behaglichkeit zu sorgen und die Tiefenentspannung zu unterstützen. In einer Nische des Raums stand ein Aroma-Diffusor und beduftete den Raum zusätzlich mit angenehmem, ätherischem Pfefferminzöl. In der Mitte des Raums hatte ich meine besten Matten nebeneinander auf dem Boden ausgebreitet. Ziel bei dieser Art von Sitzung war es, dem Teilnehmenden ein Gefühl des Zuhause-Seins zu vermitteln, ihn auf allen Ebenen mit sich zu verbinden, damit er entspannen und zu mehr innerem Frieden in den Yogastellungen finden konnte – den sogenannten *Asanas* – und überhaupt beim Yoga-Praktizieren.

Ich saß in der Lotus-Stellung, die Hände vor dem Herzen, und probte ein paar meditative Gesänge durch, die Dara mir beigebracht hatte, um meine Mitte zu finden und mich zu erden, bevor ich mit dem Unterricht begann. Diese Erdung auf den Boden, beziehungsweise in diesem Fall auf die Yogamatte, musste sein, denn sonst konnte ich nicht dafür garantieren, dass ich nicht irgendwelchen chronischen Mumpitz aus meinem Alltag mitbrachte, während ich mich darauf vorbereitete, all meinen Schülerinnen und Schülern eine spirituelle und physische Verbindung zu meiner Energie anzubieten. In diesem konkreten Fall jetzt würde ich meine heilende Energie auf die männliche Süßigkeit Trent Fox übertragen.

»Hey, Zuckerkirsche«, rief er, rauschte mit seinem enormen Muskelpaket in den Raum und zerstörte jedes Fitzelchen Konzentration, das ich durch die Meditation gewonnen hatte.

Ich öffnete ein Auge und sah, wie er seine Tennisschuhe auszog. Er trug eine lockere schwarze Baumwollhose, perfekt zum Yoga. Er zog sein T-Shirt hoch, zog es aus, warf es auf die Schuhe und konfrontierte mich mit seinem obszön-sexy nackten Oberkörper. Ich öffnete beide Augen und schaute mir seine Magnifizenz Trent Fox an. So, wie er da vor mir stand, sah er aus wie die stehende Variante der sitzenden Skulptur »Der Denker« von Auguste Rodin. Er musste Stunden im Gym verbringen, um einen so straffen, wohldefinierten Körper zu bekommen.

»Wow«, dachte ich, ohne zu merken, dass ich es laut geflüstert hatte.

»Das ist jetzt schon eher meine Kragenweite. Endlich!« Er rieb sich die Hände. »Ich hatte schon Angst, du stehst auf Mädels.« Er feixte.

Ich runzelte die Stirn. »Wie kommst du denn auf die Idee?«

Er ging auf die Matte und vollführte eine Reihe urkomischer Drehungen und Wendungen, bis er sich hinsetzen konnte. Ich kicherte, hätte es aber nicht tun sollen. Seine Einschränkungen waren *nicht* lustig, nur wie er sich damit herumschlug.

Er kommentierte meine Reaktion auf seine Moves nicht, antwortete aber auf meine Frage. »Gestern habe ich so irre wie beim Frühlingstraining auf der Matte rumgeturnt, und du hast nicht mal mit der Wimper gezuckt.«

Hitze schoss mir ins Gesicht. »Ah, ich verstehe. Dein Stolz wurde wohl ein bisschen verletzt?« Ich ergriff ihn an den Handgelenken und bewegte die Hände zu seinem Herzen. »Halte sie hier. Lass die Energie in deinen Händen durch deine Brust zirkulieren.«

Er verzog eine Augenbraue, aber er tat, was man ihm sagte. »Mein Stolz? Nö, hab mich nur gefragt, ob ich nicht meine Zeit verschwende. Als ich eben sah, wie du mich angestarrt hast, als wäre ich das Beste seit Erfindung der Mikrowelle, hat das die Neugier gestillt.« Er grinste.

Ich wollte ihm diesen selbstgefälligen Ausdruck sofort aus dem attraktiven Gesicht küssen. Meine Wangen glühten wieder. »Vielleicht hast du mich einfach nur überrascht. Es kommt nicht jeden Tag vor, dass sich ein Mann vor meinen Augen auszieht.« Alles gelogen.

Jeden Tag kamen männliche Teilnehmende in den Kurs, die nur eine Hose trugen. T-Shirts engten ein, und für Männer war es am besten, wenn ihr Oberkörper nackt war. Bei weniger Einengung lag der Fokus auch stärker auf den Übungen und weniger auf schlackernden Stoffteilen.

Als ich flüchtig zu Trent sah, bemerkte ich, dass er lächelte, doch er gab nur ein Brummeln von sich.

»Heute wollen wir den Fokus auf die Beweglichkeit legen. Ich will sehen, wo du jetzt bist, es katalogisieren und ein Übungsprogramm zusammenstellen, das deine Glieder lockert, dir ein ganzheitliches mentales und körperliches Training ermöglicht und den verletzten Oberschenkelmuskel nicht zu stark belastet.«

»Klingt für mich nach einem Plan, Zuckerkirsche. Und ich mag das Rot.« Mit gespitztem Mund sah er konzentriert auf meine Lippen.

Ich brauchte eine Minute, um zu begreifen, wovon er redete. Ich hatte nichts Rotes an mir. Ich trug ein geripptes gelbes Tanktop und eine gelb-schwarz karierte Yogahose. Dann kam ich drauf. »Ach! Der Lippenstift.« Ich zuckte die Achseln. »Ja, das ist so mein Ding.«

»Tja, meins auch.« Seine Stimme klang kehlig-rau.

Ein Zittern und Beben ging durch meinen Körper. Ich schüttelte rasch die Hände aus, um die überschüssige Energie loszuwerden. Jetzt sofort mit der Arbeit zu beginnen war vielleicht das Beste, um etwas von der sexuellen Spannung abzubauen, die sich aufgebaut hatte.

In den ersten dreißig Minuten ging ich mit Trent einige Stellungen durch, während ich auf dem Boden saß. Es war offensichtlich, dass es ihm an Gelenkigkeit fehlte und er Yoga in seinem Leben brauchte. Der Kerl war ja abgeriegelt wie Fort Knox.

»Okay, leg dich auf den Rücken, und platziere dein rechtes Fußgelenk auf deinem linken Knie.«

Er befolgte meine Anweisungen genau.

»Jetzt heb das Bein hoch, und zieh es am Fußgelenk zur Brust hin.«

Das Bein ließ sich nicht groß bewegen, bis er vor Schmerz das Gesicht verzog. Ich beugte mich zu ihm, griff ihm an den gestreckten Fuß und platzierte ihn an meinem Bauch. Ich bewegte meine Hände auf seine Knie und gab ihm Hilfestellung, während ich mich vorbeugte, um Druck auf die Beine auszuüben, ihn so zu zwingen, diese näher zur Brust zu bringen.

»Jetzt beug dich zu mir.«

Trent beugte sich näher, und für einen Moment saßen wir uns direkt gegenüber. Ich konnte seinen Atem auf meinen Lippen spüren. Unwillkürlich leckte ich mir darüber, und er heftete seinen Blick darauf.

»Genevieve, hat dir eigentlich schon mal jemand gesagt, wie wahnsinnig schön du bist? Man hält es kaum aus, dich anzusehen, ohne unangemessen zu reagieren.«

Ich lehnte mich zurück und versuchte, meine Reaktion zu verbergen, denn ich fühlte mich immer noch ein wenig wackelig. Lust wirbelte tief in meinem Bauch, und schon die bloße Andeutung, dass er etwas mit mir machen wollte, was man als unangemessen einstufen könnte, ließ es zwischen meinen Schenkeln feucht werden. Ich brauchte nur noch mal daran zu denken, und in meinem Sakral-Chakra erwachte ein brennendes Verlangen, das erfüllt werden wollte.

Trent schlug mit dem glitschigen Rücken auf der Matte auf, als ich nach hinten sprang. Feine Schweißperlen glitzerten auf den Hügeln und Tälern seines Sixpacks, lenkten zusätzliche Aufmerksamkeit auf seine wie in Stein gemeißelten, perfekten Bauchmuskeln.

»Jetzt die andere Seite«, sagte ich, ohne seiner Bemerkung auch nur im Geringsten zu glauben und mir alle Mühe gebend, um meine Libido wieder unter Kontrolle zu bekommen. Vielleicht hatte Luna recht. Vielleicht brauchte ich Sex zur Entspannung. Mein kleiner, batteriebetriebener Freund erfüllte hier offensichtlich nicht seinen Zweck.

Trent holte ein paarmal tief Luft, hob das lädierte Bein an den Knöchel und zuckte gleich zusammen. Ich legte meine Hand auf die Rückseite seines Oberschenkels. Sofort legte er seine Hand auf meine, und er hielt sie auf der Verletzung, als würde die doppelte Menge Druck eine Entlastung bringen. Zähneknirschend atmete er durch die Nase.

»Hier?« Ich drückte etwas stärker in die Muskulatur.

Er nickte unwirsch.

»Komm, atme mit mir zusammen, Trent. Einatmen ... zwei, drei, vier, fünf. Anhalten, halte die Luft in dir. Und jetzt ausatmen ... zwei, drei, vier, fünf. Und noch mal.«

Gemeinsam atmeten wir uns durch die sogenannte *Nadel-und-Faden-Stellung*. Ich legte mich mit dem Bauch wieder auf seinen nackten Fuß und beugte mich über ihn, aber ich drückte nicht so auf das Bein, wie ich es auf der anderen Seite getan hatte. Bei seiner Verletzung musste ich viel vorsichtiger sein.

»Du machst das großartig. Atme weiter.«

Er ließ meine Hand los, doch statt meine wegzunehmen,

strich ich ihm vorsichtig mit dem Handballen die Kniesehnen entlang. Ich schloss die Augen, stellte mir das Muskelfaserbündel und den genähten Sehnenabriss vor und konzentrierte mich darauf, heilende Energie über meine Hand-Chakren zu schicken. In konstantem Rhythmus massierte ich den angespannten Muskel vom Gesäß beginnend abwärts bis zum Knie und wieder zurück. Er stöhnte, aber ich massierte weiter, bis ein tiefer Grunzlaut von ihm meine Konzentration störte. Ich öffnete die Augen und begegnete Trents Blick. Seine Haselnussaugen glühten regelrecht.

»Zuckerkirsche, was du auch getan hast, mach weiter damit. Ein paar wundervolle Minuten lang hab ich keinen Schmerz mehr gespürt. Du bist die reinste Voodoo-Heilerin.« Sein Blick war intensiv und wich keine Sekunde von meinem Gesicht. Staunen und Erleichterung schlichen sich in seine Züge, milderten die tiefen Spuren des Schmerzes um seine Augen und seinen Mund, sodass er jünger aussah, weniger gestresst. Mit gesenktem Kopf ging ich zurück zu meiner Matte. »Ich mache hier nichts mit Magie, Voodoo oder sonstigem Blödsinn. Bei Yoga geht es um Selbstfindung, darum, die Balance zwischen der mentalen und physischen Welt zu finden, was dir wiederum inneren Frieden bringt.«

Er schüttelte den Kopf, wobei ihm das dunkle Haar in die Augen flog. Ich verspürte eine unbändige Lust, ihm das Haar zur Seite zu streichen, damit ich ihm ungehindert in die Augen sehen konnte.

»Was du da gerade gemacht hast, mit deinen Händen und der Massage, war unglaublich. Ich war schon bei vielen Sportmedizinern und Spezialisten, und keiner von denen konnte mir etwas anderes geben als Physiotherapie und ein Fläschchen Medizin für den Fall, dass es so schlimm würde, dass ich nicht mehr laufen könnte.« Er griff nach meiner Hand.

Seine Hand fühlte sich verlässlich an, vertraut, so, als gehörte sie dorthin. Aber wie konnte das sein? Wir kannten uns kaum, hatten uns doch erst gestern kennengelernt. Trents Blick, als er meine Hand hielt, war unmissverständlich. Er schien über und über dankbar, als er sich mit liebevoll blickenden Augen vor mich setzte, Augen, bei denen ich wusste, dass ich tagelang hineinsehen könnte, ohne mich sattzusehen.

»Danke, Genevieve. Ohne es zu ahnen, hast du mir Hoffnung auf ein Comeback nach dieser Verletzung gegeben. Verdammt, ich könnte vielleicht sogar besser denn je zurückkommen.«

Ich strahlte übers ganze Gesicht. Es gab kein Halten mehr. Seine Worte waren richtig nett, keine Anbaggersprüche, sondern etwas, das jeder Yogalehrende auf der Welt von seinen Schülerinnen und Schülern exakt so hören wollte. Allein schon zu wissen, dass ich einem Menschen geholfen hatte, reichte, um weiter diesen Weg zu gehen und anderen zu helfen, ihr eigenes Stückchen Harmonie in der Welt zu finden. Und dabei würde ich vielleicht auch meins finden.

»Gern geschehen, Trent, aber wir sind noch lange nicht fertig. Wir haben noch einen langen Weg vor uns, bevor du wieder anfangen kannst, ein Schlagholz zu schwingen. Und jetzt komm auf die Knie. Ich möchte dir eine Stellung namens Katze und Kuh zeigen.«

TRENT

Es stellte sich heraus, dass die Katze und die Kuh überhaupt nicht wie eine Katze und eine Kuh aussahen. Ich dachte an die Übung, durch die mich die Blonde mit den heilenden Händen und den großen und gefühlvollen Augen geführt hatte.

Warum sah keiner der Stellungsnamen so wie das Tier oder das Ding aus, nach dem sie benannt waren? In der Katzen-Stellung befand ich mich im Vierfüßlerstand, der sich – grob gesagt – auf fast alle Tiere beziehen ließ, und als ich dann meinen Rücken Richtung Decke bog und den Kopf unter mir einzog, wurde ich in die Form einer Katze verdreht, die Angst hatte beziehungsweise so wie eine schwarze Katze im Halloween-Kostüm aussah.

Trotzdem löste das den Knoten unten an meiner Wirbelsäule, und ich fühlte mich so locker wie seit Jahren nicht mehr. Diese Yogascheiße war nicht lustig. Wenn meine übrigen Sitzungen so wie die heutige ablaufen sollten und ich spüren konnte, wie die Spannung aus meinen überbeanspruchten Muskeln wich, würde ich dabeibleiben.

Dabei kam mir der Gedanke an meine Zuckerkirsche in den Sinn wie ein strahlendes Halleluja. Alter Falter, die Frau war ein Traum. Klein und doch so stark. Die Art, wie sie ihre kleinen Hände in die steinharten Knoten meiner Kniesehnen drückte, täuschte über ihre geringe Körpergröße hinweg. Es fühlte sich an, als würde ein ausgewachsener Kerl mein Bein bearbeiten, keine Elfenfrau mit zarten Händchen und einem sexy Body. Ihre Kleidung bedeckte heute mehr als gestern, aber etwas an diesem roten Mund ließ mich davon träumen, wie er meinen Schwanz umhüllte, einen Abdruck dieses roten Lipgloss wie ein Zeichen ihres Besitzanspruchs hinterließ. Wenn ich daran dachte, bekam ich schon fast einen Ständer.

Verflucht, was zum Teufel war nur los mit mir? Ich hatte die Frau ja nicht mal geküsst oder sie in irgendeiner Weise berührt, und ich sehnte mich danach. Vielleicht sollte ich einfach eins meiner Groupies ausfindig machen, die Tussi zu mir in die Bude bestellen und es ihr so besorgen, so unvergesslich, wie ich es mit Genevieve vorhatte. Der Gedanke stieß mir sofort sauer auf. Das machte keinen Sinn. Ich hatte mir vorher nie Gedanken über Frauen gemacht, und wenn, dann allenfalls nur dahingehend, was ich aus ihnen herausholen konnte und wie schnell ich sie *unter mich* brachte. Sicher, das hatte ich auch mit Genevieve vor, aber ich wusste von Anfang an, dass mir einmal nicht reichen würde. Nein, ich müsste sie monatelang ficken, um mich von ihr frei zu machen. Und das war genau der Gedanke, der irgendwie völlig verkorkst war.

Das war nicht ich.

Frauen waren großartig, und ich sorgte immer dafür, dass sie ein- oder zweimal kamen, bevor ich an mich dachte. Wenn jedoch einmal alles vorbei war, sollten sie lieber abhauen. Nach den zwei Treffen mit Genevieve konnte ich sagen, dass sie nicht dieser Typ Frau war. Nein, als ich ihre gefühlvollen Augen sah, ihren knackigen Body und ihre ruhige Art war mir gleich klar: Nachdem ich sie einmal gehabt hätte, würde ich mehr als einen schnellen Fick brauchen, um mich von ihr frei zu machen.

Genevieve Harper war die Wende im Spiel, und ich konnte nicht sagen, warum. Vielleicht spielte sogar der ganze spirituelle Spinnerkram, von dem sie immer redete, in die Beziehung mit rein. Vielleicht lag es einfach nur schlicht daran, dass sie unglaublich heiß war und die Hände einer Göttin hatte – einer Göttin, die Schmerzen mit nur einer Berührung beseitigen konnte. Das musste es sein. Wie auch immer, ich freute mich auf meine Sitzung morgen.

Als ich das Yogastudio verließ, strahlte die kalifornische Sonne nur so vom Himmel und wärmte mein Gesicht, während ich die Luft der Bay Area tief einsog. Mein Magen knurrte, da ich heute Morgen das Frühstück ausgelassen hatte. Ich könnte in die Bäckerei gehen und mit Dara quatschen, sofern sie wieder wie gestern hinter der Theke stand und bediente, aber ich wollte lieber auf den Schlemmerteller Gebäck verzichten, um nicht hinterher Extra-Trainingsrunden im Gym einlegen zu müssen.

Ich guckte mir die Geschäfte auf der anderen Straßenseite an. Gegenüber vom Café gab es den Secondhandladen *New-to-You*. Daneben einen Shop voll so Krimskrams und Tabakwaren, der intelligenterweise Smoke-Shop hieß, offenbar in Anlehnung an den Kinofilm *Smoke – Raucher unter sich* mit Harvey Keitel. Alter, der war ja auch Kult.

Weiter runter kam dann *Reel Antiques*. Im Schaufenster standen Schaukelstühle und Kleiderkommoden für Menschen, die echte Winzlinge sein mussten. Ich kicherte. Keine einzige Jeans von mir passte da rein, nicht mal gefaltet. Vielleicht waren es ja Kindermöbel? Die Größe der hutzeligen alten Lady, die gerade den Gehweg davor fegte, belehrte mich allerdings eines Besseren. Mit beiden Händen hielt sie krampfhaft den Besen umklammert, als ein jung aussehender Typ sie bei ihrer Arbeit unterbrach. Seine Schürze trug das gleiche Logo wie die Bäckerei. Zu meiner Überraschung nahm der Junge der alten Lady den Besen aus der Hand und fegte für sie weiter, den gesamten Eingangsbereich, und ich stand nur da und staunte. Als er fertig war, tätschelte sie ihm die Wangen und umarmte ihn. Ich war wohl in das Land gekommen, in dem die Zeit stehengeblieben zu sein schien. Waren Menschen wirklich so nett? Meiner Erfahrung nach nicht. Es musste eine Art glücklicher Zufall sein, oder?

Ich schnaubte spöttisch und humpelte weiter die Straße entlang, bis ich vor dem Café *Rainy Day* stand. Der Ort sah so gut wie jeder andere aus. Als ich reinkam, musste ich mich gleich irgendwie um die Tische herummanövrieren, an denen die Gäste munter schwatzten und echt große Salate und Sandwiches mampften. Wie in der Bäckerei gab es auch hier einen im Bar-Stil gehaltenen, L-förmigen Tresen. Neben der Kasse stand eine gläserne Vitrine mit Teigtaschen darin, die seltsamerweise genauso aussahen wie die, die bei *Sunflower* verkauft wurden. Anstelle einer langen Vitrine an der anderen Seite gab es einen Holztresen, der sich über die gesamte Längsseite des Gebäudes bis nach hinten durchzog. Die Holzkonstruktion sah aus, als wäre sie aus einem halbierten Baumstamm gefertigt, den jemand echt gut lasiert hatte. Sogar die Jahresringe konnte ich erkennen.

Ich kam mir vor wie mitten im Wald. Die Wände waren vom Boden bis zur Decke mit Holzpaneelen verkleidet. In jeder Ecke standen Bäume in Töpfen, die Äste reichten bis weit in den Raum hinein. Rankten auch noch über die Decke, sodass ich mich wie in einen Kokon eingehüllt fühlte. Da konnte ich gut verstehen, warum hier so viele Gäste waren. Über dem Kassenbereich hing eine riesige Tafel an der Wand, auf der mit Kreide das Tagesgericht geschrieben stand, und daneben war eine Reihe von Salaten, Sandwiches und Suppen aufgelistet.

Ich schaute mir das Speisenangebot an, ging zum Tresen und begegnete dem Blick einer dünnen Rotblonden mit blassrosa Lippen und ein paar Sommersprösschen um die Nase. Sie trug eine goldene Namenskette, auf der »Corinne« stand.

»Hi, ich bin Coree. Was darf's denn sein?« Sie lächelte, und ein Leuchten trat in ihre sanften blauen Augen.

Ich guckte noch mal auf die Tafel. »Ich nehme das Club-Sandwich mit Truthahn und Hummus, einen Spinat-Salat, eine Kartoffelsuppe und eine Flasche Wasser.«

Sie tippte ein paar Nummern in ein iPad. Das überraschte mich, denn alles andere war technisch weit hinter dem Mond. Ich zog die Brauen hoch, und sie strich sich etwas schüchtern eine Haarsträhne hinters Ohr.

»Diese Dinger sind so schnell, die katalogisieren unsere Bestellungen, unsere Preise und machen uns auch noch die Buchhaltung«, erklärte sie.

Ich schnaubte irgendwas. »Ich versteh dich. Geh praktisch nirgendwo ohne mein Alleskönner-Handy hin.« Ich ließ mein iPhone aufflackern.

Sie lachte. »Meine Schwester Bethany war erst dagegen, auf diese Technik umzustellen, wollte, dass wir alles beim Alten lassen, aber da das Ding auch unsere Buchhaltung übernimmt, hat sie sich auf unbekanntes Terrain gewagt. ‹ Sie kicherte. »Das macht dann für dich zwölf fünfundzwanzig insgesamt.«

70

»Mehr nicht? Für ein Sandwich, einen Salat, eine Suppe und ein Getränk?«

Ihre Wangen verfärbten sich. »Wir machen es nicht so teuer. So kommen die Leute wieder. Wir verdienen vielleicht nicht so viel wie der Typ am Ende der Straße, der für exakt das Gleiche sechzehn nimmt, aber unsere Kunden werden zu Stammkunden, und das ist es uns wert.« Sie strahlte.

Ich schüttelte den Kopf. »Das leuchtet mir ein. Wenn euer Essen so gut ist wie der Preis, werde ich auch regelmäßig vorbeischauen.«

»Sogar noch besser!« Diesmal lächelte sie sehr zuversichtlich.

Ich setzte mich auf einen freien Barhocker und studierte die Leute, so wie ich es gestern getan hatte. Leute aus allen Gesellschaftsschichten kamen rein und gingen wieder, einige in Yogaklamotten, andere in Anzügen, bestellten etwas zum Mitnehmen oder zum Hieressen. Eine kleine Brünette mit dunklen Augen und Dauerlächeln im Gesicht arbeitete flink, verpackte die Bestellungen.

Coree schob mir einen Teller hin, auf dessen einer Hälfte ein gigantisches Club-Sandwich aus zwei dicken, mit Hummus bestrichenen Scheiben Focaccia und dazwischen gestapeltem Truthahn lag; die gesamte andere Hälfte füllte der Spinatsalat aus, und daneben stand eine dampfende Suppentasse. Die Tasse war aber eher eine große Schale mit Henkel. Wie, um alles in der Welt, konnten die Leute so überhaupt Geld verdienen? Ich aß mein Mittagessen und sah den Frauen bei der Arbeit zu.

»Und? Kommst du gerade aus einem Yogakurs?« Coree musterte meine Kapuzenjacke, mein T-Shirt und meine locker sitzende Hose.

»Jep, hatte Privatstunden.«

Sie guckte groß. »Ach, echt? Gibt's einen besonderen Grund, oder bist du einer von diesen Yogis, die lernen wollen, auf dem

Kopf zu stehen und auf den Händen zu laufen?« Sie beugte sich vor, stützte die Ellbogen vor sich auf den Tresen und das Kinn in die Hände.

»Nö, ich laboriere an einer Verletzung.«

»Oh? Hattest du einen Unfall?« Sie zog die Brauen hoch, und über ihrer Nase bildete sich eine kleine, steile Falte.

Ich schüttelte den Kopf. »Hab mich beim Job verletzt.«

Sie runzelte die Stirn. »Was für einen Job hast du denn?«

Die Tatsache, dass sie mich nicht gleich erkannte, ließ mich sofort noch weiter entspannen. Ruhm und Reichtum genoss ich durchaus, aber nicht den Verlust der Privatsphäre. »Bin Profi-Baseballer.«

Sie biss sich auf die Lippe. »Bei den Stingers?« War ja klar, sie musste sich natürlich die gegnerische Mannschaft aussuchen.

Nachdem ich einen Löffel voll von der weltbesten Kartoffelsuppe genossen hatte – die meiner Mutter mit inbegriffen, und ihre ist verdammt gut –, wischte ich mir den Mund ab und sagte: »Nein, bei den Stockton Ports.«

»Cool«, antwortete sie.

Ich war mir nicht sicher, ob sie das versöhnlich meinte. In der Frage der Lieblingsmannschaft im Baseball waren die Bewohner der Bay Area normalerweise in zwei Lager gespalten: Die einen fieberten leidenschaftlich für das eine Team – und die anderen für das gegnerische, genauso hitzig.

»Wie verletzt man sich denn beim Baseballspielen? Wurdest du vom Schlagholz oder vom Ball umgenietet?«

Das war der Hammer. Ich lehnte mich zurück und lachte, so ein Lachen aus vollem Hals, das sich bis in die Zehenspitzen gut anfühlte. »Nein, ich habe eine Kniesehnenruptur. Hatte eine OP, und jetzt gehe ich zur Therapie. Yoga ist Teil meiner Reha.«

Sie nickte, ging rüber zur Gebäckvitrine, nahm ein Cookie mit Erdnussbutterfüllung raus, legte ihn dann auf einen Teller und stellte diesen neben meinen leergeputzten. »Hier – geht aufs Haus. Ein ofenwarmes Cookie, und du fühlst dich gleich besser.«

»Hast du die gemacht?«

Sie schüttelte energisch den Kopf. »Nee, das geht nicht. Bethany und ich, wir kümmern uns um das ganze Bio-Zeugs. Wir machen alles frisch, unser Gemüse holen wir alle paar Tage auf dem regionalen Bauernmarkt, und unser Brot und unsere Leckereien kaufen wir die Straße runter direkt bei *Sunflower*. Wir wollen von allem nur das Beste für unsere Gäste, und die haben das Beste. Warum sollten wir etwas nachmachen, was die bereits perfekt herstellen?«

Ich fand diese Straße bis jetzt unglaublich. Alles an ihr war einzigartig, aber dabei auch stimmig, da jeder irgendwie das Karma »Was du nicht willst, dass man dir tu …« in sich trug. Allein, wie der junge Typ vorhin der alten Lady geholfen hatte, wie Dara in der Bäckerei mich zutextete, als wäre ich ihr bester Freund, und jetzt Coree und ihr Café, wo sie weniger berechneten und dennoch mehr gaben – einfach unglaublich. Davon musste ich den Jungs erzählen. Sie sollten herkommen und das Geschäft ein bisschen mehr ankurbeln. Wobei sie es hier gar nicht bräuchten. Die Tische waren alle voll, fast jeder Platz an der Bar besetzt, und von links und rechts kamen die Leute rein, um was abzuholen.

Ich nahm mir ganz fest vor, ein paarmal die Woche nach meiner Sitzung hierherzukommen. Ich gab Coree zehn Dollar Trinkgeld, klopfte auf den Tisch und stand auf. »Danke für das Essen und das Gespräch. Es war sehr aufschlussreich.«

»Klar, bis bald.«

Ich lächelte. »Ja, dir glaub ich das. Du hast eine Menge Sandwiches im Angebot zum Ausprobieren.«

»Es gibt jede Woche neue, du wirst also lange probieren müssen.« Sie griente.

»Das dürfte mir nicht schwerfallen. Bis die Tage.«

Ich verließ das Café und ging rüber zu meinem Auto. Die Wunderwaffe blitzte im Sonnenlicht, schimmerte mir mit ihrer schnittigen Linienführung entgegen, als wollte sie mir persönlich Hallo sagen. Ich ließ die Hand über die Motorhaube gleiten, zeichnete den ganzen Weg bis zur Fahrertür die Linienführung nach und seufzte. Das hier war das Leben. Im Vergleich zu den letzten Wochen fühlte ich mich pudelwohl. Alles schien heller und bunter zu sein. Mein Bauch war voll, aber nicht so vollgefressen wie nach einem fetten Burger. Ich hatte einige wirklich großartige Leute kennengelernt, die nicht im Entferntesten etwas mit Baseball zu tun hatten, und morgen würde ich aufwachen und von vorne anfangen. Diese Yoga-Sache hatte irgendwie was. Tag zwei, und ich fing allmählich an zu verstehen, warum diese Übungen so viele glühende Anhänger hatten.

5. KAPITEL

Der herabschauende Hund
(Sanskrit: Adho Mukha Svanasana)

Eine der bekanntesten und bildhaftesten Yogastellungen, der herabschauende Hund, dehnt die gesamte hintere Oberschenkelmuskulatur, den Rücken, die Arme und den Nacken und richtet die Wirbelsäule entlastend auf. Platziere Füße und Hände hüftbreit auseinander, drück das Becken weit nach oben, zieh das Steißbein leicht nach innen, und lass den Nacken und die Schultern entspannt nach unten sinken, die Arme bleiben auf gleicher Höhe, bis dein Körper eine Dreiecksform bildet.

GENEVIEVE

»Willst du da herumsitzen und mit meinen Haaren spielen oder mir von dem scharfen Baseball-Star erzählen, dem du *Privat*stunden gegeben hast? Fang damit an, wie *privat* diese Stunden sind.« Meine beste Freundin und Nachbarin, Amber St. James, strahlte.

Als Mom und Dad starben, konnte ich die Kids längere Zeit nicht allein lassen, daher hatten mir einige meiner Yoga-Freundinnen geholfen, in der Garage einen kleinen Frisiersalon einzurichten. Wir hatten nur ein Auto, also wurden die beiden Zwischenräume von meinem Mini-Salon belegt. Ein Haarwaschbecken und ein Kosmetikspiegel komplettierten das Ganze. Ich lagerte meine Haarprodukte in Dads Regalsystem und brachte alle Werkzeuge und Sachen, mit denen ich nichts anfangen konnte, in den Schuppen hinters Haus. Rowan hatte diesen als Trainings- und Werkzeugraum eingerichtet, was mir ganz recht war.

Kopfschüttelnd schnitt ich die kaputten Spitzen ihres dicken, schokoladenbraunen Haars ab. Amber wohnte neben ihren Großeltern und studierte an der University of California in Berkeley, kurz auch UC Berkeley genannt. Sie war drei Jahre jünger als ich, aber meine beste Freundin, seit ich denken konnte. Wir lernten uns kennen, da war ich acht und sie fünf. Trotz des Altersunterschieds waren wir unzertrennlich. Ohne ihre Hilfe bei den Kids und ihren Großeltern, die mit anpackten, so viel sie konnten, Babysitting machten und Essen vorbeibrachten, wären wir verloren gewesen, als Mom und Dad starben. Ich verdankte ihr viel. Sie saß quasi im selben Boot wie ich. Ihre Mutter war bei ihrer Geburt gestorben. Ihren Vater kannte sie nicht, und ihre Mutter hatte ihren Großeltern auch nicht gesagt, wer es war, oder sie wusste es nicht. Sowohl Amber als auch ich hegten allerdings den leisen Verdacht, dass die beiden doch wussten, wer der Vater war, aber dass der so schlimm war, dass sie ihr das Wissen lieber ersparten.

Sie und ihre Großeltern waren krass religiös. Jeden Sonntag gingen sie in die Kirche, beteten vor den Mahlzeiten, das volle Programm. Deshalb lebte Amber quasi indirekt durch mich. Sie hatte selten ein Date, weil sie so auf die Uni fokussiert war, und soweit ich wusste, war sie mit einundzwanzig immer noch Jungfrau. Trotzdem war es für sie in Ordnung. Sicher, es ärgerte sie, dass sie an Mädelsabenden bei den Teilen der Gespräche, in denen es mehr um Sex ging, nicht so richtig mitreden konnte, aber sie hatte auch nicht hinterm Mond gelebt, und sie war definitiv nicht prüde.

Amber stupste mir in den Bauch, als ich einen dicken Strang Haare in die Hand nahm, um die Spitzen abzuschneiden. »Oomph!«

»Spuck's aus!« Ihre Wangen verfärbten sich rosig, als sie grinste.

Ich verdrehte die Augen. »Schon gut, schon gut. Er ist attraktiv.« Ich dachte noch mal an die Privatstunde mit ihm gestern und an den Moment, als er sein Shirt ausgezogen hatte, der auch der Moment gewesen war, als ich mich fast an meinen Worten verschluckt hätte. »Gut gebaut ... verdammt gut gebaut.« Ich seufzte.

»Und ...?«

Ich zuckte die Achseln. »Keine Ahnung. Er ist netter, als ich es gedacht hätte. Eingebildet, aber nicht auf die blöde Art, eher selbstbewusst. Der Kerl hat Webseiten, da wird nur Kult um seinen Körper gemacht. Kein Wunder also, dass die meisten Frauen überall ihn scharf finden.«

»Stimmt. Und was findest du?«, fragte sie.

»Trent Fox sieht definitiv gut aus. Immer wenn ich in seiner Nähe bin, wird mir ganz heiß, und ich komm mir vor wie so ein dummes, schwärmendes Girlie. Ich weiß, es hört sich nicht überzeugend an. Ich soll ihm helfen, sich durch Yoga selbst zu finden, und ihn durch Übungen heilen, aber die halbe Zeit muss ich immer irgendwie seinen Körper abchecken.« Stöhnend schnitt ich noch mehr Haarspitzen ab.

Amber, die Gute, saß ganz still da. Das war nicht ihr erster Tag auf dem Stuhl. Sie bekam alle acht Wochen ihr Haar geschnitten, pünktlich wie ein Uhrwerk.

Amber schürzte die Lippen. »Und was willst du jetzt tun?«

Ich wurde stocksteif. »Nichts. Er ist ein Kunde. Ein Profi-Baseballer. Nur weil ich ihn am liebsten bespringen würde, heißt das nicht, dass er der Typ für eine Beziehung ist. Und außerdem habe ich viel zu viel um die Ohren mit dem Lotus House, dem Haareschneiden, Über-die-Runden-Kommen, die Kids hin und her hetzen ...« Die Niederlage war eine böse, hässliche Freundin von mir, die in letzter Zeit viel zu lange bei mir herumhing. »Es würde nicht funktionieren. Es sei denn, ich wollte Gelegenheitssex. Das hat übrigens Luna vorgeschlagen.«

Amber lachte. »Honey, Luna ist ein Freigeist. Ich würde sie nicht als Schlampe bezeichnen, weil ich sie sehr mag. Sie ist echt cool, aber in puncto Sex ist sie ein bisschen zu freizügig, wie ich finde. Ich würde sie mir nicht zum Vorbild nehmen, andererseits hat sie auch irgendwie recht. Seit dein Ex vor drei Jahren mit dir Schluss gemacht hat, hast du dich nicht mehr auf dem Beziehungsmarkt umgesehen. Vielleicht ist es Zeit, dass du dich da mal wieder ins Spiel bringst. Leb ein bisschen.«

Ich stellte mich vor sie hin und stemmte die Hände in die Hüften, um sicherzugehen, dass ich nicht mit der Schere in mein

Shirt schnitt. »Das sagt ausgerechnet eine Frau, die vor lauter Studiererei nicht mal eine Minute für ein einziges Date übrig hat?«
Ich stellte es pantomimisch dar. »Der Topf ... wirft dem Kessel vor, dass er schwarz aussieht? Das ist wie mit dem Glashaus und den Steinen. Du bist doch meine BFF. Beste Freundin für immer.«
Sie grinste. »Stimmt, aber du bist nicht ich. Ich muss mich nur um die Uni kümmern. Du musst den ganzen Haushalt schultern und hast noch zwei weitere lebendige Wesen, um die du dich ganz allein kümmerst. Das kann nicht gesund sein. Ich wette, wenn du mit deiner Yoga-Mentorin Crystal sprechen würdest, würde sie dir dasselbe sagen.«

Crystal Nightingale war Mitinhaberin des Lotus House. Ich hatte sie über meine Mutter kennengelernt. Meine Mutter liebte Yoga und hatte gewissenhaft jede Woche zwei Kurse bei Crystal besucht. Sie standen sich nahe, und als Mom starb, wusste sie, dass ich zusätzliche Einnahmen brauchte, um die Rechnungen zu bezahlen. Seit Jahren schon hatte ich gemeinsam mit meiner Mutter Yogakurse besucht, weshalb ich die Übungen nicht erst lernen musste. Crystal schleuste mich im Schnellverfahren durch die Lehrerausbildung innerhalb des Centers, und nach sechs Monaten hatte ich meine Trainerlizenz und war täglich für einen Kurs eingeteilt.

Ich hegte allerdings den Verdacht, dass Crystal mich jetzt, da meine Mutter nicht mehr da war, in der Nähe halten wollte. Sie hatte es in den letzten drei Jahren in die Hand genommen, mir ihre oft etwas verrückten Lebensweisheiten zu vermitteln, die normalerweise genau ins Schwarze trafen. Crystal war der Typ Frau, den jeder gern um sich hatte. Ihr langes goldblondes Haar hatte verführerisch gelockte Spitzen. Ihre blauen Augen strahlten in so einem klaren Blau, dass sie im Frühjahr dem Saphirblau des Lake Tahoe Konkurrenz machten. Jeden in ihrem Leben hieß sie willkommen und behandelte alle, als wären sie die wichtigsten Menschen auf der Welt.

Mom hatte immer gesagt, wenn ihr etwas zustoßen sollte, sollten wir Crystals Lehren folgen, und sie würde uns nie in die Irre führen. Bis heute folgte ich diesem Rat, und bis jetzt hatte ich gut daran getan. Ich war glücklich. Einsam in Bezug auf Männer, aber jeder neue Tag brachte mich immer näher an das größere Ziel heran. Meine Geschwister waren glücklich und gesund, und mein Traum von meinem eigenen Salon war nach wie vor klar in meinem Kopf.

»Denkst du, Crystal hätte ein Problem damit, wenn du einen Kunden datest?«

Ich bürstete Ambers Haare durch, bis sie ihr so schön leicht gewellt an den Spitzen auf den Rücken fielen, wie sie es gerne mochte. Meine mustergültige Beste-Freundin-Nachbarin riskierte wenig und war die perfekte Enkeltochter und beste Freundin.

Ich grinste amüsiert. »Nein. Crystal würde wahrscheinlich sagen, dass es göttliche Fügung war. Dass das Lotus House dem Universum die Möglichkeit bot, uns zusammenzubringen. Sie würde mich auch davor warnen, die Zeichen zu ignorieren.« Kopfschüttelnd kicherte ich vor mich hin.

»Das ist wahr. Aber weißt du was? Ich denke, sie hätte recht. Ich meine, es gibt so viele Orte, zu denen ein Mann wie Trent Fox gehen könnte – ein Superreicher, der sich einfach eine Privat-Yogini nach Hause bestellen könnte –, aber er ist ins Lotus House gekommen. Er traf dich, wählte deinen Kurs und engagierte dich sofort in Vollzeit für einen Monat. Das kann kein Zufall sein.«

Ich schnaubte. »Crystal würde sagen, es gibt im Leben keine Zufälle und dass alles, was passiert, vorherbestimmt ist.«

»Schicksal?«

Achselzuckend strich ich Amber das Haar mit beiden Händen aus dem Gesicht, zog ihr den Scheitel in der Mitte, wie sie es gernhatte. »Ich schätze mal, sie würde sagen, dass das Leben einfach so ist. Alles, was um dich herum und mit dir passiert, geschieht, weil es so sein soll. Und dann würde sie mir sagen, ich solle mit dem Strom schwimmen. Horch in dich hinein. Wenn es sich richtig anfühlt, dann mach es.«

»Und fühlt es sich richtig an?«

Ich dachte darüber nach, wie mein Herz klopfte, wenn Trent in den Raum kam. Wie zittrig ich atmete. Wie ich sein stöhnendes Aufatmen hörte und mich dabei fragte, ob er den gleichen kehligen Laut auch ausstoßen würde, wenn er zum sexuellen Höhepunkt gelangte. Wie meine Finger jedes Mal prickelten, wenn ich seine Haltung korrigierte oder mich zu ihm beugte, um ihm Hilfestellung zu geben.

Ich atmete lang und tief ein, legte meine Hände auf Ambers Schultern und suchte dann ihren Blick im Spiegel. »Es fühlt sich irgendwie an, definitiv, ich weiß nur nicht genau, wie. Trent Fox ...«

»Du hast Trent Fox getroffen?«, hörte ich hinter mir verblüfft meinen kleinen Bruder rufen.

Er kam aus der Küche zu uns runter in die Garage. »Vivvie, du hast doch nicht gerade wirklich gesagt, dass du mein verdammtes Idol getroffen hast, oder?«

»Achtung, Ausdruck!«

Er stöhnte auf. »Vivvie ... Schwesterherz ... Schwesterlein ... meine Lieblingsfrau auf der ganzen Welt.« Rowan ging auf die Knie und rutschte darauf vorwärts, die Hände wie zum Beten gefaltet.

Amber bemühte sich, ihr Lachen hinter vorgehaltener Hand zu verbergen. Vergeblich.

»Du *musst* mich vorstellen. Ich flehe dich an. Lad ihn zum Abendessen ein. Zu irgendwas. Egal was. Ich mähe den Rasen.«

»Das machst du doch sowieso.« Rasen mähen gehörte, neben Müll rausbringen, zu seinen normalen wöchentlichen Aufgaben rund ums Haus, die er auch wirklich erledigte, ohne zu murren.

Rowan blickte finster und rückte vor zu meinen Knien. Er umarmte meine Oberschenkel und sah mich mit seinem Welpenblick an. »Vivvie, biiiiiiiiiitte ...«

»Row, keine Ahnung, wie sein Zeitplan aussieht.« Ich wuschelte ihm durchs Haar. Er brauchte einen neuen Haarschnitt, aber es bedurfte schon höherer Gewalt, um ihn auf den Friseurstuhl zu kriegen.

Die Hände gefaltet, blinzelte er mich süß an und schob schmollend die Unterlippe vor.

Ich atmete harsch aus. »Gut. Ich frag ihn. Vielleicht lässt er sich im Anschluss an eine Übungseinheit mit der Aussicht auf etwas Süßes in die Bäckerei locken, oder ich gebe ihm eine Gratis-Übungseinheit. Aber ohne Garantie!«

Rowan umarmte meine Beine so fest, dass ich nach vorn kippte und mich an der Armlehne des Stuhls festhalten musste, um nicht das Gleichgewicht zu verlieren. Dann sprang er auf und knuddelte mich gaaaaaanz doll, so typisch lieber Row eben. Das war die Peinlichkeit wert, Trent um ein Treffen mit meinem kleinen Bruder bitten zu müssen. Er hatte wahrscheinlich genug von seinem Prominentenstatus und wollte nur ein wenig Ruhe und Frieden, vor allem im Yogacenter.

Seufzend rückte ich auf dem Stuhl nach hinten und strich ihm ein paar Haare aus den Augen. »Du brauchst mal wieder einen Haarschnitt.«

Kopfschüttelnd rechtfertigte er sich, redete dabei immer schneller. »Nein, brauch ich nicht. Aber du bist die beste Schwester aller Zeiten.« Er begann, rückwärts zu gehen. »Ich werde mal drüber nachdenken, was ich für ein cooles Abendessen kochen kann, nur für dich.«

»Du bist heute Abend ohnehin mit Kochen dran«, rief ich, als das Garagentor zuschlug.

Amber schnaubte irgendwas und knabberte auf der Lippe herum. »Der hat sein Spiel mit dir getrieben.«

»Jep, hat er. Schöne Jungs sind süß. Damit kriegt er mich verdammt noch mal immer.«

»Vielleicht sollte ich diesen Tipp Trent Fox morgen geben, bevor du mit dem Unterricht beginnst. Was willst du ihm überhaupt beibringen? Den herabschauenden Hund? Dann könntest du ihm auf den Hintern starren.«

Ich bin mir sicher, dass mir die Kinnlade runterfiel und meine Augen in Pizza-Größe aufgerissen waren. »Hat Miss Etepetete in Person gerade wirklich vorgeschlagen, dass ich meinen Schüler lüstern anglotzen soll?«

Sie wurde so rot, dass ihr Dekolleté, ihr Hals und ihre Wangen wie in Purpur getunkt aussahen. »Gib es zu. Du hast ihn bereits angeglotzt.«

Ich seufzte und dachte daran, wie ich ihm unlängst geholfen hatte, in diese spezielle Stellung zu gelangen. »Klar.« Schlimmer noch, es tat mir *nicht* leid.

TRENT

Irgendetwas stimmte nicht. Genevieve bemühte sich nach Kräften, mich heute nicht anzusehen. Und ich versuchte mein Bestes, um mich in meiner ganzen Pracht zu präsentieren. Heute hatte ich mein Shirt bereits ausgezogen und trug nur ein paar Basketball-Shorts. Weil ich darauf hoffte, dass es sie so richtig antörnte, sollte sie jeden Zentimeter meines Körpers zu sehen bekommen, sodass sie gar nicht anders konnte, als mit einem lauten Ja zu antworten, wenn ich sie um ein Date bat.

Mein Fitness-Kumpel Clayton lachte sich fast kaputt, als ich mich neulich abends weigerte, mit ihm loszuziehen und ein paar Mädels aufzureißen, weil ich schon sehr früh morgens zu einer Yogasitzung musste. Warf mir alle möglichen Beleidigungen und Schimpfwörter für Weicheier an den Kopf, und dann einigten wir uns darauf, dass er stattdessen vorbeikommen und ein paar Bierchen mit mir zischen und wir irgendwas Chinesisches essen würden, während wir das neueste Football-Spiel sahen. Und dann versuchte er, mich auszuhorchen. Schließlich, gezwungenermaßen, gab ich zu, dass ich da ein Mädchen kennengelernt hatte. Er fand es sehr interessant, dass sie Yoga lehrte. Seiner Erfahrung nach waren Bräute, die Yoga machten, sagenhaft gelenkig, und er hatte auch schon mal eine Yogini gedatet, die ihren Körper auf eine Art und Weise verbiegen konnte, dass die Erinnerungen seinen Schwanz immer noch hart machten. Nur entpuppte sich diese Braut offenbar als Feueralarmstufe Klette.

Es gab bei Männern einen Code – zumindest bei meinen Freunden und meinen Mannschaftskameraden. Einige Jungs hatten feste Freundinnen oder Ehefrauen. Das waren die sogenannten Spielerfrauen. Die Bräute, die zu jedem Heimspiel kamen, einigen Auswärtsspielen und grundsätzlich immer lauter jubelten als alle anderen im Publikum. Das konnte ich verstehen. Hatte großen Respekt davor. Es war ein klarer Vorteil, eine Frau jede Nacht bereit und willig zu haben, statt im Publikum nach einem Fangirl suchen zu müssen, das nur mal eine schnelle Nummer schieben wollte. Ich war noch nie der Typ Mann gewesen, der danach suchte, deshalb gab es für diejenigen von uns, die eine schnelle Nummer schieben wollten, ein Kommunikationssystem. Und das meiste in diesem System definierte, welche Anhänglichkeitsstufen es bei Groupies gab.

Feueralarmstufe Klette bedeutete, dass die Braut verfickt verrückt war, Stalkerinnen-Status erreicht hatte, zu jeder Tages- und Nachtzeit angerufen werden konnte, auch wenn man ihr gesagt hatte, dass es nur eine lockere Affäre war. Das waren die, vor denen wir aus Sicherheitsgründen warnen mussten.

Auf Genevieve traf keines dieser Merkmale zu. Allenfalls war sie das genaue Gegenteil von jeder Frau, die ich je getroffen hatte.

Frauen rissen sich darum, mit mir auszugehen. Alle außer der Frau, die ich wollte und die derzeit jeden Blickkontakt mit mir vermied.

»Zuckerkirsche, was ist los? Du verhältst dich seltsam. Hat dich jemand angepisst?«

Zum ersten Mal während der gesamten Sitzung sah sie mich an. Ihre espressobraunen Augäpfel wirkten ängstlich geweitet. »Hey, habe ich dich irgendwie verletzt? Na ja, ich reiße ja während einiger Stellungen so gewisse Witze, aber es ist alles nur Spaß. Hilft mir, die schwierigen durchzustehen.«

Sie ließ die Schultern sacken und senkte den Kopf. »Überhaupt nicht. Du warst heute sogar konzentrierter als die ganze Woche. Ich frage mich gerade nur ...« Sie brach ab und verknotete die Finger. Die sonst so starke, überwältigende Frau hatte den Raum verlassen, und eine nervöse, zerbrechliche, fast verängstigte war an ihre Stelle getreten.

Der Höhlenmensch in mir wollte sie in meine Arme ziehen, ihr Kinn an meinem Hals einkuscheln und alles killen, was ihr Angst machte. »Nur zu, Zuckerkirsche. Du kannst mich alles fragen.«

»Du kannst auf jeden Fall Nein sagen, aber weißt du, ich wollte dich fragen, ob ich dich vielleicht auf einen Kaffee oder eine Leckerei zu *Sunflower* einladen könnte, und ...«

Mein Herz begann zu hämmern. Aufregung, Freude und ein geradezu schwindelerregendes Gefühl fuhren mir in alle schmerzenden Glieder.

»Genevieve, Babe, bittest du mich um ein Date?«

»Hä?« Sie blinzelte ein paarmal.

Ich lächelte breit. Ich konnte nicht verhindern, dass sich nun Zufriedenheit in Form eines beschissen überheblichen Grinsens auf meinem Gesicht ausbreitete. »Du tust es. Du bittest mich um ein Date!« Ich wollte die Faust zum Himmel recken, aber hielt mich zurück.

Stirnrunzelnd zog sie die Nase kraus. ›Nein. Nicht ganz, es ist nur so, dass ...«

»Du tust es. Komm her!« Ich griff ihre Hand und zog sie näher an mich, bis ihre weichen Kurven auf meinen muskelgestählten Körper trafen. Verdammt, sie fühlte sich so gut an. Ich legte ihr eine Hand unten auf den Rücken, sodass ich ihren sanft gerundeten Arsch streicheln konnte, aber ich benahm mich, schob dem geilen, sexhungrigen Part in mir, der sie gegen die nächstbeste Wand drängen und auf der Stelle nehmen wollte, einen Riegel vor.

Sie wurde bleich, als ich ihr die andere Hand um den Nacken legte und mit dem Daumen ihr Kinn anhob. »Zuckerkirsche, ich habe mir die ganze Zeit das Hirn zermartert, wie ich dich zu einem Date einladen kann, und jetzt stehst du hier, so süß und ganz nervös, und bittest mich darum. Gut, ich werde uns eine Menge Zeit sparen und gleich zum spannenden Teil des Dates übergehen.«

Sie öffnete den Mund und atmete erhitzt aus. Ich nutzte die Gelegenheit, neigte den Kopf und brachte meinen Mund ganz dicht an ihren. Im ersten Moment war sie so überrascht, dass sie einfach nur stocksteif dastand, aber dann entspannte sie sich und schmolz förmlich dahin, als ich meine Zunge hineinschob, um mit ihrer zu tanzen. Sie schmeckte nach Minze und Kirschen. Ich küsste sie gierig und bewegte ihren Kopf hin und her. Sie stöhnte in den Kuss hinein und umklammerte noch fester meinen Nacken. Irgendwann brauchte ich mehr. Wesentlich mehr. Ich biss ihr auf die Lippen, glitt mit einer Hand über ihren Knackarsch und umfasste eine ihrer perfekt geformten Pobacken. Stöhnend stand sie auf ihren Zehenspitzen vor mir, verdrehte mir den Kopf und raubte mir den Atem mit ihrer Leidenschaft. Wir befummelten uns wie zwei Teenager. Weiche Berührungen hier, härtere da, bis mir schwindlig wurde. Mein Schwanz war hart wie Stahl, aber als ich mich an ihre geilen Kurven schmiegte, floh sie regelrecht und zuckte zurück, als wäre sie vom Blitz getroffen. Und ihre Hand flog förmlich zu ihrem Mund, wo der pinke Lippenstift verschmiert war. Wunderschön.

»Oh mein Gott ... Ja! Das hätte nicht passieren dürfen«, wisperte sie.

»Zuckerkirsche, das hätte *schon längst* passieren sollen, und es muss wieder passieren.« Ich begann, mich ihr wieder zu nähern.

Sie hob die Arme und schüttelte den Kopf. »Nein, nein. Du hast mich missverstanden. Ich habe dich nicht um ein Date gebeten.« Gequält verzog sie das Gesicht. »Ich meine, irgendwie schon, aber nicht für mich.« Die Ehrlichkeit in ihren Augen haute mich um.

»Hör mal, Honey, du musst doch keine Angst haben. Ich möchte dich wirklich gern auf ein Date einladen. Nach den Kursen dieser Woche und diesem Kuss ... Ich steh hundertprozentig auf dich. Ich kann es kaum erwarten, dich unter mir zu spüren.«

Stöhnend schaute sie zur Decke. »Schwein«, murmelte sie.

»Was? Du hast mich gerade angebaggert, und jetzt bin ich das Schwein?«, feuerte ich zurück und fragte mich, wie das Gespräch so kippen konnte. Es hatte damit begonnen, dass sie sich mit mir verabreden wollte, dann hatten wir uns geküsst, und jetzt beschimpften wir uns? Ich musste es wieder in den Kuss-Teil zurückdrehen. Verdammt, ich musste meinen Mund unbedingt noch mal auf ihren drücken, und zwar bald. Das war eine verdammte Tatsache.

»Ich wollte dich nicht um ein Date bitten. Ich wollte nur mal wissen, ob du dir irgendwann die Tage nach einer Sitzung etwas Zeit nehmen könntest, um dich mit meinem Bruder zu treffen.«

»Deinem Bruder?« Jetzt war ich völlig aufgeschmissen.

»Ja. Er ist dein größter Fan.«

Ihr entnervter Tonfall entsprach ganz und gar nicht dem,

den ich mir von einer Frau erwartete, nachdem ich sie gerade schwindelig geküsst hatte.

»Verdammt.« Ich schüttelte den Kopf. Jetzt hatte ich hier gedacht, sie würde auf mich abfahren, dabei wollte sie nur ein Treffen mit einem Fan arrangieren. »Echt jetzt? Du hast kein Interesse an einem Date mit mir?«

Sie öffnete und schloss mehrmals den Mund. Ah, jetzt hatte ich sie.

»Das würde ich so nicht sagen.«

Hook. Haken geworfen.

»Dann *hast* du also schon mal dran gedacht, mit mir auszugehen? Privat?« Ich musste sie dorthin zurückbekommen, wo ich sie vorhin hatte.

Sie legte die Hände an die Hüften und sah nach unten. Konnte mir nicht in die Augen sehen. Jep, ich hatte sie so gut wie.

»Ich habe es diese Woche vielleicht ein- oder zweimal in Betracht gezogen. Also, ich meine, als du kein Schwein warst.«

Foul. Freiwurf.

So langsam wie ein Neunzigjähriger rückte ich näher an sie heran. Sobald ich einen Schritt vorkam, machte sie einen Schritt rückwärts, bis sie irgendwann gegen die Wand stieß. Vor dem Hintergrund der Seidentapete, einer Art Patchwork aus brillanten Gold- und Rottönen, wirkte ihre helle Haut weiß wie Alabaster. Ich stützte mich mit den Handflächen rechts und links von ihrem Kopf an der Wand ab und hielt sie zwischen mir und der Wand gefangen. Exakt dort, wo ich sie die ganze Zeit haben wollte. Eingeklemmt. Vollkommen meiner Gnade ausgeliefert. Der Gedanke, sie woanders so meiner Gnade ausgeliefert zu sehen, ließ meinen Schwanz granithart werden. Ich stieß das Tier gegen ihren Bauch. Sie holte keuchend Luft, aber sie schob mich nicht weg.

»Ich werde mich mit deinem Bruder treffen, Zuckerkirsche. Hätte ich vermutlich sowieso gemacht.«

Sie runzelte die Stirn, aber ich machte weiter, rieb meine

untere Region schön weiter dort, wo ich am liebsten eintauchen wollte. Ich wurde mit einem weiteren lustvollen Keuchen belohnt, bekam diesmal noch ein leises Stöhnen dazu.

»Also, es wird folgendermaßen laufen. Morgen nach unserer Sitzung werde ich mich mit dir und deinem Bruder treffen. Und morgen Abend dann gehe ich mit dir aus. Auf ein richtiges Date.«

»Ich kann nicht.«

»Warum nicht?«

»Kunden.«

Sie sagte das eine Wort, als ob es die Frage beantwortete. Tat es aber nicht.

Als ich meinen steifen Schwanz noch härter gegen sie presste, wusste ich, dass ich genau die Stelle getroffen hatte, zu der ich hinwollte, als ihr die Kinnlade nach unten fiel und ihr ein leises Wimmern entfuhr. Der Stoff ihres Yoga-Outfits war wohl so dünn, dass sie es schön spüren konnte, wenn ich über ihre Klit rieb.

»Was haben denn irgendwelche Kunden damit zu tun?«, knurrte ich und rieb mich wieder an ihr.

Sie schlang mir die Arme um den Nacken, stöhnte und hob ihr Becken meiner prallen Erektion entgegen – die bei weitem angenehmste Folter, die ich seit Ewigkeiten erlebt hatte. Verdammt, vor lauter Verlangen war ich völlig gefesselt von dieser Frau.

»Freitag- und Samstagabend schneide ich Haare. Ich habe morgen zwei Kunden.« Die Augen schließend hob sie mir wieder ihr Becken entgegen.

Sie leckte sich die Lippen, und ich brachte meine nah genug heran, um die Kirsche darauf zu erschnuppern.

Yogalehrerin und Friseurin? »Wann hast du frei?« Ich wanderte mit den Händen über ihren Arsch, umfasste fest die geilen Backen, hob sie etwas an, und sie schlang ein Bein um mich, um meinen Stößen noch näher zu sein.

Sie atmete schwer, als ich meine Latte gegen ihr Geschlecht drückte. Ich erhöhte das Tempo der Stöße und dankte dem da oben, dass Genevieve jede meiner Bewegungen erwiderte.

Ihre Stimme klang gehaucht und voller Verlangen, als sie antwortete:»Ich muss auf meinem Terminkalender nachsehen. Oh, mein Gott ...«

Ich wusste genau, was das hieß. Meine Zuckerkirsche stand kurz davor, zu kommen, und dem hochkonzentrierten Ausdruck auf ihrem Gesicht und dem feinen Schweißfilm auf ihrer Stirn nach zu urteilen, würde es eine höllische Erlösung sein. Aber hallo. Ich erhöhte noch mal das Tempo, drückte das Becken nach vorn und rieb meinen dicken Schwanz an ihr, immer und immer wieder. Ich hob eine Hand und umschloss eine ihrer vollen, festen Brüste. Sie bog sich meiner Hand entgegen, als ich ihre Hupe durch den Stoff des Tanktops hindurch massierte.

»Küss mich«, verlangte ich, als sie den Kopf nach hinten fallen ließ.

Die kurzen, unsinnigen Satzfetzen, die ihr entfuhren, blieben immer gleich, was bewies, dass sie sich ganz in diesem Moment verlor. Genau so wollte ich sie haben.

Genevieve schlug die Augen wieder auf, und da sah ich, heiliges Ehrenwort, wie mich meine Zukunft anstarrte. Ihr Mund war schlaff, ihre Augen unter den halb gesenkten Lidern waren voller Lust und ihre Wangen so rosig wie die schönste Rose, die ich je gesehen hatte.

»Trent«, flüsterte sie.

Ich hätte fast in meiner Hose abgespritzt. Jeder Muskel, jede Faser ihres Körpers waren so angespannt, ich konnte es kaum erwarten. Ich drückte meine Lippen auf ihre und ließ mir ihren heiß herausgeatmeten Orgasmus auf der Zunge zergehen. Die Zungen wild aneinander, ungezähmt und überall gleichzeitig ... küssten wir uns, als ob unser Leben davon abhinge. Sie packte mich und umschlang ganz fest unsere unteren Hälften, als all

das Zittern und Beben in ihr nachließ und schließlich ganz ver-
ebbte.

Unsere Münder waren noch miteinander verschmolzen, und
meine Reaktion auf Genevieve, die Schönheit in Person, war so
stark, dass ich fast wieder in meiner Hose explodiert wäre. Dennoch genoss ich es, wie ein brünstiges Tier zu stöhnen, ihre weichen Kurven an meinem härtesten Körperteil. »Shit!«, fluchte
ich, und mein stoßweiser Atem streifte ihren feuchten Nacken,
während ich verbissen versuchte, die Lust unter Kontrolle zu
bekommen, die in mir rauschte. Ich wollte so tief in sie eindringen und abspritzen. Alles herauslassen. Die aufgestaute Spannung vermischte sich mit dem Frust, dem Himmel derart nah
zu sein und nicht darin eintauchen zu dürfen. Aber hier war es
nicht, wo ich sie das erste Mal so richtig nehmen wollte. Stattdessen leckte ich ihr den salzigen Hals entlang und speicherte
den Geschmack ab. Nicht, dass ich das müsste. Ich wollte eine
ganze Menge mehr davon haben, und zwar bald. Sehr bald.

»Also, sieh mal in deinem Terminkalender nach und melde
dich dann noch mal bei mir wegen des Dates«, raunte ich ihr ins
Ohr.

Sie schüttelte sich vor Lachen. »Ja. Mach ich.«

Treffer, versenkt.

6. KAPITEL

Das Wurzel-Chakra

Das Wurzel-Chakra steht auch mit der Selbstliebe und dem Ego in Verbindung. Wir nutzen unsere Selbstliebe, um unsere Bedürfnisse zu schützen, und wir nutzen unser Ego, um unsere Gefühle zu schützen.

GENEVIEVE

Zitternd wie Espenlaub betrat ich das Büro, in dem wir unsere Zeiterfassungsbögen aufbewahrten. Crystal saß auf dem Schreibtisch, nicht auf ihrem Stuhl davor, sie saß *auf dem* Schreibtisch. Ein Haufen Papiere lag verstreut um sie herum. Ihre blonden Haare hatte sie mit einem Stift zu einem Dutt hochgesteckt. Die Augen geschlossen, bewegte sie ein wenig die Lippen. Die Frau sah nicht aus wie sechzig. Sie hatte nicht ein Fältchen im Gesicht. Irgendjemand von der Straße würde sie höchstens auf vierzig schätzen. Nicht, dass es ihr etwas ausgemacht hätte. Im Gegenteil, sie hatte eine gesunde Einstellung zum Alter. Sie sagte, das Alter wäre nichts weiter als eine Zahl, um festzuhalten, wie viele Jahre man schon gelebt hatte, nicht wie viel Lebenserfahrung man besaß. Leise tappte ich auf bloßen Füßen zu der Kiste, in der sich unsere Bögen befanden, zog meinen heraus und schrieb meine Stunden auf, inklusive der, in denen ich diese Woche mit Trent das Yoga-Separee genutzt hatte.

Auch nur an seinen Namen zu denken jagte mir einen Schauer durch und durch.

»Ich kann dich dort drüben denken hören. Was hat dich so durcheinandergebracht, Vivvie?«, fragte Crystal, die Augen immer noch geschlossen, bequem im Lotus-Sitz oben auf ihrem Schreibtisch, umgeben von Chaos.

»Tut mir leid, dass ich dich gestört habe bei … was auch immer du da machst«, sagte ich und versuchte, meine Büroarbeiten durchzugehen. In zwanzig Minuten würde ich meine

Klasse unterrichten, Trent die Privatstunde geben, und dann würden wir Rowan in der Bäckerei *Sunflower* treffen. Der Gedanke, Trent mit meinem Bruder zusammenzubringen, versetzte mich in geradezu schwindelerregende Aufregung.

Crystal öffnete eins ihrer klaren blauen Augen. »Du bist ja ganz zappelig, Süße, und dazu sendest du noch so unruhige Schwingungen aus. Wie willst du deine Klasse unterrichten, wenn du so erschöpft bist? Setz dich.« Sie schloss das Auge wieder, legte die Finger in einer Gebetsgeste an die Stirn, verbeugte sich und kam dann hoch.

»Warum sitzt du auf dem Schreibtisch?« Ich versuchte, nicht zu lachen.

»Um Durchblick zu gewinnen.« Sie zuckte die Achseln, faltete die Beine auseinander und rutschte zum Rand. Einige der Papiere fielen auf den Boden. »Du weißt ja, Buchhaltung ist nicht meine Stärke, und jeder Computer, den ich anfasse, schmiert immer gleich ab. Und da dachte ich, eine kleine Meditation würde meinen Kopf klären und meine Frage beantworten.«

»Und das musstest du auf dem Schreibtisch machen?« Lächelnd hob ich eine Braue.

Crystal setzte ein gelassenes kleines Grinsen auf. Eines, was ich sehr gut kannte. »Um ein Problem in seiner ganzen Bandbreite erfassen zu können, sollte man sich ihm am besten ganz und gar hingeben. Also habe ich mich ganz in das Chaos eingefügt, in der Hoffnung, die Lösung für mein Zahlenproblem finden zu können.«

Erschaudernd dachte ich über meine eigenen »Zahlen«-probleme nach. Die Grundsteuer für das Haus war im Dezember fällig, die Rechnungen zwei Monate überfällig. Die Kids brauchten Essen, Kleidung und mussten bei ihren Schulaktivitäten unterstützt werden, ohne selbst von den finanziellen Problemen durch den Besitz eines riesigen Hauses in Berkeley belastet zu sein. Sicher, wenn ich es verkaufen würde, würden unsere

Probleme verschwinden. Unser Einfamilienhaus war rund ein-einhalb Millionen wert. Ich hätte genug, um alle übrigen Schulden zu tilgen, könnte meine Ausbildung fortsetzen, die Studiengebühren für Row und Mary bezahlen und hätte immer noch genügend Startkapital, um eines Tages meinen eigenen Salon zu eröffnen. Aber wir waren dort aufgewachsen, unsere Eltern hatten dort gelebt, geliebt und uns nach der Geburt aus dem Krankenhaus hierher nach Hause gebracht. Wir hatten dort gelernt zu laufen, zu sprechen und zu sein, wer wir sind. Damit wäre auch das letzte bisschen von unseren Eltern weg. Ich konnte mich nicht davon trennen, und ich würde mich mit Händen und Füßen dagegen wehren, es verkaufen zu müssen.

Crystal musterte mich mit einem kritischen, alles sehenden Auge, so, wie sie es mit jedem machte. Ihre Talente als Yogini waren unglaublich, aber sie hatte auch noch andere Gaben, wie zum Beispiel einen scharfen Blick dafür, wann Menschen verletzt wurden, und großartige Ratschläge, wie man es wiedergutmachen konnte. Sie war auch unheimlich versiert darin, die Haie der Welt zu durchschauen, nicht vertrauenswürdige Menschen und Situationen, bei denen die meisten Schwierigkeiten hatten, sich fernzuhalten. Vor allem wohl, weil sie sich einfach mit Menschen auskannte und einen sechsten Sinn für Beziehungen, Geschäftsabschlüsse und die Zukunft besaß. Jedes Mal, wenn ich bei einem Problem mit den Kids oder dem Haus zu ihr kam, bot sie mir gute Ratschläge und eine anregende Inspiration, um mich zu ermuntern, es selbst herauszufinden. Vielleicht konnte sie mir bei meinem Dilemma mit Trent helfen.

»Und hast du die Lösung für dein Zahlenproblem gefunden?«

Crystal lachte, ging zu dem Tisch, auf dem sie Schmuck aufbewahrte und Kleinigkeiten, die sie in ihrer Freizeit herstellte und an interessierte Kunden für einen Bruchteil ihres Wertes verkaufte. Mit zarter Hand nahm sie einen atemberaubenden

weißen Kristallanhänger, der an einer langen Silberkette baumelte, und kam zu mir rüber.»Habe ich«, beantwortete sie
meine Frage. Sie legte mir die Kette um den Hals und schob den
Kristall unter mein Tanktop, wo er in den Spalt zwischen meinen
warmen Brüsten fiel.»Zur Abwehr von Negativem.«

»Was war die Lösung, wenn ich fragen darf?« Ich rieb über
den Kristall, der da nun über meinem Herzen lag.

Angesichts meiner eigenen Zahlenprobleme könnte ich ein
paar wenig verschleierte Ratschläge gut gebrauchen.

Crystal schob mir eine Haarlocke hinters Ohr.»Einen Buchhalter einzustellen.«

Ich bin mir sicher, dass ich die Brauen zusammenzog, als
sie mir mit dem Daumen den Bereich über der Nase zwischen
den Augenbrauen massierte.

»Ich habe mich in das Chaos eingefügt, darüber meditiert
und festgestellt, dass ich in der Gleichung überhaupt nicht gebraucht wurde. Jewel bearbeitet mich schon seit Monaten damit,
dass sie endlich einen Buchhalter einstellen will, aber da es unser
Center und unser hart verdientes Geld ist, wollte ich es nicht für
etwas verschwenden, von dem ich dachte, dass ich es selbst tun
könnte.« Crystal zuckte die Achseln und ging zurück zu ihrem
Schreibtisch, wo sie sich einen Haufen Papiere schnappte und
alles fein säuberlich in einer Ecke zu einem großen Stapel schich-
tete.»Wie sich herausgestellt hat, bin ich nämlich viel besser,
wenn ich meine Talente für Sachen nutzen kann, die mich inte-
ressieren, als für Sachen, die mir Kopfschmerzen bereiten.« Sie
zwinkerte mir zu und setzte sich auf ihren Stuhl.

»Geht es dem Center gut?«, fragte ich, nervös, ob sie vielleicht von ihren Geldproblemen nur einfach nichts wissen wollte.
Allerdings war jeder Kurs voll, was mich dann doch eher annehmen ließ, dass die Dinge gut liefen.

»Besser denn je. Alle unsere Abendkurse sind brechend voll,
deiner und Milas Kurs haben am Morgen begonnen, und unsere

Yoga-Separees sind auch ausgebucht. Apropos ... Ich habe gehört, du hast die ganze Woche eine Privatstunde gegeben. Ist das wahr?« Sie grinste, und ihr ganzes Gesicht schien dabei aufzuleuchten.

Der Gedanke an Trent sorgte dafür, dass sich meine Haut unerträglich heiß anfühlte. Dieser Kuss und wie er mich gestern gegen die Wand gedrückt hatte, hatte mich meine Erlösung herausschreien lassen, kurz darauf ihn seine. Wir hatten uns beide wie liebestolle Welpen aufgeführt, und ich fragte mich immerzu, was das bedeutete. Er machte mir klar, dass es für ihn keine einmalige Sache war. Er sprach sogar davon dass er mich auf ein Date einladen wollte. Das Problem war, dass er der Typ Mann war, in den eine Frau sich verliebte ... viel zu sehr verliebte. Ich kannte seine Geschichte. Na ja, so richtig nun wieder auch nicht. Ich kannte das, was ich in der Boulevardpresse gelesen hatte, und von Rowan wusste ich, dass sein Idol ein ziemlich heißer Hengst war. Laut Row, der schwer beeindruckt war, hatte er angeblich jede zweite Woche eine neue Tussi am Arm.

Selbst wenn wir zusammen wären, bis er wieder Baseball spielte, wäre er bei jedem Auswärtsspiel nicht da, und die Leute um ihn herum würden das machen, was sie immer machten. Ich hatte so eine Ahnung, dass das nicht »allein im Hotelzimmer herumhängen« sein würde, weit weg von spärlich bekleideten Groupies. Nein, ich musste mich selbst schützen. Sicher, ich fühlte mich zu ihm hingezogen. Mehr als das. Ich wollte ihn. Wollte ihn so sehr wie noch keinen anderen Mann, den ich getroffen hatte. Wäre ich in der Lage, ihn gehen zu lassen, wenn er wieder in einer besseren körperlichen Verfassung war und in seiner Mannschaft spielte? War das wichtig? Konnte ich eine zwanglose Affäre haben und mein Herz unter Kontrolle halten? Ich biss mir auf die Lippe.

Crystal klopfte auf den Schreibtisch. »Honey, was auch immer in deinem Kopf vorgeht, es ist qualvoll mitanzusehen. Bitte, erzähl es mir. Du weißt, dass deine Mom mir die Verantwortung übertragen hat, mich um dein Gefühlsleben zu kümmern. Da sie nicht hier ist, Gott segne ihre schöne junge Seele, musst du mit dem arbeiten, was du hast.«

Ich atmete langsam und tief ein, so wie ich es immer all meinen Schülerinnen und Schülern während meines Unterrichts empfahl, straffte die Schultern, richtete die Wirbelsäule auf und sah zu Crystal. »Mein Privatschüler ist der Profi-Baseballer Trent Fox. Gestern habe ich ihn geküsst. Genau hier. Na ja, nicht genau hier ...«, ich zeigte auf den Boden in ihrem Büro, »... vielmehr im Yoga-Separee. Es wurde ein wenig heiß. Jetzt will er ein Date mit mir, und ich fühle mich, als wären unsere Eltern gerade weg, und ich habe ihn gebeten, sich mit Row zu treffen, denn er ist ein großer Fan, und wenn ich ihn seinem Idol vorstellen kann, dann sollte ich das für meinen Bruder tun, obwohl ich ihn geküsst habe und das nicht hätte tun sollen.« Ich war atemlos, als ich fertig war.

Crystal hob die Hände und winkte damit vor der Brust. »Moment mal. Warum hättest du ihn nicht küssen sollen?«

Von dem Ganzen, was ich ihr gerade gesagt hatte, pickte sie sich nur diesen winzigen Aspekt heraus? »Weil er ein Spieler ist. Und er ist mein Schüler.«

Sie zog die Nase kraus. »Es gibt absolut keine Richtlinien, was das Schließen von Freundschaften betrifft. Wir legen keine Vorschriften zur sexuellen Anziehung fest. Wenn überhaupt, ermutigen wir dazu.« Ihre Augen glühten.

Sie hatte ja recht. Das Studio bot sogar Kurse für Paare an, sinnliche Tantra-Yogaübungen und spezielle Seminare, die Paaren helfen sollten, ihre leidenschaftlichere Seite zu finden.

»Trotzdem war es nicht sehr professionell.«

Crystal zuckte die Achseln. »Sex, Liebe und Leidenschaft sind es normalerweise auch nicht. Diese Dinge passen naturgemäß nicht perfekt in eine kleine Schublade. Sie sind chaotisch und kompliziert, aber die guten Teile daran fühlen sich teilweise außerirdisch gut an, geben unserem Körper und Geist alles Nötige. Wenn dieser Mann dein Herz höher schlagen lässt und dein Wurzel-Chakra stärkt, warum lässt du es dir nicht gut gehen mit ihm?«

Ich rieb mir übers Gesicht. Bei Crystal hörte sich immer alles so einfach an. »Was, wenn ich mich in ihn verliebe?«

Sie schnaubte. »Du hast schon Schlimmeres durchgemacht, meine Liebe. Das wäre doch ein guter Ausgleich, findest du nicht?«

Seufzend schüttelte ich den Kopf. »Nein, aber was ist, wenn er nur Sex mit mir will, keine Beziehung?«

Sie kniff die Brauen zusammen. »Hat er dir das gesagt?«

»Nicht genau. Er will ein Date mit mir und … andere Dinge.«

Sie lächelte. »Und bist du auch an ›anderen Dingen‹ interessiert?«

»Oh ja«, flüsterte ich atemlos und dachte daran, wie er mich an dieser Wand befummelt hatte. Seit drei langen Jahren hatte ich keinen Orgasmus mehr gehabt, ohne mich selbst zu befriedigen. Dieser eine war besser gewesen als alle selbst herbeigeführten zusammen, und er hatte mich nicht einmal dort angefasst oder viel von mir gesehen.

»Sieht aus, als hättest du deine Antwort«, sagte sie nur und kehrte zu ihren Stapeln zurück.

»Überhaupt nicht. Ich bin verwirrter denn je«, stöhnte ich, stand auf und sah auf die Uhr. »Ich muss jetzt einen Kurs unterrichten, und ich werde wohl allen ihre Glücksorte so richtig vermasseln.« Ich wollte kindisch aufstampfen.

Crystal stand auf, kam zu mir herüber und zog mich in ihre Arme. Hielt mich fest, bis ich fast dahinschmolz in ihrer mütterlichen Umarmung. Für eine Frau, die keine eigenen Kinder hatte, war es bemerkenswert, dass sie sich der anderen Waisenkinder der Welt ebenso mütterlich annahm, als hätte sie sie selbst geboren. »Hör zu, meine Liebe, und hör gut zu. Du musst das nicht planen. Nicht jedes Stückchen deines Lebens muss in eine Schublade passen. Im Moment musst du an dich, Rowan und Mary denken. Aber du musst nicht planen, wie deine Beziehung zu diesem Trent in sechs Monaten aussehen wird.« Sie streichelte mir übers Haar. »Warum gehst du es nicht von einem Tag zum anderen an? Wenn du außerschulische Aktivitäten mit ihm möchtest, die zwanglos sind, nur zu. Du bist eine erwachsene Frau. Nur du urteilst über dich. Also hör auf damit, und fang an zu leben. Lass uns nur noch schnell ein Chakra nachjustieren. Ich kann es nicht zulassen, dass du unsere Kunden mit deinem schlechten Karma ansteckst.«

* * *

Crystal hatte recht. Wie immer. Nachdem sie mir geholfen hatte, die negative Energie rund um meine Chakren zu beseitigen, schickte sie mich zum Unterrichten in meinen Kurs. Der Kurs war großartig, brechend voll und gab mir den freien Kopf, den ich haben musste, wenn ich Trent traf.

Als ich das Separee betrat, saß er schon auf einer Matte. Noch dazu auf einer für Männer. Sie war schwarz, volle zwei Meter lang, eine Sonderanfertigung von einer Firma, die ich kannte. Ein Spitzenprodukt, ideal für seine Größe, extra dick gepolstert. Das war eine kluge Idee, denn er war ja zur Regeneration da, und die Knie eines Baseballers mussten in Topform sein. Er hatte die Augen geschlossen, aber als ich hereinkam und die Tür hinter mir zumachte, schlug er sie auf.

»Hey, Zuckerkirsche, ich habe den Meditationsscheiß ausprobiert, von dem du mir erzählt hast. Bin aber irgendwie schlecht darin. Ich denke, ich mach dieses Wochenende mal den Kurs bei dieser heißen Braut Dara.«

»Heißen Braut?«, rutschte es mir heraus, bevor ich mich

zügeln konnte und so nun verriet, wie ich mich dabei fühlte, wenn er die körperlichen Eigenschaften einer anderen Frau ansprach. Grinsend biss er sich auf die volle Unterlippe. Ich hatte das Gefühl, als würde ein Stromstoß durch meine Nerven jagen. *Blöder, sexy Kerl.*

»Jep, du musst sie kennen. Eine Haut wie dunkler Honig, kastanienbraunes Haar bis zum Arsch. Die blauesten Augen, die ich je gesehen habe. Arbeitet in der Bäckerei.«

Laut schlug ich meine Matte aus und fühlte mich plötzlich sehr gereizt. »Ja, ich kenne sie.«

»Dann weißt du ja, dass sie heiß ist. Mensch, ich habe mich gestern nach dem Kurs hier umgesehen, und die Jungs sollten herkommen, um Bräute aufzureißen. Sie sind alle verdammt heiß, kurvenreich und biegsam wie nur was und supernett.«

Natürlich bemerkte er alle Frauen, die hier arbeiteten. Fand sie wohl auch alle heiß. Hmmm. Na ja, wie auch immer. Sie waren hübsch. Da ging ich d'accord mit ihm. Aber wenn er Pluspunkte von mir bekommen und mich daten wollte, dann sollte er nicht über den Geilheitsfaktor von Leuten sprechen, die ich als meine guten Freundinnen ansah.

»Was habe ich jetzt schon wieder getan, Zuckerkirsche?« Sein Tonfall war sofort entschuldigend.

Ich hielt den Kopf hoch, tat so, als hätte mich seine Bemerkung nicht gestört, und hantierte an den Requisiten um uns herum. Leider scheiterte ich, denn binnen zwei Sekunden packte mich Trent um die Taille und zog mich auf sich drauf, bis ich rittlings auf seinen Oberschenkeln saß, meine Mitte direkt an seiner viel härteren, und unsere Gesichter nur wenige Zentimeter voneinander entfernt.

»Ich mag es nicht, wenn du mich ignorierst. Ich mag es definitiv nicht, wenn du Gedanken für dich behältst, die sich offensichtlich um mich drehen und in keine gute Richtung gehen. Also, was ist los?«

Den Mund spitzend, hob ich das Kinn. »Wenn du meine Freundinnen für so heiß hältst, warum fragst du sie nicht nach einem Date?« Mein Tonfall war trotzig und kindisch. Ich wollte das Gesagte sofort zurücknehmen, doch wenn ich es täte, würde ich schwach wirken, und weil ich das nicht wollte, tat ich es nicht.

Er kicherte. »Ach, darum dieses merkwürdige Verhalten? Du bist eifersüchtig?«

Zähneknirschend starrte ich hart in seine Haselnussaugen. Darin glitzerte was, von dem ich nur vermuten konnte, dass es Heiterkeit war. »Ha! Ich bin nicht eifersüchtig. Du kannst daten, wen du willst.«

»Richtig, Zuckerkirsche, und ich will *dich*. Alle Bräute in diesem Gebäude, und allesamt gut aussehende Ladys, sehen blass aus im Vergleich zu dir. Klar?« Er drückte mit seinen riesigen Händen auf meine Schultern, glitt hoch und fuhr mir mit den Fingern ins Haar, spielte in dem aufgesteckten Dutt herum und löste ihn.

Ich wollte protestieren, aber es fühlte sich so gut an, wie er mit den Händen durch mein Haar streifte, dass ich meinen Gedankengang verlor.

»Alter Falter. Sieh dich an. Überhaupt kein Vergleich.« Er bewegte seine Hände so, dass er mit beiden Daumen über meine Wangen streicheln konnte. »Diese Perlmutthaut macht mich schwach. Der blutrote Lippenstift macht mir einen Steifen. Und diese schwarzen Katzenaugen bringen mich dazu, dich festzuhalten und nie wieder loszulassen. Glaub mir, es gibt keine andere Frau, die ich mehr will als dich. Kriegst du das endlich in dein atemberaubendes Köpfchen, ja? Und zwar schnell. Wir müssen noch etwas Yoga machen, und dann werden wir deinen Bruder treffen.«

Nach seinem schönen Geschwafel beugte er sich zu mir, küsste mich ausgiebig, leidenschaftlich und so sinnlich feucht, dass ich ganz allein seine Küsse trinken wollte, und dann brachte er mich zu meiner Matte.

»Okay, Boss, prüf mich auf Herz und Nieren. Ich habe ein heißes Date, das ich nicht verpassen möchte.«

TRENT

»Row, warum ist Mary bei dir?«, fragte Genevieve, als ein großer junger Mann aus der Fahrerseite eines coolen, alten königsblauen 1965er Mustang Shelby GT350 ausstieg, lackiert mit den typischen, fetten Doppelstreifen vom Dach bis zum Heck.

Ein blondes, kleineres Mädchen, das wie eine Mini-Ausgabe von Genevieve aussah, sprang aus der Beifahrerseite heraus, rannte ihr in die Arme und drückte sie an sich.

»Hey, Spätzchen, geht's dir gut?«, begrüßte sie die Kleine.

Spätzchen? War das ihr Kind?

Die Kleine hüpfte glücklich um sie herum Richtung Tür.

»Total gut! Verkürzter Schultag«, erklärte sie, als sie die Bäckerei betrat.

Ich sah mir die Szene zwischen Genevieve und ihrer Familie an, ohne ein Wort zu sagen.

»Row, sorry. Ich hab den Stundenplan nicht gecheckt, sonst hätte ich euch zur Schule gebracht, es kurz gemacht mit Trent und euch abgeholt.«

Ihre Stimme klang freundlich, aber enttäuscht, und diese Enttäuschung hatte nichts mit dem cool aussehenden Teenie vor ihr zu tun. Es lag an ihr selbst, es war, als hätte sie eine riesige Lupe und hielte das Ding direkt über sich. Es gefiel mir nicht, wie hart sie mit sich selbst ins Gericht ging. Überhaupt nicht. Menschen durften Dinge versäumen und Fehler machen. Selbst meine kleine, kurvenreiche Traumblondine durfte mal eine Auszeit nehmen, sich wegen Regens verspäten, verdammt.

»Hey, Vivvie, kein Ding. Ich schaff das schon, unsere kleine Schwester abzuholen. Es ist kein Problem. Wir helfen uns gegenseitig. Oder?«

Ah, sie war ihre kleine Schwester, aber wo waren die Eltern dieser Kids, wenn Genevieve zu gestresst war, sie abzuholen und zur Schule zu bringen? Ich würde das nach unserem Gastspiel mit den Geschwistern bei meiner Zuckerkirsche ansprechen.

Der Bengel vor uns schaute mich an, grinste und trat von einem Fuß auf den anderen. Genevieve drehte sich um, und endlich fiel ihr auf, dass ich geduldig wartete. Ich würde ihr ihr mangelndes Interesse durchgehen lassen ... diesmal, aber nur weil mir die nötigen Infos über ihre Familiensituation fehlten.

»Rowan, das ist mein ...«

Ich wartete mit angehaltenem Atem, was sie sich ausdenken würde, um unsere Beziehung ihrem Bruder zu erklären. Erstens hatten wir kein Date gehabt. Zweitens hatte ich sie mehrmals geküsst und an der Wand zum Höhepunkt gebracht, an der ihr Arbeitsplatz war. Drittens plante ich, ganz in sie einzudringen und noch mehr von ihr zu bekommen als nur schnell mal ein gegenseitiges Reiben, und das wusste sie.

»Kunde, Trent Fox.«

»Kunde?«, raunte ich ihr ins Ohr, leise genug, dass nur sie es hören konnte, als ich hinter sie trat.

Angespannt runzelte Genevieve die Stirn. Ich machte auf cool. Ich hatte ja später noch jede Menge Zeit, um zu bestimmen, was für Parameter das hier bekommen sollte. Fürs Erste musste ich nur einen Jungen beeindrucken, damit ich seiner Schwester schneller die Hand ins Höschen schieben durfte. Traurig, aber wahr.

Meiner Erfahrung mit Frauen nach bettelten die Bräute darum, sobald ich Freunde und Familie für mich gewann. Zumindest in der Vergangenheit hatte es bei mir so funktioniert. Nicht, dass ich viel Erfahrung mit Beziehungen hätte. Es hatte aber einige Bräute gegeben, an die kam ich erst ran, wenn sie mich – nach dem vierten Date – ihren Freunden und der Familie vorgestellt hatten. Zugegeben, so lief das früher, vor meiner Berühmtheit und dem Prominentenstatus, doch früher hatte ich immer viel Zeit investiert, um in ihre Höschen zu kommen. Jedes Mädchen unter der Sonne ließ mich dann nach dem vierten Date ran. Jetzt hingegen ließen mich die Frauen, die ich traf – außer Genevieve und ihre vielen heißen Yoga-Freundinnen –, bereits in der ersten Nacht ran, ohne großes Vorgeplänkel. Meistens zogen sie mir schon die Hose runter und nahmen meinen Schwanz tief in den Mund, bevor wir zu mir ins Hotelzimmer gegangen waren. Bei einem Mädchen wie Genevieve jedoch, da musste ich mich wieder anstrengen, und ich war bereit dazu. Fürs Erste. Zumindest bis die Saison wieder losging.

»Alter Schwede. Hi, Mann, ich bin Rowan Harper. Sie sind der beste Schlagmann in der Geschichte des Baseballs.« Der junge Typ, der nicht älter als sechzehn Jahre sein konnte, streckte seine Hand aus.

Ich schüttelte sie, bot ihm gleich kameradschaftlich das Du an, und er starrte ganz perplex und ehrfürchtig erst mich und dann nur noch seine Hand an, als wollte er die nie wieder waschen. Ich musste mich extrem beherrschen, um nicht zu lachen, denn ganz ehrlich: Der Bengel, das war ich vor zehn Jahren, als ich einen meiner Spielerhelden traf.

»Du spielst?«, fragte ich.

Er riss die braunen Augen auf. »Ja, Mensch. In der Highschool. Ich halte den Teamrekord für die meisten Treffer in einem Spiel.«

»Sind da Scouts bei den Spielen?«

Er zuckte die Achseln, und ich beobachtete ihn aufmerksam. Seine Körpersprache veränderte sich sehr stark, als ich die Scouts ansprach. Fast so, als würde er sich nach innen kehren und etwas verheimlichen.

»Vielleicht. Da mache ich mir keinen Kopf.« Er tat es ab wie nichts.

Damals hatte ich genauso unter Druck gestanden. Wenn ein Talentsucher ihn beim Spielen beobachtete, war das schon eine große Sache.

Ich schaute hinüber zu Genevieve. Stirnrunzelnd stemmte sie die Hände in die Hüften. Sah aus, als wäre das auch für sie eine Neuigkeit.

»Laut seinem Coach hat er den besten Schlagdurchschnitt in ganz Kalifornien«, ergänzte sie stolz.

»Das ist wirklich gut, Rowan. So habe ich auch angefangen.« Der Bengel zuckte die Achseln. »Ja, na ja, ich werde zur UC Berkeley gehen.« Er klang sicher, entschieden.

Genevieve verengte wieder die Augen. »Row, der Plan war, dass du dorthin gehst, wo du willst. Der Coach sagt, dass viele Unis Interesse zeigen werden. Du solltest dir das beste Gesamtpaket für deine Karriere im Baseball und dein Studium aussuchen.«

Rowan schweifte mit dem Blick zu mir und wieder zurück zu seiner Schwester. »Ich gehe auf die UC Berkely. Ich suche mir einen Job, und ich werde im Haus helfen. Die Chance im Baseball ist sowieso sehr gering.«

Sie schüttelte den Kopf. »Ich verstehe das nicht.«

»Schwesterherz, wir reden später darüber, okay? Aber mein Entschluss steht fest. Ich habe dem Coach schon mitgeteilt, dass er die Scouts informieren soll.«

Genevieve fielen fast die Augen aus dem Kopf. »Willst du damit sagen, dass Scouts bei dir angefragt haben?«

Rowan seufzte, und ich verschränkte die Arme. Ich war ein Eindringling in einem privaten Familiengespräch, aber zum ersten Mal fühlte ich mich nicht fehl am Platz. Ich wollte mich sogar einschalten und dem Bengel etwas in Sachen Baseball sagen. Wenn Scouts sich meldeten, musste er mit offenen Karten spielen und es mit ihnen ausfechten. Er war jung. Hatte noch ein oder zwei Jahre Schule vor sich, so wie ich seine Größe und seine Reife einschätzte.

»Ja, okay. Können wir uns eine Belohnung holen? Trent wartet.« Er deutete mit dem Kinn zu mir.

Ich gab den coolen Typen und deutete mit dem Kinn zurück. »Nein, wir gehen da nicht rein. Trent wird warten. Stimmt's, Trent?«

Sie drehte sich so energisch zu mir um, dass ihr die goldenen Locken über die Schulter flogen.

»Ja, Babe. Tu, was du tun musst.«

»Er hat dich ›Babe‹ genannt.« Ihr Bruder machte große Augen wie eine Eule. »Bist du seine Freundin?«

»Nein!«, antwortete sie.

Gleichzeitig antwortete ich: »Ja.«

Keine Ahnung, was um alles in der Welt mich zu dieser Antwort verleitet hatte, aber als ich es tat, fühlte es sich gut an. Mehr noch, es klang gut. Wie und wieso, konnte ich nicht erklären. Es war so was, das sich tief in mich eingegraben und gesät hatte, und diese Saat keimte und schlug Wurzeln bis in mein Herz, wo sie sich festsetzte und mich verwirrte und neben der Spur sein ließ.

Sie wandte sich wieder an mich. »Rede ihm keinen Blödsinn ein!«, warnte sie mich und drehte sich wieder zu Rowan um. »Wie viele Scouts haben sich gemeldet? Und *wag* es nicht, mich anzulügen.«

Der Junge verschränkte die Arme vor der Brust, entschied sich für eine erwachsenere Haltung, als er eigentlich die Eier dafür hatte, aber er versuchte es immerhin, und dafür zollte ich ihm Respekt. Meine Zuckerkirsche hatte sich direkt vor meinen Augen in einen *Fireball* verwandelt – in der Baseball-Sprache ein Ball, der nur so abzischte –, ging nur noch auf und ab und zischte irgendwie was vor sich hin. Ich schnappte ein paar Bruchstücke auf wie: »Ich fass es nicht ...« und »... nach allem, was sie für dich getan haben ...«, außerdem: »... wirft er alles weg ...«

Schließlich hörte sie auf zu laufen und bohrte ihrem Bruder einen Zeigefinger in die Brust. Er zuckte zusammen, aber hielt die Stellung. Schwächere Typen hätten dem Druck nachgegeben. »Du wirst ein Treffen mit deinem Coach und mir vereinbaren. Dann werden wir gemeinsam über deine Möglichkeiten sprechen. Ich kann es einfach nicht fassen. Das war doch immer dein Traum!«

Ich ging zu ihr rüber und legte ihr die Hände auf die Schultern. Sie ließ diese erleichtert sinken, vielleicht auch nur aus Reflex, aber ich hoffte Ersteres und dass meine Berührung der Auslöser gewesen war.

»Wie wäre es, wenn wir ein paar Leckereien bestellen und dann darüber reden? Du kannst mir sagen, was man dir erzählt hat, und ich kann dir vielleicht einen Rat geben, hm?«, regte ich an.

Der Junge nickte, drehte sich wortlos um und ging in die Bäckerei. Durch das Fenster konnte ich sehen, dass ihre Schwester Mary in der Schlange wartete. Sie hatte zwei Leute vor sich, aber wenn Dara hinter der Theke stand, würde es schon noch eine Weile dauern.

Die Frau unter meinen Händen drehte sich um und barg ihr Gesicht an meiner Brust. Unerwartet, aber nicht unerwünscht. Ich legte ihr die Arme um die Schultern und hielt sie für einen Moment ganz ruhig fest.

»Ich weiß, was er vorhat.« Sie wischte sich eine Träne aus dem Auge, die drohte, ihr über die Wange zu kullern.

Ich beugte mich vor. »Und was ist das, Zuckerkirsche?«

Sie schnaufte aufgebracht. »Er denkt wohl, er tut mir einen Gefallen, wenn er seinen Traum aufgibt, um mir zu helfen. Aber merkt er denn nicht, dass ich meinen schon aufgegeben habe? Es gibt keinen Grund, dass zwei Kids der Harpers alles verlieren sollten, worauf sie immer hingearbeitet haben. Es ist nicht fair. Ich habe meinen schon aufgegeben ... für ihn.« Sie zeigte zur Bäckerei und auf die Schlange, in der ihre Geschwister anstanden. »Und für sie!«

Ich wischte ihre Tränen weg. »Babe, wo sind eure Eltern bei alldem? So ein Junge braucht doch gerade jetzt seinen Vater, der ihm sagt, wo's langgeht.«

Sie lachte bitter auf. »Schön wär's.« Sie runzelte die Stirn und sah, wenn überhaupt möglich, noch unglücklicher aus.

»Sie sind nicht im Bilde?«, fragte ich.

Ihre Augen waren voller Trauer, als sich unsere Blicke trafen. »Unsere Eltern sind vor drei Jahren bei einem Autounfall gestorben. Seitdem kümmere ich mich allein um die beiden. Und jetzt will er das machen, was ich schon gemacht habe, und seine Träume einfach wegwerfen wegen irgend so einem verdrehten Alpha-Helden-Scheiß, von wegen, dass man sich selbst um seinen Kram kümmern muss oder so.« Tränen strömten ihr über die Wangen.

Ich wischte ihr die Tränen ab, so gut ich konnte. »Genevieve, es tut mir leid. Ich hatte ja keine Ahnung.«

Ja, ich musste noch ziemlich viel lernen über Genevieve Harper, und zum ersten Mal freute ich mich auf das Gute und das Schlechte.

Ich hielt sie fest, ließ sie sich in meinen Armen wieder sammeln, denn ich wollte der Mann sein, der dafür sorgte, dass ihr nichts Schlimmes widerfuhr. Denn mit ihr gab es für mich nach vielen Schatten nur noch Lichtblicke.

7. KAPITEL

Der Kopfstand
(Sanskrit: Sirsasana)

Der Kopfstand gilt als eine Asana für das mittlere und fortgeschrittene Niveau, und es kann Wochen, Monate und sogar Jahre dauern, bis man ihn beherrscht. Es verlangt eine unglaubliche innere Stärke, diese Stellung lange korrekt zu halten, die Unterarme und die Kopfkrone auf dem Boden und die Beine ganz gerade in die Luft gestreckt. Umkehrhaltungen lassen mehr Blut in den Kopf fließen, was die Gedächtnisleistung und das Konzentrationsvermögen verbessern und Spannung und Stress abbauen soll.

GENEVIEVE

Scheißsituation. Wir alle im Hause Harper mieden uns und hatten nur kalte Schultern, erhobene Kinne und leise Seufzer füreinander übrig, als wir uns am Sonntag zum Abendessen an den Tisch setzten. Ich hatte ihnen ihr Lieblingsessen gemacht: Truthahn-Tacos. Hatte sogar darauf geachtet, in den Garten zu gehen und etwas frischen Koriander aus Moms Kräuterbeet zu holen. Immerhin war das etwas von Mom, das weiterlebte. Ihre Kräuter. Sie hatte es geliebt, im Garten zu arbeiten. Das Einzige, was ich am Leben erhalten konnte, waren die Kräuter, indem ich sie einfach einmal pro Tag mit Wasser besprühte, sie nicht der vollen Sonne aussetzte, und dann machten sie ihr Ding. Der Rest des Gartens weniger. Mein Terminkalender ließ das nicht mehr zu. Rowan mähte wöchentlich den Rasen, so war das Gras kurz und grün, und die Sträucher sahen auch einigermaßen aus. Gelegentlich beschnitt er einige der größeren Laubbäume, aber es sah nicht so akribisch gepflegt aus wie früher bei Mom. Trotzdem wäre sie stolz, denke ich, dass wir überhaupt in der Lage waren, alles so lange weiterzumachen, auch wenn man überall merkte, dass da irgendwie ihr grüner Daumen fehlte.

Ich stellte ihnen die Teller hin, und wir alle sahen uns die Wand an, unsere Teller, aber nicht einander. Seit unserem Treffen mit Trent am Freitag hatte sich die Situation weiter verschlimmert. Row und ich lagen seitdem miteinander im Clinch. Row fühlte sich verpflichtet, als »Mann im Haus« für die Familie zu sorgen. Aber ich bin mir sicher, dass unser Vater, wenn er noch leben würde, mit mir einer Meinung wäre und auch wollte, dass der Junge seine Jugend nicht verpasste. Spaß hatte, auf Partys und mit Freunden abhing. Schon jetzt musste er Mary helfen, obwohl ihn eigentlich nur sein Baseball und seine Schulaufgaben kümmern sollten. Rowan war anderer Meinung, deshalb der Clinch.

Zusätzlich zu all den schlechten Schwingungen im Haus hatte Trent mir zweimal gesimst und angefragt, um welche Uhrzeit und an welchem Tag wir unser Date haben könnten. Schließlich knickte ich ein und sagte ihm, dass wir nächsten Freitag ja mal abends essen gehen könnten. Er war nicht glücklich darüber, eine ganze Woche warten zu müssen, bis er mit mir ausgehen konnte, was ich seltsam fand. Hatte er keine Horde williger Frauen, die für ihn immer parat stand? Die Sache zwischen uns war keine Beziehung. Er konnte treffen, wen er wollte. Ich wollte nur nichts davon wissen. Niemals. Mag sein, dass ich cool damit umgehen konnte, einen heißen Baseballer zu daten, der sich auch mit anderen Frauen traf, aber ich wollte nicht direkt darauf angesprochen werden. Ich sagte ihm außerdem, dass es mir wichtig sei, niemandem von unserem Date zu erzählen. Das Letzte, was ich brauchte, waren Paparazzi, die Lügen und Unterstellungen über mich verbreiteten, während ich mich um zwei junge, noch leicht beeinflussbare Kids zu kümmern hatte.

Fachlich war Row durchaus nicht jung. Er sah auch wie ein erwachsener Mann aus, aber ich wusste es besser. Hinter all seinem Starken-Mann-Gehabe steckte ein Junge, der seine Eltern verloren hatte und nicht wollte, dass seine große Schwester sich für ihn den Arsch aufriss.

Ich musste das in Ordnung bringen. Sanft legte ich meine Hand auf Rowans. Er wurde sofort stocksteif.

»Row …« Ich hoffte, er würde zu mir sehen und nicht auf seinen Teller voller Tacos und mexikanischem roten Reis. »Hey, Bruderherz, schau mich an.«

Rowan hob den Blick. Eine tiefe Furche hatte sich zwischen seine Augenbrauen gegraben, die verriet, wie viel Schmerz ich ihm zugefügt hatte. Sein Gesichtsausdruck war gequält, und allein bei diesem Blick bekam ich ein schlechtes Gewissen, das sich mir wie ein Pfeil ins Herz bohrte.

»Ich weiß, dass du arbeiten und der Familie helfen willst, und glaub mir, das, was du jetzt rund ums Haus tust und machst, und wie du mir hilfst, Mary zur Schule und zum Tanzunterricht zu bringen und wieder abzuholen, ist mehr, als jeder deiner Freunde tun muss.«

»Es ist nicht genug. Ich bin ein Mann, Vivvie. Ein Mann kümmert sich um seine Familie. Das würde Dad wollen. Das will ich.«

»Nein, du willst ein Profi-Baseballer sein, und du bist so nah dran, das zu schaffen. Nach Jahren harter Arbeit.«

Er schnaubte irgendwas und legte seine Gabel mit Reis hin.

»Und was ist mit dir? Du warst fast fertig mit deiner Ausbildung, als du dich von deinem Traum verabschieden und dich stattdessen um mich und Mary kümmern musstest. Ist es fair, dass du alles aufgegeben hast, während wir frei sind und unsere Träume weiterleben können?«

Ich schloss die Augen und versuchte verzweifelt, einen Grund zu finden, mit dem ich ihm aufzeigen konnte, dass es uns beiden nichts nützte, wenn wir ein tolles Lebensziel versäumten.

»Mein Traum ist nicht vorbei. Irgendwann werde ich meine Ausbildung als Hair & Beauty Artist abschließen und dann eine Weile darauf hinarbeiten, meinen eigenen Salon zu eröffnen. Weißt du, ich habe meinen Traum nämlich nicht begraben. Ich habe ihn nur aufgeschoben. Und, süßes Bruderherz ...«, ich drückte ganz fest seine Hand, »... ich würde es sofort wieder tun, nur um dich am College Baseball spielen zu sehen. Jedes Spiel, das ich besuchen kann, bedeutet mir was. Es beweist, dass wir noch leben, auch wenn wir Mom und Dad viel zu früh verloren haben. Wir kämpfen und streiten, und weißt du was, Bruderherz? Trotz allem Durchgestandenen bin ich glücklich. Und ich denke, du und Mary auch. Liege ich falsch?«

Mary schüttelte den Kopf. »Ich bin glücklich, Vivvie. Ich gehe auf dieselbe Schule, wohne im selben Haus, und ich kann immer zum Tanzen und zu Aufführungen gehen.«

Ich lächelte meine kleine Schwester an. »Und du bist eine wunderschöne Tänzerin. Eines Tages könntest du das Tanzen zu deinem Beruf machen und auf der Bühne in einer Show am Broadway landen oder so. Man weiß ja nie. Es ist wichtig zu träumen. Mehr noch, es ist wichtig, darauf hinzuarbeiten.« Ich richtete meinen Blick auf Row. »Ich will dich eines Tages als Profi auf dem Spielfeld sehen. Und dem alten Trent Fox harte Konkurrenz machen.«

Das ließ Rowan aufmerken, und er warf den Kopf in den Nacken und lachte. »Mensch, du träumst ja groß, Vivvie.«

»Jep, und das solltest du auch. Könnten wir das also bitte noch mal überdenken?« Ich hielt immer noch fest seine Hand, um die Bedeutung dessen hervorzuheben, worüber er nachdachte, und damit das Licht von meinen Herz-Chakren direkt in seine floss. Ich konzentrierte jedes Fünkchen meiner Liebe und Energie auf diese Anstrengung.

Rowan nickte. »Ich verspreche nichts, aber ich werde das Treffen mit dem Coach arrangieren. Und ich werde ihm auch sagen, dass ich vorhabe, für das Team der UC Berkeley oder der UC Davis zu spielen. Das ist nicht zu weit weg von zu Hause, da wäre ich sofort bereit, dorthin zu gehen. Mary wird erst zehn sein, wenn ich meinen Abschluss mache. Da darf ihr Bruderherz nicht zu weit entfernt sein. Nee, äh, auf keinen Fall.«

Das war fair. Optimal, nein. Ich hatte gehofft, er wäre offen dafür, dorthin zu gehen, wo das beste Team war und man ihm das Studium voll finanzieren würde. Aber wenn es das jetzt war, was er wollte, sah ich keine Möglichkeit, seine Meinung zu ändern. Immerhin war er noch im Rennen.

»Danke, Row. Du wirst es nicht bereuen.« Ich nahm meinen Taco und biss herzhaft ab. Der Käse, der Truthahn, der frische Koriander und die Tomate verschmolzen zu einer himmlischen Geschmacksexplosion auf meiner Zunge. »Alter Falter, ich liebe Tacos!«

Eine Runde Ich-auch-Rufe eröffnete das übliche Sonntagabendgespräch über Schule, Baseball, das Yogacenter, unsere Freunde und Nachbarn. Auch ohne unsere Eltern saßen wir immer noch um unseren Familientisch herum und schenkten uns gegenseitig Zeit, so wie wir es unser ganzes Leben lang getan hatten. Nur dieses Mal begleiteten zwei leere Stühle unser Trio. Ich würde eine Kerze vor jeden Stuhl stellen und sie jeden Sonntag zum Abendbrot anzünden, damit ihr Licht um uns herum leuchten konnte.

TRENT

Sie hatte mich noch nicht bemerkt. Ich sagte kein Sterbenswörtchen, als ich durch die offen stehende Tür in das Yoga-Separee sah, das zu meinem Lieblingstreffpunkt geworden war, seit ich letzte Woche begonnen hatte, diese Privatstunden zu nehmen. Genevieve hob gerade ihre Beine in eine heikle Stellung, eine Stellung, die meinen Schwanz steinhart werden ließ und mir den Mund wässrig machte. Verdammt, sie war immer noch nicht herausgekommen. Sie stand auf dem Kopf, hielt die Hände hinter dem Kopf verschränkt, um den Hals zu stützen. Mit der Kopfkrone ruhte sie auf dem Boden, und die Füße hatte sie oben in der Luft. Wahrscheinlich wurde das Bleistift-Stellung oder so genannt, aber ich würde es Kopfstand nennen. Ich hätte nicht gedacht, dass jemand über zehn überhaupt körperlich noch in der Lage war, das eigene Gewicht so hoch zu halten. Im Flur zog ich meine Schuhe aus, meine Socken und mein T-Shirt und legte sie in der Nähe des Türrahmens ab. Ohne ein Geräusch zu machen, schloss ich die Tür weitestgehend und dankte dem da oben, dass die Scharniere nicht quietschten. Ich ließ die Tür nur angelehnt, zog sie nicht ins Schloss, denn das Geräusch hätte Genevieve definitiv aus egal welcher Meditation oder jeglichem yoga-bedingtem Koma herausgeholt, und ich wollte sie mir noch ein wenig länger so anschauen.

Sie hatte einen geilen, runden Knackarsch, und ihre gut trainierten Beine waren ganz durchgestreckt, von den Oberschenkeln über die Waden bis in die zierlichen Fußspitzen. Der angesagte pinke Lack auf ihren Zehen passte farblich zu den Lippen und Fingernägeln. Mannomann, die Frau war ein fleischgewordener, feuchter Männertraum. Wenn ich da nicht reinkäme – und mit *da* meinte ich das Land der Verheißung zwischen diesen straffen Beinen –, würde ich vielleicht an dicken Eiern sterben. Ich konnte mich nicht erinnern, wann ich das letzte Mal länger als zwei Wochen hatte darauf verzichten müssen, meinen Schwanz nass zu machen.

Der Grund, warum mich das nicht stutzig und ganz kirre machte, ließ mich nicht los. Das musste ein Rekord sein.

Genevieve Fucking Harper.

Sie bewegte die Beine, spreizte sie zu einem breiten V, machte mir im Prinzip ein Sexangebot. Mein Schwanz nahm das höchst aufmerksam zur Kenntnis, und das Verlangen rauschte durch meine Adern und sammelte sich in meinen Eiern. Das war's dann. Ich konnte mich nicht mehr zurückhalten.

Ich näherte mich so leise, dass sie mich nicht hören konnte, bis ich nah genug dran war, um ihren Zitronenduft zu riechen. Ihre Beine schwankten, aber bevor sie sie schließen konnte, legte ich ihr ganz leicht meine Hände auf die Fußgelenke.

»Gerade diese Stellung, Zuckerkirsche, bietet ein paar echte Möglichkeiten.« Ich leckte mir die Lippen und starrte auf ihre Beine, die offen für mich waren.

Sie zuckte mit den Gliedern, als ich mit den Händen über die Innenseite ihrer Fußgelenke bis zu ihrem Schritt hochwanderte. Und als ich innen an ihrem Oberschenkel war, etwa einen halben Fuß entfernt von ihrer Muschi, erschauerte sie. »Was machst du da?« Sie klang heiser, zittrig, aber nicht verängstigt.

Es ging wieder ein Zucken durch ihre Beine, als ich meine Hände noch einen Zentimeter näher heranschob, dabei immer noch mehr als zehn Zentimeter von dem Ort entfernt war, an dem ich sein wollte. Doch sie versuchte nicht, diese zu schließen, oder bat mich, sie nicht zu berühren. Womöglich war mein biegsames Luder ja fasziniert.

»Kannst du diese Stellung lange Zeit halten?«

»Jaaa.« Einmal mehr hatte ihre Stimme so ein sinnliches Timbre, das mich auf einer primitiven, körperlichen Ebene ansprach und meinen Schwanz sofort aufmerksam strammstehen ließ.

Ich hmmmte aus tiefster Kehle, als ich mit den Händen noch näher an ihre Muschi ranrückte, sie fast berührte.

Durch den Stoff ihrer wallenden Harems-Hose konnte ich spüren, dass sie all ihre Muskeln angespannt hatte. Die Hose war unten an den Knöcheln etwas enger und aus hauchdünner Baumwolle – derart hauchdünner, dass man gut sehen konnte, wie sich genau an der Stelle, wo ich am liebsten hinwollte, ein dunkler, feuchter Fleck abzeichnete. »Gut so, Babe, weil wir das fucking noch mal jetzt gleich testen werden.« Ich griff mir den Yogablock neben ihrer Matte und setzte mich drauf, spreizte weit die Knie vor ihr, damit sie mit ihrem Oberkörper dazwischen Platz fand, fast wie in einem Käfig. So war mein steifer Penis ideal positioniert, wenn sie mich oral nehmen wollte. Und bei allem, was mir heilig war, hoffte ich höllisch, dass sie es wollte. Meine fadenscheinigen Gedanken uferten sofort aus, als die feuchte Stelle vor meinen Augen breiter wurde und die Luft nach dem verlockenden Moschus duftete, den ihr weiches Geschlecht verströmte. Unverzüglich beugte ich mich vor und inhalierte ihre Erregung. Das ließ sie aufmerken.

»Ich weiß nicht, ob ich die Stellung halten kann.«

»Was würde dir helfen? Wie wäre es, wenn du die Knie auf meine Schultern legst, so kann ich dir das Gewicht deiner Beine abnehmen, aber zuerst ...« Ich fasste ihr in den Schritt, zerrte an dem feinen Stoff ihrer Hose und riss ein klaffendes Loch genau in die Mitte. Ihre pinken Lippen schimmerten im Licht der Deckenstrahler, und ich schob die Hüfte vor, sah das ganze Feuchte und wünschte mir nichts mehr, als sofort dort einzutauchen. »Und jetzt die Knie auf meine Schultern, Babe.«

Genevieve schloss die Beine und verbarg für einen Moment den Himmel zwischen ihren Schenkeln – einen Moment zu lange, meiner Meinung nach. Mein Mund wurde wässrig, der Duft ihrer Erregung drängte mich weiterzumachen. Dann beugte sie die Knie und schob sich nach vorn, damit die Beine gespreizt blieben, das meiste Gewicht aber auf meinen Schultern lastete. Fand ich gut so. So hatte ich ihre feuchte Muschi direkt vor meinem Mund. Genau dort, wo ich sie wollte.

»Ist dir schwindelig, Zuckerkirsche?«

»Nein, noch nicht. Ich kann gerade nicht klar denken, aber ich glaube, das liegt vor allem daran, wo du gerade mit deinem Kopf bist.«

»Gut, dann mach dich jetzt bereit, den Verstand zu verlieren, denn, Honey, ich werde dich auf eine Art nehmen, wie ich noch nie eine Frau genommen habe.«

Sie erbebte. Ich umfasste mit einer Hand ihren Oberschenkel, mit der anderen ihre Taille, um ihr Halt zu geben. Ich konnte mir nicht vorstellen, dass sie es schaffte, noch lange in dieser Stellung zu bleiben, aber ich erwartete auch nicht, dass es länger als zwei Minuten dauern würde. Trotzdem musste ich ihr einen Ausweg bieten.

»Sag Nein, und ich werde es nicht tun. Ich zähle bis drei. Wenn du nicht Nein sagst, lutsche ich dich, bis du auf meiner Zunge kommst.«

Sie wimmerte und umklammerte mit ihren Beinen meinen Kopf. Ich hielt mich an ihren Beinen fest, als sie die Stellung änderte.

»Zieh deine Shorts runter«, verlangte sie.

Mir platzte fast der Kopf, als ich an die kandierten Lippen dachte, die meinen Schwanz umhüllten.

Ich tat, was sie verlangte. Sofort leckte sie die Spitze, strich nur einmal mit ihrer feuchten Zunge darüber, und ich war geliefert.

»Drei«, sagte ich, ohne gezählt zu haben, und steckte meinen Kopf zwischen ihre Schenkel. Sie schmeckte einzigartig, süß und würzig wie ein Zimt-Donut. Köstlich. Ich streckte meine Zunge nach ihr aus, schob mich nach vorne, damit ich mit meinem erigierten Schwanz in ihren Mund eindringen konnte, und legte sofort los, ihre saftige Muschi zu verwöhnen.

Ihr Stöhnen war raumfüllend, als ich mich mit dem Mund daran festsaugte, daran knabberte und mit der Zunge über die harte Knospe ihres Kitzlers wirbelte. Na, wenn das kein Vorteil war, mit einer irrsinnig biegsamen Frau zusammen zu sein. Irgendwann grätschte sie die Beine zum Spagat, und ich ließ meine Zunge tiefer in sie hineingleiten, als ich es je bei einer Frau getan hatte. Der Akt steigerte mein Ego enorm. Ich hielt mich an ihren Hüften fest, um jeden eventuellen Druck von ihrem Hals zu nehmen.

»Heb mich hoch. Ich werde mich auf meine Arme stützen. So kann ich dich besser lutschen.«

Sie keuchte auf, als ich ihre Klit nun voll in Beschlag nahm, fest daran saugte und mit den Zähnen daran knabberte.

Meine Verwöhndienste ließen sie am ganzen Körper erschauern. »O Gott, bitte, Trent. Jetzt.«

»Aber gern, Zuckerkirsche.« Ich verlagerte ihr Gewicht, denn obwohl sie kaum etwas wog, kam sie mir mit der Zeit doch schwer vor. Sie hob den Kopf vom Boden an und stützte sich mit den Händen auf der Matte ab. So hob sie ihren Körper höher zu mir, und ich ging auf die Knie. Meine Kniesehnen protestierten schwach, aber dieses Training brauchte das Bein jetzt unbedingt.

Sobald ich sie gut abstützen konnte, sie quasi fest in der Luft hielt, saugte sie meinen Schwanz ganz tief in ihren Mund. Und das Beste daran: Sie machte sich über mich her, als wäre ich ihre letzte Mahlzeit, als ob sie danach gehungert hätte, so gierig leckte und wirbelte sie mit der Zunge immer rundherum. Meine Eier wurden hart, schwollen an, und ein gewisses Kribbeln in meiner Lendenregion kündigte den bevorstehenden Orgasmus an, sandte mir eine Lustwelle den Rücken hinauf.

»Ich komme gleich. Nur damit du dich nicht verschluckst«, warnte ich, den ganzen Mund voll von der geilsten Muschi. Ich schob ihr einen Finger tief hinein und kitzelte sie von innen.

Sie spannte sich an. »Ich auch. Setz dich wieder hin, und dann lehn dich zurück, die Knie hoch. Ich werde mich auf dich stützen.«

Weil ich den erotischen Honig nicht zwischen ihren Schenkeln zurücklassen wollte, maulte ich erst, aber dann dachte ich mir, dass sie ja auf dem Kopf gestanden hatte und nun wahrscheinlich auch mal aufrecht auf ihren Füßen stehen musste. Ganz falsch gedacht. Kaum hatte ich mich hingelegt, brachte sie die Beine wieder hoch in die Bleistift-Stellung, ließ sie dann langsam wieder sinken, bis ihre Füße auf der Matte landeten, neben meinem Kopf. Es war, als würde ich mir in Zeitlupe einen akrobatischen Show-Act ansehen. Ich hatte mein lohnendes Ziel im Auge, als sie ihren Oberkörper nach unten senkte und sich über mich beugte, während ich auf dem Rücken lag. Und dann wurde ich von ihrer Muschi beschenkt, die direkt über meinem Gesicht schwebte.

Mit festem Griff packte ich sie um die Hüften. »Fucking Eins mit Sternchen!« Ich zog sie auf mein Gesicht.

»O Gott …«, sagte sie, während sie ihre Muschi an meinem Gesicht rieb.

Ich genoss jede Sekunde, in der sie so frei ihre Sexualität auslebte. Und dann, als ein Schauer nach dem anderen ihren Körper schüttelte, umschloss sie meinen schon wild zuckenden Schwanz mit dem Mund, nahm ihn aber diesmal noch tiefer in die feuchte Wärme. Und noch tiefer. Ließ ihn bis in den Rachen gleiten, vielleicht ein bisschen zu tief, ich spürte nämlich, dass sie auf einmal schluckte.

Also tat ich nun das: Ich packte ihren geilen Pfirsichpopo, zog ihr die knackigen Backen auseinander und widmete mich ihr wie einem Thanksgiving-Festmahl. Unermüdlich leckte und saugte ich und steckte ihr zwei Finger tief in die enge, heiße Öffnung, rieb über die kleine, versteckte Perle, und sie bog verlangend den Rücken durch. Sie stieß das Becken nach vorn und nahm ihre Lust selbst in die Hand, kam dann, während ich an ihr rummachte und sie dabei weiter an mir rummachte. Ihr Aufstöhnen beim Orgasmus war nur gedämpft zu hören, mein Schwanz füllte ja immer noch ihren Mund ganz aus. Als sie sich anspannte und sich auf das Loslassen vorbereitete, glaubte ich, ich wäre gestorben und im Himmel. Sie umschloss meine Eichel straff mit ihrem Mund, saugte sich daran fest wie ein Hoover-Staubsaugerbeutel auf einem Saugrohr. Schließlich stöhnte sie auf, und eine unfassbare Erregungswelle flutete von meinen Lenden aus meiner prallen Schwanzkrone, als ich ihr mein heißes Sperma in den Rachen spritzte. Sie nahm alles, saugte jeden Tropfen auf, als wäre sie am Verdursten.

Als wir beide fertig waren, drehte sie sich auf mir herum, als wäre sie die Star-Akrobatin im Cirque du Soleil. Sie strahlte auf jeden Fall so.

»Heilige Scheiße, das war … wow …«, hauchte Genevieve an

meiner Brust, den Kopf auf meinem hammermäßig pumpenden Herzen.

»Eher fan-fucking-tastisch. Hast du so was schon mal gemacht?«

Sie schüttelte den Kopf. »Nein, aber ich wollte immer schon mal etwas abenteuerlichere Yogapraktiken anwenden. Mein Kumpel Dash bietet ein Tantraseminar an, und ich habe ihm schon mal assistiert, als seine normale Assistentin verhindert war. Die machen da Dinge ...« Sie schüttelte wieder den Kopf. »Ein ›Wow‹ ist dafür noch untertrieben.«

»Meld uns an«, sagte ich trocken. Noch sexyere Yogastellungen, die mir einen Mundvoll von Genevieve bescherten? Da stand ich voll drauf.

Genevieve kicherte an meiner Brust. Ihre Wangen zeigten jetzt ein sanfteres Pink, ihr Lippenstift war verwischt.

»Komm her, Zuckerkirsche. Lass mich deine geilen Lippen schmecken. Ich will mich selbst auf dir schmecken.«

Ihre dunkelbraunen Augen wurden noch dunkler vor Begierde. Ich griff ihr um den Nacken und dirigierte sie zu meinen Lippen. Zuerst probierte ich ihre Unterlippe, leckte die ganze kandierte Süße mit einem Hauch Salz ab, der bis jetzt nicht da gewesen war. Das war ich. Salzig und süß. Meine beiden Lieblingsgeschmäcker zusammengemixt.

Ein paar Minuten küssten wir uns sanft und berührten uns intim. Es war das erste Mal, dass ich Zeit damit verbrachte, eine Frau einfach nur zu berühren und zu küssen, und zwar nur, um sie kennenzulernen. Was ihr gefiel, welche Laute sie von sich gab, wenn ich eine besonders sensible Stelle streichelte, das alles war ein einziges Mysterium für mich, das ich lüften wollte. Die Art, wie sie seufzte, wenn ich mit der Zunge zwischen ihre Brüste fuhr ... Himmel pur. Die Zeit verging so schnell, dass wir erst bemerkten, wie spät es schon war, als wir Fußtrappeln auf dem Flur hörten. Genevieve blickte zur Tür.

»Ist nicht wahr! Wir haben das alles gemacht, während die Tür nicht mal richtig zu war?« Ihr Gesicht lief in einem Maße purpurrot an, wie man es sich bei ihrer hellen Haut gar nicht hätte vorstellen können.

»Entspann dich. Die Tür hat ja nicht mal geknackt, aber ich stimme dir zu, das war knapp.« Ich grinste.

Sie haute mir auf die Brust, sprang hoch und versuchte, ihre Hose wiederherzurichten. Doch dann ging sie zu ihrer Tasche in der Ecke, fischte eine frische Yogahose heraus und schlüpfte aus der, die sie trug. Ich genoss den fantastischen Anblick, den sie mir so halb bekleidet bot. Ihre Beine waren, gemessen an ihrer Körpergröße, ungewöhnlich lang. Dazu wohldefiniert, straff. Das blonde Haar zwischen ihren Schenkeln bildete ein feines, kleines Dreieck, über das ich sehr gern mit meiner Zunge gleiten wollte. Viel zu schnell sprang sie in ihre frische Hose. Ich stöhnte, zog meine Shorts über meinen halben Ständer und rappelte mich hoch.

Aus irgendeinem Grund war sie, zwischen dem Anziehen der neuen Hose und dem Pfeffern der alten in die Tasche, plötzlich schüchtern geworden. Die Schultern gekrümmt, fuhr sie sich immer wieder mit einer Hand durchs Haar und sah überallhin, nur nicht zu mir. Weil ich mir dachte, ich müsste ein bisschen Schadensbegrenzung betreiben, humpelte ich rüber in die Ecke, in der sie ihre Sachen zusammensammelte. Ich legte ihr eine Hand auf den Nacken.

»Genevieve, Babe, mit Worten lässt sich dieses Erlebnis kaum beschreiben. Ich werde mich mein Leben lang daran erinnern.«

Sie begegnete meinem Blick, wirkte irgendwie ängstlich dabei, voller Sorgen, die vorher nicht da waren. Und die ich, ganz ehrlich, nicht verstand. Bereute sie, was wir getan hatten?

»Alles okay?«, fragte ich sie und umfasste mit beiden Händen ihre Wangen.

Sie nickte.

Ich schüttelte den Kopf. »In Worten, Zuckerkirsche.«

Genevieve blickte schnell zur Tür. »Es war wild. Ich habe so etwas noch nie gemacht. Wusste nicht mal, dass ich es kann. Du bringst eine Seite in mir hervor ... eine wilde Seite, die mich komplett die Kontrolle verlieren lässt. Wir hätten das hier nicht tun sollen.«

Ich beugte mich näher zu ihr und drückte meine Stirn auf ihre. »Ich verstehe das, und du hast recht. Wir waren einfach in der Stimmung. Es war wild, aber nichts, was wir getan haben, war falsch. Es war nur der falsche Ort. Nächstes Mal sind wir ungestörter.«

»Nächstes Mal?« Ihre Stimme zitterte leicht.

»Oh ja. Es wird ein nächstes Mal geben, Zuckerkirsche. Denkst du etwa, ich wollte nach dieser Kostprobe des leckeren Nektars zwischen deinen Schenkeln keinen Nachschlag?«

Ihre Wangen wurden heiß unter meinen Händen, und ich wusste, wenn ich die jetzt wegnahm, würde ich mein geliebtes rosiges Pink zu sehen bekommen.

»Trent, du sagst Sachen ...« Sie seufzte und schmiegte sich in meine Hand.

Oh, das gefiel mir. Schmusig war sie, wie ein Kätzchen. Und ich fragte mich natürlich, wie ich sie sonst noch zum Schnurren bringen könnte.

Sanft küsste ich sie auf den Mund, einmal, ein zweites Mal und ein drittes Mal, und dann zog ich mich zurück und ließ sie gehen. Musste ich auch, denn sonst würde ich sie gegen dieses Seiden-Patchwork drücken und sie noch mal auf eine ganz neue Art nehmen. »Freitag, du und ich. Abendessen. Dann bei mir zu Hause. Plan eine Übernachtung ein.«

Die Augen weit aufgerissen, schüttelte sie den Kopf. »Ich kann nicht.«

Ich runzelte die Stirn. »Warum nicht, zum Teufel? Du bist eine erwachsene Frau.«

»Ja, und mit der Verantwortung für zwei Kinder«, fuhr sie mich an.

»Moment mal. Du bist ganz allein zuständig für deinen Bruder und deine kleine Schwester?« Mir war nicht klar, wie viel sie wirklich am Hals hatte.

Sie ließ die Schultern herabhängen. »Ja. Und sie zählen darauf, dass ich jeden Abend nach Hause komme.«

»Hast du keine Großeltern oder Tanten und Onkel, die dir helfen könnten?«

Ich seufzte zähneknirschend. So sauer, wie sie aussah, bekam ich gleich meine Eier auf dem Tablett serviert, aber nicht schön angerichtet.

»Du hast vielleicht Nerven.« Sie stieß mir mit dem ausgestreckten Zeigefinger gegen die Brust.

Autsch. Jetzt wusste ich, wie sich ihr Bruder gestern gefühlt hatte.

»Du siehst immer nur die Frau, mit der du ins Bett willst. Tja, ich bin aber nicht so eine kleine Nutte ohne Gepäck wie die Groupies, mit denen du ins Bett gehst. Ich habe Verantwortung, Leute, die sich darauf verlassen, dass ich da bin, wenn sie ihren Kopf aufs Kissen legen. Wenn du damit nicht umgehen kannst ...«, sie streckte einen Zeigefinger aus, »... da ist die Tür. Die kannst du gerne benutzen.«

»Zuckerkirsche, es tut mir leid. Ich hatte ja keinen Schimmer von der ganzen Geschichte.«

»Tja, vielleicht solltest du vorher fragen und nicht gleich davon ausgehen, dass du mich mal eben schnell in dein Bett entführen kannst.«

Sie hatte recht, aber ich auch. Wir hatten die letzte Stunde damit verbracht, Dinge miteinander zu tun, von denen ich wusste, dass ich sie mit keinem anderen Menschen wiederholen könnte, und dieser Gedanke machte mich höllisch traurig. Mein Herz zog sich unangenehm zusammen. Jeder Mann würde annehmen, dass die Frau, mit der er es getrieben hatte, es sofort Hurra schreiend wiederholen wollte, nur horizontal und mit viel weniger an, vorzugsweise auch auf einem Bett und nicht auf dem harten Boden eines öffentlichen Yogastudios. Es *war* hammergeil gewesen. Und ganz ehrlich: Ich würde es wirklich nie vergessen. Diese Szene hatte sich so krass in mein Hirn eingebrannt, dass ich sie nach Lust und Laune jederzeit hervorkramen konnte.

»Genevieve, es tut mir leid. Ich hätte nicht davon ausgehen dürfen. Wie wär's, wenn ich dich morgen Abend wie geplant zum Essen ausführe? Dann reden wir. Du erzählst mir alles von dir, und ich erzähl dir alles von mir. Wir fangen noch mal neu an«, sagte ich und staunte selbst über meine Worte. Es war ein bisschen wie in dem Film *Body Snatchers – Die Körperfresser kommen*. Ich sagte die richtigen Worte, und meinte sie auch so, aber dem Trent Fox, der ich immer gewesen war, wären sie egal gewesen. Total. Diese Version von mir war geradezu demütigend für die heiße Yogalehrerin.

Es musste an dem phänomenalen Sex liegen.

8. KAPITEL

Das Wurzel-Chakra

Die Wurzel unseres Seins wird stark von unserer sexuellen Energie beeinflusst. Ein Paar, das von seinen Urbegierden gesteuert wird, motiviert sich gegenseitig in Richtung Genuss.

GENEVIEVE

Zu meiner eigenen Überraschung hatte ich einem Neuanfang mit Trent zugestimmt. Sicher, er sah gut aus, hatte einen tollen Körper, war witzig, gab mir die ganze Zeit so süße Kosenamen wie »Zuckerkirsche« und »Babe«, aber da war noch mehr. Er ließ mich tiefe Gefühle entwickeln, viel tiefere, als ich sie bei meinem Ex-Freund Brian gespürt hatte, und dabei dachte ich, ich würde ihn heiraten.

Es musste an dem phänomenalen Sex liegen. Was wir vor ein paar Tagen im Studio erlebt hatten, war reinstes Kamasutra-Yoga. Ich hatte es nachgeschlagen. Ich konnte es nicht glauben, dass ich mich so lange in dieser Stellung hatte halten können. Andererseits hatte er mir auch geholfen, meine Beine anzuheben, und hatte mich so gut abgestützt, wie er es konnte. Und trotz alledem hatte ich noch Kräfte einer Super-liebhaberin und Sexgöttin in mir angezapft, die verborgen in irgendwelchen Schichten meiner stark unterdrückten weiblichen Sexualität geschlummert haben mussten. Wenn ich nur an seinen Mund dachte, spürte ich ein Prickeln am ganzen Körper.

Ich seufzte und kuschelte mich fröstelnd in meinen Samt-blazer. Die Luft war nicht kalt, nur irgendwie frisch bis weit in den Oktober hinein. Die Bay Area war nicht bekannt für Kälte. Kein Ort in Kalifornien war das, wenn es auch in der Bay Area um einiges kühler war als im Valley. Die Bewohner des Valleys trugen jetzt immer noch stylishe Shorts und Tanktops, aber in Berkeley spürten wir mehr das kühle Klima des Pazifiks.

Ich hielt einen Fuß schräg und schaute mir meine Schuhe an. Ich liebte lange Stiefel und enge Jeans. Kam ich mir größer drin vor und bei eins siebenundsechzig machte sich jedes bisschen Mehr an Größe gut, das ich herausschlagen konnte. Ganz besonders beim Date mit einem Typen, der fast zwei Meter groß war. Ich hatte keinen Schimmer, was Trent in mir sah. Ich wusste, dass ich als hübsch galt. Man hatte mich schon einige Male mit Gwen Stefani verwechselt, und die war wunderschön, wenn auch doppelt so alt wie ich. Ich hatte meine Haare offen gelassen, als mir wieder einfiel, dass mir Trent diese Woche meinen üblichen Dutt gelöst hatte, als er mich küsste. Ich stand mit dem Gesicht zum Wind, und die Haare wehten mir ins Gesicht.

Ich wartete vor dem Studio auf Trent. Er hatte den Termin heute wegen irgend so einem Marketing-Meeting mit seinem Agenten abgesagt.

»Hey, Viv!« Dara rannte auf mich zu, die Schürze noch umgebunden von ihrer Bäckerei-Schicht.

Sie umschlang mich mit ihren langen Armen und drückte mich ganz fest. Sie fühlte sich warm an, und sie duftete nach Puderzucker. Einer der Vorteile, in einer Bäckerei zu arbeiten: Sie duftete immer nach den Kuchen und Broten, die sie dort backten.

»Warum stehst du denn hier draußen auf der Straße, so sexy von oben bis unten?«

Ich grinste, scharrte mit einem Fuß auf dem Boden, schaute dann die belebte Straße runter. Es war früher Abend, und die Ortsansässigen trafen sich an ihren Lieblingsplätzen, wie der Bäckerei, dem Café, dem Tabakladen, und rannten, um noch pünktlich zu ihrem Yogakurs zu kommen. »Ich warte darauf, dass mein Date mich abholt.«

Dara bekam große Augen. »Ach, ja? Und ist das jemand, der groß ist, so ... richtig groß?« Sie streckte einen Arm hoch über ihren Kopf.

Ich nickte lächelnd.

»Und hat er ganz dichtes braunes Haar?« Sie zog eine Augenbraue hoch.

»Kann sein.« Ich biss mir auf die Lippe und bekam plötzlich ganz heiße Wangen.

»Und könnte es möglicherweise der ›Sexiest Baseball Player alive‹ sein, markantes Kinn, sinnliche Haselnussaugen und einen Body zum Anschmachten?«

»Mhm«, gluckste ich.

Dara streckte die Hand aus und stupste gegen meinen Arm. »Du bist doof. Ich wollte auch was von dem. Der ist ja so was von ultrascharflecker. So was kriegt bei mir volle Punktzahl.« Sie zwinkerte mir zu.

Was sollte ein Mädel sonst sagen? Sie lag ja nicht falsch. »Weiß ich.« Ich schlang fröstelnd die Arme um mich, als ein eleganter silberner Maserati direkt vor mir angerollt kam und in der Ladezone parkte. Bad Boy durch und durch.

Vorsichtig stieg Trent aus dem Auto. Seine langen Beine steckten in einer dunklen Jeans im verwaschenen Used-Look. Er trug ein hautenges schwarzes Henley-Shirt mit Knopfleiste, das seine Muskeln noch mehr betonte. Verflucht, Trent Fox sah aus wie einem heißen Sportler-Kalender entstiegen. Er humpelte zu mir rüber, aber das Humpeln war etwas weniger ausgeprägt. Entweder hatte er einen guten Tag, oder das Yoga half ihm. Ich hoffte, dass es letzteres war.

»Zuckerkirsche …« Er beugte sich zu mir runter, bis er auf meiner Höhe war, legte mir eine Hand um den Nacken, hob mein Kinn an und drückte meinen Lippen einen sanften, viel zu kurzen Kuss auf. »Hab dich heute vermisst, Babe.«

»Heiß, ey!«, wisperte Dara vor sich hin, doch laut genug, dass wir beide es hören konnten.

Trent grüßte mit einem obercoolen Kinnheber. »Dara, wie geht es dir, Beauty?«

Ich zuckte zusammen, als ich hörte, wie er sie »Beauty«

nannte. Einen ersten Stich Eifersucht spürend, tadelte ich mich selbst. *Mensch, Luna und Amber hatten schon recht. Du bist zu lange aus dem Spiel.*

»Nicht so gut wie euch beiden, wie ich sehe. Eure Auren strahlen hier so hell, dass ich schon geblendet bin. Wow. Damit werdet ihr Spaß haben.« Sie verzog kurz den Mund.

»Womit?«, fragte Trent.

Nicht viele Leute wussten, dass die Meditationsspezialistin des Lotus House auch Auren lesen konnte. Und das, was sie herauslas, war nie falsch.

»Dem Spaß, den ihr heute Abend haben werdet. Miteinander.«

Kopfschüttelnd zeigte sie auf uns beide. »Eure Auren sind flammend rot.« Sie wedelte sich ins Gesicht, als fühlte sie gerade selber einen heißen Flush.

Trent legte mir die Arme um die Hüften und zog mich an sich. »Ist sie so eine Verrückte?«

Ich kicherte. »Jep, und ihr Herausgelesenes stimmt immer haargenau.« Auch wenn es keine Gedankenleserin brauchte, um zu wissen, dass es zwischen Trent und mir heiß knisterte. Es war wie ein Stromschlag, als er mit seiner Hand meinen Nacken berührte und mit seinen Lippen kurz die meinen streifte.

Trent hob den Kopf und drehte sich zu Dara um. »War nett, dich zu sehen, Beauty. Ich komm nächste Woche auf ein paar Kuchen bei dir vorbei, okay?«

»Klar doch, Mr Attraktiv«, antwortete sie. »Bye, Viv. Viel Spaß.« Sie winkte mit den Fingern und wackelte mit den Augenbrauen.

Und ich? Ich war richtig sauer. Er hatte sie *Beauty* genannt und sie ihn *Mr Attraktiv.* Mir war selbst noch gar nichts Schlaues eingefallen, wie ich ihn nennen sollte, und jetzt bekam er hier von ihr schon so einen richtigen Spitznamen verpasst. Und es war auch noch ein guter. Ich schmollte.

Trent beugte sich wieder dicht zu mir und rieb seine Stirn an meiner. »Was bedeutet denn so eine rote Aura überhaupt?« Ich grinste und hob den Kopf, um mir seine Augen genauer ansehen zu können. Bei diesem Licht wirkten sie eher dunkelgrün statt haselnussbraun. »Das bedeutet so was wie Leidenschaft, Liebe, Hunger, Dringlichkeit, geladene Energieteilchen.« Meine Stimme klang tiefer, sinnlicher.

Er hmmmte aus tiefster Kehle. »Dann hat sie eine Gabe, Zuckerkirsche. Wenn ich mir dich so in diesem Outfit ansehe, dazu den knallroten Lippenstift auf deinem Kussmund, denke ich eine Menge solcher Dinge.«

Ich konnte nicht anders, als breit zu lächeln, meine Nase an seiner zu reiben und ihm genau zu sagen, wie es mir ging: »Ich auch.«

Er fuhr mit einer Hand über meinen Arm und zerrte an mir. »Wir sollten bald mal essen gehen, sonst verspeis ich stattdessen noch dich.« Als er mir die Beifahrertür öffnete, fasste er sich provokativ mit einem Daumen an den Bund seiner Jeans.

Ich unterdrückte das Lachen, das in mir aufsteigen wollte. Bei diesem Mann fühlte ich mich einfach immer leicht, weiblich, mädchenhaft und vor allem ... gewollt. Es war so lange her, dass ich es mir erlaubt hatte, mich zum anderen Geschlecht hingezogen zu fühlen, und jetzt, wo ich es getan hatte, waren die Träume in mir entfesselt, und die Emotionen stürmten nur so auf mich ein. Zwischen meinen Beinen pulsierte es heiß, eine Spannung baute sich auf, kribbelte in meinem Bauch, über meine Brüste, meinen Hals, und durch jeden Arm bis in die Fingerspitzen. Ich war total aufgedreht, aufgeladen. Eine einzige Berührung, selbst eine kurze, konnte mich erregen. Ich hatte mich noch nie so lebendig gefühlt wie jetzt.

TRENT

Auf dem Weg zum Restaurant saß Genevieve still neben mir im Auto. Ich wollte mit ihr zu dem Lokal im obersten Stock meines Hauses. Es hatte eine Sky Lounge, die ich regelmäßig aufsuchte. Ich kannte die Leute dort, und freitagabends wurde mir dort immer ein Tisch reserviert. Das Essen war gut, die Atmosphäre locker businessmäßig und die Aussicht super. Ich hielt Genevieve für eine Frau, die noch nicht oft von einem reichen Typen ausgeführt worden war.

Wir fuhren zum Parkservice des vierundzwanzigstöckigen Hauses, das im Zentrum von Oakland lag, östlich des Geschäftsviertels. Mein Apartment befand sich im zwanzigsten Stock, und ich hatte einen tollen Blick auf den Lake Merritt, aber ich hatte nicht vor, ihr das zu sagen. Sie würde denken, dass ich sie ins Bett kriegen wollte. Was übrigens nicht ganz unwahr war. Ich hatte seit zwei Wochen keine Frau mehr gehabt. Sicher, ich hatte eine kleine Kostprobe von der süßen Genevieve bekommen, und jedes kleine bisschen von ihr war köstlich gewesen. Ich wollte mehr. Sehr viel mehr.

»Warte hier«, sagte ich. Ich stützte mich beim Aussteigen ab, bewegte mich so schnell um das Auto herum, wie es mein verletztes Bein zuließ, und öffnete ihr die Tür. Das Lächeln auf ihrem Gesicht, als sie aufblickte und einen gestiefelten Fuß auf den Asphalt setzte, war den Aufwand wert. Alter Falter, sie hatte das schönste Gesicht, das ich je gesehen hatte. Ihre Haut schimmerte wie gemeißeltes Elfenbein. Das Rot ihrer Lippen im Kontrast zu ihrer makellosen Haut ließ es mir nicht nur eng ums Herz werden, auch in meiner Jeans.

»Warst du hier schon mal?«, fragte ich.

Sie schüttelte den Kopf. »Nein. Normalerweise verbringe ich nicht viel Zeit in Oakland. Seltsamerweise verbringe ich fast meine ganze Zeit in Berkeley. Ich arbeite dort, meine Freunde leben da, und meine Geschwister gehen dort zur Schule.« Sie zuckte die Schultern. »Also keine großen Gründe, die Fühler auch woanders auszustrecken.«

»Keine Baseball-Spiele?«

Sie grinste. »Ich war seit Jahren nicht bei einem Spiel der Profi-Liga. Zuletzt, als mein Vater Rowan und mich mitnahm. Ich war damals in seinem Alter, sechzehn. Er war acht. Aber wir haben uns für die Ports entschieden.« Sie grinste jetzt eher scheu.

»Ist das wahr?« Ich führte sie die Treppe hinauf, wo der Doorman die Tür aufhielt.

»Ja, das ist wahr.«

»Tja, dann muss ich dir wohl mal einen Tribünenplatz bei einem meiner Spiele besorgen, was?«

Alle Muskeln in mir spannten sich an, als sie jäh stehen blieb.

Sie hob den Kopf und schien jeden Zentimeter meines Gesichts unter die Lupe zu nehmen, als sie mich ansah. »Trent, sag nichts, was du nicht auch so meinst, okay?«

Sie wisperte die Worte nur, aber emotional versetzte sie mir damit einen gewaltigen Tiefschlag.

»Zuckerkirsche, ich …«

Sie wedelte mit der Hand und ging zum Aufzug, und ich folgte ihr auf dem Fuße. »Kein Ding. Ist doch bloß, weil ich mich nicht an dich binden will.«

Dummerweise guckte ich wieder finster und antwortete ohne diese fucking Schranke im Kopf. »Was, wenn ich will, dass du dich bindest?«

Genevieve drehte sich schnell um. »Ganz ehrlich, wir wissen beide, was das zwischen uns ist. Lass uns nicht mehr daraus machen.«

Wir betraten den Aufzug.

»Du mit deiner unendlichen Yogi-Weisheit, was würdest du denn sagen, was es ist?« Ich ging auf sie zu.

Sie wich zurück, bis ich sie eingekesselt hatte. Da ich mich nicht beherrschen konnte, drückte ich mich an sie.

Sie schnappte nach Luft, als sie mich in voller Länge spürte. »Spaß. Gelegentlich. Vielleicht mehr.« Ihre Stimme hatte wieder dieses sinnliche, tiefe Timbre, dass sich meine Gedanken nur noch darum drehten, wie ich sie so richtig durchfickte.

Im Versuch, die Lust zu zügeln, rieb ich meine Nase an ihrer und an ihrem Hals. Ich inhalierte den süß-würzigen Duft in ihrem Nacken und gab ihr dort einen Kuss. Seufzend schmiegte sie sich an mich.

Leise brummelnd streifte ich über ihre warme Haut und küsste mich ihren Hals entlang. »Gelegentlich? Vielleicht.« *Kuss.* »Spaß? Definitiv.« *Kuss.* »Mehr? Absolut.« Ich presste meine Lippen auf ihre und forderte ihren Mund.

Sie öffnete ihn für meine forschende Zunge, machte sofort mit. Wild, suchend, leidenschaftlich.

Wir küssten uns ohne Rücksicht auf das mögliche Kommen und Gehen im Aufzug. Irgendwann machten die Türen *pling*, und jemand räusperte sich. Ich wollte dem Kerl mit der Faust an die Kehle, der die Tür aufhielt, als ich kurz von ihren verführerisch süßen Lippen abließ.

»Ich glaube, Sie müssen hier aussteigen.« Ich erkannte den Wirt des Restaurants, und er war wenigstens so rücksichtsvoll, mit dem Blick nach unten zu schweifen.

»Toilette?«, fragte Genevieve sofort und strich sich über die Lippen, die vom Küssen regelrecht glühten.

Ein sexy Wischfleck blieb von unserem Kuss übrig, und dieses Liebesapfel-Rot wollte ich am Ende der Nacht überall auf meinem Körper haben statt auf ihrem. Wenn der da oben es wollte.

Der Wirt zeigte ihr den Weg und brachte unseren Tisch in Ordnung.

Als sie kurz darauf wieder herausspaziert kam, hatten ihre Lippen den perfekten roten Lipgloss-Look. Genevieve war die fucking Traumfrau jedes Mannes. Ihr Haar lag wieder so, wie es sollte, und fiel ihr in weichen Locken über die Schultern.

»Wie schön du bist«, sagte ich sofort.

Sie schnalzte einmal mit der Zunge, bevor sie antwortete. »Meinst du, so schön wie Dara?« Sie schürzte die hübschen Lippen.

Ich schloss die Augen und lachte in mich hinein. »Ich hätte nicht gedacht, dass du so eine Eifersüchtige bist, Zuckerkirsche.«

»Bin ich auch nicht. Aber wenn der Typ, mit dem du ein Date hast, dich schön nennt, nachdem er das zu deiner Freundin auch gesagt hat, die er gerade auf der Straße getroffen hat, schwächt das die Wirkung irgendwie ab.«

»Okay, zur Kenntnis genommen.« Ich legte ihr die Hand unten auf den Rücken und führte sie zu meinem üblichen Tisch.

Mensch, dieser Frau entging aber auch nichts, und darüber hinaus war sie eine Herausforderung. Eine, die mich absolut aufgeilte.

Nachdem wir uns gesetzt hatten und ich mir ein Bier und ihr einen Cosmo bestellt hatte, fing ich mit den Fragen an. Bis jetzt war ich immer so vorgegangen, dass ich eine Braut, die ich kennengelernt hatte, erst mal mit ein paar Drinks abfüllte, und dann hatte ich ihr das Hirn rausgefickt, bis keiner von uns mehr laufen konnte. Von Genevieve wollte ich eigentlich mehr erfahren.

»Bitte klär mich mal auf, wie das mit deinen Geschwistern ist. Warum trägst du die alleinige Verantwortung für sie?«

Genevieve nippte an ihrem Cocktail. Als ich sah, wie sie mit ihren rubinroten Lippen über den Zuckerrand streifte, pulsierte mein Schwanz schmerzhaft in meiner engen Jeans.

»Meine Großeltern sind tot. Meine Mutter und mein Vater waren Einzelkinder. Ich habe keine Tanten oder Onkel im herkömmlichen Sinn. Ich habe Amber, meine Nachbarin nebenan, die gleichzeitig meine beste Freundin ist, und ihre Großmutter, die hilft, wann sie kann, aber Amber ist Vollzeitstudentin. Und wenn ich sage ›Vollzeit‹, meine ich kein Zwölf-Stunden-Pensum. Sondern eins mit achtzehn. Sie wird mal Ärztin.«

Ich nickte und konzentrierte mich auf die Art, wie sie sprach, was sie sagte und was sie für Handbewegungen machte. Anmutig und geradlinig. Bei Genevieve war alles locker und leicht. Stellte ich eine Frage, antwortete sie. Keine Spielchen. Kein Blödsinn. Kein Versuch, Sex mit mir zu haben. Letzteres fand ich ziemlich scheiße. Die Frau hatte keine Hintergedanken. Sie wollte sich nicht an eine Brieftasche hängen oder auf der Erfolgswelle eines anderen mitreiten, und sie schien auch nicht so ein Trophäen-Weibchen zu sein, das nur wie ein superteures Angeber-Accessoire am Arm seines Kerls hing, obwohl sie schön genug dazu war. Diese Frau strafte alles Lügen, was ich je über Frauen gelernt hatte.

»Also, du hast gesagt, dass du Hair & Beauty Artist werden wolltest. Und dass du abbrechen musstest, weil …«

Ein Hauch von Traurigkeit huschte über ihr Gesicht, und ich wollte die Frage sofort wieder zurückziehen, um sie vor dem offensichtlichen Schmerz zu bewahren, der sich in ihrem Stirnrunzeln und ihren hängenden Schultern zeigte.

Sie blickte über den See, der eigentlich kein See war, sondern eine Lagune. »Als Mom und Dad ihren Unfall hatten, fehlten mir nur noch wenige Monate bis zur Abschlussprüfung. Als ich mich wieder auf die Ausbildung konzentrieren konnte, hatte ich viel Zeit verloren. Ich müsste noch mal ein ganzes Semester nachholen, was richtig viel Geld kosten würde.«

»Haben dir deine Eltern nichts vererbt?«

Sie schnaubte. »Das schon, das Haus, in dem ich lebe, ist alt, wunderschön und tonnenweise Geld wert. Mit dem Geld der Versicherung konnte ich die Hypotheken zahlen, aber nicht die Grundsteuer und die laufenden Unterhaltskosten. Ich habe ihre

Autos verkauft, und damit konnte ich in den letzten Jahren die Steuern bezahlen, und ich habe so viel gearbeitet, wie ich konnte, um den Rest zu bezahlen, Nebenkosten, Essen für uns drei, die Baseball-Ausrüstung und die Klamotten für Row, Tutus und Tanzunterricht für Mary.« Sie schaute nach unten und weg, sodass ich ihr nicht mehr in die Augen sehen konnte. »Da blieb einfach kaum was übrig. Jemand musste arbeiten und die Dinge am Laufen halten. Also unterrichte ich Yoga und schneide Haare in meiner Garage, um etwas Geld dazuzuverdienen.«

Wenn ich daran dachte, wie sie sich den Arsch aufriss, um sich um ihre Geschwister zu kümmern und ihr Elternhaus, wurde ich gleichermaßen wütend wie sprachlos. Die Frau war auf alle Fälle unglaublich. Sie gab ihren Traum auf, um sich um ihre Familie zu kümmern, arbeitete zu viel, und doch schien sie glücklicher als die Menschen, die ich sonst kannte. Keine Ahnung, warum sie nicht irgendwo in einer Ecke hockte und in Selbstmitleid versank. All die Frauen, die ich bis jetzt kannte, abgesehen von meiner Mutter, waren eher der Rette-mich-Trent-und-bezahl-für-mich-und-kauf-mir-Geschenke-Puppentyp. Genevieve hatte mich um nichts gebeten. Sie hatte es sogar zu vermeiden versucht, mit mir auszugehen.

»Sind dir Leute mit Geld unangenehm?«, fragte ich aus heiterem Himmel. Die Frage belastete mich stark.

Sie zog die Nase auf diese süße Art kraus, wie ich sie mochte, halb angeekelt, halb verwirrt. »Nein. Wie kommst du darauf?«

Ich zuckte die Achseln. »Gibt keinen Grund. Du bist einfach nur so bodenständig und nicht von Dingen beeindruckt, von denen andere Frauen es sind.«

Sie lachte vor sich hin. »Du meinst Dinge wie dein schickes Auto oder deinen Beruf?«

Lachend warf ich den Kopf in den Nacken. »So was in der Art, ja.«

Genevieve schüttelte den Kopf. »Geld ist Geld. Bevor meine

Eltern starben, konnte man eigentlich sagen, dass es uns ziemlich gut ging. Das Haus meiner Eltern ist eine Menge Geld wert. Nicht so viel wie ein Baseball-Vertrag ...«, sie zwinkerte mir zu, »... aber mein Vater war ein ziemlich bekannter Anwalt. Sie waren jung, als sie starben, erst vierzig, deshalb hatten sie noch nicht so viel für später angespart, wie sie es eigentlich vorhatten.«

»Deine Eltern waren erst vierzig?«

Traurig lächelnd verzog sie die roten Lippen. »Sie bekamen mich, da waren sie noch jung. Sehr jung. Neunzehn, gleich nach der Schule. Sie waren ein Highschool-Pärchen. Dann warteten sie, bis Dad sein Jurastudium abgeschlossen hatte und sich als Anwalt niederließ. Dann bekamen sie Rowan, und Mary war eine Überraschung. Mom nannte sie ein Geschenk. Sagte, dass sie nicht geplant hatten, noch mehr Kinder zu haben, aber sie waren begeistert, als sie herausfanden, dass sie wieder schwanger war.«

Lächelnd rechnete ich nach. »Scheint, als hätten sie da einen Acht-Jahres-Plan gehabt. Alle acht Jahre bekamen sie ein Kind.«

Genevieves Augen leuchteten auf. »Stimmt. Ich schätze, die hatten ein Vorbild. Was ist mit dir? Hast du Geschwister?«

Ich schüttelte den Kopf. »Nö. Meine Eltern wollten eigentlich ein Haus voll davon. Sie hatten mich, und als sie es noch mal versuchten, hatte Ma irgend so eine Untersuchung, bei der festgestellt wurde, dass sie Gebärmutterhalskrebs im Anfangsstadium hatte. Sie hätten versuchen können, die Gebärmutter zu erhalten, aber mein Vater bestand darauf, sie zu entfernen. Sie entschieden dann gemeinsam, dass eine vollständige Hysterektomie besser wäre. Mas Mutter war an Gebärmutterhalskrebs gestorben, und deswegen wollten sie es nicht riskieren. Sie hatten mich und waren glücklich.«

Genevieve lauschte aufmerksam, stützte sich mit einem Ellbogen auf den Tisch und bettete ihr Kinn in die Hand. Sie schien sich ganz auf mich und das Gespräch zu konzentrieren. Definitiv keins von den üblichen Groupies, die ich im Baseball-Umfeld traf. Nicht mal in derselben Stratosphäre.

»Kluge Entscheidung, die deine Alten da getroffen haben. Das hat wahrscheinlich dafür gesorgt, dass sie noch lange leben kann. Erzähl mir mehr von ihnen.«

Keine Frau hatte mich je nach meinen Eltern gefragt. Jep, Genevieve Harper war einmalig. Bildlich gesprochen: Sie war ein sexy, explosiv geworfener Fireball und wahrscheinlich die umwerfendste, tollste Frau, die ich je getroffen hatte. In ihrer Nähe zu sein war so, als säße man an einem kalten Tag in der Bay Area vor einem Feuer. Warm, einladend und mit einem schönen Zu-Hause-Gefühl. Was zum Teufel bedeutete das für die Zukunft? Ich hatte keinen Schimmer.

9. KAPITEL

Das Yoga-Kamel
(Sanskrit: Ustrasana)

Diese Stellung gehört zu den mittelschweren. Obwohl sie hilft, Rückenschmerzen, Angst und seelische Erschöpfung zu lindern, mach dich darauf gefasst, dich im Brustraum extrem nach oben öffnen zu müssen. Knie dich hüftbreit hin, beuge den Rumpf aus der Taille nach hinten, wölbe die Brust nach vorne, ehe du mit den Händen nach hinten an die Fersen greifst und anschließend auch den Hals sanft nach hinten beugst. Das öffnet auch dein Herz-Chakra.

TRENT

Wir hatten unser Essen bestellt, und der Kellner servierte unsere Gerichte. Ich bestellte das Steak, gebratene rote Kartoffeln und Gemüse. Genevieve bestellte das günstigste Gericht auf der Speisekarte – Capellini mit einer hellroten Soße und Huhn. Keinen Salat, keine Suppe, und sie hatte auch nichts von dem bereitgestellten Brot gegessen, während ich bereits um einen neuen Korb bitten musste. Die Frau war kurvenreich, und sie stürzte sich definitiv auch richtig auf die Pasta, als diese kam, aber die beiden Male, als ich mit einem Groupie zum Abendessen hier gewesen war, hatten sie beide das teuerste Hummer- oder Garnelengericht bestellt, dazu einen Luxus-Wein, einen Salat und eine Suppe, und pickten dann nur drin rum. Das machte mich wahnsinnig. Als ich sie in mein Apartment brachte, hatte ich kein Problem damit, Sex mit ihnen zu haben und sie danach rauszuschmeißen.

Groupies verstand ich. Sie benutzten mich. Und ich benutzte sie. Wir beide bekamen bei dem Deal, was wir wollten. Ganz ehrlich: Bei Genevieve wusste ich die meiste Zeit nicht, wie ich mich ihr gegenüber verhalten sollte. Sie warf mich dermaßen aus dem Spiel, dass ich nicht mal mehr wusste, wo die Anzeigetafel war oder wie ich mein Schlagholz hoch- und runterbekommen hatte, um Punkte zu erzielen.

Wie bei allem anderen auch, wovon ich sehr wenig wusste, hatte ich mich entschieden, die Dinge einfach so laufen zu lassen und zu improvisieren.

»Meine Eltern sind großartig, echt toll. Dad gehört *Fox Me-*

chanics, die schon meinem Großvater gehörte, und er arbeitet da heute noch. Er tut nicht mehr viel, weil er schon in den Siebzigern ist, aber er bastelt an den älteren Autos rum, hängt mit meinem Dad rum und begrüßt die Kunden. Mein Vater hat ihn vor Jahren ausbezahlt, aber Grandpa bekommt immer noch Geld. Die Eltern meines Dads leben beide noch. Die meiner Mom sind tot.«

»Erzähl mir mehr von deiner Mom.«

Wenn ich an Ma dachte, hatte ich immer ein Lächeln im Gesicht. »Ma ist der Hammer.«

Genevieve lachte, und es klang wie ein Lied. Von dem ich noch viel mehr hören wollte.

»Auf ihre Art verrückt. Kocht wie Betty Crocker, die Küchenfee aus dem Fernsehen, führt den Haushalt. Sie hat dreißig Jahre bei der Schulbehörde von Oakland gearbeitet. Jetzt genießt sie es, meinen Vater rumzuscheuchen, zu malen, zu kochen, und sich um ihren Garten zu kümmern. Grundsätzlich den Ruhestand zu genießen.«

»Das ist super. Du hast Glück gehabt.«

Auch wenn es sie traurig machen sollte, nachdem sie beide Eltern verloren hatte, war Genevieve fröhlich. Glücklich, mit mir über meine Familie zu sprechen.

Ich nickte. »Habe ich, ja. Und natürlich prahlen sie bei jeder Gelegenheit mit ihrem Sohn. Ich bin Einzelkind, und ich wollte, dass sie stolz auf mich sind. Dad und Mom haben sich echt ins Zeug gelegt, um mich in jedes Baseball-Camp zu bekommen, in jedes Turnierteam und im Frühjahr, Sommer und Herbst zu allen Spielen der World Series. Ich wollte es auch, zeigte Engagement, und das haben sie belohnt.«

»Siehst du, das will ich auch für Row. Er ist gut, Trent. Wirklich gut. Ich will nicht, dass er etwas verpasst.« Sie runzelte die Stirn.

»Hast du mal mit ihm über College-Baseball gesprochen?«,

fragte ich, nervös, dass es die Stimmung ein bisschen kippen könnte, aber dennoch interessiert.

Genevieves samtschwarze Augen schienen von innen zu leuchten. »Ja! Und er hat endlich zugestimmt, dass ich mich mit seinem Coach treffen darf.« Sie schob sich eine Gabel Nudeln in den Mund und kaute. »Er hat gesagt, er würde die Scouts von der UC Davis und von Berkeley fragen, aber er besteht darauf, zu Hause wohnen zu bleiben, damit er auf mich und Mary aufpassen kann.«

Irgendwie störte es mich ziemlich, dass ein sechzehnjähriger Junge vorhatte, auf seine eigene Zukunft zu verzichten, um meine Frau zu beschützen. »Er ist nicht für dich verantwortlich«, sagte ich die Worte, und verdammt, ich meinte sie auch so. Ich wollte hinzufügen »Ich bin für dich verantwortlich«, aber tat es nicht. Zum Glück. Für einen Moment hatte ich fast den Verstand verloren.

Sie nickte und nippte an ihrem Getränk. »Genau. Das habe ich ihm auch schon x-mal gesagt, aber er meint, er wäre der Mann im Haus, und unser Dad würde wollen, dass er auf seine Schwestern aufpasst.«

Wahre Worte ... Ein feiner Kerl, jeder feine Kerl, dem die Frauen in seinem Leben wichtig waren, sollte sie auch beschützen. Leider meinte der Junge, da noch eine Schippe drauflegen zu müssen, und riskierte dafür seine Zukunft. Ich musste sie ihm geben, auch wenn es mich ärgerte. »Es ist ein Charakterzug, den man respektieren sollte. Aber mach ihm weiter unmissverständlich klar, dass er auch an sich selbst denken muss. Vielleicht hilft es dir, wenn ich mit ihm rede. Du weißt schon, von Mann zu Mann?«

Sie blickte von ihrem Teller auf und erstickte fast an ihrem Essen. Nachdem sie einen Schluck Wasser getrunken hatte, hielt sie sich ihre Serviette vor den Mund und hustete hinein. Ein Angstschauer jagte mir über den Rücken, und ich stand auf.

Genevieve hielt mich davon ab, zu ihr zu kommen, indem sie mir eine Hand flach ausgestreckt entgegenhielt. »Alles gut, alles gut. Sorry. Dein Angebot hat mich nur so völlig überrascht.« Sie trank ein paar große Schlucke von ihrem Wasser, und dann traf sich ihr düsterer Blick mit meinem. »Das würdest du wirklich tun? Mit ihm reden, ja?«

Alter, die war so süß. Sie duftete nicht nur süß und würzig, sie *war* voller Süße und Würze und alles so schönen Dingen. Fuck. Mein Magen zog sich zusammen. »Jep. Für dich und für ihn. Ich mag den Jungen. Er scheint mir ein vernünftiger Bengel zu sein, er will sich um seine Familie kümmern. Es gibt nichts auszusetzen an einem Mann mit Werten. Besonders nicht, wenn er die Frauen seiner Sippe über alles liebt. Wenn mein Dad stirbt, glaub mir, da steh ich immer bereit, um mich um Ma zu kümmern. Mal eben so.«

Genevieve biss sich auf die Lippe, und ein weicher Ausdruck trat in ihre Augen, eher dunkle Schokolade als Espresso. Die Frau sah mich an, als wäre ich die Sonne, der Mond und die Sterne. Auch wenn die inneren Alarmglocken laut schrillten, blendete ich sie aus und genoss jede Sekunde mit dieser tollen Frau, die mich ansah, als ob ich allein jeden Tag heller machen könnte. Zum Teufel, es fühlte sich auch verdammt gut an. Besser als jeder Home Run, und das war aufschlussreich wie sonst was. Was zur Hölle da auch immer gerade mit mir passierte, ich musste auf die Bremse treten. Langsam anfangen, mich auf das Eigentliche zu konzentrieren. Und das war Genevieve unter mir, in meinem Bett, und sie schrie lauthals meinen Namen. Ja, da wollte man hin. Alles andere war egal.

GENEVIEVE

Trent war voller Überraschungen. Er hatte Dinge mit mir ausgetauscht, bei denen ich normalerweise nicht gedacht hätte, dass sie mit einem zwanglosen Date einhergingen, von dem wir beide wussten, dass es direkt ins Schlafzimmer führte. Wollte ich ihn besser kennenlernen? Ja. Hatte ich Angst davor? Absolut. Ich wusste, sobald Trent wieder ganz in Form war, wäre er beim nächsten Spiel dabei und die nächste gut aussehende Frau wahrscheinlich im Umkreis von drei Metern. Wir hatten noch keine Parameter abgesteckt für die Sache zwischen uns, aber ich wusste, wie das Spiel lief. Jetzt Spaß, Liebeskummer danach, wenn ich es nicht bremsen würde. Ich durfte nicht mehr länger denken, dass er das Zeug zum festen Freund hatte, und musste mich auf die körperlichen Vorzüge einer lockeren Affäre mit Trent konzentrieren.

Sex.

So richtig heißer, befriedigender, irrer Sex zum Dahinschmelzen war das Einzige, was zur Debatte stand. Und es klang herrlich.

Trent bezahlte die Rechnung und führte mich vom Tisch zum Aufzug. Anstatt auf die Ruftaste für die Lobby, drückte er stillschweigend auf die Taste mit der Nummer achtzehn. Ich zog die Brauen hoch, als er mir einen Arm um die Schulter legte.

»Mein Apartment ist im zwanzigsten«, sagte er.

»Okay«, sagte ich.

Mit festem Griff umfasste er mein Schultergelenk. »Okay.«

Abgesehen davon, dass wir ewig lange redeten, hatte er mich auch immer wieder berührt. Wir hatten an dem rechteckigen Tisch nicht gegenüber-, sondern nebeneinandergesessen. Er berührte meine Hand, stieß mit seinem Knie an meines, strich mir eine Haarlocke aus dem Gesicht. Wir hatten uns sogar einen kurzen Kuss spendiert, nachdem wir uns ein Stückchen Kahlua-Schokomousse-Torte geteilt hatten. Ich wollte Nein sagen zu der

Extra-Bestellung. Auch wenn es in dem Restaurant Gäste in Jeans und schicken Hemden gab, verlangten die für alles ziemlich hohe Preise. Mein Pasta-Gericht kostete sechsundzwanzig Dollar, und das war das billigste auf der Speisekarte. Trent hatte ein Steak für fünfzig Dollar bestellt. Was ich mit fünfzig Dollar machen könnte ...

Ich schüttelte den Kopf, um die Gedanken zu klären, und ließ mich von ihm durch den Flur zu seinem Apartment führen. Ich konnte nicht glauben, dass ich gleich zu sehen bekommen würde, wo der berühmte Trent Fox lebte.

Er öffnete die Tür und führte mich ins Entree. Von dort ging es über eine Empore hinunter in den abgesenkten, offenen Wohnbereich. Der Raum hatte schlichte weiße Wände, an denen nur ein Flachbildfernseher hing. Gegenüber dem Fernseher standen eine Ledercouch, ein gläserner Couchtisch und ein Beistelltisch mit einer Lampe darauf. Kein Schnickschnack, nicht mal eine Zeitschrift, lag herum. Trent ging nach links und schaltete das Licht in der weitläufigen Küche an.

Die war toll. Weiße Schrankfronten mit glänzenden Stahlgriffen. Arbeitsplatten aus schwarzem Granit, die im Licht funkelten, und hochwertige Edelstahlgeräte. Ein Toaster und eine Kaffeemaschine waren die einzigen Dinge, die auf dem Tresen zu sehen waren. Keine Behälter, Gewürzregale, häusliche Accessoires oder irgendwas, das auch nur den kleinsten Hinweis darauf enthielt, für welche Art Dinge sich Trent interessierte. Hinter der offenen Küche konnte ich einen Essbereich mit einem Glastisch und sechs Stühlen sehen. Sonst nichts. Kein einziges Bild hing da, kein Sideboard mit Porzellangeschirr oder etwas anderes irgendwie Gemütliches.

»Komm, ich zeige dir noch den Rest ...«, er lächelte, aber nicht unangenehm, eher eigenartig sentimental, »... ich werde dir mein Zimmer zeigen, und dort werden wir Zeit auf diese verrückte Art und Weise verbringen.«

»Geh vor.« Ich kicherte, war aber weiterhin verwirrt, weil keine Bilder im Flur hingen. »Wie lange wohnst du hier schon?«, fragte ich und dachte, er sei gerade erst eingezogen.

»Fünf Jahre.«

Ich blieb mitten im Flur stehen.

»Was ist denn los?« Er umfasste meine Oberarme. »Weißt du, Babe, du musst heute Abend nichts mit mir machen. Ich meine, klar, selbstverständlich habe ich an nichts anderes gedacht, seit wir miteinander den besten Oralsex meines Lebens hatten.« Er grinste und leckte sich die Lippen. »Aber wir müssen jetzt nicht den letzten Schritt machen.«

Natürlich dachte er, dass ich Bedenken hatte. Die hatte ich nicht, aber ich hatte so eine Art geistiges Stottern angesichts der fehlenden persönlichen Dinge. Er hatte nur die Dinge, die er zum Überleben brauchte. Eine Couch, einen Tisch, eine Lampe, einen Fernseher, einen Küchentisch, einen Toaster, eine Kaffeemaschine. »Alles gut, ich wundere mich nur, dass du hier schon so lange wohnst.«

Er strich mit den Händen rauf und runter über meine Oberarme. »Echt, warum denn das?«

Ich griff nach seiner Hand, um die Spannung zu lösen, die ihn sichtlich erfasst hatte. Es gefiel mir, dass er sich um mein Wohlbefinden gesorgt hatte und sich damit befasste, wie ich über diesen Schritt dachte. Er schien nicht mit mir spielen zu wollen, obwohl ich wusste, dass das, was wir tun wollten, mir viel mehr bedeuten würde als ihm. Ich war bisher nur mit einem Mann intim gewesen, und damals dachte ich, er würde mal mein Ehemann werden. Was Trent betraf, mit ihm wollte ich Sex haben, meinen Körper mit ihm teilen, und ich wusste auch ganz genau, dass es für ihn nur das sein würde – etwas Körperliches.

Er ging weiter den Flur entlang, bis er an eine Doppeltür kam. Er öffnete sie und ging hinein. Mitten im Raum befand sich das größte Bett im Kolonialstil, das ich je gesehen hatte. Auf beiden Seiten stand ein Nachttisch. Es war aus Massivholz in Kirschbaum, nicht markant männlich, aber elegant und stabil. Eine nachtblaue Bettdecke, die nur ganz dezent schimmerte, bedeckte das tolle Bett. In einer Ecke stand eine lange Kommode, über der ein Spiegel hing. Schräg gegenüber vom Bett war noch so eine große Ankleidetruhe, und darüber hing ein weiterer Breitbildfernseher an der Wand.

Dieser Raum hatte etwas mehr Leben. Über dem Bett hing ein schönes Bild der Golden Gate Bridge. »Das Bild ist fantastisch.« Ich zeigte auf die riesige gerahmte Fotografie. Die roten Pfeiler der Brücke schienen förmlich aus dem Nebel ringsherum herauszuragen.

»Findest du?«

»Ja, hast du das bei einem Fotografen in der Gegend gekauft?«

Er schüttelte den Kopf. »Nö, habe ich gemacht.«

»Echt?«, hauchte ich überrascht.

Er atmete aus, schaute zu dem Farbfoto und rieb sich mit der Hand über den Nacken. »Jep, ich befasse mich ein bisschen mit Fotografie. Aber ich habe es nicht gerahmt und aufgehängt. Das war meine Ma. Die Schlafzimmereinrichtung und die Bettdecke auch. Sie hat mir das komplette Set gekauft, als ich bei den Ports unterschrieben habe. Es war ihr Geschenk. Ich bekomme jedes Jahr zu Weihnachten neue Bettwäsche, aber Ma hat ja einen guten Geschmack.«

Ich warf noch mal einen bewundernden Blick auf die schönen Möbel.

Ein gerahmtes Bild im Fünf-mal-sieben-Zoll-Format stand auf der Ankleidetruhe. Ich ging hinüber und nahm es in die Hand. Ein großer grauhaariger Mann hielt eine sehr kleine blonde Frau fest im Arm. Beide sahen aus, als wären sie in den Fünfzigern.

»Deine Eltern.«

Trent umarmte mich von hinten. Er ruhte mit dem Kinn auf

meiner Schulter, als wir uns beide das glückliche Paar ansahen, das offensichtlich noch sehr verliebt war. Meine Eltern hätten auch so ausgesehen.

Ich spürte die Wärme seines Kinns seitlich an meinem Hals.

»Jep, das sind Richard und Joan Fox.«

»Sie sehen glücklich aus.«

Ich spürte Trents Atem an meinem Ohr kitzeln. »Ich denke, sie sind es. Sie haben den einen, für den sie bestimmt waren, schon ganz jung gefunden.«

Ich nickte. »Meine Eltern auch.«

Trent griff um mich herum, nahm das Foto, und stellte es zurück auf die Ankleidetruhe. »Genug jetzt über meine Familie und den Stimmungstöter. Ich habe da etwas, das du, denke ich, sehr gerne sehen möchtest.« Er stieß mit seinem harten Schaft gegen meinen Hintern.

Instinktiv wanderte ich mit beiden Händen nach hinten zu seinen mächtigen Oberschenkeln und hielt mich daran fest. Trent strich mir das Haar aus dem Nacken, griff um mich herum, und zerrte und riss so lange an meiner Jacke, bis er sie mir ausziehen konnte. Er warf sie einfach irgendwo auf die Kommode.

»Ich wollte mich schon den ganzen Abend über dich hermachen. Verdammt, seit zwei Wochen. Hast du eigentlich eine Ahnung, was dein Körper mit mir anstellt?«

Ich schüttelte den Kopf, als er mit seinen Händen unter mein weites Tanktop glitt und meine Brüste durch den BH hindurch massierte. Ich bog mich seinen Händen entgegen, die Lust flirrte fast wie ein Nebel um uns herum, der das ganze Zimmer berauschte. Wir seufzten und keuchten, während er mit den Händen meine Kurven abfuhr. Er hatte herausgefunden, dass ich einen BH mit Vorderverschluss trug, und öffnete ihn nun gekonnt. Ich versuchte, nicht darüber nachzudenken, warum er so gut darin war, Dessous auszuziehen, und ließ mich stattdessen treiben.

Trent raunte irgendwas an meinem Hals und biss mich dort. Gleichzeitig zupfte er an meinen erigierten Nippeln, und ich schrie auf. Ich war schockiert, dass mein Körper so schnell und hocherfreut reagierte, dass er genau merkte, wie er mich berühren musste, um ein äußerst angenehmes Resultat zu bekommen. »Baby ...«, stöhnte ich erhitzt auf.

Er brummte irgendwas an meinem Ohr, während er mir mit der Zungenspitze über die Ohrmuschel strich. Warm und feucht, genau wie die Stelle zwischen meinen Schenkeln, die sich mit jeder neuen Empfindung intensivierte. Trent war ein Meister in der Kunst der Verführung, und ich war sein williges Subjekt.

»Mmm, ich mag es, wenn du mich Baby nennst. Das macht mich so hart.« Er stieß noch einmal gegen mich und drehte mich dann herum, sodass wir uns gegenüberstanden. »Ich denke, wir sollten das jetzt an einen etwas bequemeren Ort verlegen.«

Grinsend schlang ich ihm die Arme um den Hals. »Ach ja? Was schwebt dir da so vor?«

Er beugte sich dicht zu mir, griff mir kurzerhand unter den Arsch und hob mich hoch. Ich schlang ihm die Beine um die schmale Taille.

»Warum soll ich es dir sagen, wenn ich es dir zeigen kann?«

Mit ein paar schnellen Schritten war er am Bett, legte mich drauf und ließ sich direkt auf mich fallen. »Hmm, wo war ich stehen geblieben?« Er strich mit einer Fingerspitze über mein Ohr und wanderte weiter über meine Wange, hinunter zum Hals und zwischen meine Brüste. »Oh ja, genau hier.« Er kreiste mit einem Finger über die Spitze meiner Nippel, die wie eine Eins unter dem dünnen Stoff meines Tanktops standen.

»Trent ...« Ich keuchte, als er mir durch das Shirt hindurch in die Knospe kniff. Die intime Berührung durchfuhr mich wie ein glühender Blitz und versetzte all meine Lustnerven in eine derartige Erregung, dass ich nur noch wollte, dass er die Spannung rausnahm, die Sehnsucht stillte.

»Entspann dich. Wir haben Zeit. Es ist noch früh …« Er schob mein Tanktop hoch.

Ich hob die Arme, damit er es mir ausziehen konnte und auch den gelockerten BH, während er rittlings auf mir saß. »Mensch, Zuckerkirsche. Deine Titten …« Fast ehrfürchtig umfasste er sie mit beiden Händen. »Hab verdammt noch mal noch nie schönere gesehen.« Trent benutzte die Daumen, um den Warzenhof zu umspielen und an jeder Spitze zu fummeln. Ich zuckte und griff nach der Bettdecke unten, als er meine weiblicheren Attribute kennenlernte. Trents größte Stärke, seine Geduld, war momentan meine größte Schwäche.

Trent streichelte meine Brüste, hob sie an, knetete sie, rieb, zupfte, zog an meinen Nippeln, bis ich vor unerfüllten sinnlichen Bedürfnissen zitterte. Ich wollte seinen Mund auf mir und größere Teile von ihm tief in mir. Jetzt.

»Bitte«, wisperte ich, den Blick auf sein Gesicht geheftet.

Ruhig lächelnd beugte er sich vor und nahm eine gerötete Brustspitze in den Mund.

Die Empfindung war so extrem, dass ich fast kam, als er einfach nur mit der Zunge meine Nippel ableckte. »So gut«, wimmerte ich und bewegte die Beine.

Er leckte und küsste jeden Zentimeter Haut meiner Brust. Zu sagen, dass er sich in dieser Angelegenheit sehr engagierte, war untertrieben. Der Mann war geradezu besessen.

Er leckte und lutschte lange an jedem Nippel, bevor er versuchte, so viel wie möglich von jeder Brust auf einmal in den Mund zu nehmen. Keine leichte Aufgabe, denn meine Brüste waren riesig – Körbchengröße D bei einer Körpergröße von eins siebenundsechzig fand ich schon gigantisch –, aber die Entscheidung stand fest. Trent Fox war ein echter Tittomane.

»Sie sind einfach perfekt.« Er lehnte sich zurück, schlug spielerisch gegen die Seiten, sodass beide aneinanderstießen. »Babe, ich könnte als glücklicher Mann sterben, wenn ich die hier lutsche. Wieder nahm er eine Brust in die Hand, kreiselte mit der Zunge so schwindelerregend darüber, wie er es neulich im Yogaraum bei meiner Klit getan hatte, und dann passierte das.

Mein Handy vibrierte an meinem Hintern. Ich sprang auf. Trent wich zurück, als wäre ich von einer Biene gestochen worden. »Was war das denn? Was ist passiert?« Er sah sich im Raum um.

Lachend hob ich leicht den Po an, tastete nach dem Handy in der Hosentasche und zog es heraus.

Es war Row. Ich tippte auf den grünen Button und hielt mir das Handy ans Ohr. Seufzend beugte sich Trent zurück.

»Row?«

Die Stimme meines Bruders zitterte. »Vivvie, ich ... ich habe ein Geräusch gehört. Na ja, nicht nur ein Geräusch, jede Menge. Ich denke, jemand versucht einzubrechen. Mary ist im Bett, aber Viv, ich ... soll ich die Cops rufen?«

Ich setzte mich auf und schob Trent weg. »Ist die Alarmanlage eingeschaltet?« Ich griff mir meinen BH und versuchte, mein Shirt zu finden.

»Genevieve?«, fragte Trent.

Ich hatte keine Zeit zu antworten. Ich stellte das Handy auf laut.

»Ja, die Alarmanlage ist an«, antwortete Row. »Aber das Licht neben der Garage und dem Garten? Der Bewegungsmelder leuchtet noch. Er ist nicht erloschen, Viv.«

Ich zog mein Tanktop an. »Okay, gut. Wenn du etwas hörst oder siehst, ruf die Cops. Trent und ich sind schon auf dem Weg. Bleib bitte dran, ja, Bruderherz?«

Die Stimme meines Bruders klang leise und verängstigt. Erinnerte mich daran, wie er klang, als ich ihm gesagt hatte, dass unsere Eltern bei einem Autounfall ums Leben gekommen seien und wir jetzt nur noch zu dritt wären. Warum zum Teufel war ich bei einem Date? Wenn ich da gewesen wäre, hätte er jetzt keine Angst. Er und Mary wären nicht in Gefahr.

Ich biss die Zähne zusammen, als Trent uns durch seine Wohnung jagte, mit dem Aufzug nach unten und ins Parkhaus. »Wir nehmen die Harley. Das ist schneller.«

»Ich werde gleich auf einem Motorrad sitzen, und wir sind in zehn Minuten da. Bitte, ruf die Cops, wenn du so viel Angst hast. Okay?«

»Okay. Vivvie?«

Rowans Stimme war sehr leise, und ich presste das Handy so fest an mein Ohr, dass es einen Abdruck auf meiner Wange hinterließ.

Trent setzte mir einen Helm auf und schloss den Gurt unter meinem Kinn. Ohne zu wissen, was ich tun sollte, sprang ich einfach auf den Rücksitz. Trent stellte meine gestiefelten Füße nach hinten auf die Rasten.

»Handy aus. Jetzt«, sagte er.

»Ja?«, fragte ich Rowan, während ich Trent zunickte.

»Ich hab dich lieb«, antwortete Rowan und beendete das Gespräch.

Ich spürte eine Grube in meinem Magen, abgrundtief wie der Grand Canyon. Trent ergriff meine Hände und steckte mein Handy in seine Jackentasche. »Alles wird gut.«

»Woher willst du das wissen?« Meine Stimme zitterte, und mir kamen die Tränen, als ich mir vorstellte, dass mein Bruder jetzt allein zu Hause war, verängstigt, und ich saß hinter einem heißen Typen auf einem Motorrad. Ich würde es mir nie verzeihen, wenn ihnen etwas passierte, weil ich egoistisch gewesen und mir Zeit für ein Date genommen hatte, statt mich um sie zu kümmern.

»Ich werde es nicht zulassen, Babe. Punkt«, erklärte er in dieser Alpha-Bad-Boy-Manier, die ich so sehr mochte und bei der ich befürchtete, dass sie mir das Herz brechen würde.

Cornelia

»Was wirst du nicht zulassen?«, fragte ich und legte ihm die Arme um die Taille.

»Alles nicht«, knurrte er. Damit drückte er auf den Startknopf, drehte am Gasgriff, legte den ersten Gang ein und brauste los, fuhr quer durch die Stadt wie ein Verrückter, schlängelte sich durch den Verkehr und wechselte ständig die Spur, gab bei Gelb nochmal Vollgas, ohne Rücksicht auf Verluste.

Wenn ich nicht so viel Angst vor dem gehabt hätte, was bei mir zu Hause passieren könnte, hätte ich bei dieser Höllenfahrt vor Angst geschlottert. Stattdessen dankte ich meinen Glückssternen, dass ich mit jemandem zusammen war, der sich schnell bewegen und noch schneller reagieren konnte.

Die Alarmanlage am Haus schrillte, als wir ankamen. Ich sprang vom Motorrad und stürmte die Vordertreppe hoch, immer zwei Stufen auf einmal nehmend. Ich öffnete den Kinnriemen, nahm den Helm ab und legte ihn auf den Boden, während ich nach meinem Schlüssel fummelte. Jedes schrille Aufheulen der Sirenen zerriss mir das Herz.

»Mann, Zuckerkirsche, warte!«, brüllte Trent hinter mir her.

Es war mir egal. Es war sinnlos, diesen Zug zu stoppen. Ich musste zu meiner Familie, und ich würde alles umpflügen, scheißegal, ob mir Waffen fehlten oder Schutz. Wenn meinen Geschwistern etwas zustoßen würde, hatte ich nichts mehr zu verlieren.

Endlich ging die Tür auf, und ich schrie durch den riesigen offenen Raum und erhob meine Stimme gegen die Lautstärke des Alarms.

»Rowan! Mary! Wo seid ihr?«

10. KAPITEL

Das Wurzel-Chakra

Dieses Chakra wird vom Überlebensinstinkt bestimmt, der uns auch motiviert, uns fortzupflanzen und Kinder zu bekommen. Das Wurzel-Chakra ist mit unserem primitivsten Selbst verbunden und kontrolliert unsere Urinstinkte. Durch dieses Chakra haben wir das natürliche Bedürfnis, uns um jeden Preis zu schützen ... um zu überleben.

TRENT

Genevieve schoss durch die Tür des historisch anmutenden Hauses wie ein von einem Star-Pitcher geworfener Speedball. Nicht aufzuhalten, ohne Rücksicht auf die eigene Sicherheit. Ich jagte ihr hinterher, wobei mein verletzter Oberschenkelmuskel bei jedem Schritt protestierte, den ich auf dem alten, holprigen Kopfsteinpflaster joggte, so gut ich konnte, aber meine Kniesehnen konnten mich jetzt mal.

»Rowan! Mary! Wo seid ihr?«

Gerade als ich auf die Veranda ging, hörte ich ein polterndes Geräusch hinter mir und sah zwei Typen in schwarzen Kapuzenpullis an der Seite des Hauses vorbeilaufen, wo ich die Garage vermutete. Wendig wie Jugendliche sprangen sie beide über einen kleinen Zaun und flitzten in einem Affentempo die Straße runter, bis sie außer Sicht waren.

»Fuck!« Ich wandte mich ab und wünschte, ich wäre schon wieder in Form, um ihnen hinterherlaufen zu können, aber dann würde ich Genevieve allein lassen müssen. Ich konnte es echt nicht riskieren, nicht zu wissen, ob da vielleicht noch mehr als die beiden entkommenen Eindringlinge waren.

»Genevieve«, brüllte ich gegen die Sirenen an, die mir in den Ohren schrillten. Mann, jemand musste diesen Alarm ausschalten.

»Hier oben«, schrie sie.

Ich verfluchte diese alten Häuser mit ihrer einzigartigen Architektur, inklusive ihrer Doppeltreppen, und machte mich daran, da hochzukommen. Als ich oben ankam, fand ich eine weit offene Tür. Im Zimmer auf dem Bett saß Genevieve, die Arme um ihren Bruder und ihre Schwester geschlungen. Sie zitterte am ganzen kleinen Körper, während sie die beiden festhielt. Rowan hatte den Kopf aus dem kauernden Häufchen gehoben, und sein Blick traf auf meinen. Er nickte mir auf diese Art mit dem Kinn zu, wie die coolen Jungs es so machten, und mein Herz schäumte über vor Stolz. Der Junge wuchs zu einem Mann heran und brauchte jemanden, der ihm sagte, wo's langging.

»Hey, Zuckerkirsche, denkst du, jemand könnte sich darum kümmern, diesen Alarm auszuschalten, während ich das Haus checke?«

»Die Cops müssten jede Sekunde hier sein«, rief Rowan genau in dem Moment, als eine noch schrillere Sirene aufheulte. Rot-blaue Lichter blinkten durch die Fenster des Schlafzimmers im ersten Stock. Ich ging hinüber und sah nach. Tatsächlich waren die Jungs in Blau eingetroffen. »Die Bullen sind da. Ich gehe und rede mit ihnen.«

Ich ging die Treppe hinunter, als die Bullen eintraten, die Waffen im Anschlag. Ich hob die Hände. »Bin gerade erst mit der Besitzerin des Hauses angekommen.«

Die Cops nickten. »Ist sonst noch jemand hier?«

»Eine erwachsene Frau und zwei Kinder. Der Junge rief uns an, als er hinterm Haus Geräusche hörte. Habe da noch nicht nachgesehen, aber ich habe beobachtet, wie zwei männliche Personen das Grundstück verlassen haben. Es war keine Zeit für ein Gespräch, als sie flüchteten.«

»Bleiben Sie hier, Sir. Wir werden das überprüfen.« Der Polizist signalisierte seinem Kollegen, nach hinten zu gehen, während er durchs Haus ging.

Ich stand unten an der Treppe und diente als Wachtposten. Jeder, der versuchte, die Treppe zu erreichen, musste zuerst durch mich durch.

»Alles in Ordnung?«, fragte Genevieve von oben an der Treppe, ihren Bruder und ihre Schwester hinter sich.

Ich schüttelte den Kopf. »Nö. Die Bullen überprüfen das.« Da ich auf keinen Fall wollte, dass sie sich in der Nähe der unteren Etage aufhielten, machte ich mich wieder auf den Weg nach oben. Genevieve drückte mir gleich den Kopf an die Brust, als ich ankam, mit ausgebreiteten Armen. Der Schreck, der mir tief in die Knochen gefahren war, als sie von meinem Motorrad sprang, ließ nach, ging aber nicht ganz weg.

Die beiden Cops kamen zurück ins Haus. »Sie können runterkommen. Alles sauber. Kann jemand von Ihnen den Alarm ausstellen?«

Genevieve tappte hinunter zur Eingangstür, neben der ein weißes Bedienfeld montiert war. Sie drückte auf ein paar Knöpfe, und das Heulen hörte auf. Himmlische Ruhe.

»Also, kann mir hier jetzt jemand sagen, was genau passiert ist?«, fragte einer der Polizisten.

Rowan trat vor, hielt sich tapfer gerade, aber seine schüchterne Stimme verriet, wie ängstlich er gewesen war, als er nun das berichtete, was er gehört hatte. Er hatte die Cops erst gerufen, als er Glas splittern hörte. Als er eindeutige Einbruchsgeräusche vernahm, hatte er sich seinen Baseballschläger gegriffen, hatte sich und Mary in ihr Schlafzimmer gedrängt und die Polizei alarmiert.

»Jep, hinten haben Sie ein kaputtes Fenster und eine umgekippte Mülltonne. Wäre vielleicht keine schlechte Idee, die etwas unsichere Hintertür gegen eine stabilere auszutauschen. Diese alten Türen mit den Sprossenfenstern in der oberen Hälfte machen es Einbrechern kinderleicht. Man muss nur ein Fensterchen einschlagen, mit einer Hand hindurchlangen und die Tür entriegeln. Es gibt eine Griffsperre und einen Bolzen, aber das Glas ist nicht einbruchsicher. Allerdings der Alarm? Eine gute Entscheidung.«

Genevieve nickte. »Danke, Officers, dass Sie so schnell gekommen sind. Müssen wir sonst noch etwas tun?«

Der Cop stand auf, groß und kräftig – einer dieser Typen, die Sporttreiben so ernst nahmen wie den Job. Er hatte seine Hand am Griff der Pistole im Holster. »Ich bin überzeugt, Ihr Mann hier kann die Tür sichern.«

Fassungslos sah sie zu mir, die Augen weit aufgerissen, und machte schnell den Mund auf. »Oh, er ist nicht ... äh ... mein Mann.«

»Na ja, dann eben Ihr Lebensabschnittspartner. Egal.«

Ehe sie den Cop noch mal korrigieren konnte, schaltete ich mich ein. »Ich kümmere mich um die Tür. Danke, Officers.« Ich streckte eine Hand aus.

Der Cop, der mir am nächsten stand, schüttelte mir die Hand, als er auf einmal blinzelte. »Hey! Ich kenne Sie. Sie sind Trent Fox. Bester Baseball-Schlagmann.«

Ich lächelte vor mich hin. »Jep, das bin ich.«

»Schön, Sie kennenzulernen, Mr Fox. Ich bin ein großer Fan der Ports.«

»Wirklich?« In meinen Augen war das eine einmalige Chance, die ich ergreifen musste. »Wenn Sie einen Notizblock haben, kann ich Ihnen gerne ein Autogramm geben. Vielleicht könnten Sie im Gegenzug in den nächsten Tagen öfter mal hier im Viertel Streife fahren? Ein bisschen auf mein Mädchen und ihre Familie aufpassen?« Ich zeigte auf das zusammengekauerte Häufchen hinter mir.

Genevieve war ganz im Bärenmama-Modus und schaute sich Rowan und Mary genau an, um sicherzugehen, dass sie auch wirklich keinen Kratzer hatten, umarmte sie anschließend überschwänglich. Ich hatte so ein Gefühl, dass sie die beiden den ganzen Abend im Auge behalten würde.

Beide Cops nickten. »Geht klar, Mann.« Sie gaben mir ihre Notizblöcke.

Ich kritzelte meinen Namen und einen kurzen Gruß, dankte ihnen noch mal, und begleitete sie hinaus. Als ich wieder reinkam, ging ich an der kleinen Familienrunde vorbei nach hinten. Ein Fensterchen in der Tür war eingeschlagen, Glassplitter lagen auf dem Boden. Heißer Zorn erfasste mich. Was für Pickelnasen drangen nur in das Haus einer Frau mit zwei Kindern ein? Kleine Miststücke, die machten so was. Ich fand eine Schaufel und einen Besen neben der Tür und kehrte die Splitter zusammen. Das Letzte, was ich wollte, war, dass sich meine barfüßige Yogi-Braut Narben an ihren zarten Füßchen holte. Nachdem ich alles aufgefegt hatte, ging ich nach hinten und stieß auf einen Schuppen, in dem Gewichte und Werkzeuge untergebracht waren. Auf der Rückseite entdeckte ich eine Sperrholzplatte, die über die gesamte Länge des Fensters passen würde.

»Hey, Trent, brauchst du Hilfe?« Rowan tauchte hinter mir auf und schaute mir zu, während ich die Kisten mit den bunt zusammengewürfelten Werkzeugen durchforstete.

»Weißt du, du solltest deine Werkzeuge wirklich besser sortieren. Die wären dann nicht nur leichter zu finden, sie würden auch ein Leben lang halten, wenn man sorgsam damit umgeht.« Ich dachte mir, der Junge könnte einen männlichen Rat gebrauchen. Es war etwas, was mein Vater mir von Anfang an eingetrichtert hatte, als ich noch klein war und in meinen Babyschühchen in seine Autowerkstatt tappte.

»Die gehörten ... meinem Dad.«

Ich schaute Rowan so überzeugend ernst in die Augen, wie ich nur konnte. »Dann solltest du schon allein wegen ihm sorgsamer damit umgehen.«

Rowan sah nach unten, als hätte ich ihn beschämt.

Ich legte ihm eine Hand auf die Schulter und drückte sie kurz. »Junge, hast du gut gemacht heute Abend. Hätte schlimmer kommen können. Du hast dich klug verhalten. Nicht den Kopf verloren und deine Schwester beschützt.«

Rowan hob den Kopf. Die Hoffnung, die ich in seinen Augen sah, machte mich fast fertig.

»Bin stolz auf dich.«

Er nickte, ging zu einer Kiste und fand den Hammer, den ich gesucht hatte, und eine Schachtel mit Nägeln.

»Danke. Und jetzt komm und hilf mir, das Fenster zu vernageln. Ich ruf dann morgen an, damit die Tür ausgetauscht wird.«

Rowan kniff die Augen zusammen und tippte sich mit einem Daumen auf die Unterlippe. »Wie viel kostet so was denn? Vivvie wird durchdrehen, wenn das teuer ist. Wir haben ein gewisses Budget.« Er sah weg und scharrte mit einem Fuß auf dem Boden.

Ich packte ihn wieder an der Schulter. »Wie wäre es, wenn du die Tür meine Sorge sein lässt, und du kümmerst dich darum, auf deine Schwestern aufzupassen? Okay?«

»Okay, geht klar.« Rowan joggte zurück ins Haus.

Ein gewisses Budget. Ein Codewort für völlig pleite. Nachdem ich gehört hatte, wie sie ihr Erbe dafür verbraten musste, das Haus abzuzahlen, und immer noch kämpfte, wusste ich, dass sie wahrscheinlich keine Kohle haben würde, um eine neue Tür zu kaufen. Eine Eintagsfliege für mein Bankkonto. Andererseits: Ihr Einverständnis dafür zu bekommen, dass ich eine kaufen durfte, würde ein hartes Stück Arbeit werden.

GENEVIEVE

Trent fand mich oben, nachdem ich Mary gerade wieder zum Schlafen gebracht hatte. Die Alarmanlage und ihr Bruder, der ihr Schlafzimmer verbarrikadierte, hatten sie zu Tode erschreckt. Mein kleines Mädchen brauchte die Extra-Zeit mit mir, um einzuschlafen. Als ich zur Türöffnung schaute, stand Trent da und lehnte am Rahmen, die kräftigen Arme vor der Brust verschränkt. Einen Moment lang schmollte ich und war enttäuscht, weil ich es nicht geschafft hatte, den Hunger nach diesem Mann früher zu stillen. Sofort wurde ich von Schuldgefühlen überflutet wie von einem Eimer Eiswasser, der meinen Kopf, überhaupt alles an mir, schockfrostete.

Nein. Mit Trent zusammen zu sein war das, was mich überhaupt erst in diese Lage gebracht hatte. Wäre ich nicht bei ihm gewesen, hätte ich diese Möchtegern-Einbrecher verjagen können, und ich hätte nicht zwei verängstigte Kids und ein kaputtes Fenster. Aahh. Es war nicht seine Schuld. Ich wollte nur einen Sündenbock, aber bei so was gab es einfach keinen. Trotzdem änderte es nichts daran, dass es keine gute Idee gewesen war, mit Trent zusammen zu sein.

Ich stand auf, zog Mary die Bettdecke bis zum Kinn und küsste sie auf die Stirn. Leise zog ich die Tür so weit wie möglich ran, schaltete das Licht in ihrem Zimmer aus und ging zu Rows Zimmer. Hinter seiner Tür hörte ich leisen Alternative Rock. Ich klopfte.

Ein durch die alte Holztür gedämpftes »Ja?« drang heraus.

Ich drehte den Knauf und öffnete die Tür. Er saß im Schneidersitz auf seinem Bett und tippte wie wild was auf seinem Handy. Wahrscheinlich erzählte er all seinen Freunden, wie haarscharf er an einem Einbruch vorbeigeschrammt war. Allein bei dem Gedanken lief es mir kalt den Rücken runter.

»Bevor ich jetzt gleich pennen gehe, wollte ich dir nur schnell sagen, wie froh ich bin, dass du hier warst und auf deine Schwester aufgepasst hast.«

Das Lob freute Rowan sichtlich. Er strahlte übers ganze Gesicht.

Muss ich mir merken – ihm öfter sagen, wie toll er ist.

»Jederzeit, Vivvie! Das machen Männer doch so. Ihre Familie beschützen. Nur weil ich erst sechzehn bin, heißt das noch lange nicht, dass ich es nicht kann.« Rowan sah mir direkt in die Augen und dann auf irgendeinen Punkt hinter meiner Schulter.

Trent war nicht weit weg. Ich spürte seine Nähe, noch bevor ich ihn sehen konnte. Ich spürte seine Körperwärme im Rücken, auch als ich mich auf Rowan konzentrierte.

Ich nickte. »Nein, du hast recht, und das hast du heute Abend definitiv bewiesen. Danke, Row. Ich hab dich lieb.«

»Ich dich auch. Morgen Pancakes?« Er grinste.

Nach dem Abend jetzt konnte ich ihm das nicht abschlagen. Emotionale Erpressung. Rowan war der King.

»Klaro.« Ich lächelte und zog seine Tür zu, während Trent mit Sex im Kopf hinter mir stand.

Trent fasste mir mit seinen starken Händen um die Hüfte. »Wo schläfst du?«

Ich deutete mit dem Kinn in Richtung Ende des Flurs. Dort führte ein extra Treppenabsatz zu meinem Zimmer. »Du kannst nicht bleiben«, sagte ich, um diese Idee gleich zu unterbinden.

Trent packte mich fester um die Hüften. »Wie bitte?«

»Scht, die Kids könnten dich hören.«

Er fuhr sich mit einer Hand durchs Haar und seufzte. »Zuckerkirsche, die Kids wissen bereits, dass ich hier bin. Also lass uns jetzt in dein Zimmer gehen, oder sie hören am Ende noch was, worauf sie wirklich nicht gefasst sind.« Ein ganz feines, leichtes Lächeln umspielte seine Lippen.

Seine Augen glänzten anders, intensiver, glühten von dem Feuer, das wir zuvor entfacht hatten. *Oh, Mann.* Schnaubend führte ich ihn zum ehemaligen Schlafzimmer meiner Eltern. Der Raum war ziemlich groß und weit genug entfernt von meinem Bruder und meiner Schwester, sodass ich keine Sorgen hatte, dass sie uns hören könnten. Ich öffnete die Tür und ließ ihn eintreten. Und als er dann da so stand, in seiner ganzen Größe, kam mir der Raum irgendwie viel kleiner vor, kuscheliger.

»Hübsches Zimmer.« Er sah sich um.

Meine Eltern hatten einen guten Geschmack. Bett, Kommode und Schrank waren kastanienbraun und hoben sich gut

ab vom Gurkengrün der Wand dahinter und den weißen Decken-
und Fußbodenzierleisten. Wie viele alte Häuser in den Berkeley
Hills hatte es eine super renovierte Fassade, genug Möbel und
alles, was man sonst noch so brauchte, um aus seinem Haus ein
wirkliches Zuhause zu machen. Meine Eltern hatten ein ordent-
liches Sümmchen ausgegeben, um aus diesem schönen Ort auch
einen zum Wohlfühlen für uns zu machen. Einen Ort, an dem
wir zur Ruhe kommen konnten, und ich war stolz auf ihre Leistung. Hoffte echt, dass ich alles so beibehalten konnte.

»Danke, es gehörte meinen Eltern. Ich war bereits ausgezogen, als sie verstarben, also hatte Dad mein altes Kinderzimmer
in ein Büro umgewandelt. Es machte einfach Sinn für mich, in
ihres zu ziehen, und es gab mir das Gefühl, ihnen nahe zu sein.
Ich habe nur einige Dinge verändert.«

Ich strich mit einer Fingerspitze langsam über die Daunen-
decke, die ich gekauft hatte. Sie schimmerte in warmem Taupe
und Gold. Alle paar Zentimeter waren kleine Margeriten aufge-
stickt. Es erinnerte mich an glücklichere Zeiten, in denen ich die
Margeriten noch mit meiner Mutter gepflückt hatte, im Frühling
in unserem Garten. Jetzt wucherten sie wie wild, und Rowan
mähte sie ab, wenn sie total verbrannt waren von der kalifornischen Sonne. Verglichen mit der gärtnerischen Kunstfertigkeit
meiner Mutter war das allerdings nichts.

Trent stemmte die Hände in die Hüften wie eine Führungs-
figur. »Hör mal, Zuckerkirsche, das Haus ist nicht sicher. Bevor
es das nicht ist, gehe ich nirgendwohin. Kapiert?«

Ich fixierte ihn mit zusammengekniffenen Augen. Er trug
immer noch die Klamotten von unserem Date, nur das Jackett
hatte er ausgezogen. Das Henley-Shirt schmiegte sich perfekt an
sein perfektes Sixpack an.

»Ich glaube auch nicht, dass du wirklich willst, dass ich
gehe.«

Ich scannte seinen stahlharten Body detailgenau – von den

Füßen bis zum Kopf. »Natürlich will ich, dass du gehst. Ich bin ein großes Mädchen und kann auf mich selbst aufpassen. Außerdem hat Rowan bewiesen, dass er die Dinge nötigenfalls auch gut im Griff hat.«

Eben noch war er gute drei Meter weg gewesen, und jetzt war er näher an mich rangerückt. So richtig nah. Er umschlang meinen Nacken und hob mit einem Daumen mein Kinn an. »Auf keinen Fall lasse ich dich und die Kids heute Abend allein. Solange die Tür nicht sicher ist. Und jetzt können wir dort weitermachen, wo wir vorhin aufgehört haben ...«, er senkte die Stimme, sein Tonfall wurde anzüglich, »... oder wir machen hier noch ein bisschen die Augen zu. Deine Entscheidung, aber ich schlafe in diesem Bett, und daran wirst du kaum was ändern können.«

Seine Worte waren selbstbewusst formuliert und brachten mein Herz erst ins Stolpern und dann gewaltig zum Klopfen. Wenn ich nicht aufpasste, würde ich mich in diesen Alpha-Mann und seinen fesselnden Charme verlieben, ohne es zu wollen. Und nicht etwa nur, weil er so ein Geschenk des Himmels für die Frauen war und er, als Gott den Sex-Appeal verteilte, so viel davon abbekommen hatte. Nein, vor allem auch deswegen, weil er wegen *mir* so kämpfte, wegen *mir* so einen beschützenden Tonfall annahm. Um *meiner* Sicherheit willen. So was hatte ich seit dem Tod meiner Eltern nicht mehr erlebt, und ich würde lügen, wenn ich behaupten würde, dass ich es nicht toll fand, wenn jemand anderes so um mich bemüht war.

★ ★ ★

Trent wollte zum Duschen ins Bad, als ich gerade herauswollte, in einem Camisole-Top und dünnen Baumwollshorts. Anständig angezogen, dennoch figurbetont.

Im Vorbeigehen legte er mir einen Arm um die Taille und zog mich an sich. »Du riechst wahnsinnig gut.« Er drückte seine

Nase in die kleine Kuhle an meinem Hals und sog meinen Duft ein. Nach einem leichten, zarten Kuss ließ er mich gehen und bewegte sich in seiner ganzen, großen Herrlichkeit ins Bad. Er machte nicht mal die Tür zu.

Ich ging ins Bett, warf aber immer wieder einen Blick ins Badezimmer. Von dieser Position aus konnte ich direkt in die Duschkabine sehen. Die Scheibe war zwar nicht ganz durchsichtig, sondern aus Glas mit eingeschlossenen Luftbläschen, aber selbst als Silhouette verkörperte Trent Fox den Inbegriff eines richtigen Kerls. Seine Quadrizeps waren massiv wie Baumstämme, und die sagenhaften Oberschenkel gingen über in einen schön gerundeten Männer-Knackarsch. Seine Taille war schmal, bildete zusammen mit seinem breiten, trainierten Kreuz genau diese V-Form, nach der alle Mädels lechzten.

Mir wurde innerlich schon ganz heiß. Ich versuchte, mir einzureden, dass es vom heißen Duschwasser kam, aber ich wusste ja, dass es nicht stimmte. Trent war hier wieder ganz in seinem Element und hatte meine Lust geweckt, ohne mich überhaupt anzufassen. Ich brauchte mir bloß vorzustellen, wie er nackt unter dem Wasserstrahl stand, sich überall einschäumte mit meiner Seife, und ich bekam schon eine Gänsehaut. Als das Wasser abgedreht wurde, schnappte ich mir das erstbeste Buch, das ich auf meinem Beistelltisch in die Finger bekam, schlug irgendeine Seite auf und tat so, als würde ich darin lesen, während ich verstohlen ins Bad linste. Wegen meiner hastigen Täusch- und Tarnaktion hatte ich ganz verpasst, wie er aus der Dusche stieg ... verflixt.

Trent stand am Waschbecken, strich sich mit den Fingern durchs verstrubbelte, nasse Haar. Wassertröpfchen perlten über seinen feucht glänzenden Oberkörper, als veranstalteten sie ein Wettrennen ins Land der Verheißung. Das gute Stück, das nur leider gerade durch das um die Hüften geschlungene Handtuch verdeckt wurde, war schon in meinem Mund gewesen. Ich erinnerte mich an seinen Geschmack, leicht salzig und mit männlicher Note. Instinktiv drückte ich die Knie unter der Bettdecke zusammen. Diese sexuelle Erfahrung mit Trent war die einzigartigste, die ich je gehabt hatte. Jeden Abend seit dieser Nacht hatte ich davon geträumt, meinen Vibrator benutzt, um mich immer und immer wieder daran zu erinnern.

Trent drehte sich in Richtung des anderen Waschtischs neben der Dusche, ließ das Handtuch fallen und griff nach etwas. Oh, mein Gott. Trent hatte den feinsten Po, der je mein Auge entzückt hatte. Und überraschenderweise war er genauso sonnengebräunt wie der Rest von ihm. Ich biss mir auf die Lippe und dachte dabei, dass ich lieber in seine knackige Arschbacke beißen würde. Hitze stieg mir in die Brust, hinauf zu meinem Hals, und ich legte eine Hand auf mein brennendes Gesicht. Als er sich nach vorne beugte, unterdrückte ich ein Stöhnen. Stattdessen schloss ich die Augen und machte etwas Yoga-Atmung.

Ich hörte, wie das Wasser am Waschbecken aufgedreht wurde, gefolgt vom charakteristischen Zahnputz-Sound. Innerlich singend setzte ich meine Mini-Meditation fort.

Du kannst hier keinen Sex mit ihm haben.

Du kannst hier keinen Sex mit ihm haben.

Du kannst hier keinen Sex mit ihm haben.

»Zuckerkirsche, ich hab dir schon gesagt, dass wir nichts tun müssen, wozu du nicht bereit bist. Und wenn es hier ein Problem für dich gibt, improvisieren wir.« Er schaltete das Badezimmerlicht aus und ging zur leeren Seite des Bettes.

So ein Mist! Ich hätte vielleicht laut singen sollen. Meine Haut glühte. Ich setzte die sorgfältig dosierten Atemzüge fort und versuchte, mich zu beruhigen. »Ich weiß.«

Ich konnte nicht anders: Ich musste ihn mir anschauen, als er die Arme über den Kopf streckte. Trent trug nur einen eng anliegenden roten Boxer-Slip. Sein Apparat unter dem dünnen Baumwollstoff sah riesig aus.

Er schlug die Bettdecke zurück und glitt darunter. Zum

Glück war es ein California-Kingsize-Bett, denn sonst hätte er mit seiner Größe gar nicht hineingepasst. Der Kerl nahm viel mehr Platz ein als ich.

»Ich habe deine Zahnbürste benutzt.« Er grinste spitzbübisch.

Natürlich. Ich warf ihm einen Seitenblick zu. »Hast du mir das gesagt, um mich zu ärgern?«

Schnuppernd rieb er seine warme Nase an meinem Oberarm. Er schlang mir einen Arm um die Taille und tat etwas, das ich von einem Mann wie Trent nicht erwartet hätte. Er kuschelte sich an mich an. Schmiegte sich förmlich um mich herum, bis er es bequem fand. Mir hingegen wurde heiß, in jeder Hinsicht. Körpertemperatur und Lust wetteiferten miteinander und überboten sich ständig gegenseitig, als er, wie ein Kater, der sich zusammenrollt, seine Liegestellung so lange einrichtete, bis es ihm perfekt bequem war. Hier noch ein bisschen rucken, da noch mal stupsen, hier den schweren Oberschenkel auf meinen viel kleineren legen, und – voilà – er hörte auf, sich zu bewegen. Endlich. Ich wollte ihm schon eins mit meinem Buch überbraten, damit er zur Ruhe käme. Herrje, das erinnerte mich an Mary, wenn sie herumzappelte.

»Bequem so?«, wisperte ich.

Er hmmmte von dort, wo sein Kopf auf dem Kissen und meinem Arm lag. »Sehr.«

Ich schnaufte und probierte ein paar tiefe Atemzüge zur Entspannung. Es funktionierte nicht. Ich war zu aufgedreht. Es war drei lange Jahre her, dass ich einen Mann in meinem Bett gehabt hatte, der mich umarmte, sich bei mir geborgen fühlte. Ich liebte es und hasste es gleichzeitig, weil ich wusste, dass es nicht von Dauer sein würde.

»Wie ist denn dein Buch so?«, fragte er, leicht lachend.

Ohne auch nur in das Buch zu schauen, antwortete ich: »Gut, gut, gut.«

»Liest du Bücher immer verkehrt rum?«

Tatsächlich, als ich mir die schwarzen Buchstaben auf dem weißen Papier mal genauer ansah, standen sie alle auf dem Kopf. *Erwischt.*

»Ich habe gerade erst angefangen!« Ich stieß ihn an.

Trent setzte sich auf, griff sich das Buch und warf es auf den Beistelltisch. »Genug. Ich bin geschafft. Du sicher auch, nach dem Unterricht und allem Übrigen heute. Und jetzt küss mich, Weib, damit ich endlich schlafen kann.«

»Äh, was?« Ich rückte mit meinem Gesicht so weit von ihm ab, wie ich konnte, sodass ich ihn besser ins Blickfeld bekam.

Grinsend kniff er die Augen zusammen. »Du hast mich schon verstanden, Zuckerkirsche. Ich will meinen Gutenachtkuss. Her damit.«

»Ernsthaft jetzt?« Ich hielt die Bettdecke stramm gezogen über der Brust.

»Herzinfarkternsthaft. Wenn ich ihn von dir nicht bekomme, hole ich ihn mir.«

Ich guckte finster. »Das machst du nicht.«

»Wetten, dass, Babe? Wetten, dass.«

Ich wollte nicht mit ihm wetten. Ich wollte ihm einen Gutenachtkuss geben. Es schien so ... normal. Ich hatte schon lange nichts Normales mehr gehabt.

»Also gut!« Ich ließ durchklingen, dass ich es für eine lästige Pflichtübung hielt.

Er überhörte den Blödsinn und kam mir entgegen, was noch besser war.

Als unsere Lippen sich berührten, sprühten die Funken wieder auf, die zwischenzeitig unter der Oberfläche geknistert hatten. Der Kuss war feucht, intensiv und atemberaubend in Bezug auf seine Fähigkeit, mich in nur einer Sekunde von null auf hundert zu bringen. Trent küsste mich mit der Zunge, mit schnellen Moves, presste seine Lippen hart auf meine, als wolle er nie aufhören. Ich wollte auch nicht, dass er es tat. Bald darauf lag er auf mir, zwischen meinen gespreizten Schenkeln, den Oberkörper auf die Ellbogen gestützt, mit einer Hand knetete er meine Brust, mit der anderen hielt er immer noch mein Gesicht, damit er mich umwerfend langsam abküssen konnte.

Ich rieb mein Bein an der Rückseite seines gesunden Oberschenkels und drückte seinen harten Schaft fester an meine Hüfte. Dieser Move bescherte mir ein Lustknurren und ein Lippenknabbern.

»Verdammt, Zuckerkirsche, ich möchte dich hier und jetzt nehmen, aber ich respektiere dich zu sehr, um gegen deinen Willen zu handeln.«

Trent entspannte sich auf meiner Seite, rollte sich hinter mich und zog mich an sich, ließ mich meinen Rücken an seine Vorderseite schmiegen. Er legte ein Bein über meins, wanderte mit einer Hand auf meine Taille und zwischen meine Brüste. »Halte meine Hand, Babe. Ich will dich nah bei mir spüren, während ich schlafe.«

Das waren die süßesten Worte, die je zu mir gesagt wurden. Ich war so was von fertig. In diesem Moment, als Trent mich ganz fest und sicher in den Armen hielt, verliebte ich mich ein bisschen in ihn, auch wenn ich wusste, dass er nie wirklich mir gehören würde.

11. KAPITEL

Die Kuh-Stellung
(Sanskrit: Bitilasana)

Diese Stellung streckt die Wirbelsäule und hebt den Brustkorb, sodass sich sämtliche Blockierungen im unteren Rücken und Nacken lösen. Um in diese Stellung zu gelangen, geh in den Vierfüßlerstand, platziere die Knie hüftbreit auseinander, die Arme im 90-Grad-Winkel, senke den Bauch tief in Richtung Boden bzw. Matte, und hebe den Kopf und das Kinn hoch, den Blick Richtung Decke bzw. Himmel.

TRENT

Eine Frau beim Schlafen zu beobachten war für mich ein Novum. Seit ich Profi geworden war, war ich nicht mehr neben einer Frau aufgewacht. Sicher, manchmal sind sie neben mir eingeschlafen, aber dann bin ich aufgestanden und habe auf dem Sofa geschlafen. Ich wollte nicht, dass irgendeine meiner One-Night-Ladys das Gefühl hatte, aus unserer heißen Nacht könnte mehr werden. Aber hier kuschelte ich jetzt mit dieser Frau in ihrem Bett, und die Morgensonne strahlte ins Zimmer und tauchte es in eine Art Halo aus Licht. Als wäre ich auf einem Wolkenbett aufgewacht.

Ich lag ruhig da. Hatte ein Bein um eins von Genevieve geschlungen und einen Arm um sie gelegt, mit dem ich sie fest an meinen Brustkorb drückte. Ihre leisen Atemzüge kitzelten an meinem Handgelenk vor ihr, und die bestätigten mir, dass sie noch tief schlief. Ich bewegte meine Hüfte und rieb meine Morgenlatte an ihrem wohlgerundeten Arsch. Sie seufzte, als ich meinen Long Dong zwischen ihre Backen schob. Verdammt, ich war geil wie der Teufel. Ich wollte nichts mehr als mich an ihrem knackigen Körper befriedigen, aber das würde ich nicht tun. Nein. Nächstes Mal, wenn ich kam, würde mein Schwanz tief in ihr stecken. Alter Falter! Die Erinnerung daran, dass ich sie mit dem Mund genommen hatte, ließ mich fast sabbern. Ich könnte sie leicht umdrehen und es ihr besorgen. Sie aufwecken, während sie befreiend schrie.

Das war nicht das, was sie wollte. Ich hatte nicht den Eindruck, dass Genevieve prüde war, aber ich hatte mitbekommen, dass sie nervös war, weil sie nicht wusste, wie sie sich gegenüber ihren Geschwistern verhalten sollte. Wollte wahrscheinlich ein gutes Vorbild sein. Dass ich hier war, verstieß schon gegen dieses Konzept. In ritterlicher Tapferkeit bewegte ich mich verstohlen weg von ihrem warmen Körper und verließ das Bett. Ich brauchte Kaffee, Frühstück und musste einen Handwerker bestellen wegen der kaputten Hintertür, in dieser Reihenfolge.

Ich warf noch einen letzten Blick auf Genevieve, blieb dort stehen, wo ich stand. Ihr platinblondes Haar lag wie ein ausgebreiteter Fächer auf dem weißen Bettlaken. Ihre marmorfarbene Haut schimmerte im Licht der Sonne, die durchs Fenster aufs Bett schien. Die flamingoroten Lippen, die mir gleich beim ersten Mal ins Auge gefallen waren, leuchteten immer noch in so einem sanften Pink – nur ohne das Lipgloss, das sie auflegte, um sie in Szene zu setzen –, was meinen Schwanz schon prompt wieder hart werden ließ. Ich sah sie an, und meine Brust schwoll vor Stolz an. Ich fühlte mich irgendwie anders.

Die schöne Frau, die schlafend dort lag, hatte mir vertraut. Sie hatte die ganze Nacht in einem Bett geschlafen, in dem ich sie in den Armen hielt. Ich. Ein Mann, der definitiv nicht ihrer Aufmerksamkeit würdig war. Ich blickte finster und schimpfte mit mir selbst. Was zum Teufel tat ich hier? Ich hatte kein Recht dazu.

Als ich Genevieve zum ersten Mal getroffen hatte, war das Ziel klar gewesen. Dieselbe Methode wandte ich bei jeder heißen Braut an, die meinen Schwanz hart machte. Braut ansprechen und anbaggern. Braut auf ein Date treffen. Braut flachlegen. Braut verlassen.

Warum zum Teufel habe ich dann neben ihr geschlafen? Sie die ganze Nacht festgehalten? Um dafür zu sorgen, dass sie in Sicherheit war? Ich kannte sie jetzt seit zwei Wochen, und ich war noch nicht zur Sache gekommen. Ich betrachtete sie. Im Schlaf war sie genauso schön wie im Wachzustand. Sogar noch schöner, weil die Sorge und der Stress der Verantwortung sie nicht belasteten. Ich wollte ihr diese Unbeschwertheit immer geben. Ihr einige Bürden abnehmen. *Was. Zum. Teufel. Denke. Ich. Da?* Missmutig zog ich meine Jeans und mein Henley-Shirt an, bevor ich den Flur betrat. Ich brauchte Kaffee ... sofort. Dann würde vielleicht nicht so ein Durcheinander in meinem Kopf herrschen. So, wie es im Moment stand, war ich hin und weg von einem kleinen Blondinchen, das verdammt biegsam war und wie eine kandierte Zuckerkirsche schmeckte.

O Gott, hilf mir.

* * *

Mit einem rechnete ich natürlich nicht, wenn ich eine Frau umwarb ... mit Kids. Als ich in die Küche ging, um mir meinen Wachmacher-Saft zu mixen, um aus dem La La Land aufzuwachen, saßen zwei Kids am Küchentisch und spielten Karten.

Rowan schaute hoch in meine Richtung. Seine Augen wurden groß, und seine Brauen hoben sich fast bis zum Haaransatz in die Höhe. »Hi, Alter. Ich habe nicht erwartet, dich hier zu sehen.«

»Hi, Trent«, sagte Mary, ohne von ihren Karten aufzublicken. »Los, zieh eine Karte!«, fügte sie hinzu und biss sich auf die Unterlippe.

Sie sah ihrer Schwester sehr ähnlich. Schulterlanges goldblondes Haar, niedlicher rosa Kussmund und ausdrucksstarke Augen. In ein paar Jahren würden die Jungs ganz verrückt nach ihr sein. Sofort meldete sich ein Gefühl der Irritation in mir. Kein Schweinebengelchen würde dieses Mädchen anrühren. Das schwor ich bei meinem Baseballschläger.

Fuck!

Ich schüttelte den Kopf. Wieder krochen mehr dieser hinterhältigen Gedanken hinein, die sich darum drehten, Genevieve für die Langstrecke zu bekommen. Es musste an dem Einbruch liegen. Jeder feine Kerl würde sich für eine Frau in Not einsetzen. Besonders für eine so nette, liebevolle und fürsorgliche Frau wie meine Zuckerkirsche. Ja, genau, das war es. Eine Männersache. Ich beschützte die Frau, um die ich mich kümmerte. Alle Männer taten das.

Nur, dass wir uns nicht um die Frauen kümmerten, mit denen wir spielten. Spielte ich mit Genevieve? Anfangs war das der Plan gewesen, aber er war es nicht mehr seit der Sekunde, als sie sich mir an der Wand im Yogastudio hingab und ich mir ihren herausgeatmeten Orgasmus auf der Zunge zergehen ließ. Und als wir uns dann gegenseitig leckten, war ich fest zu mehr entschlossen. Verdammt viel mehr. Ich habe sie sogar um ein Date gebeten. Ich hatte seit Jahren kein Mädchen mehr offiziell um ein Date gebeten. Da wurde es mir klar. So schlagartig, als wäre ich von einem Baseballschläger im Gesicht getroffen worden. Ich *datete* Genevieve Harper. *Heilige Scheiße!*

Ich schloss die Augen und atmete ein paarmal tief durch. Datete. Ich datete eine Frau. Ich datete keine Frauen. Ich fickte Frauen. Meiner Erfahrung nach fuhren Frauen immer nur auf so Bullshit ab – meinen Körper, mein Geld und meinen Status. Genevieve war nicht so eine Nutte, die nur aus purem Eigennutz meinen harten Schwanz reiten wollte. Verdammt, ich wäre begeistert, wenn sie ihn reiten würde. Ich hatte seit zwei Wochen schon ganz dicke Eier, weil ich da eindringen wollte. Nur: Je mehr Zeit ich mit ihr verbrachte, desto klarer war mir auch, dass einmal nicht reichen würde. Ich wollte sie auf jede erdenkliche Art nehmen – sie dazu bringen, dass sie vor Wonne, vor Lust schrie und den Verstand bei mir verlor. Ich wollte sie hart, weich und alles dazwischen. Solcherart Sex-Eskapaden brauchten Zeit. Mehr als nur ein oder zwei Nächte.

Mannomann! Kopfschüttelnd lehnte ich mich an den Küchentresen. Meine Mutter würde in Verzückung geraten. Endlich datete ihr Sohn mal eine angemessene Frau. Ich musste nur noch Genevieve davon überzeugen, dass ich auch angemessen für sie war.

Wie zum Teufel sollte ich das anstellen? Ich konnte nicht aus meiner Haut. Ein Tiger blieb ein Tiger. Ein alter Fuchs kannte alle Tricks, dem brachte man keine neuen bei. Oder? Ich brauchte Hilfe. Jemanden, der mir kurz mal ein paar Ratschläge geben konnte. So ein paar offene, ehrliche, von Herzen kommende Beziehungsratschläge.

Ich stöhnte, zog mein Handy aus der Hosentasche, schaltete es ein und drückte auf eine Kurzwahltaste, als Mary gerade ihren Bruder bei *Go Fish* besiegte.

Das Telefon klingelte ein paarmal, und dann ging sie ran.

»Hi, Sportsfreund.«

Ihre Stimme war sofort Balsam pur für meine Nerven.

»Hi, Ma. Wollte dich morgen Abend zum Essen einladen.«

»Wirklich?« Sie klang hoffnungsvoll. Alter, meine Mom freute sich immer so echt, wenn ich kam.

»Jep, wirklich, Ma. Ich ... möchte deinen Rat bei etwas einholen.«

Ich hörte sie in ihrer Küche herumwerkeln, wahrscheinlich bereitete sie gerade das Samstagmorgen-Verwöhn-Frühstück für meinen Dad vor. »Alles in Ordnung mit deinem Bein, Junge?«

»Ja, Ma.« Ich lachte in mich hinein und öffnete den Schrank über der Kaffeemaschine. Bingo! Kaffeefilter und Kaffeebohnenpäckchen lagen ordentlich gestapelt neben einer Kaffeemühle und diversen bunten Henkelbechern.

»Alles okay im Job?« Sie war auf mehr Infos aus. Typisch meine Mom, mich durchschauen zu wollen.

»Alles prima im Job. Ich mache jetzt Reha-Sport fürs Bein. Läuft gut. Ach, und du glaubst es kaum: Ich geh zum Yoga.«

»Hmm, wunderbar, Junge. Ich liebe Yoga. Das ist ein toller Ausgleichssport. Hilft mir immer, meinem Tag eine Perspektive zu geben. Und nun sag, was ist das für ein Rat, den du bei mir einholen willst, Schatz? Da du dich noch nie für etwas anderes interessiert hast als für deine Gesundheit und Baseball, bleibt nur noch eins – eine Frau.« Diesmal erreichte mich die Hoffnung in ihrer Stimme, flehte mich fast an, ihr zuzustimmen.

Alter, keine Ahnung, ob das jetzt das Richtige war, jedenfalls machte ich die Kaffeemaschine an, drehte mich um und schaute auf den Kühlschrank. Da waren zig Fotos mit ihr drauf. Tonnenweise Fotos, die mit Magneten am Kühlschrank pinnten. Genevieve in Stellungen, die jeder Schwerkraft trotzten, ihre Geschwister umarmend, auf einem anderen eine hübsche Brünette, und dann noch ein paar mit ihr und den Kids und zwei älteren Leuten, da schätzte ich mal, dass es ihre Eltern waren. Alles so fröhliche Schnappschüsse aus einem wundervollen Leben. Einem Leben, das sie jeden Tag aufs Neue so weiterlebte, auch wenn es ein Kampf war.

Ich nickte mir selbst zu. »Ja, Ma, es geht um eine Frau.«

»Oh, danke, Jesus, Maria und Josef. Halleluja! Endlich wurden meine Gebete erhört! Wie heißt sie denn? Was macht sie so?« Die Fragen kamen im Stakkato.

»Ma!« Ich versuchte, sie zu stoppen, vergeblich.

»Meine Güte, ist sie hübsch? Natürlich ist sie das. Sie ist dir ja aufgefallen. Ich wette, sie ist umwerfend.« Sie seufzte lautstark ins Telefon. »Ich kann es kaum erwarten, es deinem Vater zu erzählen.«

Ich lief in der Küche herum und fand die Pancake-Mischung, einen Cake-Maker und einen Spatel. »Jetzt erzähl mal noch nichts groß von Liebe und so.« Ich senkte meine Stimme, um sicherzugehen, dass die jüngeren Ohren am Tisch nichts davon mitbekamen. »Da ist noch alles offen, Ma. Das ist es ja, worüber ich mit dir reden muss.«

»Pah! Es gibt keine junge Dame, die dich nicht haben will, wenn sie dich gesehen hat.«

Ich stöhnte. »Sie ist nicht wie die anderen Mädchen, Ma.«
Ich blickte rasch zum Tisch, wo sich Rowan und Mary gerade
eine Spiel-Schlacht lieferten. »Es gibt noch andere Faktoren zu
berücksichtigen. Lass uns beim Essen darüber reden. Morgen
Abend. Okay?«

Schwer atmend antwortete sie: »Na gut, na gut. Geht klar.
Ich mach dein Lieblingsessen. Braten, Kartoffelbrei, Möhren und
Schokoladenkuchen.«

Mir lief das Wasser im Mund zusammen, wenn ich mir vorstellte, Mas legendären Braten zu essen. Sie garte das Fleisch ganz
langsam, den ganzen Tag über, bis es irgendwann richtig über-
irdisch gut war. »Klingt fantastisch. Und, Ma?«

»Ja, Sportsfreund?«

»Danke. Tut gut zu wissen, dass ich zu dir kommen kann.«
Ich verschluckte mich fast an dem Kloß im Hals. Ich sah zu den
beiden Kids, die lachten und mit den Händen auf den Tisch
schlugen. »Nicht jeder hat noch seine Eltern. Ich bin einfach nur
dankbar. Hab dich lieb, Ma.«

»Ich hab dich auch lieb, Trent. Immer, Sportsfreund. Immer.«

»Dann sehen wir uns morgen.«

»Okay. Bis morgen.«

Ihre Stimme war sanft und süß. Erinnerte mich an die Frau,
die oben tief und fest schlief.

Ich steckte mein Handy weg und klatschte so laut in die
Hände, dass Rowan und Mary aufmerkten. »Wer hat da was von
Pancakes gesagt? Meine Mutter hat mir verraten, wie man rich-
tig geile Pancakes macht. Wer ist dabei?«

Rowan grinste und nickte.

Mary wackelte auf ihrem Stuhl herum und hob die Hände
wie in der Schule. »Ich, ich. Ich liebe Pancakes!« Ihr Lächeln erhellte den ganzen Raum.

Ja, ich könnte mich an diese Familie gewöhnen. Definitiv.

GENEVIEVE

Ich wachte vom Geruch von Kaffee und Pancakes auf. Ich drehte mich um und schlug die Augen auf. Trent lag nicht mehr angekuschelt hinter mir. Ich runzelte die Stirn. Es wäre schön gewesen, aufzuwachen und seine Wärme zu spüren.

Von unten drang Gelächter herauf, und ich kroch aus dem Bett, schnappte mir meinen Bademantel und warf ihn über. Nachdem ich Moms flauschige Hausschuhe angezogen hatte, ging ich, mir die Haare aus den Augen streichend, die Treppe hinunter.

Ich hätte nicht erwartet, das zu sehen, was ich zu sehen bekam, als ich in die Küche trat. Trent stand da in Jeans und seinem Henley-Shirt und barfuß und wendete Pancakes. Himmel, war der sexy. Er warf einen Pancake in die Luft, und Mary kreischte, als er ihn in der Luft fing und auf die heiße Platte des Cake-Makers schmetterte.

»Echt cool!«, kicherte sie.

Er beugte sich vor und tippte ihr auf die Nase. Ihr Lächeln war der Hammer. Nein, sah aus, als wären alle Harper-Frauen verzaubert worden.

Ich lehnte mich an den Türrahmen. Trent war ein Meister im Pfannkuchen-Wenden. Er schien auch rundum zufrieden darüber, mit meinen Geschwistern abzuhängen. Als wäre es ganz normal.

»Kannst du das auch mit Eiern?«, fragte Rowan.

Trent nickte. »Klar, Kumpel.« Er klang sehr kalifornisch.

»Bringst du es mir bei?«

»Natürlich. Mit den Moves kannst du eine Menge Mädels bespaßen. Frauen stehen auf Männer, die kochen können.«

Ich prustete, und die drei drehten mir ihre Köpfe zu.

»Bring meinem Bruder nicht deine Spieler-Moves bei. Er ist ein Good Boy, und das wird er auch bleiben.«

Ich ging zur Kaffeemaschine, goss mir aus der Kanne eine Tasse ein und gab noch Milch und Zucker dazu. Doch bevor ich einen Schluck nehmen konnte, schlangen sich zwei lange, kräftige Arme von hinten um mich. Ich spürte Trents starke Hände auf meiner Taille ruhen, seinen warmen Oberkörper an meinem Rücken. Ich seufzte.

Er flüsterte:»Mach meine Moves nicht schlecht, Zuckerkirsche. Außerdem sollte sich ein Mann selbst ernähren können.«

»Ähm … hm.« Ich nippte an meinem Kaffee und ließ die milde Frühstücksmischung die letzten Schlafreste vertreiben.

»Bist du anderer Meinung?«, fragte Trent, und ich spürte seinen warmen Atem im Nacken und dann seinen Mund, als er zärtlich daran knabberte.

Verlangen stieg in mir auf und sammelte sich zwischen meinen Schenkeln. Ich stupste ihn mit meinem Po an, schubste ihn ein paar Zentimeter nach hinten, und dann drehte ich mich um. Und natürlich verfolgten da zwei Augenpaare jeden unserer Schritte.

»Trent …« Ich warf schnell einen Blick auf meinen Bruder und meine Schwester.»Nicht hier«, formte ich mit den Lippen.

Er grinste.»Früher oder später werden sie uns zusammen sehen. Ich denke, früher ist besser als später.« Mit dem letzten Wort wühlte er mit einer Hand hinten durch meine Haare, hob mit dem Daumen mein Kinn an und zwang mich, nach oben zu schauen.»Fangen wir noch mal an. Guten Morgen, Zuckerkirsche. Ich habe großartig geschlafen. Besser denn je«, flüsterte er, bevor er den Kopf neigte und seine Lippen über meine brachte.

Sein Kuss war sanft, blieb nur wenige Male Mund an Mund, ein bisschen Zunge und ein zartes Saugen, als er sich zurückzog.»Mmm, Kaffeeküsse.« Er grinste.

Für einen Moment blickten wir einander in die Augen. Etwas, das ich nicht erklären konnte, passierte da zwischen uns, und mir wurde angst und bange.

»Ähm ... wir verhungern«, erinnerte uns Rowan von hinten.

Trent grinste. »Pancakes!« Schnell schnippte er Pancakes in perfekter CD-Größe vom Cake-Maker auf die Teller vor Rowan und Mary. Vier landeten auf Rowans und zwei auf Marys. »Wie viele willst du, Zuckerkirsche?«

Ich nippte an meinem Kaffee. »Einer reicht.«

Er runzelte die Stirn. »Selbst deine kleine Schwester isst zwei. Ich mach dir drei.«

»Willst du, dass ich fett werde?« Ich kicherte und verschränkte die Arme vor der Brust. Es war harte Arbeit, die Figur zu halten. Auch Frauen mit Sanduhrfigur hatten schnell ein paar Kilos zu viel drauf, wenn sie nicht immer schön hart trainierten. Ich war da keine Ausnahme. Als meine Mutter starb, trug sie eine gute Größe vierzig, und auch wenn sie wirklich ein Hingucker war, arbeitete sie an ihren Kurven wie keine zweite. Ich hatte nicht so ein instinktives Gespür für Sex-Appeal und war erst so richtig kurvig geworden, als sie schon nicht mehr da war.

Trent schwenkte mit einer Hand den Spatel über dem Küchentresen und hob mit der anderen seinen Kaffeebecher hoch. So stand er einfach nur da, ganz lässig in meinem Zuhause und machte uns Frühstück, und er sah so sexy aus wie noch nie. Ich musste es unbedingt vorsichtig angehen, oder mein Herz überlebte das nicht.

»Du machst Witze, oder?«

Ich schüttelte den Kopf. »Nein, mach ich nicht. Ich trainiere hart, und da muss ich mich nicht mit unnützen Kalorien belasten. Pancakes sind praktisch Kohlehydrate pur, sobald du den Zuckersirup drübergießt. Ich darf davon nur eine begrenzte Menge essen, oder ich platze wie so einer von diesen Ballons bei Macy's Thanksgiving Day Parade.«

Er verdrehte die Augen. »Du kannst sie ja später wieder ab-arbeiten.«

Ich legte eine Hand auf meine Hüfte. »Ich gebe gleich kei-nen Yogakurs.«

Er drehte die Temperatur des Cake-Makers herunter, ließ sechs perfekt runde Scheiben noch auf kleiner Flamme weiter brutzeln, und stolzierte zu mir herüber. »Ich wüsste da noch eine andere Art, Kalorien zu verbrennen.«

Er sprach mit leiser, tiefer Stimme, das Timbre sprach das kleine Sexluder an, das sich in mir versteckte. Das war bisher nur zweimal herausgekommen, als Trent und ich im Studio rumge-macht hatten.

»Ist das so?« Bevor er antworten konnte, fügte ich hinzu: »Tja, ich denke, da liegst du falsch.« Ich spielte mit und fühlte mich wie ein Sexkätzchen. Er hatte eine Seite in mir zum Vor-schein gebracht, die ich in mir verborgen hatte. Die erotische Seite. Die ihm die Beine um die Hüften legen und ihn reiten wollte bis in alle Ewigkeit.

Wieder hob er mein Kinn an und rieb seine Lippen an mei-nen, während er sprach. Er küsste mich nicht, sprach nur an meinen Lippen. Erregung durchflutete mich. Ich wollte ihn. So sehr, dass es fast wehtat.

»Babe, ich werde dir alle möglichen Varianten zeigen, bei denen falsch liegen sehr wohl richtig sein kann.«

Kurz bevor Trent mit seinen Lippenkünsten so weit war, unser kleines Gespräch an einen sinnvolleren Ort zu verlegen, ließ Rowans Stimme unser Lustbläschen platzen. »Trent, deine Pancakes brennen an.«

Trent drehte sich um. »Fuck!« Er rastete aus, als er sie um-drehte. Tatsächlich hatte sich auf der Unterseite jeder Scheibe eine schwarze Kruste gebildet.

»Schon gut. Das können wir abkratzen«, meinte ich.

Er knurrte angewidert. Wortlos trat er mit der Fußspitze auf das Pedal des Mülleimers, ließ den Deckel aufklappen und warf alle sechs hinein. Für mich war das, als würde er Geld wegwerfen. »Babe, du isst keine verbrannten Pancakes. Wenn du meine berühmten Pfannkuchen probierst, sollst du sie auch perfekt gemacht bekommen.« Ich runzelte die Stirn. »Aber das ist Verschwendung von Lebensmitteln.« Trent schüttelte den Kopf. »Nein. Ich mach noch neue aus der Mischung. Entspann dich.« Entspann dich? Ich fummelte an meinem Bademantel herum. *Lass es jetzt mal gut sein, Vivvie. Er weiß ja nicht, dass die Mischung zehn Dollar pro Packung kostet, und das auch nur beim Discounter Costco, am anderen Ende der Stadt.* Er macht noch neue aus der Mischung. Ich verdrehte die Augen. Ja, klar. Als ob ein berühmter Baseballspieler bei meiner kleinen Familie damit punkten könnte, neue Pancakes zu mixen, nachdem er einige davon weggeworfen hatte.

Trent arbeitete schnell und goss den Rest des Teigs auf die heiße Platte des Cake-Makers. Er hatte noch genug für sechs Neue. Ich bat ihn, mir nur zwei zu geben. Schließlich setzte ich mich durch, und wir nahmen auf zwei Stühlen in der Frühstücksecke Platz. Die Kids waren bereits fertig und verließen die Küche.

Die Pancakes waren wohl die besten, die ich je gegessen hatte. Irgendetwas machte er noch an den Teig, von dem ich nicht sagen konnte, was es war. »Besondere Zutat?«

Er grinste. »Du schmeckst den Unterschied, ja?«

Ich nickte. »Los, was ist es?«

»Geheim. Hat mir Ma beigebracht. Werde ich nie verraten. Familienrezept.«

Ich schob mir noch eine große Gabel voll in den Mund und genoss still seufzend den fluffigen Pfannkuchen und den göttlichen Sirup.

»Schmeckt's dir?«, fragte er und schob mir auf wirklich

süße Art die Haare hinter die Ohren. Eine Berührung, an die ich mich echt so ohne Weiteres gewöhnen könnte.

»Superlecker. Du musst jeden Samstagmorgen herkommen und deine famosen Pancakes für uns machen«, scherzte ich.

Er legte seine Gabel hin, stützte den Ellbogen auf den Küchentresen und das Kinn auf die Hand. Dann richtete er den Blick auf mich. Guckte mich nicht einfach nur so an. Nein, er starrte mir in die Augen, als würde er mir direkt in die Seele schauen. Ich leckte mir die Lippen, und seine Nasenlöcher bebten. Er biss sich auf die Unterlippe und rieb sich das Kinn, starrte mich weiter an, und die Intensität seines Blickes verunsicherte mich.

»Ich könnte das tun, Genevieve.« Seine Worte klangen bestimmt und ehrlich.

Wow. Das hatte ich nicht erwartet. Mit diesen fünf Wörtern hatte er angedeutet, dass es für ihn mehr als nur eine Affäre, ein lockeres Abenteuer war. Ich kaute zu Ende, legte meine Gabel hin und griff nach seinen Händen. Die waren warm, und in der Sekunde, als sich unsere Handflächen berührten, wurden auch unsere Hand-Chakren aktiviert. Ich spürte, wie sich unsere Energien wie magnetisiert in der entgegengesetzten Richtung bewegten.

»Sag nichts, was du nicht auch so meinst.« Blinzelnd sah ich auf unsere miteinander verschränkten Hände.

Trent senkte den Kopf und griff meine Hände noch fester. »Das würde ich dir nicht antun.«

»Aber bei anderen Frauen hast du es getan.« Ich blickte nach rechts. Wenn ich wissen wollte, was das hier war, musste ich ehrlich zu ihm und zu mir selbst sein. »Mir wurde gesagt, dass du ein Spieler bist.«

Er nickte und atmete tief ein. »Tja, ich würde sagen, das beschreibt meine Erfahrungen mit Frauen ziemlich genau.«

Ich versuchte, ihm meine Hände wieder zu entziehen, aber er hielt sie fest.

»Trent …« Meine Stimme zitterte. Das war für mich Neuland. Meine einzige andere ernsthafte Beziehung hatte katastrophal geendet. Etwas mit einem berüchtigten Frauenhelden anzufangen, mein Herz zu investieren und das Ergebnis zu kennen, war eine schlechte Idee. Schlimmer noch: Es war ein kolossaler Fehler.

»Genevieve, ich bin mir nicht sicher, was das zwischen uns ist. Ich habe noch nie zuvor so etwas gefühlt. Aber ich verspreche dir, dass ich nicht mit dir spiele. Es fühlt sich an, als hätten sich alle Spielregeln geändert, wenn es um dich geht. Frauen haben mich immer benutzt, und ich wiederum habe sie benutzt. Es war gegenseitig. Dich benutze ich nicht, und ich weiß, dass du mich auch nicht benutzt. Können wir also einfach sehen, wo das hinführt? Einen Tag nach dem anderen angehen?«

Einen Tag nach dem anderen.

Ich kniff die Lippen zusammen und dachte darüber nach. Er wartete geduldig, drängte oder hetzte mich nicht, sondern saß einfach nur still da und hielt meine Hände. »Das klingt vernünftig«, sagte ich.

Ein glückliches Lächeln breitete sich auf seinen Lippen aus.

»Einen Tag nach dem anderen. Beginnen wir mit dem heutigen. Wie lauten deine Pläne?«

12. KAPITEL

Das Wurzel-Chakra

Deine Chakren sind die energetischen Zentren deines spirituellen Selbst. Jedes Chakra kontrolliert verschiedene Bereiche deines Lebens. Wenn du deine Chakren ins Gleichgewicht bringen kannst, lässt dich das auch dein Gleichgewicht und den inneren Frieden in deinem Leben finden.

TRENT

Nach dem Frühstück trennten wir uns und teilten uns auf. Genevieve tat alles, was sie mit den Kids an einem Samstagmorgen immer machte, und ich fand nach mehreren Anrufen einen Handwerker, der sofort ins Haus kommen konnte. Ich begrüßte ihn auf dem Bürgersteig vor dem Haus, zeigte ihm die kaputte Tür und erklärte ihm, wodurch ich sie ersetzen wollte. Ich wollte nicht nur irgendeine Tür, ich wollte eine Sicherheitstür mit Stahlgitter. Denn dann konnte Genevieve, wenn sie im Garten herumwuselte oder hinten rumhing, die Tür offen halten und frische Luft reinlassen. Natürlich habe ich das nicht mit Genevieve abgesprochen. Ich wusste ja, dass sie nur die Dollarzeichen sehen und selbst dann nicht zustimmen würde, wenn es besser für sie war. Hätte ich es ihr überlassen, hätte sie die kaputte Scheibe einfach durch ein Holzbrett ersetzt, und fertig. Niemand wurde verletzt, also alles okay. Für mich aber war es ein großes Sicherheitsrisiko, und ich wollte nicht, dass die Frau, die ich datete, oder die Kinder, um die sie sich kümmerte, in einem unsicheren Zuhause lebten.

Unter keinen Umständen.

Der Handwerker und ich suchten eine etwas stabilere, aber auch stilvoll aussehende Sicherheitstür aus mit einem Metallgitter und einem zusätzlichen Stangenriegel- sowie einem Griffschloss. Denn selbst wenn ein Täter, durch höhere Gewalt oder ein schweres Brecheisen und irre, übermenschliche Kräfte durch die Schutztür gelangte, müsste er dann noch die Massivholztür mit zwei weiteren Schlössern überwinden.

Der Typ versprach, am nächsten Tag die neuen Türen zu bringen und einzubauen. Das bedeutete, dass ich noch einen weiteren Tag blieb und nach Hause gehen und ein paar Klamotten holen musste. Genevieve sagte, dass sie eine Kundin habe, die zu ihr in die Garage käme, und dass sie mindestens zwei Stunden lang beschäftigt sein würde. Ich nutzte die Zeit, um in meine Wohnung zu gehen und mir Klamotten für ein paar Tage, etwas Trainingsausrüstung und ein paar alte, ausgetretene Sneaker zu holen. Der Garten hinter dem Haus sah aus, als wäre er kurz vor dem Verfall und bräuchte mal eine starke Männerhand.

Als ich zurück zum Haus kam, saß Rowan auf der Couch und spielte Videospiele. Mary lag bäuchlings auf dem Boden, schwang die angewinkelten Beine vor und zurück und malte Feen und anderes mystisches Zeugs in einem Malbuch aus. Ich blickte auf die Seite, die sie gerade ausmalte. Das Mädel war gut. Nicht nur, weil sie nicht über die Linie malte, nein, sie nutzte die Buntstifte auf einzigartige und unterschiedliche Weise und malte bunte Muster in Feenflügel, die dort gar nicht vorgesehen waren, umrandete einige Bereiche dunkler und wählte innen eine hellere Farbe. Ich wusste nicht viel über Kids oder über ihre Fähigkeiten, aber sie schien schon eine kleine Künstlerin zu sein.

»Mary, das sieht ja schon nach hoher Kunst aus, toll! Es gefällt mir, wie du den Flügeln noch so das gewisse Etwas gibst.«

Die Kleine hob den Kopf, warf die blonden Haare zurück, die ihr ins Gesicht fielen, und strahlte mich an: »Danke, Trent. Ich male total gerne aus.«

»Sie kann das auch wirklich gut«, fügte Rowan hinzu. »Mary ist ein Ass in Kunst- und Tanzzeugs.«

»Du bist Tänzerin?« Ich wollte mehr über die Kleine wissen. Ich hatte mir in meiner Vergangenheit noch nie auch nur einen Moment Zeit genommen, mich derart mit einem Kind zu beschäftigen.

Mary setzte sich auf die Fersen, wie es nur Kids können,

ohne sich die Knochen zu brechen.»Hmm. Ich habe in drei Wochen eine Aufführung. Im November, also kurz vor den Weihnachtsferien. Wir tanzen den ›Nutcracker Reloaded‹. Also nicht den klassischen Nussknacker mit Ballerinas und langweiligem Ballett, sondern einen mit Hip-Hop und Contemporary Moves. Kommst du?« Sie faltete die Hände vor der Brust.»Bitte, bitte, bitte ...«

Lächelnd strich ich ihr über den Kopf.»Ich checke meinen Terminkalender, und dann schauen wir mal. Wenn ich in der Stadt bin und mein Agent mich nicht für irgendeine Werbegeschichte oder ein Fotoshooting gebucht hat, kannst du dich darauf verlassen. In Ordnung?«

Sie nickte, drehte sich um und wandte sich wieder ihrer Ausmalerei zu.

»Hey, Row, Alter, ich werde was im Garten arbeiten, eure Pflanzen für den Winter fit machen. Willst du mir helfen?«

Rowan guckte groß, stand dann aber auf, schaltete seine Xbox aus und stellte den Controller auf den Tisch.»Ich lauf hoch, zieh mich um und bin gleich da.«

Ich klopfte ihm auf den Rücken, als er hinter der Couch hervorkam.»Guter Mann. Wir sehen uns im Garten. Du wirst dich schmutzig machen, also zieh was an, wo dir das egal ist.«

Er spurtete die Treppe rauf, drei Stufen auf einmal nehmend.

Guter Junge, aber er brauchte einen Mann, der ihn unter seine Fittiche nahm. Er war eifrig bemüht, der Familie zu helfen. Trotzdem schien er sich unsicher zu sein, was er außer Rasenmühen noch tun sollte. Ich gab ihm eine klare Anleitung, wie man sich um den Garten kümmerte, Unkraut jätete, die Sträucher so zurückschnitt, dass sie ansprechender aussahen, und wie man mit den Blumen und den Bäumen umging.

Draußen im Schuppen fand ich die Gartengeräte alle in eine Ecke geworfen. Sie sollten eigentlich gut zugänglich an den Wänden hängen. Ich würde ihm helfen, das morgen entsprechend einzurichten, wenn wir die Hauptarbeit erledigt hatten.

Ich nahm die Elektro-Heckenschere, steckte das Kabel in die Steckdose und machte mich mit Eifer an die hochgewucherten Sträucher. Rowan hatte versucht, den Wildwuchs einzudämmen, aber das musste er öfter tun, auch viel mehr zurückschneiden.

»Also, was soll ich machen, Trent?«, fragte Rowan hinter mir.

Ich zeigte ihm das Unkraut in den Blumenbeeten, rings um die Bäume, und wie man das Moos und das Unkraut in den Pflasterfugen des Gehwegs entfernte. Danach schnitten wir gemeinsam die Sträucher in Form und sägten die zu schweren, tief hängenden Äste der Bäume ab.

Rowan lernte so schnell wie ich damals, als Ma es mir beigebracht hatte. Dad hatte mir alles über Werkzeuge erklärt, hatte mir gezeigt, wie man ein Auto reparierte, Sachen zusammenbaute, all so Heimwerkerzeugs. Meine Mutter hatte mich mit der Gartenarbeit und dem Kochen vertraut gemacht. Dad mähte sein Lebtag keinen Rasen, aber Ma tat es, bis ich groß genug war, um einen Rasenmäher schieben zu können. Dann übernahm ich das. Selbst jetzt, wo Ma im Ruhestand war, ließ ich ein Nachbarskind den Rasen für sie mähen. Sie kümmerte sich um die Bäume, ihr Gemüse, ihre Kräuter und pflegte täglich die Büsche und Sträucher. Es war ihr Job, und ihr Garten war der beste, den ich je gesehen hatte.

Nach zwei Stunden war Rowan und mir höllisch heiß, und wir hatten schon ordentlich was geschafft, aber wir waren noch lange nicht fertig. Ich zog mein T-Shirt aus und wischte mir den Schweiß vom Gesicht.

»Jungs!«, rief Genevieve von der Terrasse aus. »Ich hab ein paar Sandwiches und Limonade gemacht.«

Ich grinste. Mein Mädchen hatte mir ein Sandwich gemacht. Ich humpelte die Stufen zur Terrasse hinauf und fand zwei Teller, randvoll mit Sandwichtoasts, die dick mit Truthahn und Schinken belegt waren, und daneben standen Schüsselchen mit Obstsalat und hohe Gläser mit pinker Limonade. Pink. Die gleiche Farbe wie ihre Lippen. Genevieve wuselte herum und legte Servietten und Besteck neben die Teller.

»Babe ...« Ich legte ihr einen Arm um die Taille und zog sie einfach an mich.

Sie hob die Hände und drückte gegen meinen nackten Oberkörper.

»Du bist verschwitzt.« Süß blinzelnd sah sie mir in die Augen. Himmel, ich könnte sie auffressen. »Du bist wunderschön«, sagte ich, bevor ich meine Lippen an ihre brachte. Sie schmeckte nach der herb-fruchtigen Limonade und ihrer eigenen einzigartigen Note.

Sie quietschte und versuchte, sich zu lösen. Vielleicht wegen Rowan, aber ich rührte mich nicht. Die Kids sollten sich daran gewöhnen, dass ich in der Nähe war und ihre Schwester berührte, weil ich meine Hände nicht länger als ein paar Minuten am Stück von ihrem herrlichen Körper lassen konnte. Ich tippte mit meiner Zunge auf ihre Lippen. Sie seufzte und öffnete sich für mich. Ein paar schnelle Herumlecker im Mund, und sie schmolz fast an mir dahin, als wäre niemand in der Nähe.

»Nehmt euch ein Zimmer!«, rief Rowan lachend.

Genevieve wich zurück und legte die Hand über die Lippen. Sie war rot geworden und sah hinreißend aus. »Benimm dich!«, schimpfte sie scherzhaft und warf einen tadelnden Blick auf ihren Bruder.

Rowan schien der öffentliche Austausch von Zärtlichkeiten überhaupt nicht zu stören. Er genoss es wahrscheinlich sogar, seine Schwester ein bisschen zu ärgern, was, so stellte ich es mir vor, Brüder andauernd mit ihren Schwestern machten. Sicher wusste ich das natürlich nicht, da ich keine hatte, aber es erschien mir logisch. Ich machte das ständig mit Ma.

Ich setzte mich hin, nahm den erfrischenden Drink zur Hand und trank ihn in einem Zug zur Hälfte aus. Das war jetzt genau das Richtige. »Hast du die ganz frisch selbst gemacht, Zuckerkirsche?«

Sie nickte, und ihre Wangen färbten sich wieder pink. »Weißt du, du hättest wirklich nichts im Garten machen müssen. Ich meine, wenn du andere Dinge zu erledigen hast ...« Sie machte eine Drehbewegung mit den Fingern.

Ich schaute zu Row, der nervös und unsicher wirkte. »Nö, nichts ist besser, als mit einem meiner Kumpels in der Sonne zu arbeiten. Nicht wahr, Row, mein Alter?«

Breit lächelnd biss er einen großen Happen von seinem Sandwich ab. Er sprach mit vollem Mund – typisch Teenie. »Wir ... machen hier ... Männerarbeit.« Er schluckte runter. »Lass uns in Ruhe. Wir haben noch mehr zu tun.«

Genevieve schob sich an uns vorbei. Ich packte sie um die Taille und zog sie auf meinen Schoß. Ihr Arsch kam in Kontakt mit meinem Schwanz, und ich passte meine Sitzposition an und presste ihn an sie. Ich hatte schon einen halben Ständer bekommen, als sie in Hotpants und einem schlichten Tanktop aus dem Haus kam. Ihr Haar war zu einem Pferdeschwanz gebunden, und sie trug silberne Flip-Flops. Sogar ihre Finger- und Zehennägel waren in einem süßen Hellrot lackiert, das, da würde ich wetten, zu dem roten Lippenstift passte, den sie draufhatte.

»Danke für das Sandwich, Zuckerkirsche. Lecker. Fast so wie du.«

Ihre Wangen liefen pink an. Ich liebte diese Röte, so echt und nur für mich.

»Jetzt küss mich zum Abschied, bevor du wieder an die Arbeit gehst.«

Sie sah hinüber zu Rowan. Er winkte mit der Hand und deutete an, dass es ihm egal sei.

»Sieh nicht zu ihm, Babe, sieh mich an.« Ich drehte ihren

Kopf mit Daumen und Zeigefinger zu mir. »Danke.« Ich hauchte ihr ein Küsschen auf.

Die einfache Berührung ließ ihren Körper schwerer werden. Gerade als ich dachte, sie würde sich zurückziehen, umfasste sie mein Gesicht mit beiden Händen und gab mir einen intensiven Zungenkuss, der mich Sterne sehen ließ. Sie übernahm die Kontrolle über meine Lippen, saugte an meiner Zunge und gab mir alles, was sie zu bieten hatte. Schließlich knabberte sie an meiner Oberlippe, meiner Unterlippe, und dann zog sie sich zurück. Ich folgte ihrem Kopf, als sie sich wegbewegte, weil ich mehr von ihrer Süße schmecken wollte.

Irgendwas knurrend stand ich auf und flüsterte ihr ins Ohr: »Ich komme später zu dir. Nach diesem Kuss spüre ich, wie sehr du es auch brauchst. Kein Warten mehr. Heute Abend ist es so weit.«

Grinsend hob sie eine Augenbraue. »Wie du willst«, flüsterte sie, hauchte meinen Lippen noch mal ein Küsschen auf und rannte schnell weg, bevor ich sie festhalten konnte.

»Verdammtes Weib.« Kopfschüttelnd stemmte ich die Hände in die Hüften.

»Du bist ja so in meine Schwester verknallt. Das ist echt krass, Alter.« Rowan schüttelte den Kopf, stand auf und ging zurück in den Garten.

Ich setzte mich wieder hin und aß ein geiles Truthahn-Sandwich. Es machte dem im Café *Rainy Day* Konkurrenz, wo ich jetzt regelmäßig essen gegangen war. Die machten dort auch ein verdammt gutes Sandwich, aber eine Frau, die für einen Mann kochte, war etwas Besonderes. Ich stellte mir vor, wie sie ihre Liebe und Fürsorge in jedes Gewürz und in jede einzelne Schicht einbrachte und ein Meisterwerk schaffte. Fuck. Ich klang höllisch schmalzig. Ich musste wohl mal eine Runde Holz hacken gehen, mal wieder voll den Kerl raushängen lassen, mir ein paarmal auf die Brust klopfen und dran denken, dass ich kein Weichei war, nicht unter irgendeinem Pantoffel stand. Und wenn überhaupt, dann konnte der nur Genevieve gehören, da setzte ich mein ganzes Geld drauf. Ich konnte es kaum erwarten, heute Nacht meinen Mund überall auf ihrem Körper zu haben. Dafür würde ich allerdings die Voraussetzungen schaffen müssen.

»Also, Row, mein Alter, was meinst du, könntet ihr beide, du und die Kleine, es nicht so einrichten, dass ihr heute Nacht bei Freunden übernachtet?«

Rowan hörte auf, einen der hochgewucherten Sträucher in eine quadratische Form zu trimmen, und lächelte vor sich hin. »Klar, Alter. ich denke, ich könnte da was arrangieren.«

»Wäre dir sehr dankbar. Du wirst es auch nicht bereuen.«

»Ach, alles cool«, antwortete er mit leiser Stimme. »Passt schon. Dass du Vivvie so ein Lächeln ins Gesicht zauberst, ist mir schon Belohnung genug. Da hast du was gut bei mir, Alter.«

GENEVIEVE

Ich atmete erleichtert auf, als ich die Hochsteckfrisur für Mrs Turners netten Abend mit ihrem Mann bis auf die letzte kleine Locke gestylt hatte.

»Es sieht perfekt aus, Genevieve, und auf die Minute pünktlich.« Sie schaute auf ihre Uhr. »Zeit, Monsieur zu treffen.« Sie lächelte und legte zwei Zwanziger in meine Arbeitsplatzecke.

»Mrs Turner, es kostet nur zwanzig.«

Sie lächelte. »Honey, Sie berechnen viel zu wenig dafür. In einem normalen Salon hätte ich mindestens vierzig für Waschen, Föhnen und Hochstecken bezahlt. Verkaufen Sie sich nicht unter Wert.«

Ich starrte auf den Betonfußboden und scharrte mit der Schuhspitze. »Danke, Mrs Turner.«

»Einen schönen Abend noch, Genevieve.« Sie holte sich ihren Mantel und eilte schnell zu ihrem Auto in der Auffahrt.

Ich winkte, als sie rückwärts rausfuhr. Vielleicht hatte Mrs Turner recht und ich berechnete zu wenig, aber ich konnte es nicht riskieren, dass meine Kunden woanders hingingen. Es gab nicht viele Leute in dieser Gegend, die sich bei jemand zu Hause die Haare machen ließen. Die meisten wollten lieber in einen Profi-Salon. Und ich hatte noch ein Semester auf der Hair & Beauty Artist Academy nachzuholen, bevor ich so richtig in einem Salon arbeiten durfte.

Ich schnaufte einmal durch, räumte meine Arbeitsstätte auf und ging ins Haus.

»Hallo!« Mary und Rowan stürmten gerade die Treppe hinunter, als ich ins Wohnzimmer kam. Sie hatten sich zum Ausgehen schick gemacht, obwohl es Abendbrotzeit war, und sie trugen ihre Rucksäcke.

»Hey, Vivvie, Mary und ich übernachten bei Jonathan und Carrie zu Hause.«

Jonathan spielte mit Rowan im selben Baseballteam auf der Berkeley High, und seine kleine Schwester Carrie war in derselben Klasse wie Mary. Sie waren alle bestens befreundet, und ihre Eltern nahmen es echt locker, wenn meine beiden Geschwister mal am Wochenende bei ihnen übernachteten. Sagten, dann wären ihre Kinder beschäftigt und machten keinen Ärger. Normalerweise hatte ich damit kein Problem. Aber seit gestern Abend kam ich mir dabei irgendwie leicht ungehörig und egoistisch vor. Ich wollte, dass sie mit mir zu Hause rumhingen, wo ich sie im Auge behalten konnte.

»Seid ihr sicher? Wir könnten auch Filme gucken, eine spontane Pyjamaparty feiern, Popcorn essen. Ich kann Pizzas machen.«

Beide schüttelten den Kopf.

»Keine Chance. Carries Mom will mit uns in den neuesten Märchenfilm. Du weißt, dass ich den unbedingt sehen wollte!« Marys Stimme war so schrill, als müsste sie *sterben*, wenn ich Nein sagen würde.

»Okay, kleines Mädchen. Geht in Ordnung. Row, hast du ein Auge auf sie?« Eine Welle von Emotionen, auf die ich nicht vorbereitet war, ließ mir die Kehle eng werden.

Er lief die restlichen Stufen hinunter und umarmte mich auf die extra dicke Ich-liebe-dich-große-Schwester-Art, die ich so mochte. »Das weißt du doch. Und ihre Eltern sind beide da, okay? Und abgesehen davon ist Trent in der Küche und macht dir was zu essen. Er hat gesagt, dass er heute Abend dein Leibwächter ist, also werde ich den *Stang* nehmen.«

Der *Stang* war Dads alter Ford Mustang und unser einziges Auto. Wenn einer es brauchte, sprach er das normalerweise vorher mit dem anderen ab, damit der sich darauf einstellen konnte.

Bevor ich fragen konnte, was er mit dem Essen von Trent meinte, eilten die beiden mit einem Haufen von »Hab-dich-liebs« und »Bis-danns« aus der Tür. Kopfschüttelnd ging ich in die Küche. Tatsächlich stand Trent über den Herd gebeugt, und es roch überall herrlich nach Knoblauch und anderen leckeren Gewürzen.

»Was kochst du denn da?« Ich legte die Hände auf die Hüften und spähte in einen Topf mit blubbernder Soße. Die war stückig, voller Gemüse und Fleisch. Es war so eine Spaghetti-Soße, die man auch ohne Nudeln essen konnte, und sie roch göttlich. Mein Magen knurrte.

Trent umarmte mich von hinten. »Oha. Mein Mädchen hat wohl Hunger. Können wir jetzt essen?«

Ich grunzte irgendwas und sah mich in der Küche um. Auf dem Tisch lagen schon Teller und Besteck bereit. Er hatte ihn nicht so à la Liebesfilm mit Kerzen oder Blumen dekoriert, aber der Effekt war immer noch derselbe. Trent Fox, der Baseball-Star der Major League, hatte den Tisch gedeckt und Abendessen für mich gemacht. Für mich. Ein einfaches Mädel aus Berkeley, Kalifornien.

»Ich fass es nicht, dass du das alles gemacht hast.«

»Na ja, mein Hauptziel ist dein Höschen. Da will ich rein.

Habe ich es geschafft? Lässt du mich?« Er fummelte am Knopf meiner Shorts.

Ich drehte mich um und schlang ihm die Arme um den Hals. »Oh ja, du hast es geschafft.«

Er grinste, hauchte mir ein viel zu kurzes Küsschen auf und klapste mir auf den Po. »Setz dich an den Tisch, Weib. Ich serviere hier jetzt was zu essen. Erst das Essen, dann der Sex.«

Er tischte Riesenportionen auf. Viel mehr, als ich wegputzen konnte. Er gab mir genauso viel wie sich selber, aber ich sagte nichts. Er hatte ja gekocht. Dann schenkte er mir ein Glas Wein von einem lokalen Weingut ein, bei dem ich schon mal mit einem Freund gewesen war, bevor meine Eltern starben.

»Danke.« Ich hob das Glas hoch.

Er schenkte sich auch ein und machte es dann wie ich.

»Worauf trinken wir?«

Er grinste und spitzte die Lippen. »Darauf, dass ich dich in den Wahnsinn ficke?« Er feixte.

Ich bekam Herzflattern, wenn ich mir in meiner Fantasie alle Stellungen ausmalte, die mich im Schlafzimmer geradezu wahnsinnig werden lassen könnten. »Sei einmal ernst.«

Trent verdrehte die Augen. »Wie wäre es, wenn wir auf neue Erfahrungen trinken, etwas Verrücktes tun und auf das bestmögliche Ergebnis hoffen?«

Ich lächelte breit. »*Darauf* kann ich jetzt trinken.«

Wir genossen unseren Wein und plauderten etwas. Er erzählte mir vom College-Ball, danach von der Major League und wie er seine Anfängerjahre mit Beten und Bangen überlebt hatte. Er verriet mir, wie seine Mutter dafür gesorgt hatte, dass er wusste, wie man einen Garten pflegt und eine Mahlzeit kocht. Anscheinend kannte er aber nur wenige Gerichte. Spaghetti und Pancakes bildeten die Krönung seiner Kochkünste. Insgeheim fand ich es toll, dass er sofort seine beiden Glanzstücke mit mir geteilt hatte.

Das Abendessen war himmlisch, und das Gespräch noch besser. Trent schien wirklich daran interessiert zu sein, mehr über mich zu erfahren, wollte nicht nur in mein Höschen. Andererseits wollte ich unsere kleine Party so unbedingt vorantreiben, dass ich jeden Moment hätte platzen können. Während des Abendessens berührte er mich so oft wie möglich. Jede Berührung fühlte sich wie ein Brandmal an, prickelte heiß auf meiner Haut, und die glühende Vorfreude auf das, was kommen sollte, erfasste jeden Nerv in mir.

Beim gemeinsamen Geschirrspülen zeigte sich Trent von seiner spielerischen Seite. Er schnippte Wassertröpfchen auf mich. Ich rächte mich, indem ich Schaumbläschen zu ihm blies. Irgendwann schnappte er sich den Blumensprayer und bespritzte die Vorderseite meines Tanktops. Die Knospen meiner Brüste zeichneten sich sofort unter der feinen Spitze meines BHs ab. Verlangen blitzte in seinen Augen auf. Dann machte er endlich den ersehnten Move.

Ich streckte mich an ihm vorbei, um die letzte Schüssel in den Geschirrkorb zu stellen. Er drehte mich um, drückte mich mit dem Rücken gegen die Spüle und sah mich mit einem sinnlichen Blick an, der einer Streicheleinheit glich und den nassen gelben Shirt-Stoff, der förmlich an meinen Brüsten klebte, nicht mehr aus dem Visier nahm. Ich griff nach dem Küchentresen hinter mir und klammerte mich mit den Fingern an der Fliesenschiene fest. Und wartete. Und hoffte. Er beugte sich vor und saugte durch die dünne Baumwolle meines Shirts an dem erigierten Nippel. Ich fasste an seinen Kopf und fuhr ihm durch das volle Haar.

»Trent ...«, seufzte ich, fast schwindelig vor Verlangen nach ihm, als er an meinen Titten zupfte und sie mit den Zähnen streifte.

Er knurrte irgendwas und strich mit der Zunge über eine Spitze. Der Stoff rieb auf meinen empfindsamen Brustwarzen und ließ mich heiß erschauern, während ich spürte, wie es in meinem Höschen feucht wurde.

»Bitte ...«

Er ließ von meiner Brust ab und hob mich hoch, sodass ich die Beine um ihn schlingen konnte.

»Trent, das kannst du nicht. Dein Bein ...«

Er unterbrach mich mit einem Kuss. Keinem süßen Knutscher. Nein, das hier war ein sehr sexueller Kuss – ein Tanz von Lippen, Zähnen und Zungen.

Langsam trug er mich zur Treppe, und obwohl ich wusste, dass er diese Treppe nicht mit einem zusätzlichen Gewicht hochgehen sollte, hielt ich den Mund. Das war mit Abstand die romantischste Erfahrung meines Lebens. Ein Mann, der mich ins Bett trug.

Als wir in meinem Zimmer ankamen, ließ er mich eng an seinem Körper hinabgleiten, sodass sich meine Brüste an seinem Brustkorb rieben. Er strich mir mit den Fingern durchs Haar, umfasste meine Wangen und hob mein Kinn an. »Ich will dich mehr als jede andere Frau, die ich je kannte. Du lässt mich alles vergessen, Genevieve, und ersetzt es durch Licht und Herzensgüte. Das brauche ich in meinem Leben.«

Ich hielt sein Gesicht fest und strich ihm mit dem Daumen über die Unterlippe. »Dann nimm es dir. Im Moment gehört es dir. Ich gehöre dir.« Ich musste schlucken. Das waren gewichtige Worte, die mir wahrscheinlich viel mehr bedeuteten als ihm, aber in diesem Moment konnte ich nicht leugnen, was ich wollte. Mehr.

Mehr von Trent.

Mehr von seiner Zeit.

Einfach mehr.

»Himmel. Wie lange ist es schon für dich her? Ich muss wissen, wie sehr du mich willst, denn ich halte hier nur noch so gerade eben durch, Babe. Das Tier in mir will dir deine Klamotten vom Leib reißen und dich rammeln, bis du meinen Namen schreist. Und dann noch mal alles von vorn.« Er sprach stoßweise und kehlig.

Das klang absolut fantastisch, aber es war wirklich schon lange, lange her.»Mehr als drei Jahre.«

Er riss die Augen so weit auf, dass ich jeden bunten Sprenkel darin leuchten sah.

»Wie viele Männer?« Er presste die Zähne zusammen, spannte den Kiefer an.

»Nur einer«, flüsterte ich verlegen. Ich starrte ihm in die Augen und katalogisierte jede Facette seines Gesichts. Ich wollte mich an diesen Moment erinnern.

Trents Nasenflügel weiteten sich, und er atmete tief ein. Seine Haselnussaugen waren voller Lust, und die Pupillen weiteten sich.»Das ist gut, Babe. Das ist sogar sehr gut. Denn jetzt gleich werde ich dafür sorgen, dass du diesen einen Mann vergisst.«

Mutig glitt ich mit den Händen zu seinem Hemd und fingerte so lange an den Knöpfen herum, bis ich sie endlich alle geöffnet hatte und seinen nackten Brustkorb sah. Ich strich mit beiden Händen sein Schlüsselbein entlang und wanderte mit den Fingernägeln abwärts. Er stöhnte, und die Beule in seiner Jeans wurde sichtlich größer.

Er packte mich um die Taille und verstärkte den Griff, als ich mich vorbeugte und seine Brust mit Küssen bedeckte. Ich leckte ihm probierend über die warme Haut, roch seinen einzigartigen Duft nach rauem Leder und Moschus, biss ihm in den Brustmuskel und beruhigte ihn dann mit meiner Zunge. Er stöhnte lange und tief.

Schließlich schaute ich auf und traf auf seinen erhitzten Blick.»Baby, das habe ich schon.«

13. KAPITEL

Die Brücken-Stellung
(Sanskrit: Setu Bandha Sarvangasana)

Diese Asana hilft, den Rücken zu dehnen, löst Verspannungen in der Wirbelsäule und den Schultern und baut Muskeln in den Oberschenkeln, im Po und in der Körpermitte auf. Die Brücken-Stellung gilt als eine der vielseitigsten Rückenbeugungen im Yoga. Leg dich auf den Boden, Füße und Knie hüftbreit auseinander, roll die Schultern ein und verschränke die Hände. Hebe das Becken an, bis es sich über dem Herzen befindet.

TRENT

Genevieve Harper weckte die »Basic Instincts« eines Mannes und warf ihn auf seine primitiven männlichen Instinkte zurück. Als ich ihren dunklen Blick sah und ihre vom vielen Küssen glühenden Lippen, musste ich das Tier in mir zügeln. Wie eine feuchte Männerfantasie stand sie vor mir, und ihre großen Brüste schaukelten wild unter dem nassen Tanktop. Ihre Lippen schimmerten im gedimmten Licht der Lampe neben ihrem Bett. Ich wollte sie haben, ihr meinen Stempel aufdrücken, mich einbrennen in ihr Hirn, sie zu meiner Frau machen.

Ich hob ihr Kinn an und eroberte erneut ihre Lippen. Ich strich mit der Zunge darüber, leckte probierend jeden Zentimeter, speicherte den Kuss in meinem Gedächtnis ab, in allen Einzelheiten – wie sich ihre Lippen auf meinen anfühlten, wie sie seufzte, wenn ich sie küsste. Welche Frau seufzte? Eine Frau, die bei jedem unserer gefühlvollen Küsse mit ganzem Körpereinsatz dabei war. Sie krallte die zarten Finger in den Haaransatz an meinem Nacken und klammerte sich richtig daran fest. Als ich sie auf ihr Bett senkte, ließ sie sich freiwillig fallen, während unsere Lippen sich keine Sekunde voneinander lösten. Ein magischer Moment.

Auf ihr zu liegen war ungefähr so, als würde man zwei passende Puzzleteile zusammenfügen. Mein Becken an ihres anzulegen war ein Gefühl des puren Glücks. Ich hatte mich noch nie so wohlgefühlt, nur auf einer Frau zu liegen.

Dass sich seit Jahren keiner mal richtig um sie gekümmert

hatte, fand ich so geil, dass ich am liebsten über sie hergefallen wäre. Ich wollte ihr die Klamotten vom Leib reißen und es jedem Zentimeter ihres Körpers besorgen. Gut, dass wir die ganze Nacht hatten, denn dieses eine heiße Rendezvous heute Abend würde nicht reichen. Niemals.

Ich küsste mich ihren Hals entlang und leckte die kleine Kuhle oben am Brustbein. Mhm! Köstlich, genau wie ich es vermutet hatte. Ich hing über ihr und glitt mit den Fingern unter ihr Tanktop, schob das Stück Stoff hoch und zog es ihr über den Kopf. Ich zerrte ihren BH über ihre großen Titten nach oben und dann über ihren Kopf, ohne ihn zu öffnen. Ich wollte das störende Ding sofort loswerden. Ihre tollen Titten sollten freiliegen, sodass ich jederzeit Zugriff hatte. Ich nahm eine zartrosa Knospe in den Mund. Der Nippel wurde dunkelrot und richtete sich steif auf. Sie griff in mein Haar und hob mir ihr Becken entgegen.

»So empfindsam.« Ich leckte ihre Knospe, streichelte mit der Zungenspitze darüber.

Ihre Augen glühten vor Lust.

»Ich liebe das an dir. Heute Nacht, Zuckerkirsche, werde ich jeden sensiblen Punkt in deinem Körper finden und dich wahnsinnig machen. Wie oft kannst du hintereinander, hmm?« Ich kniff ihr in die andere Brustspitze und zupfte so lange daran, bis der Nippel dunkelrot und knallhart war wie der andere, den ich leckte.

Sie atmete schwer und blinzelte verklärt. Wieder hob sie ihr Becken, und ich stieß ihr meins entgegen, rieb meinen Long Dong durch den Denimstoff hindurch in ihrem Schritt, sodass ich eine geile Reibung hatte. Ich würde nicht kommen, diesmal nicht. Nein, ich war fest entschlossen, ganz tief in dieser kleinen Frau zu explodieren.

»Antworte mir, Babe. Wie oft kann dein geiler Body beim Vögeln zwitschern?« Ich begann, an ihrem anderen Nippel zu saugen.

»Nur ... einmal.«

Ich stoppte mitten im Lecken, saugte an der Knospe, bis sie feucht glitzerte, und dann schaute ich Genevieve an und wartete, bis sie mich auch ansah. »Das ist ja lächerlich, Zuckerkirsche. Dieser Körper wurde zum Ficken und Orgasmus-Bekommen geschaffen. Ich werde dir zeigen, was dieser Körper kann.« Ich setzte mich auf und packte sie um die Hüften. »Ich habe mir für heute Nacht drei vorgenommen, und du siehst mal, ob du dich damit anfreunden kannst. Vielleicht auch mit vieren. Hängt davon ab, ob ich zu dem Zeitpunkt abgespritzt habe.«

Die Art, wie sie ihre Augen immer weiter aufriss, verriet mir, dass sie mir nicht glaubte. Herausforderung angenommen! »Das kann nicht dein Ernst sein. Drei Orgasmen in einer Runde?«

Ich nickte, öffnete ihre Shorts und zog sie ihr von den langen Beinen. Für so eine kleine Person hatte sie ein Fahrgestell, das sich sehen lassen konnte. Ich hob ein Bein mit einer Hand an und küsste mich über ihren Fuß und ihre Fesseln hinauf zu ihrer Muschi. Ihr Baumwollhöschen war schon ganz nass, und der Duft ihrer Erregung ließ meine Haut prickeln wie ein Schwarm stechender Bienen.

»Dein Höschen ist schon ganz nass wegen mir, Babe.« Ich rieb mit der Nase über den feuchten Stoff und atmete tief ein, prägte mir den Duft meiner Frau ein. Mein hart gewordener Kurzdenker wollte gleich da reinrammen. Ich rückte ihn in meiner Jeans zurecht und befasste mich etwas mit ihm, während ich mit einem Finger zwischen ihren Brüsten abwärtsfuhr, unter den Bund ihres Höschens glitt und nach ihrer Klitoris tastete. Langsam näherte ich mich der harten Perle und stimulierte sie dann. Sie reagierte sofort auf den Move, kreiste derart mit dem Becken, dass alle Synapsen in meinem Hirn wie durch einen Funken kurzgeschlossen wurden.

Ich zerrte ihr das Höschen ganz herunter und spreizte ihr

die Beine auseinander. »Fuck, du bist so biegsam. Kommt mir vor, als könnte ich dich in zwei Hälften teilen.«

Ihr Geschlecht öffnete sich wie eine Blume. Ich schob meine Nase direkt zwischen ihre Venuslippen. Dann streckte ich die Zunge raus und leckte ihr einmal durch den ganzen Schlitz, von hinten bis zur Klit. Genevieve zuckte und wollte die Beine schließen, aber davon wollte ich nichts wissen. Nein, ich wollte hören, wie sie heute Abend den Verstand verlor, und das war erst der Anfang.

»Magst du das, Zuckerkirsche?«

»Jaaa«, hauchte sie und schloss die Augen.

Ich lehnte mich zurück und spielte mit Daumen und zwei Fingern in ihrer Feuchte rum. »Was magst du, Babe? Sag es mir.«

»Mmm«, seufzte sie. »Was du tust.«

Sie hob eine Hand, schob sich einen rot lackierten Finger in den Mund und biss so genießerisch und so bildlich darauf, dass ich mir wünschte, sie würde es auch mit meinem Schwanz tun. Ich erinnerte mich noch gut an das Gefühl, das ich gehabt hatte, als sie mit ihren Lippen meinen Schwanz umhüllte. Ich spürte das leichte Ziehen und Kribbeln in den Lenden, während sie mit ihrem Finger spielte.

»Nein, Babe. Reicht noch nicht.« Ich glitt wieder zwischen ihre Beine und stützte mich wie ein Gewicht auf ihren Schenkeln ab. Es war einfach, sie so gespreizt zu halten, denn sie wollte mich ja da. Ihre Muschi glänzte vor Nässe, und ich leckte sie noch mal von oben nach unten, widmete mich dabei etwas intensiver ihrer Klit. Umschloss die harte Perle mit dem Mund und wirbelte mit meiner Zunge darüber. Immer wieder.

Sie begann zu beben.

»Sag mir, was du magst. Beschreib es mit deinen Worten.«

Sie hmmmte kehlig und bewegte den Kopf auf der Bettdecke hin und her. »Ich mag deine Zunge.«

Ich gab ihr mehr Zunge. »So?«

Genevieve seufzte. »Jaaa. Und deinen Mund.«

Mein Schwanz wurde hart. Ich glitt mit dem Mund durch ihren Schlitz und küsste und leckte jeden Winkel.

»Was magst du noch?« Ich wollte all die unanständigen Dinge von ihr hören, die ich mit ihr machte, aber auf ihre eigene, zärtliche Art.

Nackt und bebend lag sie da, während ich sie gespreizt hielt und sie in ihrer Geilheit zu mir sprechen ließ. Es war eins der erotischsten und schönsten Erlebnisse meines Lebens. Noch nie zuvor hatte ich mir derart viel Zeit genommen, um eine Frau zu befriedigen, doch bei Genevieve jetzt, da wollte ich gar nicht mehr aufhören.

Sie schenkte mir erneut einen Seufzer und ein scharfes Luftholen, als ich mit der Zunge tief in ihre feuchte Mitte eindrang. Ihr ganzer Körper spannte sich an, und ich wusste, dass sie bald kommen würde.

»Ich mag es ... ich mag es, wenn du tief in mich hineinschmeckst.« Sie fuhr mir durchs Haar, zog richtig fest daran.

»Ist das wahr? Dann sollte ich meiner Frau noch mehr Gefallen bereiten.« Ich schob meine Zunge tief in ihre feuchte Hitze, so weit ich konnte, und wünschte mir, ich hätte eine längere Zunge. Dann nutzte ich etwas, das fast genauso gut war: Ich drang mit einem Zeigefinger in ihr Geschlecht ein und war höchst zufrieden, als sie aufschrie, die Hände über dem Kopf verschränkte und den ganzen Körper anspannte wie ein Seil, das von beiden Seiten straffgezogen wird.

Mit bebendem Becken und zitternden Beinen drängte sie sich mir entgegen, als ich tief in ihr fingerte und dazu meine Zunge einsetzte, ihren Lustsaft aufleckte und die geile Moschusnote meines Mädchens genoss. Ich achtete ganz auf ihren Körper, registrierte jedes winzige Zucken und Pulsieren und wartete, bis sie kurz vor der Erlösung war.

»Oh, mein Gott«, hauchte sie.

Ich hielt sie unten und umschloss ihre Klit mit meinem Mund, nahm noch einen Finger dazu und brachte sie dorthin. Sie schrie auf und wand sich, aber ich hörte nicht auf. Gerade als sie anfing, sich zu entspannen, legte ich richtig los. Ich schob die Finger hinein, fühlte nach oben, fand den empfindlichen Punkt in ihr, der sie in Hochspannung versetzte, und nun spielte ich mein Mädchen wie ein Instrument. Ich saugte an ihrer Klit, knabberte daran und fingerte sie intensiv, ließ nicht ab von dem empfindlichen Punkt, der sie zum Beben brachte.

»Trent, Trent, Trent, o Gott!«

Ihr zitterten die Beine, ihre großen Titten schaukelten, und ich verschlang meine Frau, als bekäme ich so eine Chance nie wieder. Sie schlug um sich. Zog an meinem Hemd und zerrte es mir über den Kopf. Und ich ließ nur so lange von ihrer saftigen Muschi ab, bis ich das Hemd los war.

»Ich will dich, will dich, will dich ...«, skandierte sie und zerrte an meinem Kopf.

Den ich schüttelte. »Ich will, dass du wieder auf meiner Zunge kommst, Babe. Brauch das«, keuchte ich. Irgendwas war mit mir passiert, als sie vor lauter Geilheit anfing, meinen Namen zu schreien. Ich *musste* ihr ein gutes Gefühl besorgen. Musste spüren, wie sie förmlich explodierte unter meinen Verwöhndiensten. Wollte es sogar mehr als meine eigene Erlösung.

»Nackt, Baby, bitte«, rief sie abgehackt.

Ich löste mich von ihr, öffnete meine Jeans und streifte sie ab, meinen Slip auch und meine Schuhe, und dann sprang ich aufs Bett. »Willst du diesen Schwanz?« Ich robbte zu ihr hin, leckte noch mal ihre Muschi, leckte mich hinauf bis zu ihrem Bauchnabel und von dort zu ihren Nippeln, umkreiste beide. Einmal mehr bewunderte ich ihre Brüste, da ergriff sie meinen Schwanz. Der war so hart, dass ich damit ein klaffendes Loch in ein Stück Stahl hätte hämmern können.

»Jaaa, Baby. Dreh dich um. Füll mich ab.«

Als ich meine sonst immer so schön artige Zen-Yoga-Braut so versaut reden hörte, wurde ich noch härter. Ich drehte mich auf ihr herum, da protestierten meine Kniesehnen. Ich zuckte zusammen, aber sie bemerkte es nicht, Gott sei Dank. Sie würde sofort alles stoppen, wenn sie dächte, dass ich Schmerzen hatte, und ich brauchte ihre Lippen nötiger um meinen Schwanz als meinen nächsten Atemzug.

Kaum kniete ich breitbeinig über ihrem Kopf, nahm sie mich in ihren heißen Mund.

»Heilige Scheiße!«

Ich stieß ein paarmal in ihren Mund. Es gefiel ihr sehr. Es machte sie geil. Sie stöhnte an meinem Schwanz, züngelte über die Spitze und saugte an der Krone wie eine professionelle Schwanzlutscherin. Alter, diese Frau verdarb mich auf ewig für alle Ficks.

GENEVIEVE

Trent stöhnte und stieß in meinen Mund. Seine feine Salznote fickte mir den Gaumen, und ich wurde fast ohnmächtig. Es gefiel mir sehr, seinen Schwanz zu saugen. Ihn über mir zu haben, verrückt vor Leidenschaft für mich, machte mich schwindelig, berauscht von der Macht meiner Weiblichkeit. Der Orgasmus, den er mir bereits beschert hatte, war perfekt. Zehn von zehn Punkten. Und er hatte mir noch zwei weitere versprochen. Für mich war das Neuland. Ich hatte noch nie mehrere, nicht einmal mit meinem batteriebetriebenen Freund. Nicht, dass ich ihn oft benutzt hätte. Nur wenn ich im Job, mit den Kindern und dem Haus so viel zu bewältigen hatte, dass ich vor lauter Anspannung ein bisschen Entspannung brauchte.

Ich korrigierte meine Stellung, um ihn so über mir zu haben, wie ich ihn haben wollte. Trent mit dem Mund zwischen meinen Schenkeln ließ mich alles vergessen, ließ mich nur noch an seine Zunge denken, seine Lippen und seine geschickten Finger. Der Kerl war so ein Sexgott, dass ich mir gar nicht auszumalen wagte, wie viel Erfahrungen er gemacht haben musste, um dazu zu werden.

Mit seinem dicken Glied im Mund, ersten Lusttropfen von ihm auf meiner Zunge und seinem Mund zwischen meinen Schenkeln, fing ich wieder innerlich an zu beben. Er wollte es. Er wollte, dass ich noch mal kam. Heilige Scheiße. Ich versuchte, mich auf seinen Long Dong zu konzentrieren, und leckte ihn aufreizend langsam von oben nach unten. Er keuchte, beugte meine Beine, bis die Knie einen Neunzig-Grad-Winkel bildeten, und dann drückte er sie mir hoch bis zu den Achseln. Ich lag da, weit offen für ihn, verwundbar und ihm völlig ausgeliefert. Er legte sich meine Beine um die Taille, sodass ich mich keinen Zentimeter bewegen konnte. Ich war wie festgenagelt, entblößt und derart angetörnt, dass ich ihn so weit wie möglich in meinen Mund saugte und ihn so verrückt vor Lust machen wollte, wie er es mit mir machte.

»Oh nein, das tust du nicht.« Er hob sein Becken hoch, damit ich ihn nicht mehr so weit reinsaugen konnte. »Ich muss dich unter Kontrolle halten, Fireball.«

Diesen Kosenamen hatte er schon mal in einer ähnlichen Situation verwendet. Ich mochte ihn sehr. Verdammt, ich mochte alle seine Kosenamen für mich.

Mit meinen fixierten Beinen spürte ich jede seiner Berührungen und jedes Lecken von ihm noch intensiver. Mir wurde überall heiß, so heiß, dass sich ein feiner Schweißfilm auf meiner Haut bildete, als ich ihn festhielt. Trents Gesäßmuskeln waren steinhart, stellte ich fest, während ich sie massierte und ihm bei jedem neuen Zungenlecker meine Fingernägel hineinbohrte. Allmählich fing ich an zu keuchen und hatte Schwierigkeiten, sein hartes Geschlecht im Griff zu behalten. Er war einfach zu gut mit dem Mund. Er wusste genau, wo er mich lecken und wie viel Druck er anwenden musste. Und als er auch noch eine Kombination anwandte aus Befingern, mir die Beine fixieren und mit dem Mund meine Klit saugen, da kam es mir vor, als wäre ich gestorben und in den Himmel gekommen.

Wellen der Lust erfassten mich. Hinter meinen Augen zündeten kleine Blitze, und alles in mir spannte sich an wie noch nie zuvor. »Oh, mein Gott ... Trent!« Ich schrie, bis meine Stimme heiser war.

Die Lust stieg in mir auf, pulsierte in meiner Vagina und raste durch mich hindurch, durchdrang jede Pore so unbeschreiblich heiß und intensiv, dass ich es kaum noch aushalten konnte. Ich erschauerte, als ich spürte, wie mich eine Welle nach der anderen überrollte, aber Trent hörte nicht auf, zögerte meinen Orgasmus weiter und weiter hinaus und schaukelte dabei über mir. Denn jedes Mal, wenn er mich ausleckte, wippte sein Schwanz direkt vor mir auf und ab. Und seine Zunge zuckte, wenn er tief in mich hineinstöhnte. Wahnsinn. Lebensverändernd und alles, was dazwischenliegt.

Bevor ich etwas sagen konnte, drehte Trent sich um, rollte ein Kondom über, spreizte meine Beine und trieb seinen dicken Schaft in mich hinein. Ich stöhnte auf, als er tief in mich hineinstieß und weiter und weiter vordrang. Er war gigantisch, und mit jedem Stoß, den er tiefer eindrang, dehnte und reizte er mein hochempfindsames, enges Lustgeflecht.

»Allmächtiger! Genevieve ...« Er stürzte förmlich mit seinem Mund zu meinem und wisperte an meinen Lippen. »Perfekt. In dir zu sein, Babe ...«, er sprach rau, abgehackt, schüttelte dann den Kopf, bewegte das Becken, »... verdammt gut.«

Trent küsste mich hart, und ich schmeckte mich selbst. Mich selbst auf den Lippen eines Mannes zu schmecken war eine neue Erfahrung und unleugbar erotisch. Ich leckte ihm den Mund und bewegte das Becken, was ihm den Startschuss für den nächsten

Move gab. Er kniete sich hin, hob mein Becken an und stieß in mich hinein. Ich warf den Kopf hin und her und krallte ihm die Fingernägel in den Rücken, während er in mich stieß. Trent spaßte wirklich nicht, wenn er seine Frau vögelte. Selbstsicher, fokussiert und sexy – all das war er und mehr, während er mit mir Liebe machte.

Als er sich runterbeugte, um mich zu küssen, schlang ich ihm die Beine um den Po und drängte ihn noch tiefer und tiefer in mich hinein. Sein unverschämtes Grinsen und sein glühender Blick verrieten mir, dass ihm das gefiel, sehr sogar. Trent knurrte wie ein Tier, so intensiv war die Lust, als er mich nahm. Ich wusste nicht, ob er wild war oder ganz begeistert von dem Wahnsinn, der da zwischen uns abging. Sein dickes Ding fühlte sich an wie ein stahlhartes Riesenrohr, das mich so richtig geil rammelte.

Er verlangsamte sein Tempo, beugte sich über mich und verzog irgendwie das Gesicht.

»Baby, was ist los?«, fragte ich zwischen zwei Stößen und erkannte meine eigene Stimme nicht wieder, weil ich so sinnlich hauchte wie ein Sexkätzchen.

»Mein Bein ...« Sein Gesicht war schmerzverzerrt.

Das schlechte Gewissen, das mich jetzt packte, trieb mir die Tränen in die Augen. Ich hätte mich nicht zurücklehnen und ihn die ganze Arbeit machen lassen sollen. »Leg dich hin. Lass mich die Führung übernehmen«, flüsterte ich ihm ins Ohr, leckte die Muschel, knabberte am weichen Rand.

Er belohnte mich mit einem harten Stoß für diesen Move. Himmel, das fühlte sich an wie mein Geburtstag und Weihnachten zusammen.

Muss ich mir merken – Trent steht auf Beißen.

Er rollte uns so, dass ich oben war. Aber anstatt mir die Führung zu überlassen, dirigierte er uns ans Kopfende. Ich zog eine Braue hoch.

»Ich will deine Augen sehen.«

Ich wusste es besser. Kaum war ich auf ihm und ritt ihn tief und tiefer, sank er mit dem Kopf ans Kopfteil, hielt mich fest um die Taille und half mir, mein Becken hoch und runter zu bewegen. Sein Schaft war dicker, härter und unerbittlich in dieser Stellung und stieß direkt gegen meinen Muttermund.

Ich spannte mich an, mein nächster Monster-Orgasmus war spürbar im Anmarsch. Es pulsierte zwischen meinen Schenkeln, und mit jedem seiner kurzen, schnellen Stöße breitete sich dieses unglaubliche Lustgefühl in meinem ganzen Körper aus. Ich griff nach oben ans Kopfteil und drückte mich mit den Knien ab. Ich wollte es ihm so gut machen, dass er nie wieder mit einer anderen Frau zusammensein wollte.

Ich drückte meine Knie fest an seine Oberschenkel, hob mich hoch und senkte mich auf ihn, klapperte dabei vor Anspannung mit den Zähnen. Binnen Sekunden wurden die schmerzhaften Stöße dermaßen lustvoll, dass ich nur noch auf seinen Long Dong fokussiert war, der immer und immer wieder über meinen Glückspunkt rieb. Ich holte scharf Luft und schaute Trent in die Augen.

Der grinste. »Genau da, hm, Babe?«

»Jaaa«, stöhnte ich.

In seinen grünen Augen funkelte pures Verlangen. Er griff nach meinen Brüsten, kreiste um die Spitzen und zupfte mit Daumen und Zeigefinger daran.

Der Raum um mich herum verschwand. Das Bett, das Kopfteil, an das ich mich klammerte. Es gab nur noch diese Lust, die durch mich hindurchfloss wie Regentropfen, die vom Himmel auf meine Brust hinabrieselten. Die Lust war so präsent, so stark, nebelte mich regelrecht ein, als ich mich wie von Sinnen auf seinem Long Dong auf und ab bewegte.

»Himmlisch.«

»Einfach himmlisch.«

»Mehr.«

»Jetzt.«

»Baby.«

Ich hatte mich auf ihn sacken lassen, fast schmerzlich brennende Lust in mir und wie festgepinnt auf Trent, wenn er von unten in mich stieß, wieder und wieder. Immer schneller klatschten unsere Körper aufeinander, und mit jedem Rein und jedem Raus stieg die quälende Spannung zwischen uns. Der Lustgenuss war unendlich göttlich, als alles in mir zu einem kraftvollen Moment verschmolz, in dem ich zündete und in seinen Armen explodierte.

TRENT

Die Spannung war riesig, als sich ihre Muschi wie eine geile, kleine, heiße Faust um meinen Schwanz schloss. Ich wurde festgespannt, als ich wieder und wieder in sie eindrang und sie um die Schultern und die Hüften packte, um sie hart zu nehmen. Sie schrie auf, machte weiter mit diesen willkürlichen, unsinnigen Wörtern, als sie um mich herum krampfte.

»Liebe.«

»Gott.«

»Hart.«

»Luft.«

»Eng.«

»Uhh.«

Sie machte weiter, kurze, einsilbige Wörter kamen ihr über die Lippen, als ich tief in ihr abspritzte. Sie pumpte alles aus mir raus wie noch keine Frau zuvor. Sterne tanzten vor meinen Augen, und die Dunkelheit drohte, mich zu überwältigen. Ich konnte nichts mehr hören. Jeder Winkel in mir war auf meinen Schwanz konzentriert, und alles fühlte sich verdammt gut an. So verdammt geil hatte ich noch keine flachgelegt.

Keine Frau, Ehrenwort, keine sexuelle Erfahrung, die ich bisher gemacht hatte, ließ sich mit dem tiefen inneren Begehren für Genevieve Harper vergleichen. Ich beugte mich vor, hob eine Brust an und nahm den Nippel in den Mund. Ich saugte hart und fest, leckte und saugte, bis mir die Zunge wehtat und ich einen kirschroten Knutschfleck hinterließ, etwa so groß wie ein Fünfundzwanzig-Cent-Stück, der bewies, dass dieser Körper exklusiv Trent Fox gehörte. Fuck, yeah! Als wir fertig waren, lag Genevieve völlig schlapp auf meiner Brust. Ich spielte mit einer Hand in ihrem Haar, strich ihr über den Kopf und schmuste mit ihr, bis ich bei allem schwor, was mir heilig war, dass die Frau schlief. Auf meiner Brust. Während mein Schwanz noch immer in ihr war.

Es gefiel mir, meine Frau mehrere Orgasmen erleben zu lassen mit meiner Abspritzsahne. Das sprach direkt diesen Höhlenmenschen in mir an. Ich versuchte, mich nicht zu sehr zu bewegen, und manövrierte uns beide per Hüftbewegung nach unten, bis wir ganz flach auf der Matratze lagen. Und sie wachte nicht mal auf dabei, nein, meine Frau lag immer noch auf mir drapiert, benebelt und nackt mit meinem Schwanz in ihrer feuchten Hitze. Ich legte die Arme um sie, zog sie an mich, schloss die Augen und schlief ein.

* * *

Als ich später wieder aufwachte, fühlte ich mich genauso gut wie beim Einschlafen. Ich war noch bei meiner Frau, und mein Schwanz war in sie eingebettet, nur diesmal waren es ihre süßen Lippen, die meine Korona umhüllten.

»Du steckst voller Überraschungen«, murmelte ich, während sie an meinem Penis rummachte. Verdammt, ihr Mund war gut. Fast so gut wie ihre Muschi. Kam direkt danach. Ich wettete auch, ihr Arsch war noch Jungfrau. Und ich schwor mir sofort: Nichts von Genevieve Harper würde vor meinem Schwanz sicher sein.

Der bloße Gedanke, sie von hinten zu nehmen, ließ mich schon unglaublich hart werden. Und jetzt, während sie mich saugte, mit ihren warmen, feuchten Lippen an meinem steifen Schwanz auf und ab glitt, verlor ich vor Lust fast den Verstand. »Du hast mich fast so weit, ich komme gleich.« Ich griff ihr ins Haar, wickelte mir ein paar blonde Lockensträhnen um die Hand, und dann fickte ich sie in den Mund.

Sie achtete perfekt darauf, es mir so zu besorgen, wie ich es brauchte, war eine feinsinnige Schülerin, die mir die Zügel überließ und höllisch aufpasste, auch ja schön im richtigen Verhältnis zu saugen und zu lecken. Meine ersten Lusttropfen kamen schneller als sonst. Normalerweise konnte ich warten, eine Frau lange an mir saugen lassen, ehe ich kam, aber nun nicht mehr.

Als ich Genevieve nackt sah, auf den Knien, und mir ihre großen Titten anschaute, die so einladend wippten, während sie meinen Schwanz bis zum Anschlag in den Mund nahm ... Alter Falter. Grandios. Ihr Mund war nicht groß genug, um meinen Long Dong ganz hineinzunehmen. Meiner war ordentlich groß, vielleicht etwas größer als gewöhnlich, und sie war klein. Jedenfalls bis auf ihre Titten und ihren Arsch. Sie konnte mich nicht mal ganz mit ihrer zarten Hand umhüllen, aber mit ihrem Mund, da konnte sie wirklich gut umgehen.

Ich packte ihr Haar fester und dirigierte ihren Kopf an meinem Schwanz, drückte sie noch tiefer runter.

»Leck nach oben, Zuckerkirsche. Zeig mir, wie du mit deiner Zunge meinen Schwanz nass machst.«

Sie lächelte leise, machte aber, was ich verlangte. Als ich sah, wie sie ihre kleine, pinke Zunge herausstreckte und damit über meinen Long Dong glitt, musste ich aufstöhnen, voller Fickhunger, sie hart zu nehmen, aber ich wollte es nicht. Sie war mir zu wichtig. Ich ließ sie machen und umfasste nur mit beiden Händen ihren Kopf, weil ich wollte, dass sie mich so nahm, wie sie es wollte. Sie verdoppelte ihre Bemühungen, saugte mich ganz fest ein, umgriff meinen Long Dong mit beiden Händen und begann abwechselnd die pralle Eichel zu lutschen und den harten Schaft zu wichsen. Lichter, Feuerwerk, aller möglicher Feenstaub-Scheiß tanzte über meine geschlossenen Augen. Fuckin' magical.

»Ich werde auf dieser Zunge kommen, Babe.«

Sie klammerte sich an mich und erhöhte das Tempo, saugte mich ein, so gut es ging.

»Ich meine es ernst«, raunte ich, konnte kaum noch an mich halten.

Genevieve nahm mich so tief rein, wie sie konnte, und hmmmte rund um meine Korona. Das war's dann. Ich war verloren. Ich spritzte ab, und meine ganze sahnige Erregung entlud sich in ihrem Mund, während sie alles schluckte. Als sie fertig war, leckte sie mich noch mal kurz und beendete den besten Blowjob meines Lebens mit einem süßen Kuss auf die Spitze, bevor sie dann von mir runterkroch und sich wieder wie meine persönliche Genevieve-Decke über mich drapierte.

»Ich habe Hunger«, sagte sie.

Ich griente. »Du hast doch gerade gegessen.«

Sie rümpfte die Nase und steckte sich gespielt übertrieben einen Finger in den Hals.

»Okay, okay, schlechter Witz. Was hättest du denn gern?«

»Ein Sandwich mit Erdnussbutter und Marmelade«, antwortete sie zaghaft und etwas verlegen.

Alter Falter, sie war wunderbar. Wir hatten wie die Hasen gerammelt, geschlafen, und nachdem ich aufgewacht war, hatte sie mir den Schwanz gelutscht, und jetzt wollte mein Mädchen ein Erdnussbutter-Marmelade-Sandwich von mir. Ich schüttelte den Kopf. »Willst du, dass ich dich zuerst versorge?« Ich wackelte mit den Augenbrauen.

Sie setzte sich auf, und ihre großen Titten schwangen vor mir hin und her wie zwei reife Melonen. Ich wollte sie festhalten und wieder mit ihr ficken. Beim bloßen Gedanken daran wurde ich schon steif. Vielleicht ließ sie mich von mir zwischen die Titten ficken. *Jep, das sollten wir auf unsere To-do-Liste setzen.* Ich griff an die beiden Bälle, drückte sie zusammen und züngelte gleichzeitig über beide Spitzen. Sie stöhnte und bog aufreizend den Rücken durch.

»Trent, ich habe wirklich Hunger, und wenn du mich versorgst, werden wir wieder Sex haben, und dann bekomme ich mein Sandwich nie.« Sie schob schmollend die Unterlippe vor. Es hätte fast funktioniert. Ich feixte und grub mein Kinn zwischen ihre Möpse. »Gefickt wird später.« Ich küsste die Spitzen meiner Lieblingszwillinge.

»Tja, das ist der Plan.« Sie kicherte.

»Zuckerkirsche, ich hab mit deinen Titten gesprochen.« Ich grinste.

Rot wie eine Tomate, legte sie sich einen Arm vor die Brust. »Wie bitte?«

»Hast du dich schon mal zwischen die Titten ficken lassen?« Ich kreuzte zwei Finger hinter ihrem Arsch und hoffte natürlich, dass sie es noch nicht getan hatte.

Sie schüttelte den Kopf.

Ich holte tief Luft und stellte mir meinen harten Schwanz vor, festgepinnt zwischen ihren weichen Bällen, und die rosigen Knospen waren von dem vielen Saugen schon ganz purpurrot.

»Steh auf.« Ich gab ihr einen scharfen Klaps auf den Arsch.

»Aua!« Sie rieb sich über die geröteten Arschbacken.

»Wenn du nicht aufstehst, bekommst du dein Sandwich nie.«

Ihr Magen knurrte. Verdammt, Sex musste sie wirklich hungrig machen. Gut zu wissen.

In Sekundenschnelle war sie aus dem Bett raus. Anschließend umspielte mein Hemd ihren Körper wie ein Kleid. Es gab mir ein seltenes Gefühl des Friedens, mein Hemd über ihrem nackten Körper zu sehen. Ich machte es wie die sexy Blondine, zog rasch meine Boxershorts über und ging meiner Frau hinterher.

14. KAPITEL

Das Wurzel-Chakra

Das Wurzel-Chakra ist für dein Gefühl von Sicherheit und Geborgenheit verantwortlich. Ein geschlossenes Wurzel-Chakra gibt dir das Gefühl, geistig heimatlos zu sein, und ist oft für den Wunsch verantwortlich, immer unterwegs und in Bewegung sein zu wollen.

TRENT

Mit so einem richtigen Scheißgrinsen im Gesicht hinkte ich hoch zum Haus meiner Eltern, aber ich konnte nicht anders. Ich hatte gerade die begehrenswerteste Frau frisch gefickt und sie dösend auf der Couch liegen lassen, noch bevor ihre Geschwister vom Haus der Freunde heimkehrten. Rowan hatte was gut bei mir, weil er es mir ermöglicht hatte, ein bisschen mit seiner Schwester allein zu sein. Nachdem wir gestern zu Abend gegessen, das erste Mal Liebe gemacht hatten und ich später dann zum zweiten Mal an ihren Lippen aufgewacht war, legten wir eine kurze Pause ein, um etwas aufzutanken. Dann machte ich mich daran, dafür zu sorgen, dass meinem Mädchen heute das Gehen schwerfiel. Wir hatten beide einen schlaffen Gang, als ich sie auf der Couch sitzend zurückließ. Ich sorgte dafür, dass sie wieder einigermaßen anständig aussah, obwohl ich den geilen Arsch um den Verstand gebracht und sie – zwischen dem Sandwichmachen und Wieder-im-Zimmer-Landen – hart gerammelt hatte.

Mann, ich wollte diese Frau permanent. Wenn ich nicht bei ihr war, dann dachte ich an sie. Nachdem ich sie jetzt hatte, war ich mir eigentlich sicher gewesen, dass sich dieses überscharfe Begehren auf ein erträgliches Maß reduzieren würde, aber das war nicht der Fall. Ich ging zum Abendessen bei meinen Eltern und wollte mich beeilen, um dann zu mir nach Hause zu gehen. Ich wollte weder, dass Genevieve von irgendetwas ausging, noch dass sie mich für zu aufdringlich hielt. All das bedeutete, dass ich bei mir zu Hause schlafen musste. Die neue Tür und die Sicherheitsscheibe waren eingesetzt, mein Mädchen und ihre Familie waren also sicher ... erst mal. Wenn auch nicht so sicher, wie wenn ich mich auf das Kopfkissen neben ihr legen würde.

Fuck. Ich hatte keine Ahnung, was ich da tat oder wie ich mit dieser Denkweise weiterkam. Noch nie hatte ich solche Gefühle für eine Frau gehabt. Es gab immer nur rein und hopp. Einmal und fertig. Beidseitiges Vergnügen garantiert und ... *zack* ... vorbei. Ab zum nächsten Auswärtsspiel und dem nächsten süßen Hintern.

Fast die ganzen letzten drei Wochen hatte ich an keine andere Frau gedacht. Genevieve kontrollierte meine Gedanken seit unserer ersten Begegnung. Nachdem ich ihren Körper geschmeckt, diese kandierten Lippen geküsst und zwei Nächte hintereinander neben ihr geschlafen hatte, wusste ich nicht mehr, was ich denken sollte. Mein System für den Umgang mit dem Wahnsinn war ganz durcheinander, und alles, was ich mal gewusst hatte, stimmte nicht mehr.

Ich schüttelte den Kopf und griff mir ans Bein, als ich das Haus meiner Eltern betrat. Mein Oberschenkelmuskel puckerte und protestierte gegen all meine derzeitigen Aktivitäten, aber es war ein kleiner Preis für die Zeit, die ich dafür mit meinem Mädchen gehabt hatte. Der Duft von Kartoffeln und in eigenem Saft gekochtem Fleisch, Mas Spezialität, lag in der Luft. Mein Magen knurrte, als ich in die Küche ging. Meine süße Mutter werkelte am Herd, und ihr blonder Bob wippte mit, während sie in einem Topf herumrührte.

»Ma, es duftet grandios.« Ich legte von hinten die Arme um sie und küsste sie auf die Wange, während ich ihr zusah. Sie hatte Kartoffeln püriert und mengte noch etwas Knoblauch und Schmand unter.

Sie lehnte sich nach hinten, wobei sie mir mit dem Kopf aber nur bis zum Brustkorb reichte, und drückte liebevoll den

Arm, den ich um sie gelegt hatte. »Wie geht es denn meinem Sportler heute? Lass dich mal richtig anschauen.«

Meine Mutter drehte sich um, den Kartoffelstampfer noch in der Hand.

Ich ging zum Kühlschrank, um ein Bier herauszuholen, und ploppte den Verschluss auf, warf ihn dann quer durch den Raum zielgenau in den Metall-Mülleimer. »Treffer!« Ich reckte die Faust in die Luft und lehnte mich an den Küchentresen.

»Da sieht heute ja mal jemand glücklich aus ... und müde. Ich nehme an, das hat etwas mit der jungen Dame zu tun, über die du mit mir reden wolltest?« Die Brauen fast bis zum Haaransatz hochgezogen, wartete sie darauf, mir auf den Zahn zu fühlen.

Meine Mutter war nicht dumm. Sie kannte sich mit Männern aus. Zumindest kannte sie mich und meinen Dad. Wir hatten so eine gewisse Art. Wir rückten nicht so ohne Weiteres mit der Sprache heraus. Wenn wir über etwas nicht reden wollten, machten wir es einfach nicht. Ma lernte früh, dass ich genau das gleiche System wie mein Vater hatte, wenn es darum ging, über gewisse Dinge zu sprechen. Bis jetzt hatte sie das respektiert.

Ich gönnte mir einen großen Schluck von meinem Bier. »Ich denke, ich bin glücklich«, sagte ich.

»Du denkst es?«

»Jaa.« Ich rieb mir übers Kinn. »Sie ist anders, Ma.«

»Ach?«

Ich verdrehte die Augen. »Jaa. Genevieve ist kein Groupie. Sie ist keine Frau, mit der du eine ... äh ... einen Abend verbringst und die du dann nicht wiedersiehst.« Ich zwinkerte ihr zu.

Mit zusammengekniffenen Lippen pikte sie mit einem Messer prüfend in das Fleisch im Ofen. Der Duft stieg mir in die Nase, und mir lief das Wasser im Mund zusammen. Ma war die beste Köchin, die ich kannte, und ihr Braten zum Sterben gut.

»Aha. Und bislang hast du dich nur mit Frauen verabredet,

mit denen du einen einzigen Abend verbringen wolltest?« Sie fragte sanft, aber direkt.

Nagel direkt auf den Kopf. Perfekter Treffer beim ersten Versuch. »Mehr oder weniger.«

»Willst du dieses Mädel nicht wiedersehen?«

Irgendwas summend machte sie ihr Ding weiter, doch ich wusste, dass sie gedanklich noch in unserem Gespräch steckte. Sie lag mir schon seit einiger Zeit damit in den Ohren, sesshaft zu werden, die richtige Frau zu finden und mich um sie zu bemühen, wenn ich Kinder haben wollte, bevor ich irgendwann alt war, und erinnerte mich daran, dass ich ja nun auch nicht jünger würde.

Ich dachte drüber nach. Verdammt, ich hatte schon mehr von Genevieve Harper gesehen, als ich je von einer anderen Frau gesehen hatte. »Ich denke mal, Ma, eigentlich könnte man sagen, dass ich mit ihr zusammen bin.«

Sie schwang herum und musterte mich durchdringend mit ihren stahlblauen Augen. »Also, wo liegt das Problem?«

»Überall.« Ich rieb mir die Stirn und presste die Daumen an die Schläfen. »Ich habe keine Ahnung, wie ich mit ihr zusammen sein soll, Ma. Seit dem College hatte ich nur One-Night-Stands. Die Frauen, die ich sonst date, sind keine, die man behält oder mit nach Hause bringt und den Eltern vorstellt.«

Sie blinzelte einige Male und schwenkte ihr Küchengerät im Kreis. »Und diese Genevieve ist eine?«

Die bloße Erwähnung ihres Namens ließ mich an ihre tiefschwarz funkelnden Augen denken, als ich sie auf den Hals küsste, die Schultern, den Mund. »Jaa«, sagte ich scheu. »Ich hätte sie heute Abend mitbringen sollen.«

»Oh. Mein. Gott. Du hast dich in sie verliebt!« Sie legte sich eine Hand auf die Brust, als hätte sie Herzklopfen.

Mein Herz fing auch schon an mit Doppelschlägen. Hatte ich mich in sie verliebt?

Vielleicht.

Nein.

Wir kannten uns ja kaum.

Ich schüttelte den Kopf. »Ma, dafür ist es noch zu früh. Wir hatten erst ein richtiges Date, aber ich habe sie regelmäßig im Studio getroffen und …« Ich rieb mir über den Nacken, spürte ein heißes, brennendes Gefühl, das mir vom Brustkorb hoch in den Nacken stieg. »Gestern Abend sind wir einen Schritt weitergegangen und …« Ich brach den Satz ab, weil ich nicht wusste, was ich sagen sollte, ohne gleich wie ein Idiot vor meiner Mutter dazustehen.

»Du bist es nicht gewohnt, weiterhin eine Frau treffen zu wollen, nachdem dieser körperliche Schritt erledigt wurde?«

Meine Mutter kannte sich aus. Ich musste bei ihr nicht um den heißen Brei herumreden. Sie beschrieb es so, wie es war, nur eleganter.

»Jaa.« Mein Problem war so schwerwiegend, dass es mir richtig die Schultern runterdrückte, als ich das restliche Bier in einem Zug leerte.

»Hast du sie noch mal um ein Date gebeten?«

»Nicht direkt. Ich werde sie aber morgen treffen für ein paar private Yogastunden. Sie hat schon wirklich was bewirkt für meine Genesung nach der OP. Sie ist eine Wunderheilerin.«

Mit einem Lächeln im Gesicht, das den Raum erhellte, klatschte sie in die Hände. »Perfekt. Morgen verabredest du dich noch mal mit ihr. Einfach so locker-flockig.«

Ich ließ mich an den Küchentresen sinken. »Das geht nicht einfach so locker-flockig, Ma. Sie hat Verpflichtungen. Sie ist die Alleinernährerin für ihren sechzehnjährigen Bruder und ihre achtjährige Schwester. Ihre Eltern starben vor drei Jahren bei einem Autounfall, und jetzt macht sie zwei Jobs, um alles zu stemmen. Ich habe schon mal versucht, mich spontan mit ihr zu verabreden, und sie hat abgelehnt. Bei Genevieve muss ich immer zwei Schritte voraus sein, Zeit mit ihr planen oder Zeit mit ihren Geschwistern.«

Meine Mutter bekam weiche Augen. »Die Ärmste. Ganz allein so eine enorme Verantwortung zu übernehmen. Sie könnte wahrscheinlich einen großen, starken Mann wie dich gebrauchen, der ihr dabei zur Seite steht.«

Ich zuckte die Achseln. »Jaa, kann sein. Sie will immer alles selbst machen. Arbeitet als Yogalehrerin im Lotus House und schneidet inoffiziell Haare in ihrer Garage. Hat die kompletten Geräte und alles.«

»Oh, sie schneidet Haare.« Ma schüttelte ihren goldenen Bob ein wenig.

»Jep, sie ist ja auch auf eine Fachschule gegangen, um die Zulassung zu bekommen, und war schon fast fertig, als ihre Eltern starben. Sie tut, was sie kann, um über die Runden zu kommen, aber sie kann es sich nicht leisten, wieder zur Schule zu gehen und den Abschluss zu machen. Macht laut Rowan einen guten Job.« Ich zupfte mir selbst ein wenig an den Haaren herum. Sie sollten nächste Woche oder so geschnitten werden. Vielleicht konnte ich Genevieve überreden, es zu tun.

»Rowan?«, fragte Ma nach.

»Ihr Bruder. Guter Junge. Spielt auch Baseball und hat schon College-Scouts, die ihn beobachten.«

Ma blinzelte ein paarmal. »Wirklich? Also könntest du ihr dabei auch gut zur Seite stehen und sie beraten. Ein junger Mann ohne Vater, der ihm sagt, wo's langgeht.« Sie nickte so energisch, dass ihr Doppelkinn wackelte. »Wie tragisch. Hört sich an, als könnten die gerade *dich* definitiv gebrauchen.«

»Nett von dir, Ma.«

»Sportsmann, ich weiß wirklich immer noch nicht, was dein Problem ist. Du bist siebenundzwanzig, wirst in ein paar Monaten achtundzwanzig. Du hast einen tollen Job, ein neuer Vertrag steht an, und ein bezauberndes Mädel hat deine Aufmerksamkeit etwas mehr gefesselt als von dir geplant, ja, na und? Ich sage dir, lern sie richtig kennen. Umwirb sie. Genieß es. Sieh dir an, was deine potenzielle zukünftige Partnerin so macht, bevor du darüber entscheidest, ob du mit ihr in einer Beziehung sein willst. Vielleicht findest du ja heraus, dass es dir besser gefällt, als du je gedacht hättest.«

Ich nickte, ging zum Kühlschrank und holte zwei Bier. Ich brauchte Zeit zum Nachdenken, und Dad würde nicht über meine aktuellen Frauenprobleme reden.

»Dad?«, fragte ich.

»In der Garage. Wie üblich.« Sie verdrehte die Augen. »Abendessen in zwanzig Minuten.«

Ich blieb vor meiner Mutter stehen, nahm sie in die Arme und rieb liebevoll meine Nase an ihrem Hals. Wie immer duftete sie nach Lavendel. Manche Dinge änderten sich glücklicherweise nie. »Danke, Ma, dass du mich hast erkennen lassen, dass es nicht ungewöhnlich ist, solche Gefühle zu haben.«

»Schatz, es ist ungewöhnlich, solche Gefühle *nie* zu haben.« Sie klopfte mir auf den Rücken und drückte mich fest. »Lass die Dinge sich entwickeln. Erlaub dir einfach auch mal, verletzlich zu sein. Nicht jede Frau, die du triffst, ist eine Schmarotzerin und nur auf dein Geld aus, und versprich mir eins ...«

»Alles.« Ich umarmte die einzige Frau, die ich je geliebt hatte, weil ich ja aus tiefstem Herzen wusste, dass sie mich auch liebte.

»Ich möchte ihr und den elternlosen Kids nächsten Sonntag gern was zum Abendessen kochen. Ach bitte, darf ich? Ich verspreche auch, keine große Sache draus zu machen.«

Sie sagte es so, dass ich fast ein schlechtes Gewissen bekam, normalerweise hatte sie nämlich ein anderes Tempo drauf, aber ich wusste auch, dass ihr wirklich sehr viel daran lag. Das erste Mädchen seit Jahren, von dem ich sagte, dass ich es datete. Ma schwebte wahrscheinlich im siebten Himmel.

Ich lehnte mich zurück und hielt meine Mutter auf Armes-
länge. Flehentlich blickte sie mich mit ihren blauen Augen an.
Sie biss sich auf die Lippe und atmete tief ein.
»In Ordnung. Aber lass es mich nicht bereuen. Ich schau
mal, ob sie kann. Soweit ich weiß, gibt es sonntags bei ihnen
immer ein Familienabendessen, also könnte ich sie vielleicht
überreden, ihren Familienabend dann gemeinsam mit uns zu
verbringen.«
Ma faltete noch mal die Hände vor der Brust zusammen.
»Oh, ich hoffe, dass sie einverstanden ist.« Danach zuckelte sie
in ihrem ureigenen Rhythmus zurück an ihren Herd, wo sie das
machte, was sie am besten konnte – ihre Familie mit Essen versorgen und beglücken.

GENEVIEVE

Trent benahm sich heute seltsam. Er hatte einen ausweichenden
Blick, den er überall im Zimmer umherschweifen ließ, nur nicht
zu mir, als wir daran arbeiteten, seine Körpermitte und seine
Oberschenkel für anstrengendere Stellungen vorzubereiten. Ich
wollte gezielt seine Kniesehnen dehnen, aber ich wollte seine
Genesung dabei auch nicht gefährden. Es war ein schmaler Grat
zwischen Muskelaufbau und Muskelüberlastung.
    Schließlich, nachdem wir uns in den Unterarmstütz bege-
ben hatten, strich ich ihm erst mit den Händen über den Brustkorb, umfasste dann mit beiden Händen seine Hüften und
drückte ihn in die richtige Haltung. Als ich breitbeinig über ihm
stand, musste ich prompt daran denken, wie ich letzte Nacht
rittlings auf ihm gesessen hatte. So zaghaft und gehemmt war
er nicht gewesen, als wir uns ausgezogen hatten. *Warum benahm
er sich jetzt so seltsam?*
    Mich erfasste plötzlich eine Angst, als hätte ich einen Stich

ins Herz bekommen. Jetzt, nachdem er Sex mit mir gehabt hatte, wollte er mich vielleicht nicht mehr. Vielleicht war er nur wegen der privaten Übungsstunden hier. In den letzten zwei Wochen hatte er beachtliche Fortschritte im Bewegungsradius, bei der Belastbarkeit und der Kräftigung gemacht. Vielleicht wollte er überhaupt nichts mehr von mir, jetzt, nachdem er Geschlechtsverkehr mit mir gehabt hatte.

Genevieve, sei nicht dumm. Nur weil du dieses Wochenende tiefere Gefühle hattest, heißt das nicht, dass er sie auch hatte.

Ich rief ihm zu, sich in die Delfin-Stellung zu begeben. Beim Delfin positionierte man die Unterarme auf der Matte, hielt die Beine möglichst gestreckt und schob schließlich das Becken Richtung Decke. Es war eine schwierigere Variante des herabschauenden Hundes. So musste er zwangsweise die obere Körperhälfte mehr anstrengen als die untere, bei der es für ihn einfacher gewesen wäre. Als er das Becken anhob, stand ich hinter ihm, umfasste seine Hüften und half ihm, noch mehr in die Stellung hineinzukommen. Da wir schon intim gewesen waren, hatte ich keinerlei Skrupel, mein Becken auszurichten oder mich an seinen Hintern anzulehnen. Ich griff ihm mit den Fingern in die Einkerbungen an seiner Hüfte – die Einkerbungen, die ich erst letzte Nacht ausgiebig erkundet hatte ... mit meiner Zunge.

Er stöhnte auf, als ich tiefer in den Muskel hineindrückte. Ich hoffte, dass es ein Genuss war, kein Schmerz, der ihn so reagieren ließ.

»Hast du Schmerzen?«

»Wenn du das Steifwerden meines Schwanzes als Schmerz bezeichnest. Zuckerkirsche, du berührst diese gewissen Stellen an meiner Hüfte, und ich will so schnell in dich eindringen, dass du nicht mal mehr *Namaste* sagen kannst.«

Vor Anstrengung zitternd schaffte er es, die Delfin-Stellung noch etwas länger zu halten. Ich zählte bis fünf, musste genauso tief einatmen wie er. Seine Worte hatten mich bis ins Mark erschüttert.

»Ehrlich gesagt, bin ich erleichtert. Und jetzt positioniere die Knie auf der Matte, leg die Stirn auf die Matte, bleib so für fünf tiefe Atemzüge und nimm die Kind-Stellung ein.«

Er befolgte meine Anweisungen genau, was ich sehr zu schätzen wusste. Denn so bekam ich das Gefühl, dass er wirklich meine Hilfe wollte und nicht nur da war, um mich anzubaggern. Obwohl ich das auch gut gefunden hätte.

»Was meinst du mit *du bist erleichtert?* Ich habe hier einen Ständer.« Kichernd rollte er sich auf den Rücken. Er hatte nicht gescherzt. Sein Schaft testete gerade, inwieweit sich eine weiche graue Trainingshose für die bildnerische Formgebung harter Männlichkeit eignete. »Dräng deinen perfekten Körper noch mal an meinen Hintern, Babe, und ich kann für nichts mehr garantieren.«

Mir wurde so heiß im Gesicht, als hätte ich an einem Julitag zu lang draußen in der Sonne gesessen – dabei begann bald der November, und wir befanden uns drinnen.

»Tu nicht so schüchtern. Du weißt genau, was dein sexy Körper mit mir macht. Wir wollten doch arbeiten. Spielzeit ist später.«

Spielzeit?

Ich kniete mich vor seine Beine und legte einen Knöchel auf das gegenüberliegende Knie. Er zog eine Grimasse, als ich das Bein anhob, lagerte den nackten Fuß auf meinem Bauch und beugte sich nach vorn. Diese Übung sollte speziell seinen Ischiasnerv entlasten und hoffentlich auch seinen Oberschenkelmuskel etwas entspannen. Ich führte das immer zuerst mit dem gesunden Bein durch. Ich drückte gegen ihn und beugte mich vor, um seine Knie- und Fußgelenke näher an seinen Brustkorb zu bringen.

»Verflucht, tut das gut, Zuckerkirsche. Du hast mir am Wochenende schön den Arsch strapaziert. Kann dieses Stretching also gut gebrauchen. Denke mal, wir gehen danach noch in die Sauna.«

Mit großen Augen schaute ich ihm in das gemeißelte Gesicht. Sein Kinn war kantig, und sein Feixen jetzt betonte noch seine hohen Wangenknochen. Unbeschreiblich attraktiv sah er aus, und das wusste er auch. Mistkerl.

»Du! Ich bin diejenige, die hier eine unvergessliche Erfahrung gemacht hat. Nichts wird jemals damit vergleichbar sein. Never ever!« Ich atmete langsam aus und versuchte, mich nicht von seinen Worten beeinflussen zu lassen, obwohl es völlig sinnlos war.

Er guckte mich misstrauisch an, und auf seiner Stirn erschienen senkrechte Falten. »Was willst du mir damit sagen? Dass du vorhast, da noch jemanden anderen reinzulassen?« Er nickte zu dem Platz zwischen meinen Beinen.

Mein Gesicht wurde so heiß, dass ich wünschte, meine metallene Trinkflasche griffbereit zu haben, um mich damit abzukühlen. »Wohl kaum. Ich weiß nur, dass du irgendwann wieder weiterziehen wirst.« Ich hatte das ganz platt und ehrlich gesagt.

Trents Gesichtszüge verhärteten sich, und er spannte den Kiefer an, als wir die Beine wechselten. Ich musste vorsichtiger sein, denn das war ja jetzt sein verletztes, und es zu dehnen musste ihm höllisch wehtun.

»Hatten wir nicht gesagt, wir wollten jeden Tag nehmen wie er kommt, Zuckerkirsche?« Er klang angespannt.

Ich zuckte die Achseln. »Ja, aber dann bist du reingekommen und hast dich die ganze Zeit so komisch verhalten, also habe ich einfach angenommen, dass du normal weitermachen willst. Wirklich, es ist in Ordnung. Wenn das dein Ding ist, verstehe ich es.« Ich schaute zur Seite. Es war hundertprozentig nicht *mein* Ding, aber ich hatte ja gewusst, worauf ich mich einließ, als ich dieses Date akzeptierte.

Er versuchte, den Oberkörper von der Matte abzuheben. Ich merkte, dass er Schmerzen hatte, als er mich an den Händen packte. Ehe ich mich's versah, lag ich der Länge nach auf ihm, und sein Mund war auf meinem.

Von null auf hundert in Sekundenschnelle. Der Kerl war noch mein Untergang.

Wir küssten uns wie Teenager auf der Rückbank eines Autos. Ich rieb meinen Unterleib an seinem und kostete es voll aus, entsprechend zu stöhnen. Er nahm meinen Kopf in seine kräftigen Hände, während er mich ordentlich küsste. Lange liebkoste er meine mit seiner Zunge. Sein Kuss ließ mich dahinschmelzen, und ich wollte gar nicht mehr weg.

Irgendwann zogen wir uns aber beide doch so weit zurück, dass wir etwas dringend benötigte Luft schnappen konnten. Als unsere Herzen nicht mehr so heftig klopften, strich er mit einer Hand über meinen Haaransatz im Nacken und hauchte mir Küsschen auf die Lippen.

»Genevieve, das zwischen uns, das sieht nach mehr als nach einer Nacht aus. Du weißt es. Ich weiß es. Verdammt, meine *Mom* weiß es.« Er lachte.

»Deine Mom?«

»Jaa, ich habe mit ihr über dich gesprochen. Deshalb war ich so seltsam. Sie möchte, dass du diesen Sonntag zum Abendessen kommst, und ich wusste nicht, wie ich dich fragen sollte. Ich bin an so Dating-Sachen nicht gewöhnt, wenn du dich erinnerst.« Er leckte sich die Lippen und biss sich darauf. Die Linien um seine Haselnussaugen wurden weicher. Ich las nur echte Sorge darin, als er mich ansah.

Vor Erleichterung wurde ich fast ohnmächtig, und gleich danach bekam ich einen Lachanfall. Ich lachte über meine alberne Überreaktion. Wieso bekam ich gleich Angst, dass er nichts mehr von mir wollte? Ich lachte über seine absurde Nervosität. Wie konnte es ihn nur nervös machen, *mich* zum Abendessen bei seinen Eltern einzuladen? Und ich lachte, weil ich blöderweise dachte, dass er mich nicht wollte. Wir hatten doch gestern eine Verbundenheit gespürt, als wären wir eine Einheit, obwohl durchaus kleine, fiese Zweifel in mir genagt hatten.

Ich beugte mich vor und küsste ihn sanft auf die Lippen. »Es tut mir leid, Trent. Ich dachte nur … Ich meine, du bist *du*, und ich bin *ich*. Typen wie du wollen nicht dauerhaft an jemanden wie mich gebunden sein. Arm. Zwei Kids an der Backe. Ein Riesenhaus, das ständig Arbeit macht.« Ich schüttelte den Kopf.

Er kniff die Augen zusammen. »Was redest du denn da?«

Ich sprach jetzt leise und fühlte mich unsicher. »Das mit uns macht keinen Sinn.«

Ich versuchte, mich von ihm wegzubewegen, aber er packte mich um die Taille und nahm mich in einen Klammergriff, legte mir eine Hand um den Nacken und rollte uns so herum, dass wir unsere Positionen tauschten. Ich lag jetzt auf dem Boden. Er bequem eingekuschelt zwischen meinen gespreizten Beinen.

Er drängte hart gegen meinen Schritt. Ich schnappte nach Luft, als er mich nach unten drückte und sein Long Dong mein Verlangen weckte.

»Fühlt sich das so an, als ob das zwischen uns keinen Sinn machen würde?« Er kreiste mit dem Becken.

»Das ist Biologie. Du bist ein Mann, und ich bin eine Frau.«

»Zuckerkirsche, bisher hat es noch keine Frau geschafft, meinen Schwanz während des gesamten Abendessens steif zu halten. Keine außer dir. Ich sehe mir deine schimmernden roten Lippen an, und ich stelle mir vor, wie sie meinen Long Dong umhüllen. Ich sehe deine Augen, und ich stelle sie mir voller Begehren vor. Und von deinem Körper will ich gar nicht erst anfangen. Babe, alles an dir törnt mich an, gibt mir das Gefühl … gebraucht zu werden.«

Ich stöhnte, als er mit seinen Liebesdiensten weitermachte. Wir hatten noch zwanzig Minuten in dem Separee, die ich mit

Savasana verbringen wollte, einer Yogaübung zur Tiefenentspannung.

»Ich brauche dich auch.«

Sofort berührte er mit seinen Lippen die meinen, drückte meine Beine nach oben und zog mir die Hose runter. Ehe ich ein Wort sagen konnte, hatte er ein Kondom übergerollt und stieß in mich hinein.

Er war steinhart, dick und schön heiß, als er meine Beine gegen meine Brust drückte und seinen Long Dong tief in mich stieß.

»Versuch nicht, es zu stoppen, Zuckerkirsche.« Er schaukelte mit seinem Schaft in mir. »Ich werde in nächster Zeit nirgendwo hingehen. Fühlt sich das hier an, als wollte ich woanders sein?« Er stieß hart in mich hinein.

Ich schrie lustvoll auf. Er beugte sich über mich und umschloss mit seinem Mund den meinen, dämpfte meine Lustschreie. Er arbeitete an seinen Kniesehnen, während er kniete und in mich stieß, meine Knie an meine Brust drückte und mich in höchste Ekstase versetzte, bis ich am Rand der Lust war und in den freien Fall taumelte.

Ich fiel bereitwillig, und er folgte mir nach wenigen Sekunden.

15. KAPITEL

Die Baum-Stellung
(Sanskrit: Vriksasana)

Die Baum-Stellung gehört zu den einfachen Gleichgewichtsübungen im Yoga. Sie hilft dir, Körperstabilität aufzubauen, stärkt die innere Mitte und gibt dir das Gefühl, sowohl mehr mit der Gegenwart als auch buchstäblich mit der Erde verbunden zu sein. Um in diese Stellung zu gelangen, stellst du dich mit den Füßen hüftbreit auf den Boden, und ein Bein hebst du so an, dass du den Fuß auf den Knöchel, den Innenschenkel oder unterhalb der Kniescheibe des anderen Beins platzieren kannst. Wenn du dein Gleichgewicht gefunden hast, lege die Hände über dem Kopf wie zum Gebet oder wie zum Spitzdach aneinander.

GENEVIEVE

Den Rest der Woche verbrachten wir damit, uns anständig zu benehmen. Trent traf sich jeden Tag mit mir im Lotus House zu seiner privaten Übungseinheit. Nach dem Debakel von Montag, wo wir echten Sex im Center hatten, schnitt ich ihn. Wir waren uns beide einig, dass es nicht nur riskant war, sondern dass sich die Erfahrung auch ein wenig geschmacklos anfühlte und wie etwas, auf das ich nicht stolz sein konnte. Das Lotus House war mein zweites Zuhause. Ich wollte es nicht durch wilden Sex in den Separees entehren. Die Menschen kamen hierher, um Gleichgewicht, Gelassenheit und inneren Frieden zu finden. Sicher, ein Schäferstündchen ließ die Leute all diese Dinge fühlen, aber es war sicher nicht dafür gedacht, und wenn ich es dort tat, machte es mir zu große Schuldgefühle.

Trent lud sich selbst zu mir nach Hause ein, und ich erlaubte es einmal. Er kam zu einem normalen Huhn-mit-Reis-Abendessen mit meinen Geschwistern. Zu meiner Überraschung versuchte er nicht, intimen Kontakt mit mir aufzunehmen – abgesehen von einem heißen Kuss, als ich ihn zu seinem auffälligen Auto brachte. Ich hatte erwartet, dass sich Rowan und Mary in Trents Gegenwart anders verhalten würden, aber stattdessen benahmen sie sich so, als wäre er schon immer da gewesen.

Row genoss es fast so sehr wie ich, den Baseball-Star im Haus zu haben. Während ich aufräumte, spielte Trent mit Mary Karten oder guckte Fußball mit Rowan. Ab und an verwickelte er Rowan in ein Gespräch über Schule, Baseball und seine College-Pläne und teilte einige seiner eigenen Erfahrungen mit. Laut Trent sollte Rowan sich überlegen, wie und wo er den besten Deal für sich herausholte. Ich wartete mit angehaltenem Atem, während Rowan klar sagte, dass er nicht vorhatte, seine Schwestern zu verlassen, und falls er am College Baseball spielen sollte, er es an der UC San Francisco oder UC Berkeley tun würde. Wie es aktuell aussah, zog es ihn zum Team von Berkeley. Es war näher. Er konnte gegebenenfalls zu Hause wohnen.

Irgendwann legte Trent eine Hand auf Rowans Schulter und drückte sie leicht. Die beiden starrten sich an und sagten kein Wort. Blöde Kerle und ihre stumme Kommunikation. Frauen machten alles so klar wie möglich. Zum Kuckuck, wir sagten Dinge immer wieder, bis wir unseren Standpunkt klargemacht hatten. Männer klatschen sich mit den Fäusten ab, nickten mit dem Kinn oder klopften sich auf den Rücken, oder sie drückten sich, wie in diesem Fall, die Schulter und teilten damit einen entscheidenden Moment miteinander. Einen, in den ich nicht eingeweiht war.

Und jetzt saß ich vor dem Spiegel in meinem Schlafzimmer und machte viel Aufhebens um mein Haar. Die schulterlangen Locken kräuselten sich zum Glück ganz im Retroschick des alten Hollywoods, den ich so gut fand. Die Leute dachten oft, mein platinblondes Haar sei gefärbt, aber es wuchs wirklich so auf meinem Kopf. Mary und ich hatten immer schon als flachsblond gegolten. Ich hatte viel darüber nachgedacht, mir die Haare dunkler zu färben, war dann aber doch letztendlich immer bei dem geblieben, womit mich der liebe Gott gesegnet hatte.

Mary stürmte in mein Zimmer, als ginge es um ihr Leben. »Vivvie, kannst du mir die Haare machen?« Sie hielt Mamas alte Bürste hoch, einen Haargummi und eine riesige rote Schleife.

Sie hatte sich auch mehr Mühe bei ihrem Aussehen gegeben. Das, was sie gerade anhatte, war eins meiner Lieblingsoutfits von ihr – ein schwarz-rot karierter, langärmliger Einteiler, den ich letztes Jahr im Ausverkauf in einem Target-Store gefunden hatte.

»Natürlich, Schätzchen. Wie hättest du es denn gern? Bitte nicht so was, wo ich zu viel wickeln muss. Trent holt uns in zwanzig Minuten ab, und ich muss mich auch noch fertig machen.« Ich wollte hinzufügen, dass ihre große Schwester gerade auch ziemlich ausflippte und Zeit brauchte, um zur Beruhigung in eine braune Papiertüte zu atmen, aber ich wusste, dass man vor einem Kind besser keine Schwäche zeigen sollte. Das war eine Erziehungssache, die Mom mir verraten hatte, als ich auf Row und Mary aufpasste.

»Wenn sie irgendeine Schwäche mitbekommen, werden sie das ausnutzen, Vivvie. Sie merken nicht, dass sie es tun. Die kleinen Biester sind darauf programmiert, Erwachsene auszutesten.«

Es war eins der letzten Dinge, die sie mir an dem Abend, als sie ihren tödlichen Unfall hatten, gesagt hatte. Wenigstens hatten sie uns alle beide noch mal geküsst und umarmt.

»Vivvie!« Mary spitzte ihre rosigen Lippen und blickte in den Spiegel. »Hoher Pferdeschwanz und den Haargummi versteckt unter der Schleife.«

Ich lächelte. »Eine perfekte Wahl.« Und so war es. Sie sah aus wie eins von diesen hippen kleinen Mädels in den Disney-Shows im Nachmittagsprogramm nach der Schule, in denen nach neuen Talenten gesucht wurde, um sie zu Popstars zu machen.

Mary kaute auf ihrem Daumennagel herum. Das war ein Zeichen dafür, dass sie über etwas reden wollte, aber Schiss davor hatte.

Ich hob ihr Kinn an, die Bürste in der Hand, und sah ihr in die Augen. »Raus mit der Sprache. Was ist los? Du weißt, du kannst mit mir reden.«

Sie führte die Hände zusammen und strich glättend über ihren Einteiler. »Ist Trent dein fester Freund?«, fragte sie schnell.

Die Frage jagte mir noch mal extra einen nervösen Schauer den Rücken rauf und runter. Da ich fand, dass man mit Ehrlichkeit immer besser fuhr, antwortete ich ihr so wahrheitsgemäß wie möglich. »Wir haben Dates.«

Den Kopf schief gelegt, zog sie die Augenbrauen noch mehr zusammen. »Heißt das, der zieht hier bald ein?«

Ich nahm den Gummi und wickelte ihn ihr um den Haarstrang, bis er straff und fest zusammengebunden war. Dann zog ich ihn eine Idee nach hinten und lockerte alles wieder etwas auf. »Mary, das bezweifle ich. Schätzchen, er ist ein sehr bedeutender Baseball-Star. Ich weiß nicht, ob unsere Beziehung überhaupt so weit gehen wird. Außerdem weiß ich nicht, ob er es wollen würde.« Ich zuckte die Achseln und clippte ihr die rote Schleife ins Haar.

»Aber er mag dich. Ich habe gesehen, wie er dich im Auto geküsst hat, und er hat Pancakes für uns gemacht, und er ist bei uns geblieben, als die bösen Jungs bei uns ins Haus einbrechen wollten. Er hat sogar die Tür repariert und unseren Garten schön gemacht.«

Bedeutete das alles, dass er mehr von mir wollte? Sicher, er hatte gesagt, wir gehen einen Tag nach dem anderen an, aber was bedeutete das für jemanden wie ihn? Bedeutete das, dass ich seine feste Freundin war? Ich schüttelte den Kopf. Nein. Nein, das bedeutete es nicht.

»Ja, Trent mag mich, und ich mag ihn. Wenn ein Mann und eine Frau sich mögen, verbringen sie Zeit miteinander, um herauszufinden, ob sie ein Paar werden wollen.« Ich nickte. Ja. Das klang ziemlich gut. Dafür wollte ich mir schon fast selbst auf die Schulter klopfen. Durch diese Eltern-Minenfelder zu manövrieren war nicht einfach. Zumal Mary oft ein sehr wissbegieriges und für ihr Alter erstaunlich reifes kleines Mädchen war.

»Willst du, dass er dein fester Freund wird?«

Wie zum Beispiel jetzt.

Ich hob sie auf den Frisiertisch und machte mit meinem eigenen Make-up weiter, gab ihm den letzten Schliff. Ein langer schwarzer Lidstrich, um meine Katzenaugen zu betonen, und mein typisches Lipgloss. Das heutige war rot und passte zu der roten Hose, die ich trug. Die Hose hatte ich mit einer weißen Bluse und roten Kork-Wedges kombiniert.

»Also, willst du, dass er dein fester Freund wird?«, fragte Mary noch mal.

Ich seufzte und legte den Lipliner hin. »Schätzchen, ich weiß es nicht. Im Moment schauen wir einfach nur mal, wie sich die Dinge entwickeln.«

Sie biss sich auf die zitternde Lippe. Mir wurde das Herz schwer, und ich machte mir Sorgen, dass da noch mehr sein könnte.

»Ich versteh das einfach nicht. Du solltest ihn zu deinem festen Freund machen und ihn dann heiraten. Dann wirst du immer glücklich sein, und du wirst auch nicht so viel arbeiten müssen, und dann wären wir sicher, und Rowan könnte auf jede Schule gehen, die er will.« Sie sprudelte die Worte so schnell heraus, dass sie am Ende ihrer eindringlichen Empfehlungen ganz außer Atem war. Kurzerhand sprang sie dann vom Tisch runter und stapfte aus meinem Zimmer. Deutlich hörte ich bei jeder Stufe der Doppeltreppe das Tapsen ihrer Schühchen nach unten.

Ich beugte mich über den Frisiertisch und starrte mich im Spiegel an. »Was zum Teufel ist da gerade passiert?«

Mary hegte offensichtlich einige ganz spezielle Erwartungen in Bezug auf Trent, aber warum? Ich hoffte, noch ein paar Minuten Zeit zu haben, um ihr nachzulaufen und das mal grundsätzlich zu klären, aber als ich die Treppe runterging, stand Trent schon in der Tür. Mary hatte ihm die Arme um die Taille geschlungen. Er streichelte ihr über den Kopf, während sie ihn drückte. Es schien ihn nicht zu stören, aber er war es definitiv nicht gewohnt, ein Kind zu umarmen. Er stand derart steif da

246

und tätschelte ihr immer wieder den Kopf, als wäre sie ein Hund, dass ich mir das Lachen nicht mehr verkneifen konnte und losprusten musste.

Trent grinste mich an und breitete die Arme aus. »Kannst du mir hier mal helfen?«

»Mary, Schätzchen, hol deinen Mantel.«

»Darf ich auf den Beifahrersitz?«, quiekte sie sofort und verhielt sich wieder normal.

»Ich denke, der Beifahrersitz ist heute für deine Schwester reserviert«, antwortete Trent. »Aber ich kann dich ja ein anderes Mal auf eine kleine Spritztour mitnehmen, und dann darfst du. Okay?«

»Hey, Trent!« Rowan streckte ihm zum Männergruß eine Hand hin und gab ihm mit der anderen eine halbe Umarmung und ein halbes Schulterklopfen.

»Zuckerkirsche, du siehst toll aus. Komm her, damit ich dich richtig begrüßen kann.«

Zaghaft ging ich zu ihm. Als ich in Reichweite war, packte er mich um die Taille und zog mich fest an sich.

»Hi, Babe.« Er beugte sich vor für einen sanften Kuss.

Ich blickte zur Seite und beobachtete Row dabei, wie er den Kopf schüttelte und nach unten schaute. Mary hingegen hielt die Hände fest vor der Brust und lächelte so hammermäßig, als wären ihre Träume wahr geworden.

»Na bitte! Ich *wusste* doch, dass er dein fester Freund ist!« Sie hüpfte herum. »Alter, ich hätte drauf wetten sollen.«

Widerstrebend entzog ich mich Trents Kuss. »Schätzchen, er ist nicht mein ...«

Aber sie rannte den Flur hinunter und schrie: »Der feste Freund meiner Schwester ist berühmt!«

Stöhnend drehte ich mich um. »Sorry.« Ich lehnte mich mit dem Kopf an seine Brust und streichelte ihn etwas oberhalb des Herzens.

Trent hob mein Kinn an. Seine Augenfarbe war ein genialer Mix aus Gelb, Braun und Grün. »Wofür?«

So begriffsstutzig konnte er doch nicht sein. »Für das, was sie gesagt hat. Ich habe ihr nie gesagt, dass du mein fester Freund bist.«

Er nahm den Kopf zurück. »Was bin ich dann?«

Ich legte den Kopf schief und musterte ihn, um seine Stimmung abzuchecken.

Glücklich? Abhaken.

Unbeschwert? Abhaken.

Souverän? Abhaken.

»Es stört dich nicht, dass meine Schwester dich meinen festen Freund genannt hat?« Ich war gespannt auf die Antwort.

Er zuckte mit dem Kopf und schob die Unterlippe vor. »Warum sollte es?« Dann weiteten sich seine Augen. »Datest du noch einen anderen?« Den letzten Satz knurrte er regelrecht, und er verstärkte den Griff um meine Taille.

»Nein! Natürlich nicht. Nur dich. Aber zu sagen, dass du der feste Freund von jemandem bist, gibt dem Ganzen eine gewisse Bedeutung oder einen Anspruch, wenn du so willst. Ich wusste nicht, ob wir da schon sind.«

Trent glitt mit den Händen zu meinem Po und kniff hinein. »Oh, ich behaupte mal, dass dieser süße Arsch mir gehört. Alle Welt soll wissen, dass Genevieve Harpers Arsch von jetzt an mir gehört.« Er kicherte und kniff mir noch mal in die Backen.

Ich klapste ihm leicht auf die Brust. »Hör auf mit dem Quatsch. Ich meine es ernst.«

»Ich auch!« Er zog mich noch näher an sich und lehnte seinen Kopf an meine Stirn. »Dieser Arsch gehört mir.«

Heilige Scheiße! Ich schnellte mit dem Kopf herum, um nachzusehen, ob Rowan noch im Raum war, aber er war schon gegangen. Zum Glück. Wahrscheinlich in dem Moment, als Trent mich geküsst hatte.

Trent ließ die Hände über meinen Oberkörper gleiten. »Diese Titten ... gehören mir auch.«

Oh, mein Gott. Mein Herz schlug dermaßen schnell, dass ich schon Angst hatte, es wollte aus der Brust herausspringen. »Trent ...«

Spielerisch reizte er mit den Daumen die hervorstehenden Knospen durch meine Bluse hindurch. »Alles an diesem Körper gehört mir, Zuckerkirsche. Kein anderer Mann darf da anfassen. Wenn das bedeutet, dass ich dein fester Freund sein muss, damit es okay für dich ist, dann kannst du mich als deinen festen Freund bezeichnen.«

Ich seufzte. *Er kapiert es einfach nicht.*

TRENT

Ma war wie immer, als wir kamen. Dad nahm unsere Jacken und Mäntel und hängte sie an den Garderobenständer. Und sofort zogen sich Genevieve, Rowan und Mary die Schuhe aus und stellten sie neben die Tür.

»Sind eure Füße heiß?«, fragte ich das Trio.

Genevieve schüttelte den Kopf, biss sich auf die Lippe und blinzelte mich mit großen, unsicheren Rehaugen an.

»Ach Gottchen, wie lieb von euch allen, darauf zu achten, unsere Böden sauber zu halten. Wirklich gute Manieren. Eure Eltern müssen euch prima erzogen haben.«

»Ja, Ma'am.« Rowan nickte und streckte zuerst meiner Mutter und danach meinem Vater die Hand entgegen. »Ich bin Rowan Harper, und das ist meine Schwester Mary und meine älteste Schwester Genevieve.«

»Schön, euch beide kennenzulernen. Danke für die Einladung.« Genevieve streckte ihr die Hand hin.

Meine Mutter taute sofort auf. Mit Tränen in den Augen zog

sie mein Mädchen in eine herzliche Umarmung. »Sie haben ja keine Ahnung, wie lange ich Sie schon kennenlernen wollte«, formulierte sie so theatralisch, als wäre Genevieve ihre lange vermisste Tochter.

Genevieves Wangen liefen pink an, und sie lächelte. »Ich bin auch froh, Sie kennenzulernen, Mrs Fox.«

Ich verdrehte die Augen und zog meine Mutter lieber erst mal weg von meiner Süßen, bevor sie diese noch vergraulte. »Ma, entspann dich. An alle: Das ist meine Mutter, Joan, und das ist mein Vater, Richard, aber ihr dürft ihn auch Rich nennen.«

Alle drei bedankten sich und redeten ihn mit »Herr« an. Ihre Manieren ... super, wirklich. Brachte mich glatt auf die Idee, auch mal an meinen zu arbeiten. Wahrscheinlich würde ich es aber eher nicht tun.

Als wir genug Nettigkeiten ausgetauscht hatten, machten wir uns zu sechst auf den Weg in die Familien-Wohnküche. Meine Mutter eilte an den Herd, wo sie in einer Grillpfanne Schweinekoteletts brutzelte. Der ganze Raum roch nach Röstzwiebeln und grünen Paprikaschoten.

»Riecht fantastisch, Mrs Fox.« Rowan rieb sich über den Bauch, bevor er sich auf einen Barhocker an der Kochinsel setzte, an der Mom am Herd stand.

Genevieve folgte, mit Mary an der Hand.

Mary verhielt sich schüchtern, was ungewöhnlich war für das sonst so ungestüme kleine Mädchen. Die wenigen Male, in denen ich sie erlebt hatte, war sie nicht so ruhig gewesen.

»Spätzchen, ich habe ein Malbuch und Buntstifte dabei.« Genevieve beförderte alles Mitgebrachte aus ihrer riesigen Handtasche hervor und bot es der Kleinen an.

Marys Augen leuchteten auf. Sie kletterte gleich auf den Hocker zwischen ihren Geschwistern.

Meine Mutter lächelte. »Oh, Ms Mary, ich liebe Feen.«

»Wirklich?« Ihre Augen funkelten, und ihr Lächeln strahlte.

Ma nickte. »Ich liebe es, wenn sie violette und blaue Flügelchen haben.«

Mary wippte mit dem Kopf auf und ab. »Ich auch! Total! Ich male Ihnen ein Bild aus.«

Mannomann, das war's. Meine Mutter strahlte übers ganze Gesicht, und ihr kamen schon wieder die Tränen.

»Das fände ich toll, Engelchen.« Sie ging zum Kühlschrank und schaffte etwas Platz auf der Türfläche. »Und wenn du fertig bist, pinne ich es mit einem Magneten genau hierhin, damit ich es mir jeden Tag ansehen kann.«

Mary strahlte glücklich. Mom hatte ihren Draht zu Kindern nicht verloren. Ein merkwürdiges Gefühl stach in meiner Brust, irgendwie eine Mischung aus einem Schmerz und einem Herzschlag. Ich rieb darüber, ging zum Kühlschrank, holte mir und meinem Dad ein Bier und Rowan und Mary eine Limo. Ich stellte meine ganze Ausbeute auf den Tresen und verteilte die Getränke.

»Babe, willst du ein Glas Wein oder ein Bier?«

Genevieve blickte zu meiner Mutter.

»Schon gut, Zuckerkirsche. Ma trinkt Wein. Stimmt's, Ma?«

»Darauf kannst du wetten, Sportsfreund.«

Genevieve grinste mich an. »Sportsfreund?«

Ich verdrehte die Augen.

»Oh, das gefällt mir. Sportsfreund. Passt zu dir.«

Ma kam mit einer offenen Flasche Weißwein und einem Glas. »Der war schon immer so. Meine große Sportskanone.« Ma umarmte mich von der Seite und sah sich Marys Ausmalbild an. »Ms Mary. Das ist wirklich wunderschön. Ich bin mir ganz sicher, dass du eine Künstlerin bist!«, schwärmte sie.

Ma trug ein bisschen dick auf, wie ich fand. Ich schaute mir das Bild an. Das Mädchen hatte aber auch Talent.

»Danke, Mrs Fox.« Mary wackelte auf ihrem Stuhl herum und biss sich auf die Lippe, während sie sich vergewisserte, dass sie auch alles richtig ausgemalt hatte.

»Wie wäre es, wenn du mich Grandma Fox nennst? Ich bin alt genug, um deine Großmutter zu sein. Hast du noch Großeltern, Herzchen?«

Mary schüttelte ernst den Kopf.

»Nun, jetzt hast du welche. Wie hört sich das an?«

Mary lächelte breit. »Hört sich toll an. Stimmt's, Row?« Sie stupste ihren Bruder an.

»Sicher, Schwesterherz.« Rot anlaufend, spielte er mit seiner Limo-Dose.

Ich schaute zu meinem Mädchen, doch statt mich ähnlich anzulächeln, war sie ganz bleich, als ich sie ansah. »Entschuldigung.« Sie stand auf. »Wo ist die Toilette?« Ihr Gesicht war angespannt, und ihre Hände zitterten.

Ich nahm sie an die Hand und führte sie den Flur hinunter zum Badezimmer. Ich wollte mit ihr hineingehen, aber sie knallte mir die Tür vor der Nase zu. Danach hörte ich nur noch, wie das Wasser ins Waschbecken lief.

Ma eilte durch den Flur. »Was ist passiert? Fühlt sie sich krank?«

Ich zuckte die Achseln. »Keine Ahnung. Sie schien okay, und nachdem du Mary gesagt hast, sie solle dich Grandma nennen, wurde sie ganz weiß im Gesicht und sah aus, als müsste sie gleich kotzen.«

Meine Mutter schloss die Augen und lehnte sich an die Wand. »Mist! Gut gemacht, Joan. Ich habe Mist gebaut, Sportsfreund.«

»Warum?« Ich hatte keine Ahnung, wie Ma darauf kam, dass Genevieves Unwohlsein etwas mit ihr zu tun hatte.

Sie lehnte sich mit dem Kopf an die Wand und atmete dann langsam aus. »Zu viel, zu früh«, sagte sie. »Ich kümmere mich darum. Unterhalte du einfach die beiden anderen. Ich habe die Koteletts bereits vom Herd genommen, also haben wir da kein Problem.«

Stirnrunzelnd trat ich von einem Fuß auf den anderen und schaute auf die geschlossene Tür. Ein Teil in mir wollte ins Badezimmer stürmen und sich vergewissern, dass es ihr gut ging. Der andere Teil wollte weit weg sein von jedem möglichen Drama, das sich entwickeln könnte. Frauen waren selten logisch. Am Ende entschied ich, dass ich Ma, da sie bereit war, Verantwortung für das Geschehene zu übernehmen und die Dinge zu regeln, aufgrund ihrer weiblichen Erfahrung in Ruhe ihr Ding machen lassen musste.

GENEVIEVE

»Genevieve, meine Liebe, bitte öffnen Sie die Tür. Ich muss mit Ihnen reden.« Die sanfte Stimme von Trents Mutter erklang hinter der Tür.

Ich starrte mich prüfend im Spiegel an und wischte mir über die Augen, um sämtliche Wimperntuschereste zu entfernen, die während meiner Mini-Panikattacke Spuren auf meinem Gesicht hinterlassen hatten. Die befielen mich nicht so oft, aber wenn sie mich befielen, brauchte ich normalerweise mehr als nur ein paar Minuten, um mich wieder zu sammeln. Vielleicht dachte sie, ich sei krank und Trent könnte uns einfach nach Hause bringen.

»Meine Liebe?« Sie klopfte erneut an die Tür.

Ich öffnete und stand kurz davor, zu lügen, als sie mich in ihre Arme zog.

»Oh, Genevieve, es tut mir leid. Ich wollte mich Ihren Geschwistern nicht so aufdrängen. Es ist nur so, dass ich so aufgeregt bin, Sie hier zu haben.«

»Ist schon okay. Im Moment ist alles so verwirrend. Wir haben keine Familie, und jetzt beschenken Sie uns hier mit einem Essen und sind so nett ...« Meine Stimme versagte. »Erinnert mich an die Zeiten mit unseren eigenen Eltern.«

253

»Oh, meine Liebe. Sie müssen sie furchtbar vermissen. Deshalb ist es wichtig, dass wir euch drei mal wieder mit ordentlicher Hausmannskost versorgen und wir einige Zeit damit verbringen, uns gegenseitig kennenzulernen. Wie hört sich das an?« Ihr Tonfall war geradlinig und immer noch hoffnungsvoll.

Ich räusperte mich und entschied mich, noch einmal ehrlich zu sein. »Das hört sich wunderbar an, aber ich will nicht, dass Mary eine zu enge Bindung zu Ihnen aufbaut.« Ich hatte Angst, ihr den Rest zu erzählen. Dass wir Trent *und* seine Familie vermissen würden, falls er mich und meine Familie hinauswarf – wegen eines heißeren, jüngeren Models ohne Gepäck. Ich fühlte mich schon zu tief mit Trent verbunden. So tief, dass ich, wenn er wieder seiner eigenen Wege ginge, am Boden zerstört sein würde.

Joan kniff die Augen zusammen. »Moment, warum wollen Sie denn nicht, dass Mary eine Bindung zu mir aufbaut, meine Liebe?« Sie runzelte die Stirn auf diese missbilligende Art, wie Mütter es immer machten.

Vielleicht gehörte das zu den Dingen, die in Geburtsvorbereitungskursen gelehrt wurden. Wie man sein Kind dazu bringt, sich schuldig zu fühlen. Ugh. Sie wollte mich dazu bringen, es zu sagen. Während ich mir an den Haaren zog, dachte ich darüber nach, wie ich am besten sagen konnte, was gesagt werden musste, ohne ihren Sohn zu einem Spieler zu machen, auch wenn er es in der Vergangenheit gewesen war. Ich wartete eigentlich nur auf den Tag, an dem seine wahre Natur wieder zum Vorschein kam. Ich dachte mir, dass es ungefähr um die Zeit passieren würde, wenn er im Februar zum Frühjahrstraining ging, wenn nicht sogar schon früher. Er würde weggehen, um Baseball zu spielen, und wir würden im Stich gelassen. Mit gebrochenem Herzen.

»Mrs Fox. Ich mag Ihren Sohn sehr. Mehr als ich sollte. Aber er hat zugegeben, dass er nicht der Typ ist, der sich niederlässt ...«

»In der Vergangenheit.« Ihre Antwort war eindeutig.

Ich schüttelte den Kopf. »Richtig, in der Vergangenheit ...«

Wieder redete sie dazwischen. »Im Moment nicht.«

Das ließ mich innehalten. »Was meinen Sie mit ›im Moment nicht‹?«

Sie sah mich mit ihren stahlblauen Augen durchdringend an und legte mir eine Hand auf meinen Oberarm. »Sie sind anders. Deshalb weiß ich das.« So eine einfache Erklärung, aber sie hatte so viel Gewicht.

»Sicher, ich bin vielleicht anders. Alle Frauen sind es. Aber bin ich es genug?« Ich verschränkte die Finger. »Mein Leben besteht nicht aus Rosen und Regenbögen. Ich habe zwei Kinder, die mich brauchen, die sich darauf verlassen, dass ich für sie sorge. Die meisten Männer würden sich nicht an jemanden binden, der bereits Verpflichtungen ohne Ende hat.«

Joan zuckte die Achseln. »Alles, was ich weiß, meine Liebe, ist, dass Sie die erste Frau seit zehn Jahren sind, die er nach Hause bringt, um sie seinen Eltern vorzustellen. Ich wiederhole. Seit. Zehn. Jahren.« Sie schnaufte und hakte sich bei mir unter. »Für mich ist das mehr als genug. Und jetzt habe ich Schweinekoteletts fertig gebraten auf dem Herd und bereit zum Verzehr. Mögen Sie Schweinefleisch?«

»Ja.«

»Dann bereiten Sie sich darauf vor, begeistert zu sein.«

Sie führte mich zurück in ihre schöne Küche, in der es so herrlich duftete und wo mein Bruder über Trent lachte und Mary Kunst für seine Mutter machte.

»Ich bin es schon«, flüsterte ich.

16. KAPITEL

Das Wurzel-Chakra

Die Chakren zu öffnen ist für unseren Körper genauso wichtig wie für unsere Psyche. Jedes Chakra ist so ausgelegt, dass es Energie und nonverbale Botschaften im Körper speichern und verteilen kann, die unsere Gewohnheiten, Wünsche und unsere psychische Gesundheit steuern. Geschlossene Chakren können die psychische und körperliche Gesundheit beeinträchtigen und die Entscheidungen beeinflussen, die wir in unserem täglichen Leben treffen.

TRENT

Aufgrund eines Treffens mit meinem Agenten am Vormittag kam ich heute früh ins Lotus House, um an Genevieves Hatha-Yogakurs teilzunehmen. Sosehr ich es auch hasste, ich musste unsere Privatstunde ausfallen lassen. Als ich dort ankam, unterhielt sie sich gerade angeregt mit einem großen, muskulösen Kerl, der kein Hemd trug. Er hatte eine lockere, weite Hose an, in der ich schon andere Yogis herumlaufen gesehen hatte. Das fehlende Hemd war allerdings nicht das, was mich so aufregte. Es war die Art und Weise, wie er Genevieve immer wieder anfasste. So *vertraut*. Eine Streicheleinheit für ihren Arm, einmal Händchenhalten, und dann passierte es. Wie in Zeitlupe sah ich, wie er sich vorbeugte, ganz der strahlende Draufgänger, und meine Frau küsste.

Fuck, was sollte das?

Ich stürmte zu Genevieve und diesem unbekannten Dahergelaufenen, der seine Lippen auf *meiner* Freundin hatte. Als ich bei ihnen war, hörten sie auf, sich zu küssen und starrten sich süß an.

Ich reagierte, ohne nachzudenken, rempelte dem Typ gegen den Arm und drängte ihn grob gegen die Wand. Der Move war so heftig, dass er in eins der riesigen Sanskrit-Symbole über dem Lehrer-Podest flog und dieses mit solcher Wucht gegen den Putz knallte, dass es einen symbolgroßen Abdruck hinterließ.

»Nimm deine Hände von ihr!«, brüllte ich den zudringlichen Mistkerl an.

»Trent!« Genevieve packte mich am Arm und versuchte zu verhindern, dass ich ihm automatisch einen rechten Haken verpasste.

Wenn ein Mann einem anderen ins Gehege kam, war klar, dass man dem erst mal an die Kehle ging und danach Fragen stellte.

»Bloß nicht! O Gott! Was soll denn das?« Genevieve drängte sich an mir vorbei und beugte sich zu dem Kerl runter, als der sich an den Kiefer griff.

Ich hatte ihn gut erwischt. Eine kleine rote Stelle an seiner Lippe deutete darauf hin, dass diese dort aufgeplatzt war. Eine mahnende Erinnerung daran, dass man der Frau eines anderen keinen verfickten Schmatzer aufdrückte.

»Verdammt, das tat weh«, meinte der Kerl, während er vorsichtig den Kiefer von einer Seite auf die andere bewegte.

»Trent! Was hast du dir nur dabei gedacht? Es tut mir so leid, Dash. Oh, Mann, du blutest ja.« Genevieve griff sich ein paar Taschentücher, die in der Ecke neben den Augenkissen lagen, und hielt sie ihm an die aufgeplatzte Lippe.

Das Bedürfnis, den Loser in Stücke zu reißen, erfasste mich so unbändig wie ein außer Kontrolle geratener Wirbelsturm. »Ich dachte mir, dieser Witzbold sollte besser seine Hände *und* seinen Mund von meiner Freundin lassen«, stieß ich zähneknirschend hervor. Meine Hand schmerzte, aber ich streckte die Finger, beugte sie und bereitete mich darauf vor, gegebenenfalls schnell zu handeln.

»Ugh. Ich bin nicht deine Freundin!« Genevieve ballte die Fäuste und kümmerte sich um diesen Dash-Kerl.

Die Arme verschränkt, starrte ich auf die beiden herab. »Echt jetzt, Zuckerkirsche. Du spielst diese Karte nicht aus. Wir waren uns einig. Du und ich, wir sind zusammen.«

Sie seufzte. »Wir sind zusammen, ja, aber wir haben noch nicht offiziell darüber gesprochen. Herrgott!« Sie atmete geräuschvoll aus und tupfte ihm die Lippe ab. »Dash, es tut mir so leid.«

»Du entschuldigst dich bei ihm? Du solltest dich bei *mir* entschuldigen!«, knurrte ich und zerrte sie am Oberarm.

Genevieve stand auf und verschränkte die Arme, ihr schönes Gesicht war nur noch eine Maske, verzerrt von kaum zu zügelndem Zorn. »Dash ist mein Freund, und du hast ihm gerade eine reingehauen!« Ihre Stimme kratzte wie eine Rasierklinge an meinem Ego. Nicht mal andeutungsweise war aus ihren Worten eine Entschuldigung herauszuhören.

Fuck! Ich verstand nicht, was zum Teufel da los war. Ich wusste nur, dass die Frau, die ich datete, diejenige, die ich als die meine betrachtete, einem anderen Mann erlaubt hatte, sie anzufassen und zu küssen. Öffentlich!

»Ich verstehe die Zusammenhänge hier nicht, Babe. Ich dachte, wir wären exklusiv.«

Sie kniff die Brauen zusammen. »Das sind wir auch.« Sie seufzte. »Aber das gibt dir nicht das Recht, wie ein wild gewordener Gorilla bei jedem Mann auszurasten, der sich mir nähert.«

Ein kleiner Kreis bildete sich um uns, aber das war mir egal. »Wer zum Teufel ist dieser Idiot?«

»Er arbeitet hier. Er gibt den Tantra-Yogakurs und bat mich, ihm zu assistieren.«

Ich hörte nur das Wort *Tantra*. Dieser Scheiß hatte irgendwie mit Sex zu tun. Welcher Art von Sex? Ich hatte keine Ahnung, aber das würde ich gleich mal googeln, und es würde kein »assistieren« bei diesem Kurs geben ... never ever.

»Nur über meine Leiche!« Ich schnaubte, und meine Wut erreichte ein Ausmaß, wie ich es bisher nur wenige Male auf dem Spielfeld erlebt hatte. Etwa, wenn der Schiedsrichter eine beschissene Entscheidung traf.

Genevieve zog ihre kleine Nase kraus, kniff die Lippen zusammen, und deren übliches Pink wurde weiß. »Nicht, dass es deine Entscheidung wäre, aber ich habe ihm bereits Nein gesagt, weil der Typ, mit dem ich zusammen bin, nicht erfreut sein würde, wenn ich in diesem speziellen Kurs einspringe.« Sie räusperte sich lautstark und klatschte sich auf die mit irgendeinem Stretch-Stoff umhüllten Beine. »Was um alles in der Welt ist bloß in dich gefahren, ihn zu schlagen?« Sie rieb sich die Stirn.

Ich sah mir den Mann an. Dash ... was für ein blödsinniger Name war das überhaupt? Er wartete nur und sah ganz unschuldig aus. Toller Schwachsinn.

»Der Kerl da hat dich überall befummelt und dich geküsst, auf den Mund!« Ein Hitzeschauer lief mir den Rücken runter und ließ meine Fäuste glühen. Ich wollte dem Pisser noch mal einen Tiefschlag verpassen.

Dash schüttelte den Kopf und legte Genevieve wieder seinen Arm um die Schultern. »Viv, Honey, ist schon gut. Er wollte nur das beschützen, was er eindeutig als seins versteht. Wenn ich eine Frau wie dich als meine Frau bezeichnen könnte, hätte ich vielleicht genauso reagiert. Trent ... ich entschuldige mich.« Der Typ sah nach unten und weg. »Es war weder böser Wille von mir, noch habe ich versucht, etwas anderes zu tun, als unser Mädel dazu zu bringen, mir bei meinem Kurs auszuhelfen.«

»Unser Mädel?« Mein Ton war bissig. »Du meinst *mein* Mädchen!« Ich biss die Zähne zusammen und holte einmal scharf Luft.

Genevieve stöhnte. »Das ist doch lächerlich. Ich habe gar keine Zeit für dieses blöde, männliche Imponiergehabe. Entschuldige dich bei Dash, oder es ist aus zwischen uns.« Sie stemmte die Hände in die Hüften.

»Ich entschuldige mich nicht bei ihm. Wenn, dann schuldest *du* mir eine Entschuldigung. Ich war es nicht, der seine Lippen überall auf Mr Yoga hier hatte!«

Dash hatte den Anstand wegzusehen und verlor den Blickkontakt. »Tut mir leid, Viv. Trent, ich wollte nichts Böses, Alter, ich schwör's.«

»Was auch immer, Mann. Ich bin sicher, du hast sie da eben auch nur *aus Versehen* auf den Mund geküsst.«

»Er küsst seine Freunde immer auf den Mund.« Genevieve stieß verärgert Luft aus. »Er steht auf Berührungen, Kontakt herstellen. Er lehrt Paare die Kunst des Tantra, Herrgott!«

»Und das soll ihm das Recht geben, seinen Mund auf meine Frau zu legen? Zur Hölle, nein. Nicht in diesem Leben.«

Genevieve griff hinter sich und machte die Musik an. »Geh einfach. Verschwinde. Ich habe jetzt keine Zeit, mich mit dir auseinanderzusetzen. Ich habe schon genug um die Ohren – ohne einen eifersüchtigen Lover obendrauf.«

Dash, der Tantra-Yoga-Guru, berührte Genevieve am Arm. »Hey, Viv, ich übernehme deinen Kurs. Mach dir keinen Kopf. Geh einfach und rede mit ihm.«

»Das beste verfickte Angebot, das ich heute gehört habe«, murmelte ich.

Genevieve schoss mir einen Blick zu, der eher scharf wie eine Rasierklinge wirkte als gefühlvoll wie sonst. Ein Ruck ging durch sie, und ihre Augen füllten sich mit Tränen. »Ich kann nicht! Ich brauche das Geld.«

»Mach dir darüber keine Gedanken«, sagten Dash und ich gleichzeitig.

Alles klar, der Kerl war so gut wie tot. Manchmal denke ich, es gibt Momente im Leben, in denen Menschen plötzlich sonnenklar ihren Weg vor Augen haben. Mein Weg jetzt bestand darin, diesem Typen in die Bauchgegend zu treten … mehrmals.

Beschwichtigend hob Dash die Hände. »Ich werde unterrichten, und du wirst das Geld bekommen. Das ist das Mindeste, was ich tun kann. Es tut mir sehr leid, dass ich da nun zwischen dir und deinem Partner irgendwas ausgelöst habe. Der Kuss … Alter, tut mir leid, echt.« Sein Blick kreuzte sich mit meinem. »Kommt nicht wieder vor.«

Die Schultern eingezogen, hielt Dash die Hände unbedrohlich vor der Brust gefaltet. Insgesamt deutete seine Körpersprache darauf hin, dass er die Dinge wirklich in Ordnung bringen wollte. Vielleicht lag es daran, dass ich im Vergleich zu ihm riesig war und ihn fertigmachen konnte, obwohl ich auch gerne glauben wollte, dass es ersteres war.

»Besser nicht!« Ich nickte.

Genevieve schaute sich im Raum um. Mit zitternden Lippen machte sie eine Kinnbewegung zu Dash. Sie schnappte sich ihre Sachen, drängte sich an mir vorbei und würdigte mich nicht mal eines Blickes, als sie ging.

»Okay, Leute, damit ist die Show wohl beendet. Macht weiter mit eurem Kurs. Sorry für die Unterbrechung«, sagte ich in die Runde und folgte dem vielen aufgewirbelten Staub, den mein Mädchen hinterlassen hatte.

GENEVIEVE

Das Letzte, was ich jetzt brauchte, waren zwei Männer, die um mich kämpften! Vor Publikum. An meinem Arbeitsplatz. Ich hatte jetzt keinen Nerv, mich damit zu befassen. Vater Staat saß mir im Nacken. Ich war mit der letzten Grundsteuer-Rate in Verzug geraten und hatte dafür schon die zweite Mahnung bekommen. Wenn ich nicht bezahlte, müsste ich das Haus verkaufen oder riskieren, dass der Staat meinen Lohn pfändete. Ich brauchte einen Steuerberater, aber ich konnte mir keinen leisten. Meinen Online-Recherchen nach befand ich mich in tiefem Konflikt mit dem Staat Kalifornien. Außerdem hatten meine beiden letzten Haarkundinnen abgesagt, sodass ich diese Woche mit hundert Dollar weniger auskommen musste und es mit der Stromrechnung noch enger wurde.

Ich blieb am Straßenrand stehen. Trent war mir sicher dicht auf den Fersen. Ich starrte auf den wertvollen Besitz meines

Vaters. Er war etwa fünfzig Riesen wert. Das Auto zu verkaufen, das rechtmäßig eigentlich Rowan gehörte, war meine einzige Option. Tränen stiegen mir in die Augen, als ich das anstarrte, was mein Dad, neben seiner Familie, mehr als alles andere geliebt hatte – seinen Ford Mustang GT. Das Auto war in perfektem Zustand, und ich hatte es bereits schätzen lassen. Ich könnte leicht einen Gebrauchtwagen bekommen, der uns von A nach B brachte, und im Gegenzug nicht nur die Grundsteuern für zwei Jahre bezahlen, sondern auch liegengebliebene Hausrechnungen abarbeiten. Ich würde endlich mal Luft haben.

Gestern Abend hatten Rowan und ich uns hingesetzt und ausführlich darüber diskutiert. Natürlich wollte er das Auto irgendwann haben, aber schlussendlich wollte er doch noch lieber in dem Haus bleiben, in dem wir aufgewachsen waren. Das wollten wir zudem Mary garantieren. Wir hatten unsere Eltern ja schon viel länger gehabt als sie. Mary hatte nur ein Zuhause, an das sie sich klammern konnte, während Rowan und ich zahlreiche Erinnerungen hatten, in die wir jederzeit eintauchen konnten.

»Genevieve! Warte mal. Bitte.« Trents Stimme klang rau, und er keuchte angestrengt. Ein schmerzvolles Aufstöhnen entfuhr ihm, als er hinüber zu dem Ort humpelte, an dem ich stand und auf das Auto meines Vaters starrte.

»Trent, was du da drin getan hast, war inakzeptabel.« Meine Stimme klang fremd und kalt, aber er hatte eine Grenze überschritten.

Die Hände auf die Hüften gelegt, blickte er nach unten. »Willst du, dass es mir leidtut, wie jeder andere Mann reagiert zu haben, der seine Frau dabei erwischt, wie sie einen anderen küsst?«

Ich stöhnte. »Bei dir hört es sich an, als hätte ich mit ihm rumgeknutscht. Er ist ein Freund. Er hat mir nur ein freundliches Küsschen auf den Mund gehaucht. Das macht er bei uns *allen*.«

264

Trent schnaubte.

»Das tut er. So ist er nun mal. So war er schon immer. Vielleicht hättest du mich einfach nur mal kurz beiseitenehmen können, anstatt derart überzureagieren und mir eine Szene zu machen.«

Sein Blick wurde eiskalt. »Ich fass es nicht, dass du jetzt versuchst, alles mir in die Schuhe zu schieben. Du küsst Mr Yoga, und ich bin der böse Bube? Das ist doch lächerlich. Und ich dachte, du wärst anders.« Er schüttelte den Kopf.

Ich schnaufte verärgert, während mir Tränen übers Gesicht liefen. Das war's dann. Jetzt war der erwartete Moment gekommen. Wir hatten nur sechs Wochen gebraucht, bis alles in die Binsen ging. »Weißt du was, Trent? Glaub doch, was du willst, aber ich kenne die Wahrheit. Dash ist nur ein Freund. Ein wirklich guter dazu. Er hat mit mir über eine sehr schwierige Situation gesprochen und mich getröstet.«

»Ach ja? Weswegen denn?«

Ich ballte die Hände zu Fäusten. »Wegen meines Dads, okay?«

Er kniff derart die Brauen zusammen, dass sich eine steile Falte zwischen seinen Augen bildete. Er wollte es wissen? Tja, er konnte sich schon mal darauf gefasst machen, sich einiges anhören zu müssen.

»Die Rechnungen stapeln sich. Ich bin mit allen Nebenkosten und der Grundsteuer im Rückstand. Vater Staat hat mir unzählige Drohbriefe geschickt und mir mitgeteilt, dass ich das Haus meiner Eltern verlieren werde, wenn ich nicht bezahle. Das Einzige, was wir noch von ihnen haben.« Tränen rannen mir die Wangen hinunter und benetzten mein Tanktop. Ich atmete flattrig ein. »Also mussten Rowan und ich eine schwierige Entscheidung treffen.«

»Und welche?« Er klang immer noch knurrig, wie ein mürrischer alter Mann, der den Zustand der Nation beklagt.

»Ich habe beschlossen, das Auto meines Vaters zu verkaufen.«

Mit offenem Mund rieb sich Trent über das stoppelige Kinn. Oh, wie sehr ich seinen Dreitagebart liebte. Das Gefühl auf meinen Lippen, wenn wir uns küssten, das Gefühl auf meinem Hals, meinen Brüsten und zwischen meinen Schenkeln.

»Aber du und Rowan, ihr liebt dieses Auto doch.«

»Ja, nun, mein Bruder und meine Schwester brauchen aber auch einen Ort, an dem sie sich nachts zur Ruhe legen können. Außerdem brauchen sie warmes Wasser und ein festes Zuhause. Etwas, das du nie verstehen wirst.«

Er zuckte erschreckt zurück. »Was soll das heißen?«

»Das soll heißen, dass du immer alles für selbstverständlich hältst. Schmeißt dein Geld zum Fenster raus für Frauen und auffällige Autos und Motorräder, aber deinen Kopf bettest du in einem Apartment, das nur kalt und völlig unwirtlich ist. Es gibt insgesamt zwei Bilder in deinem Zuhause, und du lebst dort schon seit Jahren. Was sagt das aus, hm?«

Finster schob er die Unterlippe vor. »Dass ich oft unterwegs bin. Dass ich keine Zeit habe für ...«

»Nein! Es bedeutet, dass du einfach nicht sesshaft wirst. Du bist hier auch nicht mehr verwurzelt als in einem Flugzeug. Und was passiert wohl, wenn du wieder wegmusst? Ich kann dir sagen, was dann passiert.«

»Dann klär mich bitte auf.«

Ich lehnte mich an Dads geliebtes Auto und verschränkte die Arme. »Du wirst das nächste süße Ding finden und von einem Flieger in den nächsten hüpfen. Ich bin nicht blöd, Trent. Ich weiß genau, sobald du wieder in der Luft bist, wirst du mich und mein Familiendrama wie eine heiße Kartoffel fallen lassen.«

Er schnellte mit dem Kopf zurück, als wäre er derjenige gewesen, der geschlagen wurde. Den Blick nach unten gerichtet fuhr er sich mit einer Hand durchs Haar. »Du hältst wirklich so wenig von mir?«

Ich zuckte die Achseln. »Ich schließe das nur aus dem, was ich über dich weiß.«

»Ja, aber du kennst *mich*.« Er zeigte auf seine Brust. »Mich, wie ich sein will. Mich, wie ich für dich sein kann. Mich, der jeden Tag bei dir zur Privatstunde kommt. Mich, der sich um deinen Garten kümmert, täglich mit deinem Bruder simst, und mich, der Ma gerade erst gesagt hat, dass du und die Kids bei unserem Thanksgiving-Familienfest diese Woche teilnehmen würdet. Klingt das, als wäre ich ein Kerl, dem du nicht trauen kannst?«

Seine Worte hauten mich regelrecht um. Wort für Wort nahm er mir jeden Wind aus den Segeln. Ich musste scharf Luft holen, und die Tränen kamen schneller und schneller. »Nein«, krächzte ich.

Anstatt mich jedoch auseinanderzunehmen, weil ich so dumm gewesen war und nicht das Beste von ihm gedacht hatte, überraschte er mich. Er packte mich an der Hand und zog mich an seine Brust. Er streichelte meine Wange und wischte die Tränen weg, die einfach nicht aufhören wollten zu fließen. »Babe, ich werde für dich da sein. Ich tue alles, um genau die Art Mann zu sein, in den du dich verlieben kannst.«

Ein Schluchzer drang aus meiner wie zugeschnürten Kehle. »Aber warum?« Dass er versuchte, mit mir zusammen zu sein, ergab keinen Sinn. Nicht in diesem Leben, nicht in irgendeinem Leben. Mädels wie ich brachten Typen wie ihn nicht dazu, sich zu ändern.

»Ist das nicht offensichtlich?« Seine Augen schimmerten wieder in diesem genialen Grün und Gold, als er nun sanft lächelte und mit seiner Nase fast meine berührte. »Ich bin total in dich verliebt, Zuckerkirsche.«

Ich umklammerte seine Schultern, hielt mich fest. »Du könntest jede haben. Jede Frau, die bei Verstand ist, würde dir doch nachrennen. Wieso solltest du mit einer zusammen sein wollen, die sich abquält, vor Schulden kaum noch krauchen kann und auf der eine Verantwortung lastet, mit der du dich niemals solltest rumschlagen müssen?«

Lächelnd fuhr er mit der Nase meinen Hals entlang. »Babe, weil keine ist wie *du*. Keine dieser Frauen gibt mir das Gefühl, auf Wolke sieben zu sein, auch wenn die Welt um mich herum schon zerbricht. Und erst recht schnürt mir auch keine die Brust zusammen und lässt mein Herz schneller schlagen, wenn ich aus dem Augenwinkel einen winzigen Blick auf ihr Lächeln am anderen Ende des Raums erhasche.«

Seine Worte fanden den Weg in mein Herz und ließen es hämmern, als hätte ich einen Presslufthammer in der Brust.

»Und …«, er biss mir ins Ohrläppchen, was mich ein heißes, verlangendes Ziehen zwischen den Schenkeln spüren ließ, »… sie machen mir auch keinen steinharten Ständer, wenn ich an einen einzelnen Kuss denke. Das stellst nur du mit mir an. Nur du lässt mich ganz verwirrt sein vor lauter Verlangen und Begehren. Die ganze Zeit. Und das Beste daran ist, dass dir nicht mal bewusst ist, wie umwerfend schön du innen und außen bist.«

TRENT

Ihr versagte die Stimme, als sie mich ganz festhielt und mir die Fingernägel in den Rücken grub. »Es tut mir leid.«

»Es tut dir leid, einen anderen Mann geküsst zu haben, oder tut es dir leid, davon ausgegangen zu sein, dass ich bei dieser Beziehung nicht All-in gehe?«

Schniefend rieb sie ihre Nase an meiner Kapuzenjacke. Hätte das jemand anderes getan, hätte ich es eklig gefunden. Nicht bei meiner Zuckerkirsche. Ich wollte der Mann sein, der für sie da war, und ich hatte keine Ahnung, wann oder wie sich alles, was mich definierte, oder das Leben, das ich geführt hatte, verändert hatte.

»Beides.« Sie schluchzte an meinem Hals, warm spürte ich ihre Tränen auf meiner Haut im rauen Wind der San Francisco Bay.

Ich fuhr ihr mit einer Hand den Rücken hinunter und strich wieder hinauf bis zum Nacken, massierte die Verspannung weg, die ich dort fühlte. »Hey, sieh mich an.«

Genevieve schüttelte den Kopf an meinem Hals. »Zu peinlich«, murmelte sie.

Ich zwang sie, einen Schritt nach hinten zu machen, umfasste mit beiden Händen ihre Wangen und hob mit den Daumen ihr Kinn an. Gleich zwei Tränen auf einmal rannen ihr die blassen Wangen hinunter. Ich wischte diese weg, bevor sie auf ihren perfekten Schmollmund kullerten.

»Hey, ich weiß, du trauerst um das Auto deines Dads, aber es gibt da noch eine andere Möglichkeit.«

Den Kopf schief gelegt, kaute sie auf ihrer Unterlippe herum.

»Lass mich die Steuern zahlen.«

Ihre Augen wurden so groß wie Silberdollars. Sie schüttelte den Kopf und bemühte sich, einen Schritt abzurücken. »Niemals. Kommt überhaupt nicht in Frage. Wir verkaufen das Auto, zahlen die Steuern für zwei Jahre, arbeiten den Stapel Nebenkostenabrechnungen ab und haben zwischendurch sogar noch genug übrig, um einen zuverlässigen und hochwertigen Normalbenziner zu kaufen. Wir kommen schon klar, aber danke für dein Angebot.«

»Zuckerkirsche ...«

Sie hielt mir mit zwei Fingern den Mund zu. »Nein, Trent. Du bist nicht für mich verantwortlich.«

»Wenn ich es aber so will?«

Und genau das war das erste Mal in meinem Leben, dass ich den Wunsch verspürte, eine Frau zu beschützen und für sie zu sorgen. Finanziell, beratend und unterstützend bei Rowan und Mary, überhaupt generell. Ich wollte der Mann sein, der alle möglichen Dinge für diese unglaubliche Frau erledigte.

Genevieve verdrehte die Augen und wich zurück, doch weit kam sie nicht. Denn ich hatte sie eingekeilt und drückte sie mit meinem ganzen Gewicht gegen den Ford Mustang. »Nein.« Sie zupfte und fummelte an meinem Haaransatz im Nacken herum, wickelte sich einzelne Strähnen um die Finger. »Keiner von uns beiden ist bereit dafür. Lass uns einfach genießen, was wir haben. Okay?« Sie durchbohrte mich regelrecht mit ihrem Blick, als sie ihre ganze Aufmerksamkeit auf mich richtete. Als ob die Welt um uns herum nicht mehr wichtig wäre.

Ich glitt mit einer Hand nach unten, um im nächsten Moment auf einer ihrer knackig gerundeten Pobacken zu landen. »Zuckerkirsche, ich denke, wir haben uns gerade eben nach unserem ersten Zoff wieder versöhnt.« Grinsend lehnte ich mich noch mehr an sie. »Sind die Kids daheim?« Ich umfasste ihre beiden runden Pobacken, knetete sie und rieb meinen immer härter werdenden Schaft an ihrer weichen Weiblichkeit.

Wimmernd wie ein Kätzchen biss sie sich auf die Lippe und schüttelte den Kopf.

»Dann ab nach Hause.« Ich ließ von ihr ab, ging um den Wagen herum zur Fahrerseite und öffnete ihr die Tür. »Ich folge dir.«

Sie nickte, stieg ein und ließ sich auf den Sitz fallen. Ich schlug die Tür zu und sah zu, dass ich schnell zu meinem Maserati kam.

Während ich dahinraste wie der NASCAR-Rennfahrer Jeff Gordon höchstpersönlich, rief ich meinen Agenten an und teilte ihm mit, dass ich mindestens zwei Stunden zu spät zu meinem Meeting kommen würde. Er war zu Recht stinksauer, aber nichts konnte mich daran hindern, Wiedergutmachung bei Genevieve zu leisten.

Ich parkte mein Auto direkt hinter ihrem und legte beim Aussteigen noch extra einen Zahn zu, sodass ich ihr bereits die Tür öffnete, noch bevor sie den Motor ausschalten konnte. Zum Glück hatte sie auch bereits auf den Garagentoröffner gedrückt, also wusste ich, dass wir allein sein würden.

Sowie ich sie aus ihrem Auto gezogen hatte, drängte ich sie zur Motorhaube und befummelte sie überall. Sie keuchte, als ich sie umdrehte und von hinten auf die Motorhaube drückte. Wie gut, dass wir keinen weiten Weg vom Lotus House bis hierher hatten. Das Blech über dem Motor war noch nicht so heiß geworden, dass sie sich ihre geilen Titten verglühen konnte, als ich sie dagegendrückte. Ich presste meinen Schritt gegen ihren Arsch, während ich sie im Nacken küsste und mit der Zunge über die weiße Haut fuhr. Voller Verlangen wanderte ich mit den Händen unter ihr Tanktop und bog ihren Oberkörper zurück, während ich ihren Sport-BH so weit nach oben schob, dass ich ihre Brüste freilegen konnte. Die Nippel reagierten sofort auf meine Berührung und stellten sich auf. Sie seufzte, als ich an jeder Knospe zupfte und zwirbelte, bis sie steif und hart abstand und ich zufrieden war.

»Ich liebe deine Titten, Babe. Und sobald ich dich hier, auf der Motorhaube des Autos deines Vaters, so richtig durchgefickt habe, werde ich daran saugen, bis sie brennen wie spitze kleine Brandmale. Würde dir das gefallen, Zuckerkirsche?« Ich biss ihr in die Schulter und leckte danach über die Bissmarke, die ich dort hinterlassen hatte. Ich liebte es, sie zu markieren, meine Spuren auf ihr zu hinterlassen, jedem anderen Mann in ihrer Reichweite zu zeigen, dass diese Frau vergeben war. Im Besitz. Geliebt wurde? Ich schüttelte den Kopf, um diese Gedanken daraus zu vertreiben und wieder an sinnliche Gelüste zu denken.

»O Gott, Trent ...«

Sie schnappte nach Luft, als ich ihr die enge Yogahose bis zu den Knien runterzog. Sie hatte die Beine zusammen, und mir war schon klar, das würde ein enges Einpassen, aber genauso wollte ich es haben. So musste es sein. Ihr herrlicher, heller Hintern bildete einen krassen Kontrast zum Königsblau des *Stang*. Ich packte ihren Arsch, beugte mich runter und biss ihr erst in die eine, dann in die andere knackige Backe.

Sie zuckte und stöhnte erregt, als ich mit der Zungenspitze um die Bissmarken kreiste. Mit beiden Händen spreizte ich ihre Pobacken, spreizte sie so weit wie möglich, und danach leckte ich sie von der Klit bis zur Rosette und züngelte mit der Zungenspitze um ihre enge Nougatfalte, noch mal und noch mal. Sie zuckte wieder und schrie heiser auf, während ich ihr kleines Röschen reizte, sie noch weiter spreizte und ihr geiles Loch mit der Zunge fickte.

Genevieve presste ihre erregte Muschi an die warme Motorhaube. Der Lustsaft glitschte nur so über das Blech, während sie ihre Klit an der harten Fläche rieb, was meine Eier direkt gierig kribbeln ließ.

»Bist du bereit, gefickt zu werden, Zuckerkirsche?«

»Gott, ja!«, schrie sie heiser und bog mir ihren Unterleib entgegen.

Yoga-Bräute. Die schärfsten Geräte ever.

Ich brauchte keine zwei Sekunden, um meine Hose runterzulassen und meinen fetten Schwanz in ihre feuchte Falte zu rammen. Das Einpassen war brutal und verdammt eng, aber mein Mädchen ließ mich reingleiten, bis ich bis zum Anschlag in ihr steckte. Als ich ganz drin war, beugte ich mich über sie und presste mein Becken an ihres, was meine Eichel noch mehr in ihr Lustzentrum drückte.

»Magst du es, wenn ich so tief in dir bin?« Für mich gab es kein schöneres Hochgefühl als dieses völlige Versinken in ihrer feuchten Hitze.

»So gut …« Sie seufzte lustvoll.

»Oh, Babe, das ist erst der Anfang. Willst du noch mehr?«

»Jaaa.« Sie konnte nur noch flüstern, als sie die Hände auf der Motorhaube des Autos platzierte.

Ich hob mein Becken etwas an, leckte meinen Daumen kurz ab und fasste dann damit an ihr rosiges Loch. »Nimm mich ganz. Vollständig. Herein.« Ich wuchtete ihr mein Becken entgegen, und gleichzeitig schob ich ihr meinen Daumen hinten rein. Sie heulte auf, bog den Rücken durch und kam nach einem Stoß. Einem verdammten Stoß. Himmel. Die Frau war eine Liebesgöttin.

Ich spürte, wie Genevieves Möse um meinen Schwanz zuckte und wie sie die Muskeln in ihrem Unterleib anspannte, als jongliere sie einen Ball. Allein diese bloßen Impulse reichten fast schon, um mich explodieren zu lassen, aber ich blieb stark, denn ich wollte ja unbedingt dieses unbändige Verlangen stillen, sie besinnungslos zu ficken.

Als sie wieder ruhiger wurde, hechelte sie nur noch. Und da nahm ich meinen Daumen weg, umfasste mit beiden Händen ihr Becken, zog meine Latte raus und stieß sie wieder rein. Gaaanz tief.

Himmel pur.

Sie stöhnte auf, und das heizte mich noch mehr an. Ich grub ihr meine Finger in die Hüften, hielt sie gut fest und fickte meine Frau so richtig durch. Hart. Schnell. Unerbittlich verlangend, dass sie noch mal auf meinem Schwanz kam.

Und sie schrie bei jedem Stoß. Bettelte bei jedem Rausziehen, nicht aufzuhören, weiterzumachen. Ich war wie benebelt. Jede Pore, jeder Nerv und jedes Empfinden waren auf das wohlige Drinstecken in Genevieves heißer, feuchter Mitte konzentriert. Das Schmatzen und Glitschen unserer lustvollen Paarung schallte durch die leere Garage, bis Genevieve anfing, diese kleinen, unsinnigen Wortfetzen zu haspeln, die sie immer von sich gab, wenn sie sich vor lauter Lust verlor. Himmel! Es war so toll, zu hören, wie sie den Verstand verlor.

»Atmen ...«

»Drin …«

»Heiß …«

»Ich werde …«

»Hmmm …«

Ich wollte, dass sie mit mir kam, alles aus meinem Schwanz pumpte, wenn ich explodierte.

Ich beugte mich etwas weiter vor, um noch kräftiger stoßen zu können, verschränkte meine Hände mit ihren und drückte unsere miteinander verschlungenen Finger auf die Motorhaube des Autos. Sie packte meine Hände, schrie auf, als sich ihr ganzer Körper versteifte, weil der Orgasmus mit so viel Kraft herannahte, als wollte er sie in die nächste Woche katapultieren.

Ich raunte ihr ins Ohr: »Ich liebe es, diesen geilen Körper zu ficken. Alles meins, Genevieve. Ich werde dich ein Leben lang ficken.« Ich atmete scharf aus, stieß mein Becken gegen ihren Hintern, bis ich jeden Rhythmus und jedes Feingefühl verlor, nur noch ans erlösende Abspritzen denken konnte.

»Oh, mein Gott …«

Ihre Muschi umschloss nun meinen Schwanz komplett und brachte ihn zum Pulsieren – und dazu, in mehreren heftigen Schüben tief in sie hinein abzuspritzen.

Als wir beide wieder atmen konnten, stöhnte sie auf. Ich musste schwer auf ihr gelastet haben, als ich völlig platt mit meinem ganzen Gewicht auf ihr lag.

»Tut mir leid, Baby. Shit.« Ich kam hoch und zog meinen Schwanz aus ihr heraus.

Und in der Sekunde, in der ich das tat, begannen unsere vereinten Liebessäfte an ihrem Bein hinunterzulaufen. Das war neu und verdammt sexy. Bisher war ich immer sehr vorsichtig gewesen. Hier, ganz spontan, hatte ich nicht daran gedacht, meinen Schwanz einzupacken. Ich hatte mich sonst immer geschützt, bevor ich in die geil-warme Feuchte einer Frau sank, aber bei Genevieve hatte ich mich völlig in ihr verloren.

»Was zum Teufel ist das?« Sie bewegte sich von dem Auto weg.

Ich beobachtete fasziniert, wie mein Schwanz schon wieder hart wurde, gleich noch mal wollte, als ich wahrnahm, dass etwas von mir in ihr gewesen war und immer noch war, nur jetzt aus ihr rauslief.

Ich presste mich an ihren Hintern und umschloss sie von hinten. Dann schmierte ich ihr wie ein Alphatier unsere vereinten Liebessäfte auf die Lippen und fickte sie mit dem Finger, weil ich wollte, dass mehr von mir in ihr blieb. Ich hatte noch nie im Leben so eine Reaktion gehabt. Verdammt, vor Genevieve war ich noch nie so in einer Frau gekommen, und jetzt, wo ich auf den Geschmack von ungeschütztem Sex gekommen war, würde ich es hassen, wieder ein Gummi zu benutzen.

»Das sind wir, Babe, und es ist so verdammt sexy«, stieß ich zwischen zusammengebissenen Zähnen hervor, als sie meine Hand fickte. Wollte immer mehr, mein Mädchen. Allmächtiger. Hinter ihrem stillen und ruhigen Äußeren versteckte sich eine Sexgöttin, die ich gerne hervorlockte. Diese Frau wurde immer mehr zu meinem gesamten Universum.

»Was?«, kreischte sie und wich zurück, löste meinen Griff an ihrer geilen Muschi.

»Babe, entspann dich. Es muss dir nicht peinlich sein. Ich finde es unheimlich sexy.«

Sie zog schnell ihre Hose hoch. »Ich hoffe, du findest auch ein Baby unheimlich sexy, denn ich nehme nicht die Pille!« Ihre Stimme war schrill und panisch, als sie ins Haus rannte.

Ich stand da wie angewurzelt, mit feuchter Hand, mein Schwanz trocknete an der Luft, und ich hatte die Hose heruntergelassen, während mir die Worte »Baby« und »Ich nehme nicht die Pille« als Dauerschleife durch den Kopf gingen. Wie eine kaputte Schallplatte.

Baby.

Nicht die Pille.
Baby.
Nicht die Pille.
Heilige Scheiße. Was habe ich getan?

17. KAPITEL

Der heraufschauende Hund
(Sanskrit: Urdhva Mukha Svanasana)

Diese Stellung ist ein Teil der Sonnengruß-Sequenz. Sie kräftigt und bietet zusätzlich den Vorteil einer relativ natürlichen Rückenbeugung. Wird sie zu Beginn des Yogakurses angewendet, öffnet und erweitert diese Stellung das Brust- und Herz-Chakra und erlaubt eine intensive Kräftigung der Schultern. Leg dich dazu auf den Bauch, spann deine Gesäßmuskulatur an und stemme dich mit den Händen hoch, bis dein Oberkörper aufrecht und der Nacken gerade ist.

TRENT

Ich wäre vielleicht auch ein guter olympischer Sprinter geworden, so schnell, wie ich diese Treppe hochhumpelte und an Genevieves verschlossene Tür hämmerte. Ich drehte am Griff, aber es öffnete sich nichts wie durch Zauberhand.

»Zuckerkirsche. Du machst jetzt diese verdammte Tür auf!«
Ich zuckte beim Klang meiner eigenen Stimme zusammen. Mein Schreien hörte sich so verzweifelt an.

»Verschwinde einfach.«

»Den Teufel werde ich tun. Du öffnest jetzt diese Tür, oder ich breche das Scheißding auf.«

»Das tust du nicht!«

Ich drehte mich um und rammte mit der Schulter dagegen, drehte mich auf einem Fuß um die eigene Achse, verlagerte mein Gewicht nach hinten und warf mich mit voller Wucht nach vorn. Die Holztür wackelte in den Scharnieren.

»O Gott! Nein. Mach meine Tür nicht kaputt! Ich hab kein Geld, sie zu reparieren!« Sie fummelte am Schloss herum.

In der Sekunde, als die Tür aufging, griff ich Genevieve um die Taille, zog sie an meine Brust und ging mit ihr rückwärts zum Bett, bis sie mit den Oberschenkeln dagegenstieß. Dann schubste ich uns beide auf die bequeme Matratze.

Genevieve bewegte sich hin und her, bis ihre Beine gespreizt waren und ich eingebettet dazwischen lag. Komisch, genau da wollte ich sowieso sein.

»Lass mich los, Trent!«

Ihre Tapferkeit schwand, je länger sie kämpfte. Ich packte sie an den Handgelenken und drückte ihr die Arme rechts und links neben den Kopf.

»Auf keinen Fall. Du fliehst nicht davor. Ich gebe zu, ich habe mich in der Hitze des Augenblicks verloren. Ich habe Scheiße gebaut.«

Sie schnaubte, und aus ihrer Kehle drang ein seltsames, gurgelndes Geräusch. »Und wie oft ist das schon vor mir passiert? Häh? Muss ich mich testen lassen?« Die Tränen, die sie zurückhalten wollte, sammelten sich zu einem wahren Pool, sodass ihre Augen, die so schwarz wie Ebenholz waren, wie Edelsteine glitzerten.

Ich zog die Brauen bis zum Haaransatz hoch. »Willst du damit andeuten, dass ich ein Hurenbock bin?«

Sie hörte auf, sich zu wehren. »Willst du etwa behaupten, dass du es nicht bist?«

Ich dachte an all die Frauen vor ihr. Verdammt, es gab mehrere, von denen ich vermutlich nicht mal mehr den Namen kannte, und schon gar nicht konnte ich mich an all die unanständigen Dinge erinnern, die ich mit ihnen getrieben hatte, aber nie hatte ich ungeschützten Sex gehabt. Das war eine Todsünde.

»Nein, ich würde dich nicht so anlügen. Ich war schon mit einer Reihe von Frauen zusammen.«

Sie spitzte die Lippen.

»Okay, ich war schon mit mehr als einer Reihe von Frauen zusammen, aber, Zuckerkirsche, keine von denen kann dir das Wasser reichen. Und keine von denen hatte mich ganz. Ich trug bei allen Frauen, mit denen ich geschlafen habe, ein Kondom. Ich schwöre es bei allem, was mir heilig ist. Verdammt, ich schwöre es bei meiner Karriere, dem Einzigen vor dir, was mir je etwas bedeutet hat.«

Ich legte mir eine Hand aufs Herz. »Möge ich nie mehr den Ball beim Baseball treffen, wenn ich lüge. Gott strafe mich jetzt!«

Ich stand auf und schlug mir auf die Brust. »Du musst dir keine Sorgen wegen irgendwelcher Krankheiten machen. Ich bin sauber. Hatte gerade letzte Woche eine Untersuchung. Die Mannschaft muss diese regelmäßig nachweisen, und der Coach wollte Tests, um sicherzugehen, dass ich mein Versprechen einhalte, weniger Alkohol zu trinken und mir nichts über die Nase oder die Venen reinzuziehen, das nicht direkt von dem da oben stammt.« Genevieve schloss die Augen, und die Tränen flossen. »Das verhindert keine Schwangerschaft. Trent, ich weiß nicht, ob ich mit einem weiteren Fehler oder einschneidenden Ereignis in meinem Leben umgehen kann.«

Die Tränen flossen, und ich küsste sie weg, schmeckte ihre salzigen Tränen als das, was sie waren: Bedauern.

Das fühlte sich an wie ein Tiefschlag in die Magengrube. Das Letzte, was ich wollte, war, dass sie unsere gemeinsame Zeit bedauerte. Sicher, wir hatten rumgefickt, aber das bedeutete nicht, dass es nichts Besonderes war. Es war jedes Mal etwas Besonderes mit Genevieve. Einzigartig. Das Beste, das ich je hatte, denn es bedeutete etwas. Bei ihr ging es nicht immer nur darum, einen Orgasmus zu haben. Es ging um ... *mehr*.

Ich rieb meine Nase an ihrer. »Hey, nicht weinen. Wir kriegen das schon hin. Was auch passiert, wir regeln das.«

Sie lachte spöttisch. Die Frau wagte es, mich zu verspotten. »Ja, und was passiert, wenn ich schwanger werde und du zu Auswärtsspielen aufbrichst?«

Ich streichelte ihr die Wange und sah sie direkt an. »Ich kann nicht bestreiten, dass diese Möglichkeit mir eine Scheißangst macht, aber ich will auch nicht wegen etwas Stress machen, das wir nicht unter Kontrolle haben. Wenn du schwanger wirst, sind wir Eltern. Ende der Geschichte!«

Stöhnend ließ sie den Kopf in die Hände sinken. »Ich muss darüber nachdenken.«

»Da gibt es nichts zum Nachdenken. Ich werde mich um das

kümmern, was mir gehört, und genau wie ich dir mit dem Auto helfen will, werde ich mich darum kümmern, dass du versorgt bist.«

Sie stöhnte. »Nicht das schon wieder. Du gibst mir kein Geld, um das Haus zu bezahlen, um das Auto zu retten. Es ist vorbei. Der Zug ist abgefahren. Ich habe das Auto bereits zum Verkauf annonciert.«

»Ohne mit mir zu reden?« Grinsend zwinkerte ich ihr zu. Nicht mein bester Moment, aber ich bekam viel in meine Richtung geworfen. Sie war dabei, das Haus zu verlieren. Verkaufte das Auto, um das Haus zu retten. Rowan und Mary wurden mit reingezogen und verloren dabei eines ihrer Familienerbstücke. Der Patzer mit dem Kondom, und das Risiko, dass meine Spermien womöglich gerade in Genevieves Gebärmutter eindrangen. Irgendwie erschreckte mich dieser Gedanke nicht so sehr, wie er sich anhörte.

Genevieve versuchte, gegen meine Brust zu drücken, aber ich war viel stärker als sie, und ich hielt sie fest.

»Nicht«, sagte ich.

»Nicht was? Ausflippen? Ich flippe aus. Du benimmst dich, als wärst du mein Partner und nicht mein Date.«

Diesmal lachte ich spöttisch. »Zuckerkirsche, ich *bin* dein Mann. Der einzige Typ in deinem Leben. Gewöhn dich dran. Es ändert sich nicht so schnell.«

»Und wenn ich schwanger werde?«

Der Gedanke an sie mit einem runden Babybauch von mir machte meinen Schwanz hart. Ich wusste, dass sie es spüren konnte, als sie aufstöhnend ihr Becken gegen den stahlharten Long Dong drückte.

»Wie du fühlen kannst, bietet die Idee Möglichkeiten.«

Sie seufzte und schmollte. Ihren Schmollmund zu sehen, gehörte mit Abstand zu den größten Highlights meines Tages ... abgesehen vom Fick auf dem *Stang.*

»Du bist ein Schwein«, stöhnte sie.

Ich betrachtete es als ihre Art, mir zu sagen, dass sie mir verziehen hatte. Sie versuchte nicht mehr zu entkommen. Im Gegenteil, ich hatte den Eindruck, dass sie sich förmlich in meinen Schaft hineindrückte, so groß und stark, wie der wurde.

»Ich werde dich noch mal rannehmen. Wir hatten schon wieder Zoff.«

»Machen wir das jetzt jedes Mal, wenn wir eine Auseinandersetzung haben?« Sie verzog die Lippen zu einem kleinen Grinsen.

Ich schob ihr Tanktop hoch, zog ihr den Sport-BH aus, beugte mich vor und saugte einen ihrer dicken, rosigen Nippel in den Mund. »So Gott will«, seufzte ich und biss hinein.

Sie stöhnte und bebte unter mir, als ich sie alles vergessen ließ, was heute passiert war – den Streit im Yogacenter, unsere Meinungsverschiedenheit auf der Straße, unsere hitzige Diskussion nach dem Patzer mit dem Kondom. Alles. Das einzige Problem war, dass ich meine Tasche unten gelassen hatte. Nachdem ich sie an meinen Lippen kommen spürte, hob ich ihr Becken an, um sie wieder komplett mit meinem Schwanz auszufüllen, und ich zuckte nicht mal mit der Wimper, weil ich kein Kondom trug.

Diesmal genoss ich jedes Hinausgleiten, jedes Eindringen und jedes intensive Hineintreiben in meine nackte Frau. Ich packte sie an der Hüfte und drückte ihr die Oberschenkel bis zur Armbeuge, trieb meinen Schwanz bis zum Anschlag in sie hinein, ließ sie jeden Zentimeter von mir aufnehmen, bis ich mit der Eichel an ihren Muttermund stieß.

Tief eingewurzelt, ließ ich alles raus.

GENEVIEVE

Unser doppelter Kondom-Patzer war jetzt schon eine Woche her. Wenn ich es nicht besser gewusst hätte, dann hätte ich geglaubt, dass Trent mich schwängern wollte.

»Liebling, kannst du mir den Kartoffelauflauf geben?« Richard, Trents Vater, fragte das, während er sich den Teller mit dem saftigsten Truthahn füllte, den ich je gesehen hatte. Normalerweise gingen Rowan, Mary und ich an Thanksgiving rüber ins Haus der St. James', wo Amber und ihre Großmutter Sandra dann abends für uns kochten. Es kam nie ein traditioneller Truthahn auf den Tisch. Letztes Jahr hatte es Rostbraten gegeben. Sie machten gern mal was anderes, weshalb ich auch nicht überrascht war, als Amber sagte, dass sie an dem Feiertag eine Kreuzfahrt durch die mexikanische Riviera machen würden. Sie gingen dorthin, wohin der Wind sie wehte, denn so machte der Urlaub mehr Spaß. Amber hatte wahrscheinlich sogar Mrs St. James gesagt, dass ich an Thanksgiving bei den Foxes eingeladen war. Sie hatte immer Angst, dass wir nicht irgendwo hingehen konnten. Doch dieses Jahr hatte ich offiziell ein Familienessen mit den Eltern meines *Freundes*.

Das war definitiv nichts, von dem ich je gedacht hätte, dass ich es tun würde. Trotzdem konnte ich nicht sagen, dass ich nicht begeistert war, und Rowan und Mary waren es noch mehr. Den Feiertag mit seinem Idol zu verbringen war ein absolutes Highlight für meinen Bruder. In den letzten Monaten hatte ich versucht, darauf zu achten, dass die beiden sich nicht zu sehr an ihn gewöhnten, aber es war zwecklos. Für Rowan war Trent ein Idol, das hoch bei ihm im Kurs stand, und als Trent mit seiner Mutter zu Marys letzter Aufführung kam, wobei ihr beide Blumen mitbrachten, hatte er ihre Zuneigung endgültig gewonnen. Mary war hin und weg.

Was mich betraf ... Sosehr ich mein Herz für mich behalten

und es davor schützen wollte, dass es mir gebrochen wurde, konnte ich nicht mehr leugnen, dass ich ernsthafte Gefühle für den sündhaft scharfen Baseballer entwickelt hatte. Er hatte sich nur um mich und meine Familie bemüht, vom ersten Tag an, und seine Familie ... oje ... die waren unglaublich nett – liebevoll, wohltuend und vor allem ... gastfreundlich. Rowan, Mary und ich hatten uns in ihrem Haus sehr willkommen gefühlt und bis heute dort ein paar Familienessen genossen, wobei dieses das bisher größte war. Wenn eine Frau einen wichtigen Feiertag mit ihrem festen Freund verbrachte, war dies, meiner Meinung nach, ein Indiz für eine neue Ebene in ihrer Beziehung. Die Sanduhr war sozusagen einmal umgedreht.

»Bitte schön, Mr Fox.« Ich gab ihm die Schüssel, die ich geholt hatte.

Richard runzelte die Stirn. »Ich habe Ihnen doch gesagt, meine Liebe, Sie sollen mich ›Rich‹ oder ›Dad‹ nennen.« Er wackelte Trent mit den Augenbrauen zu.

Ich lachte, als sich Trents Augen weiteten, und er sah auf seinen Teller.

»Jetzt, jetzt, flipp nicht aus, mein Junge. Aber wir würden uns freuen, unsere Familie zu erweitern.« Joan Fox gab Trent ihren eigenen, ungeschminkten Hinweis.

Trent hüstelte und trank einen großen Schluck von seinem Bier. »Ma, Dad, echt. Hört auf. Können wir nur ein Essen genießen, ohne dass du andeutest, dass ich Genevieve heiraten und bis zum Jahresende barfuß und schwanger haben muss?«

Ein Stückchen Truthahn blieb mir im Hals stecken, und ich würgte. Trent klopfte mir auf den Rücken, und das Stückchen löste sich. Ich hustete es in meine Serviette und stand auf.

»Ähm, ich brauche eine Minute. Wenn du mich entschuldigen würdest.« Ich sprang auf, als würde mein Stuhl brennen.

»Siehst du, jetzt hast du es geschafft. Du hast sie förmlich erstickt«, knurrte Trent.

Sie waren begeistert. Verdammt, ich war es auch. Ich war schon so lange mit niemandem mehr zusammen seit Brian, und es fühlte sich gut an. Besser als gut. Es fühlte sich richtig an. Ich hoffte nur, dass es während der Saison so bleiben würde. Trent würde weder seinen Job aufgeben, noch würde ich wollen, dass er etwas aufgab, das er liebte. Wenn wir weiterhin eine Beziehung haben wollten, mussten wir über die Abwesenheit und die Zeit dazwischen sprechen. Natürlich war es noch enorm belastend für uns, nicht zu wissen, was womöglich auf uns einstürzte. Meine Periode sollte in einer Woche kommen. Täglich betete ich, noch mal davongekommen zu sein. Ich war mir jedoch nicht sicher, ob Trent auf meiner Seite war. Jedes Mal, wenn wir Sex hatten, musste ich ihn darum bitten, ein Kondom zu benutzen.

In der Zwischenzeit hatte ich mir einen Termin bei meiner Gynäkologin geben lassen, um sofort eine Antibabypille zu bekommen. Wenn mein Typ ungeschützten Sex wollte, musste ich diejenige sein, die es in die Praxis umsetzte. Er schien sich keine Gedanken darüber zu machen, dass ich dabei sehr wohl auch schwanger werden konnte.

Nachdem ich mich frisch gemacht hatte und mich wieder zum Thanksgiving-Essen eingefunden, fühlte ich mich viel besser. Wir aßen, scherzten, sprachen über unsere Pläne für den Rest des Jahres, und ich teilte allen mit, dass ich das Auto meines Vaters verkauft hatte. Laut Amber, die es für mich erledigt hatte, während ich so viele Stunden wie möglich arbeitete und meine Freizeit mit Trent und meinen Geschwistern verbrachte, hatte sie einen Käufer gefunden, der bereitwillig die fünfzig Riesen bezahlen wollte. So fantastisch das auch war, es machte mich immer noch traurig.

Als wir zum Haus zurückkamen, war das Auto weg – und damit ein weiteres Andenken an meinen Vater.

TRENT

Unbeholfen abgesenkt im tiefen Liegestütz, atmete ich lang anhaltend aus. »Wie lange noch?«, knirschte ich zwischen zusammengebissenen Zähnen hervor. Wer gedacht hatte, dass es beim Yoga darum ging, entspannt zu sein und sein inneres Selbst zu finden, der stand vor einem bösen Erwachen.

»Noch dreißig Sekunden. Du schaffst das, Trent.«

Ich stöhnte und hielt mich in der Liegestützposition. Mit den Fußspitzen stemmte ich die Beine auf die Yogamatte, während ich den Rücken durchbog. Die Stellung des heraufschauenden Hundes sollte eigentlich ein Kinderspiel sein, weil das Bein dabei nicht genau auf die Lunge drückte, wie bei der Übung davor. Leider mussten die Oberschenkel, die Quadrizeps-Muskeln, der Po und die Waden angespannt werden, um den unteren Rücken zu schützen. Ich hob das Kinn an und versuchte zu atmen, indem ich ihrem Vorbild folgte. Sie atmete hörbar ein und aus, damit ich nicht zu atmen vergaß, aber es war verdammt schwer, da mitzuhalten, während ich den Oberkörper hochgestemmt hielt und mir die Beine brannten. »Okay, jetzt bring langsam die Knie runter, und halte dann den Brustkorb zwischen deinen Daumen.«

In dieser Position hatte ich meinen Arsch in der Luft und sah aus wie eine Spannerraupe. Ich schüttelte den Kopf. »Diese Stellungen werden immer seltsamer, Zuckerkirsche.«

Genevieve kicherte. »Okay, Großer, leg dich locker mit dem Bauch auf der Matte ab und danach seitlich auf die Wange. Gib deinem Körper einen Moment Zeit. Wir kommen gleich in die geführte Meditation.«

»Gott sei Dank!« Mit finsterem Blick legte ich mich auch noch mit der Wange auf die Matte, um alle nervösen Nackenverspannungen von den fünfundsiebzig Minuten Hardcore-Yoga zu lösen, die sie mich durchmachen ließ. Die Frau sagte, es wäre regenerierend und stärkend, und ich glaubte daran, dass man hart arbeiten musste, wenn man handfeste Ergebnisse erzielen wollte, aber die heutige Übungseinheit hatte mir ordentlich zugesetzt. Wahrscheinlich, weil ich die ganze Nacht wach gewesen war und im Internet recherchiert hatte, um herauszufinden, was ich ihr zu Weihnachten schenken könnte.

»Okay, dreh dich auf den Rücken.«

Ich tat es und hob dann stumm die Beine an, damit sie mir eine Rolle unter die hintere Oberschenkelmuskulatur legen konnte. Das wirkte toll bei meiner Verletzung. Nur wenig später gab sie etwas angewärmtes, holzig riechendes Duftöl auf mein Kinn und den Bereich über meinem Mund. Der nächste Schritt fühlte sich einfach immer genial an. Sie legte mir ein Augenkissen auf die Lider, dimmte alle Lichter im Raum, wählte ein klassisches Pianostück als Hintergrundmusik und ließ mich tiefe Glückseligkeit erfahren.

Die Klänge eines melodischen Chopin-Klavierkonzerts drangen in mein Bewusstsein.

»Ich will, dass du atmest. Lass von allem los. Du hast heute hart gearbeitet, deinem Körper einen Segen gegeben. Atme tief in diesen Stolz ein. Gönn es dir, davon erfüllt zu sein, denn du hast es dir verdient, verdienst es, hast hart dafür gearbeitet. Und entspann dich ... lass von allem los.«

Genevieve hatte die Kraft, mit ihrer Stimme alles zu zerstreuen, was mich bedrückte. Ihre Stimme klang nicht nur sanft und gleichmäßig, sie besaß auch ein Timbre, das meine Sinne ansprach. Ihr Duft, ihre Berührung und vieles andere mehr ließen mich einfach tiefer entspannen. In ihrer Nähe fühlte ich mich sicher. Das klang seltsam aus dem Mund eines gestandenen Kerls, der immer auf sich selbst aufgepasst hatte, aber ich war ganz ehrlich zu mir selbst. Zeit mit dieser elfenhaften Frau zu verbringen schenkte mir Frieden, Freude und eine Liebe, die ich nie gekannt hatte.

Dabei war ich in meinem Leben doch reichlich vom Glück

begünstigt worden. Meine Mutter und mein Vater hatten mir alles gegeben, was sie konnten, mich gut erzogen, mir gezeigt, was harte Arbeit und Hingabe einem im Leben geben konnten, und ich war diesen Lehren den ganzen Weg bis in die Major League gefolgt. Irgendwie war mir durch den ganzen Glanz und Glamour des Ruhms die einfachere Seite des Lebens etwas verloren gegangen. Mit einer Person zusammen zu sein und alles zu lieben, was sie in meine Welt, in meine Seele brachte. Mit Genevieve hatte ich etwas davon zurückbekommen – Einblicke in das Leben, das ich haben *könnte* ... wenn ich hart arbeiten und mich dafür einsetzen würde, der Mann zu sein, der ich sein sollte. Für sie und für mich. Ich musste mich zusammenreißen, auch in schwierigen Situationen meinen Mann stehen, neue, unerforschte Wege gehen und ihr das Leben bieten, das sie verdient hatte, und das Zusammensein mit ihr wie ein Geschenk auskosten, das zum großen Ganzen gehörte.

Sie hob und senkte die Stimme passend zum Klavierspiel.

»Und jetzt stell dir vor, du schaust auf dich selbst. Eine einzige Farbe füllt den Raum um dich herum. Welche Farbe ist das?« Sie sagte die Worte genauso wie die anderen vorher auch, dennoch hörte es sich für mich so an, als würde sie ganz am Ende eines langen Gangs sprechen.

Rot.

Ich sah mich umgeben von einem tiefdunklen Purpurrot, als ich mir vorstellte, wie ich in dem Yogastudio auf mich selbst schaute. Es flackerte erst und poppte dann ganz auf, als ich die unterschiedlichen Farbtöne einfing.

»Welche Farbe du auch siehst: Es ist ein Chakra, das dich lenkt. Es ist Teil deines natürlichen Wesens und kann geöffnet oder geschlossen werden, je nachdem, wo du dich in deinem Leben befindest.«

Der Rotton schimmerte und pulsierte um meine Rückenlage herum, und ich stellte ihn mir immer heller werdend vor, als kleine Lichtbänder in meiner Körpermitte aufwirbelten. Vor meinem inneren Auge verhielten sich die Bänder wie Wurzeln, die sich in die Matte unter mir eingruben, in den Boden und darüber hinaus. Wie ein Baum, der Wurzeln geschlagen hatte, drang mein Wesen in die Erde ein und fand ein Zuhause.

Gerade, als ich spürte, wie ich tiefer in den Boden sank und mein Körper mit jedem Atemzug schwerer wurde, hörte ich ihre Stimme.

»Ich werde dich jetzt wieder zurückholen, indem ich von fünf rückwärts zähle. Wenn ich bei eins angekommen bin, wirst du wach und bereit sein, deinen Tag zu genießen.«

Sie nannte die Zahlen, die mich langsam aus dieser friedlichen Meditation weckten, und die Fasern der Wurzeln begannen zu brechen und zu reißen. Stirnrunzelnd setzte ich mich ihr gegenüber auf, als sie bei der Zahl Eins angekommen war, genauso, wie wir es jeden Tag taten, nur diesmal war ich ganz von der Erinnerung an meine Erfahrung erfüllt.

Und genau wie gestern und vorgestern hielt sie die Hände vor dem Herzen, ihre Augen öffneten sich, und sie sah mich mit hypnotisierendem Blick an und beendete ihre Privatstunde mit den Worten, die mir durch und durch gingen und mich ein angenehm warmes Gefühl im Herzen spüren ließen.

»Das Licht in mir verbeugt sich vor dem Licht in dir ...«

»Wenn ich an diesem Ort in mir bin und du an diesem Ort in dir bist ...«

»... sind wir eins.«

»*Namaste.*«

Sie verbeugte sich tief und berührte mit dem Kopf den Boden. Ich spiegelte die Geste wider. Als ich aufstand, hob sie die Hände an die Stirn, drückte mit den Daumen dagegen, senkte sie dann wieder, führte sie zum Mund und hauchte ihnen ein Küsschen auf. Ich hatte keine Ahnung, was der Kuss zu bedeuten hatte, aber ich wollte denken, dass sie mich segnete.

Und als mein süßer Engel die Augen öffnete, wusste ich, dass sie mich tatsächlich segnete, denn ihre bloße Anwesenheit in meinem Leben war und blieb ein Segen.

Nur ein einziger Gedanke beherrschte mich in diesem Moment. Sie öffnete die Augen, und diese Pupillen, die so schwarz wie Ebenholz waren, bohrten sich geradewegs in meine Seele.

»Genevieve.«

Sie neigte den Kopf und lächelte, was mich vom Scheitel bis zu den Zehen erwärmte.

»Ich liebe dich.«

GENEVIEVE

Ich blinzelte ein paarmal, um sicherzugehen, dass ich mir nicht nur eingebildet hatte, was er da sagte. »Trent ...«

Vom ersten Tag an hatte ich gegen meine Gefühle für Trent gekämpft und erst gemerkt, dass sie längst viel zu tief geworden waren, als meine Familie Thanksgiving mit seiner verbrachte. Als ich dem Herrn gedankt hatte, hatte ich ihm für Trent gedankt.

»Ich liebe dich. Wirklich.« Trent zuckte mit den Achseln und legte die Hände auf die Knie, heftete unverwandt den Blick seiner Haselnussaugen auf mich. Er schaute nicht weg und versuchte auch nicht, sich wieder aus dem herauszureden, was er gesagt hatte. Nein. Er war Manns genug, dazu zu stehen und unumstößlich bei seiner Überzeugung zu bleiben.

Wir saßen im Lotus-Sitz einander gegenüber und sahen uns hilflos an. »Es ist noch zu früh ...« Ich zuckte selbst zusammen, als mir die Worte über die Lippen kamen.

Trent schüttelte den Kopf. »Nein. Ich war in der Tiefenentspannung, und mir wurde etwas klar.«

»Dass du mich liebst?« Mir versagte die Stimme.

»Na ja, das bedrückt mich schon seit einiger Zeit. Ich wusste nur nicht, wie ich es sagen sollte. Aber als du mir aufgetragen hast, mir meine Farbe vorzustellen, wurde mir auf einmal alles so klar.« Er klang überwältigt.

»Und?«

Grinsend legte er den Kopf schief.»Meine Farbe ist Rot.«

Ich nickte.»Das Muladhara Chakra, auch Wurzel-Chakra genannt. Ich wusste seit dem Tag, an dem wir uns trafen, dass dein Wurzel-Chakra blockiert war. Ich bin eigentlich überrascht, dass das die Farbe ist, die du gesehen hast.« Mein Herz klopfte doppelt so schnell. Die Farbe Rot zu sehen, widersprach allem, was er war und die meiste Zeit seines Erwachsenenlebens gewesen war. Im Gegenteil, er hatte sich sogar immer gesträubt, konstant an einem Ort zu bleiben.

»Also, was genau wurde dir klar?«, fragte ich, und mein Herz pochte wild. Ich spürte förmlich, wie sich die feinen Härchen in meinem Nacken aufstellten.

Trent leckte sich die Lippen, und ich beobachtete diesen kleinen Move. Und wollte nichts mehr als diesen vollen, weichen Mund küssen.

»Dazu komme ich gleich noch. Jetzt will ich erst mal wissen, wieso du dachtest, mein Wurzel-Chakra wäre blockiert, hm?« Er kniff die Augenbrauen zusammen.

Ich atmete lange und tief ein, um mir selbst Zeit zum Nachdenken zu geben.»Du bist ständig auf Achse, verbringst praktisch kaum Zeit in deiner Wohnung, und obwohl die super ist, wie ich schon erwähnt habe, gibt es wirklich nichts Persönliches, das dich dort hält. Du bist ein Baseballspieler, der immer auf Reisen ist, und du hast zugegeben, dass du seit dem College keine feste Beziehung mehr hattest. Normalerweise neigen Menschen mit einem blockierten Wurzel-Chakra dazu, flatterhaft zu sein, ohne Sitzfleisch, und sie halten es nie lange an einem Ort aus.«

»Bis jetzt.« Seine Haselnussaugen schimmerten erstaunlich grün.

»Wie das?« Ich hatte Angst, es zu hören, aber er sollte von ganzem Herzen glauben, was ich schon geahnt hatte.

»Jetzt habe ich dich. Ich habe Rowan und Mary. Meine Beziehung zu meinen Eltern war noch nie so gut wie heute, und ich freue mich nicht darauf, wieder auf die Reise zu gehen. Verdammt, ich freue mich nicht darauf, in meinem Bett in meiner kalten Wohnung zu schlafen.«

Ich musste schlucken, die Emotionen versperrten mir die Kehle, als wäre da unten ein Wattebausch hineingestopft worden. »Also, was bedeutet das für dich?«

Ich hielt den Atem an und wartete auf die Pointe, das Ende des Witzes. Trent sagte alles, was ich mir immer erträumt hatte. Kam zu dem Schluss, dass das Leben, das er bisher geführt hatte, nicht mehr lebenswert war. Dass jenseits von all dem Glanz und Glamour ein ehrliches und wahres Leben mit einer Partnerin, einer Familie und einem Zuhause möglich war.

»Es bedeutet, dass ich endlich zu Hause bin. Wo immer du bist, da will ich meine Wurzeln schlagen.«

Ich hielt es nicht mehr aus. »Ich liebe dich auch!« Ein Quieken entfuhr mir. Ich drückte mich nach vorn und setzte mich auf Trents Schoß, in einem Yoga-Separee im Lotus House, hielt sein Gesicht mit beiden Händen fest und bewies ihm meine Liebe mit einem Kuss – einem gaaanz nachhaltigen Lippen-auf-Lippen-Drücken, das alles sagte.

Er liebte mich. Ich liebte ihn. Das waren wir, und wir hatten uns gegenseitig verpflichtet, Wurzeln für eine gemeinsame Zukunft zu setzen.

18. KAPITEL

Das Wurzel-Chakra

Das Wurzel-Chakra mental in Balance zu bringen kann ein komplizierter Prozess sein. Obwohl eine Meditation die Möglichkeit bietet, sich mit einer höheren spirituellen Ebene zu verbinden, die dich natürlich erden wird, kannst du dich nicht immer auf externe Quellen verlassen, um dein Überleben zu sichern. Aber du kannst immer auf die Verbindung mit deinem höheren Selbst vertrauen und/oder an eine höhere Macht glauben, die dich lenkt.

TRENT

Der Weihnachtstag war endlich da. Ich saß schon einen ganzen Monat wie auf Kohlen, der Harper-Sippe dieses Geschenk zu präsentieren, und ich konnte es kaum noch erwarten.

Genevieve schlief fest neben mir in ihrem Bett in dem Berkeley-Haus, das ihr ihre Eltern hinterlassen hatten. Lange Zeit sah ich ihr nur beim Schlafen zu. Die Frau war immer schön, bei Tag oder Nacht, aber in dieser Ruhestellung glichen ihre Gesichtszüge einem Engel. Eine Weichheit, die tagsüber nicht da war, glättete ihre Haut und ließ sie wie feinste Seide schimmern.

Ich kuschelte mich an ihren Rücken, küsste ihren Nacken und wartete auf das verräterische Hmmmen.

»Hmmm«, murmelte sie und drückte ihren perfekten Arsch gegen meine Morgenlatte.

Verdammt. Sie törnte mich jedes Mal so verdammt an. Zwei Wochen schlief ich nun schon in ihrem Bett. Und jeden Morgen besaß sie mit ihrem knackigen, noch schläfrigen Körper die Macht, mich vollkommen fertigzumachen. Ich drehte sie auf den Rücken, schwang ein Bein und einen Arm über sie, stemmte mich über ihr hoch und stützte mich auf den Unterarmen ab, um sie nicht mit meinem ganzen Gewicht zu belasten. Mein Oberschenkelmuskel protestierte, als ich an ihr entlangglitt und dabei die Hüfte hin und her schwang. Ich bewegte mich zwischen ihren Brüsten und sog ihren Duft ein. Eine Mischung aus unserer nächtlichen Dusch-Orgie mit Zitronen-Gel und einer frischen Brise meiner Männerseife verschmolz zu einem berauschenden und verführerischen Etwas.

Langsam glitt ich an ihr hinunter. Schaute sie noch ein letztes Mal an, bevor ich unter die Bettdecke schlüpfte. Sie hatte den Kopf zur Seite geneigt und den Mund leicht geöffnet. Ein kleines bisschen feuchte, warme Luft atmete sie aus, als letzte Schlafreste sie übermannten. Aber das sollte bald aufhören. Mein Plan war, sie mit einem Spitzen-Weihnachtsmorgen-Orgasmus zu wecken – und daraus auch eine neue Tradition zu machen.

Mein Mädchen trug nur Unterwäsche und ein Tanktop, also musste ich nur eines der beiden schmalen Seitenbündchen ihres Spitzenhöschens greifen und konnte es fast spielerisch zerreißen. Ich wiederholte die Aktion auf der anderen Seite, und das Stückchen Stoff lockerte sich und rutschte herunter. Ich packte ihre Knie, zog sie auseinander, um ihre Beine zu spreizen, drückte sie dann hoch und bekam nun völlig freie Sicht in ihren Schritt. Unter der Bettdecke hatte ich zwar wenig frische Luft zum Atmen, aber wozu brauchte ich Luft, wenn ich ein knackiges Prachtweib hatte, das meinen Namen rief?

Als sie mit den Beinen zuckte, wusste ich, dass sie aufgewacht war, aber ich war bereit. Ich hielt sie fest, und schnell wie ein Ninja-Muschi-Lecker presste ich meine Lippen auf ihre Mitte und schmeckte sie, ehe sie auch nur »Guten Morgen« sagen konnte.

»Trent...«

Ich leckte sie rauf und runter und schnellte und stieß mit der Zungenspitze über die harte Perle ihrer Klit.

»Baby ... wow ...«

Ich steckte meine Zunge so weit hinein, wie es ging, um ihren puren Liebessaft zu schmecken. Sie zuckte mit dem Becken, aber ich erlaubte ihr nicht, die Moves zu kontrollieren. Nein, heute Morgen machte ich das allein. Sie sollte jedes Quäntchen Lust genießen und vor Erregung schreien, wenn ich bis zum letzten Tropfen alles aus ihr leckte. Mit zwei Fingern stieß ich in ihre Hitze. Sie bebte am ganzen Körper, als ich mich vortastete und genau die empfindsam pulsierende Stelle fand, die sie so außer sich geraten ließ.

»Oh, mein Gott ...«

Das war die zweite heilige Referenz. Eine dritte, und ich würde diesen süßen Nektar direkt an der Quelle verkosten. Ich hmmmte und verbrachte ein paar Minuten damit, sie tief zu fingern, was sie verrückt machte. Irgendwann rief sie wieder zu Gott, aber diesmal war ich mit dem Kopf über der Bettdecke, während sie ihn mit beiden Händen umfasst hielt. Sie versuchte es, aber sie schaffte es nicht, ihr Becken anzuheben und mein Gesicht zu reiten. Diesmal nicht. Ich drang mit einem dritten Finger in sie ein und bereitete ihr einfach weiter Wahnsinnsgenuss, umschloss ihre Klit mit meinen Lippen, bedeckte sie mit der Zunge und lutschte auf und ab, züngelte und saugte abwechselnd, mal zarter, mal stärker.

Ihre Muschi wurde so geil saftig, ich hörte nur noch meinen schweren Atem und meine Finger rein- und rausglitschen aus ihrem Schlitz, bis sie kam, als ich mit drei Fingern tief in ihr war.

»Oh, mein Gott ...«

Es war Musik in meinen Ohren.

Ich ließ sie zur Erlösung reiten, drängte sie weiter und immer weiter, bis sie völlig verausgabt war. Dann leckte ich die Sahne aus ihr, wirbelte mit der Zunge über ihre geschwollene Klit und schenkte ihr noch einen letzten, weichen Lecker, ehe ich mich auf ihrem Körper nach oben küsste. Als ich an ihrem Tanktop ankam, schob ich es hoch, damit ich mit der Zunge über jeden einzelnen fetten Nippel lecken konnte. Es waren harte, kleine Punkte, etwa so groß wie ein Stift-Radiergummi und rot wie Himbeeren, und ich hatte sie nicht mal berührt. Ich kniff die Augen zusammen und sah mir die erigierten Spitzen an.

»Du hast mit deinen Titten gespielt, Zuckerkirsche.« Ich

brauchte mir nur vorzustellen, wie sie hier oben an diesen geilen Knospen zupfte, und mein Schwanz wurde so hart und scharf, dass man Diamanten damit hätte schneiden können.

Sie murmelte irgendwas Zusammenhangloses, das sich halb wie »musste«, halb wie »keine Wahl« anhörte.

Ich ließ mir Zeit, während ich weiter an ihrem Körper hochglitt, kuschelte mich dann ihre Seite – wo ich es fast so schön fand wie zwischen ihren Schenkeln – und küsste sie auf den Mund. »Frohe Weihnachten, Zuckerkirsche.«

Diesmal gab sie sich mehr Mühe mit dem Antwortkuss.

»Und wie!« Sie blies sich eine Haarsträhne weg, die ihr über die Stirn in die Augen fiel. »Frohe Weihnachten. Soll ich mich revanchieren?« Sie grinste mich auf ihre sinnliche Art an.

Hmmm ... Ich dachte zwei Sekunden lang darüber nach. Das war es nicht, weshalb ich sie geleckt hatte, aber jetzt, wo sie es anbot – wie konnte ich es da ablehnen, wenn mein Mädchen meinen Schwanz mit ihren Lippen umschließen wollte?

»Ho, ho, ho heute wird's was geben, wird sie mir was blasen ...«, antwortete ich singend mit einem schnell selbst ausgedachten Weihnachtslied-Vers.

Sie kicherte und rollte sich dann auf mich. Sie strich mir mit der Zunge über jeden meiner Nippel und biss in die kleinen, flachen Scheiben hinein, bis ich aufstöhnend mit beiden Händen ihren Arsch umfasste. Ich warf einen Blick nach unten, und sie zwinkerte mir zu und küsste sich ihren Weg abwärts über die Hügel und Täler meines Sixpacks, bis sie den schmalen Haarstreifen erreichte, den sie den »Glückspfad« nannte. Ich war voll und ganz für diese Umschreibung, denn wenn meine Frau mit ihren Fingernägeln diesen Pfad entlangkratzte, war ich glücklich und zufrieden.

Sie wollte gerade unter die Bettdecke schlüpfen, da zog ich diese nach oben und weg, warf das Scheißding einfach auf den Boden.

Sie schmollte. »Ich dachte, du würdest wollen, dass ich so inkognito bin wie du.«

»Verdammt, nein! Ich will nichts in der Quere haben, wenn ich die schönste Frau der Welt dabei beobachte, wie sie ihre Lippen um meinen harten Schwanz schließt und mir am Weihnachtsmorgen einen bläst. So werden Erinnerungen gemacht, Zuckerkirsche. Die besten. Nämlich genau die, die wir Jahr für Jahr wieder hervorrufen ...«

In der Sekunde, als sie mit ihrem Mund meine Eichel umschloss, dachte ich nur noch an ihren Mund, ihre Lippen, ihre Zunge und dass dies, verdammt noch mal, das beste Weihnachten war, das ich je gehabt hatte.

GENEVIEVE

»Ich kann nicht glauben, dass du das getan hast.« Kopfschüttelnd sah ich auf den Papierkram vor mir.

Trent verschränkte die Hände vor dem Körper. Er saß neben mir, die Ellbogen auf die Knie gestützt, den Kopf zu mir gedreht.

Ich schnaubte aufgebracht. »Ob es mir gefällt? Natürlich gefällt es mir, aber es ist zu viel. Trent, du hast meinen Studienkredit abbezahlt und die restlichen Semestergebühren für meine Ausbildung als diplomierte Hair & Beauty Artist?«

»Ja. Ich dachte, du wolltest deinen Abschluss machen, und du stehst so kurz davor, Babe. Jetzt kannst du es.« Er zeigte auf eine Zeile auf dem Formular. »Schau mal. Ich habe es schon so für dich arrangiert, dass du im Februar mit dem letzten Semester beginnen kannst. Zur selben Zeit beginne ich auch mit dem Frühjahrstraining, vorausgesetzt mein Bein ist den Anforderungen gewachsen.«

»Es wird so sein«, sagte ich.

Trent grinste. »Wenn du mir hilfst, glaub ich es. Meine Trainer sind schon jetzt total überrascht, wie beweglich ich wieder bin. Das warst alles du, Zuckerkirsche. Dein Yoga und dein Engagement für mich und meine Genesung haben mich dorthin gebracht.«

Ich verdrehte die Augen. »Nein, Baby. Das warst alles *du*. Durch dein engagiertes Mitmachen beim Yoga jeden Wochentag und durch das Einhalten deiner Therapie. Aber du hast das Thema gewechselt!« Ich wusste ja, wie viel die Schule kostete, und bei meinem Studienkredit waren noch fünftausend offen gewesen, die jetzt offenbar abbezahlt waren.

Trent beugte sich vor und umfasste meine Wangen. »Zuckerkirsche, sieh mich an. Willst du wieder auf die Schule und deinen Abschluss machen?«

Ich nickte.

»Und willst du eines Tages deinen eigenen Salon haben?«

Ich nickte erneut.

»Dann Klappe jetzt, und akzeptier das Geschenk.«

Diesmal blickte ich finster.

»Ja, Vivvie. Das ist doch albern. Außerdem möchte ich, dass Trent jetzt unser Geschenk auspackt«, sagte Rowan und rieb sich die Hände.

»Jaa, jaa! Trent, wir haben alle zusammen daran gearbeitet!« Mary klatschte in die Hände und hüpfte in ihren Pantöffelchen auf und ab.

»Na denn, du zeigst uns den Weg.«

Mary deutete auf ein großes Geschenk im Poster-Format neben dem Weihnachtsbaum. Trent beugte sich runter und zerrte an dem Papier, als wäre er ein Fünfjähriger.

Ich machte mir Sorgen um seine Reaktion. Wir hatten nicht viel Geld, also war das Geschenk selbst gemacht. Trent hatte eine weiche Seite, die sich hauptsächlich darin äußerte, dass er mit mir schlief und nett zu meinen Geschwistern und seinen Eltern war, aber ich hoffte, dass er sich durch das Geschenk wie ein großer Teil eines Ganzen fühlte.

Vor ein paar Wochen hatte er mir gesagt, dass er sich endlich bei mir und meiner Familie zu Hause fühlte. Also hatten wir drei in den letzten Wochen heimlich Fotos gemacht, dazu noch die Schnappschüsse genommen, die seine Mutter an Thanksgiving geknipst hatte und ein paar, die wir mal unterwegs mit dem Handy gemacht hatten. Die hatte ich alle ausgedruckt, und wir drei hatten daraus dann ein Poster-Album zusammengebastelt und die Ränder schön ausgestaltet. Die gerahmte Collage enthielt alle Bilder, auf denen er mit uns und mit seinen Eltern drauf war. Ganz im Stil der großen, glücklichen Familie aus Amerikas berühmtester Familien-Sitcom »The Brady Bunch«.

Trent hielt sich eine Hand vor den Mund. »Es … ist … Wahnsinn. Ich meine … wow …« Er hatte die Augen weit aufgerissen, und ihm fiel die Kinnlade herunter, als er die verschiedenen Bilder betastete. »Das ist eins der besten Geschenke, die ich je bekommen habe.«

Freudig quietschend sprang Mary ihm in die Arme. Er drückte sie fest und streichelte ihr übers Haar. Dann stand er auf, und Rowan klatschte ihn auf Männerart mit der Faust ab. Trent ergriff seine Hand und umarmte ihn richtig. Rowan verspannte sich zuerst, doch dann legte auch er die Arme um Trent und drückte ihn fest. Da liefen mir nun die Tränen übers Gesicht.

Seit Dads Tod hatte Rowan diese männliche Bindung gefehlt. Trent hatte sich in den letzten zwei Monaten aufgerafft und Zeit mit Row verbracht, was ihm definitiv geholfen hatte, ein bisschen mehr aus sich herauszukommen, aber das war das erste Mal, seit wir Dad verloren hatten, dass er einen Mann so umarmte.

Ich stand auf und warf mich auch in Trents Arme. »Ich bin so froh, dass es dir gefällt«, schluchzte ich an seinem warmen Hals.

Er drückte mich an sich, küsste mir auf die Wangen und wischte mir die Tränen weg. »Ich liebe es, und ich liebe dich. Jetzt würde ich Rowan gern ein Geschenk machen, aber du musst versprechen, nicht böse zu sein. Das ist mein Geschenk, ein Geschenk von Mann zu Mann. Es würde mir sehr wehtun, wenn du ihm nicht erlaubst, es anzunehmen.«

Oh nein. Ich malte mir alles Mögliche aus. Nach meinem Geschenk und dem Barbie-Traumhaus für Mary, einschließlich vier neuer Barbies, den dazugehörigen Kens, einem Rennwagen und einem Schrank voller Kleider, schien so gut wie alles vorstellbar. Was konnte er für einen bald Siebzehnjährigen ausgesucht haben?

»Row, bist du bereit für dein Geschenk?«

Rowans Augen leuchteten auf. »Klar, Mann.«

Er wollte offensichtlich cool sein, was ihm tatsächlich auch ganz gut gelang.

»Okay, aber dieses Geschenk ist für Weihnachten und deinen Geburtstag zusammen. Ich will nicht, dass deine Schwester mich umbringt, weil ich da etwas übertrieben habe.«

»Ähm ... okay.« Row hatte ein Beben in der Stimme. Sich räuspernd folgte er Trent, als dieser geradewegs zur Haustür ging.

Wir alle drei folgten Trent hinaus und blieben auf der Veranda stehen. Unten in der Einfahrt standen Trents Eltern direkt neben dem alten Ford Mustang unseres Vaters.

»Heilige Scheiße! Dads *Stang*!« Row fuhr sich durchs Haar und zupfte an dem Stufenschnitt. »Das gibt's nicht!«

Er sah zu dem Auto, zu mir, zum Auto und dann zu Trent, der ihm den Schlüsselbund hinhielt.

»Das gibt's doch. Niemand sollte ohne das Auto sein, das sein Dad liebte und bei dem dieser wollte, dass er es später mal bekommen sollte. Stimmt's, Dad?«, brüllte Trent Richtung Garagenvordach, unter dem sein Vater seine Mutter eng umarmt in der frostigen Morgenluft hielt.

»Verdammt richtig, Sohn!«

Ich öffnete und schloss den Mund mindestens fünfmal.

Rowan hingegen schnappte sich die Schlüssel, umarmte Trent, rannte die Verandatreppe hinunter, legte sich der Länge nach auf das Auto und gab ihm eine Willkommens-Umarmung.

Trent kam zu mir herüber, als Mary die Verandatreppe runterrannte, um die Foxes fest zu drücken. Und die nahmen sie sofort liebevoll in die Arme.

»Frohe Weihnachten, Schätzchen. Wir haben noch eine Menge Geschenke für dich«, sagte Joan.

Grinsend verdrehte Richard die Augen. »Hat sie wirklich. Sie war ganz versessen auf euch vier, aber besonders auf dich, Kleines.« Er streichelte Mary übers Haar.

Ich schüttelte den Kopf und unterdrückte einen Schluchzer, während ich meine weihnachtsglückliche Familie beobachtete. Normalerweise war dies einer der schweren Tage, an dem uns unsere Eltern ganz besonders fehlten. Doch heute, mit Trent und seiner Familie, fühlte es sich wie ein Neuanfang für uns an. Wir machten uns eine schöne Zeit mit Menschen, die wir liebten, vergaßen aber auch die nicht, die wir verloren hatten.

»Habe ich das gut gemacht?« Trent schlang von hinten die Arme um mich.

Ich hielt mich an seinen Unterarmen fest, während mein Bruder das Auto küsste und es streichelte, als wäre es eine längst verloren geglaubte Geliebte.

Ich lehnte mich mit dem Rücken an ihn. »Du hast das mehr als nur gut gemacht. Du hast es geschafft.«

»Was geschafft?«, fragte er und küsste mich auf die Schläfe.

»Du hast uns Weihnachten zurückgegeben.«

»Und du hast mir das richtige Leben zurückgegeben. Ich denke, wir sind quitt.« Lachend drückte er mich fester an sich.

TRENT

»Alter, lange nicht gesehen.« Clayton Hart, mein Personal Trainer, ergriff meine Hand und schüttelte sie, und gleichzeitig klopfte er mir auf den Rücken.

Ich lächelte ihn breit an. Wenn ich jemanden meinen besten Freund nennen würde, wäre das Clay. Er war schon seit dem College mein Kumpel, wo wir auch gemeinsam unseren Abschluss gemacht hatten. Er schloss als Jahrgangsbester in den Fächern Sportmedizin und Fitness ab, und ich zog los, um für die Stockton Ports zu spielen. In den letzten fünf Jahren hatten wir uns eigentlich immer mehrmals pro Woche getroffen. Er half mir beim Trainieren und stellte mir einen Essensplan zusammen, mit dem ich mein Gewicht halten konnte.

Ich rieb mir über den Bauch. »Zu lange.«

Clay grinste. »Die ganzen Festtagsessen, hm? Ich habe mich schon gewundert, warum du unser Training in den letzten Wochen verschoben hast. Schön, dass du wieder da bist, Mensch, und dass du wieder so gut aussiehst. Genau genommen ...«, er hielt inne, rieb sich übers Kinn und legte den Kopf schief, »... irgendwie etwas anders.«

»Jaa, zehn Extra-Kilos Truthahn, Rostbraten, die Desserts von Ma und Genevieves Hausmannskost auf den Rippen machen mich weich.« Ich zog mein Sweatshirt aus und ließ mein übliches weißes Tanktop und die Baseballshorts an.

Clay schüttelte den Kopf. »Nee, Alter, da ist noch was anderes. Du siehst gut aus. Wirklich gut. Keine Ringe unter den Augen.« Er zupfte an der Haut meines Unterarms. »Die Haut wirkt schön und elastisch, hydriert, und du guckst nicht so finster.« Er lachte leise und atmete schnaufend aus. »Ich bin auch nicht traurig, diese saure Miene nicht mehr zu sehen, das steht mal fest.«

Ich ging aufs Laufband, und Clay stellte die Geschwindigkeit ein. Ich hatte keine Probleme mit dem Bein, also veränderte er die Steigung und erhöhte die Belastung.

Er justierte die Laufmatte und drückte noch weitere Knöpfe.

»Dein Bein macht sich gut, läuft, Alter. Hätte nicht gedacht, dass du Anfang Januar schon so weit bist. Hatte es zwar gehofft, aber da du mir abgesagt hast, dachte ich, du würdest dich im Selbstmitleid suhlen. Scheint aber nicht der Fall zu sein.«

Ich spülte den Mund mit etwas Wasser aus und schluckte.

»Nö. Alles gut, Alter, wirklich gut.«

»Ja, *jetzt* sehe ich es auch. Und, was hast du so getrieben? Jede Nacht eine andere Braut?« Er wackelte mit den Augenbrauen.

Ich seufzte und guckte finster.

»Aha, da ist das Stirnrunzeln. Es ist wieder da. Sorry, Alter, wollte dich nicht ärgern. Was ist denn los?« Clays blaue Augen wurden weicher, als er sich gegen das Laufband lehnte.

»Ich treffe mich nur noch mit einer Frau. Bin eigentlich fest mit ihr zusammen.«

Clay sah mich an, als hätte ich ihm gerade gesagt, dass ich die Profiliga verlassen wollte. »Du? In einer Beziehung?«

»Ja, ich. Und was ist mit dir?«

Kopfschüttelnd grinste er. »Ist sie schwanger?«

»Nein!«, sagte ich viel zu schnell und erinnerte mich sofort an die paar Wochen nach Thanksgiving, als wir dachten, sie könnte es sein. Irgendwann sagte sie, sie hätte ihre Periode bekommen, und das war's. Ich wollte ihm nicht eingestehen, dass ein Teil von mir sich wünschte, sie wäre es gewesen. Ich könnte mir schon definitiv vorstellen, einen kleinen Trent oder eine kleine Genevieve hier rumlaufen zu sehen.

»Was ist dann los?«

»Genevieve ist was anderes, Alter. Sie ist wunderschön, eine Yogalehrerin.« Ich grinste. »Kümmert sich um ihre Familie, arbeitet hart, bettelt nicht um jeden Scheiß, und aus irgendeinem verrückten Grund liebt sie mich.«

304

Mit ein paar Tastendrucken stoppte ich das Laufband und wischte mir den Schweiß von Gesicht und Hals. Clay führte mich zu den Gewichtsmaschinen. Ich setzte mich auf die Bank. Er rieb sich über die Haare und sah sich um. »Schön für dich. Ich freu mich. Aber denkst du wirklich, dass dir eine Frau reicht? Ich meine, du hast jede Menge Fans und Groupies, davon abgesehen auch schon eine ganze Reihe Herzen gebrochen.« Clay stellte die Gewichte ein.

Ich zog die Hantelstange herunter, um meinen Rücken zu trainieren. »Genevieve reicht mehr als genug. Ehrlich, sie ist der Grund, warum es mir so gut geht. Sei mir nicht böse.«

Clay lachte. »Kein Problem. Ich dachte mir schon, als du Yogalehrerin sagtest, dass du tatsächlich in die Unterrichtsstunden gegangen bist.«

Ich nickte. »In jede einzelne. Der Scheiß ist kein Spaß. Gewichte zu stemmen und auf dem Laufband zu laufen ist wesentlich einfacher. Aber Yoga? Das ist nichts für Schwache.«

»Gefallen dir die Kursangebote?«

»Ich mag ihr Angebot.« Ich feixte.

Mit einem leisen Lächeln im Gesicht schüttelte er den Kopf.

»Die bieten da massenweise an, und ob du es glaubst oder nicht, in den meisten Klassen sind dreißig bis vierzig Prozent Männer, was ich auch nicht erwartet hätte. Ich dachte immer, Yoga wäre nur was für Frauen, aber es gibt da auch eine Menge Typen, die Kurse geben oder dran teilnehmen. Du solltest dir das ansehen.«

Clay hantierte an den Gewichten und legte noch mehr auf.

»Das mache ich. Ich habe schon öfter überlegt, was ich anderes machen könnte. Personal Training ist toll, und die Bezahlung bei Promi-Kunden ist der Hammer, aber manchmal möchte ich einfach nur chillen, verstehst du? Geistig entfliehen.«

Ich folgte Clay zur Bauchmuskelmaschine. »Versteh ich total. Zuerst dachte ich, es würde einfach werden, aber Yoga pusht dich unheimlich, physisch und mental. Bietet mir auch ein gutes Stretching. Natürlich bekomme ich Privatstunden von Genevieve, das kommt noch dazu.« Grinsend leckte ich mir über die Lippen.

»Langsam nervst du, Alter.« Diesmal guckte Clay finster.

»Wieso? Hast du noch nie daran gedacht, mal irgendwo sesshaft zu werden?« Ich nahm Clays Körperhaltung ein.

Er achtete auf sich, und das machte sich auch bemerkbar. Er schien kaum Fett zu haben, und die Frauen fühlten sich von ihm angezogen, klar. Normalerweise bedeutete das auch, dass ein Kerl gut aussah, aber darüber hatte ich nie viel nachgedacht. In der Regel reagierte das andere Geschlecht auf mich genauso. Wenn wir beide irgendwo draußen waren, hieß es »Zurücktreten«. Die Ladys kamen in Scharen.

»Ist es das, was du machst?« Er feixte.

Ich tippte mir aufs Kinn. »Genau, Alter, das mache ich. Mit Genevieve passt es jetzt für mich. Ohne Scheiß. Ich muss nur die Auswärtsspiele schaffen und meinen Schwanz in Schach halten. Und du?«

Achselzuckend legte Clay sich ein Handtuch über die breiten Schultern. Die schwarzen chinesischen Schriftzeichen längs auf der Außenseite seines linken Arms waren von feinem Schweiß bedeckt, der im Licht der Neonröhren leicht glänzte. Wahrscheinlich hatte er schon trainiert, bevor ich kam.

Er atmete tief ein und langsam wieder aus. »Ich würde gerne irgendwo sesshaft werden, eine Familie gründen, aber ich habe das ja schon mal probiert, und du erinnerst dich, wie beschissen es gelaufen ist. Ich weiß nicht, ob ich so schnell schon wieder das Vertrauen für eine zweite Runde in der Abteilung Liebe habe.« Er fuhr sich durch das stoppelig geschnittene blonde Haar.

»Das versteh ich.« Ich stand auf und packte ihn an der Schulter. »Wenn du es mal wieder versuchen willst, sag mir Bescheid. Genevieve arbeitet da mit einer Reihe heißer Bräute im

Lotus House-Yogacenter zusammen. Wirklich, Alter, die sind echt der Knaller und alle süß wie Kirschtörtchen.«

Clay stöhnte. »Jetzt klingst du wieder wie ein Arschloch. Komm schon, lass uns deinen Kuchenbauch abarbeiten und dich für das Frühlingstraining vorbereiten. Wir haben noch Zeit für ein Personal Training zwischendurch, oder?«

»Scheiße, ja. Ich muss in Topform bleiben. Ich habe einen Vertrag zu erfüllen und eine Frau zu befriedigen.«

19. KAPITEL

Die Stellung des Kindes
(Sanskrit: Balasana)

Die Kind-Haltung ist die primäre Ruheposition im Yoga. Sie wird in fast jeder Yogastunde dazu verwendet, um dem Körper und dem Geist einen Moment der Ruhe zu geben. Normalerweise hältst du in dieser Stellung die Arme lang vor dir ausgestreckt auf der Matte, aber als Abwandlung kannst du die Arme auch unter dich stecken. Knie dich hin, die Knie breit auseinander. Leg dich mit dem Oberkörper zwischen deine angewinkelten Beine, und ruhe mit der Stirn auf der Matte. Streck die Arme lang aus oder steck sie unter.

GENEVIEVE

Die *Nurse Practitioner* für Familien- und Geburtshilfe betrat den komplett weißen Raum und schüttelte mir die Hand. »Ich bin Tammy, und ich werde die jährliche Untersuchung bei Ihnen vornehmen.« Die große Brünette lächelte und wusch sich die Hände. Sie war größer als ich, ungefähr eins achtzig. Ihre Haare waren im Nacken kurz geschnitten. Ein paar coole Ohrringe aus mundgeblasenem Glas baumelten an ihren Ohren. Die Farbtöne und Schattierungen in dem Glas passten perfekt zu der lila umrandeten Brille, die sie auf ihrer kurzen Stupsnase trug. »Sie haben auf dem Anmeldebogen angegeben, dass Sie an einer Verhütung interessiert sind? Verwenden Sie jetzt irgendetwas?«

»Nur Kondome. Ich hatte bis vor kurzem keinen langfristigen Bedarf.«

»Und Sie haben da die Pille im Blick?«

Ich nickte und schlenkerte mit den nackten Beinen. Quasi unbekleidet, nur mit einem seltsamen Papierumhang und einem Papiertuch über der unteren Hälfte auf der Untersuchungsliege in einer Arztpraxis zu sitzen und dabei mit einer Fachkrankenschwester über Verhütung zu reden war unangenehm. Ich hätte mich lieber vor oder nach der Untersuchung darüber unterhalten. Ich konnte mich kaum auf etwas anderes konzentrieren als darauf, dass sie gleich ganz nah an meiner Mumu sein würde.

»Wann hatten Sie Ihre letzte Periode?«

»Die müsste ich jetzt jeden Tag bekommen.« Ich warf einen Blick auf den Kalender auf der anderen Seite des Zimmers.

»Eigentlich bin ich normalerweise ziemlich regelmäßig. Ich hätte sie jetzt vor zwei Tagen bekommen sollen, aber das ist nicht ungewöhnlich, oder? Letzten Monat war ich eine Woche überfällig, was mir schon Angst gemacht hat, weil mein Freund und ich leichtsinnig waren.«

Die Frau verengte die Augen. »Sie waren also letzten Monat eine Woche überfällig und sind es jetzt schon wieder? Haben Sie normalerweise ungeschützten Sex?«

Ich war ganz angespannt. »Nein. Überhaupt nicht. Eigentlich habe ich nach einer dreijährigen Durststrecke erst vor kurzem wieder angefangen, Sex zu haben. Mein Freund und ich hatten nur einen Patzer-Tag, aber es ist alles gut gegangen. Ich hatte eine leichte Periode, obwohl die spät war.«

»Haben Sie einen Schwangerschaftstest gemacht?«

Ich zog den Umhang vor der Brust enger zusammen, schüttelte den Kopf und biss mir auf die Lippe. »Nein, weil ich ja meine Periode hatte.«

»Hmmm. Dann wollen wir uns das mal ansehen.«

Nach etwa fünf als ausgesprochen unerfreulich empfundenen Minuten zog die Fachkrankenschwester schließlich ihre Handschuhe aus und tätschelte mir das Knie.

»Genau wie ich dachte.« Im Aufstehen biss sie sich auf der Lippe herum.

Ich schaute mich im Zimmer um, während sie sich die Hände wusch und sich schließlich an den Arbeitstisch lehnte.

»Genevieve, Sie sind definitiv schwanger. Wenn es stimmt, was Sie mir über Ihre Periode gesagt haben, dann sind Sie, schätze ich mal, in der achten Woche. Aber um sicherzugehen, müsste ich Sie nach nebenan bitten. Ich gebe Ihnen einen Moment, um sich zu sammeln, und dann sehe ich Sie drüben in Raum zwei. Okay?« Ihre Augen wirkten irgendwie gütig, als sie mir noch mal das Knie tätschelte.

»Schwanger«, flüsterte ich.

Sie blieb stehen, die Hand am Türgriff.

»Aber ich hatte meine Periode. Das ergibt keinen Sinn.« Die Welt vor meinen Augen begann dunkler zu werden und unschärfer. Mein Herz wummerte in einer Tour in meiner Brust wie eine Basstrommel. Ich spürte, wie sich ein leichter Schweißfilm an meinem Haaransatz bildete, und ich hatte Angst, in Ohnmacht zu fallen. Das konnte nicht sein. Es konnte einfach nicht sein. Ich schüttelte den Kopf. Tränen trübten mir die Sicht und liefen dann über meine Wangen.

»Viele Frauen haben in den ersten ein bis zwei Monaten eine Periode. Es könnte auch eine Einnistungsblutung gewesen sein. Wir werden mehr wissen, wenn wir den Ultraschall machen.«

Tränen strömten mir übers Gesicht. Ich war mir nicht sicher, ob es Glückstränen oder traurige Tränen waren. Es waren definitiv hysterisch ausgeflippte Tränen. Was würde Trent sagen? Letzten Monat hatten wir uns das erste Mal unsere Gefühle eingestanden. Insgesamt waren wir erst drei Monate zusammen, und jetzt wuchs ein Leben in mir – ein Stück von ihm und ein Stück von mir. O Gott. Ich hielt mir die Hand vor den Mund, als ich den Schluchzern freien Lauf ließ.

* * *

Bewaffnet mit einer Handvoll Ultraschallbilder meines sechs Wochen und vier Tage alten ungeborenen Babys, einer Tasche voller Broschüren für eine frischgebackene werdende Mutter und einer Monatsration pränataler Vitamine ging ich die kühle Berkeley Street hinunter. Ziellos. Ich hatte keine Ahnung, was ich tun oder wohin ich gehen sollte. Das Einzige, woran ich denken konnte, war, wie Trent diese Information aufnehmen würde. Würde er sich freuen? Wütend sein? Als es passiert war, hatte er gesagt, dass wir gemeinsam die Folgen tragen und Eltern sein würden, aber das würde jeder Mann sagen, wenn er gerade bei einer Frau leichtsinnig gewesen war. Meinte er es wirklich so?

Mein Handy piepte in meiner Tasche.

An: Genevieve Harper
Von: Scharfer Baseballer
Geh mit meinem Kumpel Clay in den Pub Handicap, wollen mal wieder ein bisschen reden und ein paar Bierchen zischen. Warte nicht mit dem Essen auf mich. Bis heute Abend, Zuckerkirsche. Sei nackt. ;-)

Handicap. Oh Mann, der Name passte irgendwie zu dem aktuellen Problem in unserem Leben, obwohl mich das jetzt auch nicht schlauer machte. Aber zumindest kam ich langsam wieder in die Gänge und machte mich auf den Heimweg, um das Abendessen für die Familie zu kochen und mir zu überlegen, was und wie ich Trent von dem Baby erzählen wollte.

TRENT

Der Tisch schwankte, als Clay und ich unseren dritten Shot Patrón Silver runterkippten. Die Ecke, in der wir saßen, stand schon voller leerer Bierkrüge. Bisher lieferten wir uns ein Kopf-an-Kopf-Saufen, obwohl er geschworen hatte, dass er mich jeden Tag der Woche unter den Tisch trinken könnte. Ich nahm die Herausforderung an und machte sogar noch eine Geldwette daraus. Ein Hunderter für jeden, und der Verlierer bekam den Titel *Milchtrinker.*

Einige der Jungs aus der Mannschaft schlenderten herein. Wir spielten Billard, tranken ein Bier, tranken einen Kurzen und wiederholten das Ganze. Wir hatten jeder vier Bier und vier Shots intus, und ich fühlte mich richtig gut.

»Hey, Foxy, schon 'ne Weile her, dass ich dich hier draußen hab herumspazieren sehen«, hörte ich eine heisere Stimme hinter mir sagen.

Bevor ich mich umdrehen konnte, hatte mir DawnMarie einen Arm um die Schultern gelegt und wanderte langsam mit einer Hand einen meiner Oberschenkel hoch.

DawnMarie war groß und schlank und hatte zwei gigantische Fake-Titten, die mächtig gut an ihr aussahen. Ich war mir sicher, sie hatte ein hübsches Sümmchen dafür hingeblättert, dass diese Saugäpfel so gut aussahen. Ich hatte in meinem Leben schon ein paar gesehen, und ihre waren schön kompakt. DawnMarie – alles in einem Wort, alles ein Name. Ich wusste das, weil sie mich eines Nachts, als wir Spaß miteinander hatten, dazu gebracht hatte, ihn mit schwarzem Marker quer über mein Sixpack zu schreiben. Tatsächlich hatten wir im Laufe der Jahre etliche spaßige Nächte gehabt. Sie war ein Mannschafts-Groupie. Folgte uns von Ort zu Ort und ging dann mit dem Spieler ins Bett, auf den sie gerade Bock hatte. Sie ließ sich verdammt gut ficken, war sehr aufmerksam und eine super Schwanzlutscherin.

»Hi, DawnMarie, könntest du bitte deine Hand da wegnehmen?«, lallte ich stirnrunzelnd.

»Warum sollte ich so was Blödes machen? Wenn ich mich richtig erinnere, mochtest du die Dinge sehr, die ich mit dieser Hand anstellen kann.«

Ich kicherte betrunken und sah runter. Sie krallte mir ihre leuchtend roten Fingernägel förmlich in den Oberschenkel, und ich wurde daran erinnert, dass es nicht die zartweißen Hände meiner Zuckerkirsche waren – die Frau, die richtig angepisst wäre, wenn sie sehen würde, wie diese Braut an ihrem Mann klebte.

»Sorry, Darling, ich bin jetzt ein Mann für nur eine Frau, und ich habe auch vor, es dabei zu belassen.«

DawnMarie lachte spöttisch, presste ihre falschen Titten gegen meine Brust und leckte an meinem Hals entlang. Ich konnte nichts dafür. Mein Schwanz reagierte und verhärtete sich schmerzhaft in meiner engen Jeans.

Sie knabberte an meinem Ohr. »Ich wette, ich könnte diese Nur-einer-Frau-treu-sein-Regel mit einem Mal ändern.« Sie biss hinein und zupfte daran.

Es fühlte sich gut an, doch nicht so gut, wie wenn mein Mädchen mich dort berührte und küsste.

Der Alkohol wirbelte mächtig durch meinen Bauch, als ich zusammenzuckte und blinzelte.

Gerade als ich DawnMarie sagen wollte, dass sie verschwinden soll, drehte ich den Kopf – und die schönste Frau der Welt kam mir ins Visier. Und dann konnte ich sie nicht mehr sehen, weil ein klebriges Lippenpaar auf meinem lag und ich von einer Frau geküsst wurde, die irgendwie nach Fassbrause schmeckte. Ich versuchte, sie wegzustoßen, aber DawnMarie hielt sich fest. Verdammt, die Bitch war stark. Ich schüttelte den Kopf, aber sie sah das als ihre Chance, ein Bein über meins zu schlingen und mir auf den Schoß zu hüpfen.

»Ich fass es nicht!«

Kaum klingelten mir Genevieves Worte in den Ohren, da ergoss sich auch schon ein Schwall eiskaltes Bier direkt über meinen Kopf und von dort hinunter in den Kragen meines Hemdes, auf meine Brust und überall auf DawnMarie, die so schnell von mir heruntersprang, dass ich alles nur noch verschwommen wahrnehmen konnte, als sie losschrie.

»Du verlogener und betrügerischer Widerling! Und dabei hatte ich Angst um dich! Hab schon die ganze Nacht auf dich gewartet, weil ich was Dringendes mit dir zu bereden habe, obwohl ich morgen früh unterrichten muss. Und jetzt bist du hier. Um Viertel vor zwei. Mit deinem Mund auf diesem … diesem … Flittchen!«

»Zuckerkirsche, bitte. Hör mir zu.« Ich klang irgendwie komisch beim Sprechen, so als hätte ich den Mund voller Murmeln.

»Nein, nenn mich nicht so. Ich bin nichts für dich. Nichts als die Frau, deren Herz du gebrochen hast. Die Frau, deren Leben du durcheinandergebracht hast. Und die Frau, die mit deinem Baby schwanger ist!« Ihr versagte die Stimme.

Eine weitere kalte Dusche wurde über mich gekübelt, als ihre Worte mich trafen. Ich bekam Gänsehaut auf den Armen, und mein Magen krampfte schmerzhaft.

»Ich muss kotzen«, murmelte ich, konnte mich aber nicht bewegen. Ich konnte nicht einmal die Worte bilden, um auf das zu antworten, was sie gesagt hatte. Die Biere und die Tequilas, die ich nach dem Trainieren auf nüchternen Magen getrunken hatte, buhlten um Aufmerksamkeit.

Das Letzte, was ich sah, war Clay, der meiner feurigen, blonden Göttin beide Hände vorhielt.

»Du verstehst nicht. DawnMarie hat nur rumgespielt …«

Clay versuchte es, konnte Genevieve aber nicht zur Vernunft bringen.

Vermutlich, weil er so betrunken war wie ich, nur dass er sich bei unserer Ankunft noch schnell eine Mahlzeit reingezogen hatte, während ich auf das Essen verzichtet hatte, um noch ein bisschen mit meinen Mannschaftskameraden rumzuquatschen. Falsche Entscheidung. Hierherzukommen, anstatt nach Hause zu meiner Frau zu gehen. Fuck. Ich hatte alles versaut.

»Nimm deine Hände von mir. Und du …«, Genevieve zeigte auf DawnMarie, »… kannst ihn haben!« Sie schnappte tief nach Luft, während ihr Tränen übers Gesicht liefen, und dann drehte sie sich um und stürmte aus dem Lokal.

Ich wollte ihr hinterher, aber meine Schuhe waren mit Beton gefüllt. Jeder Schritt fühlte sich schwerer und härter an als der nächste.

»Genevieve!« Ich brüllte, als ich nach vorne fiel, mit dem Kopf auf den Tisch schlug und auf etwas Hartes und Nasses traf, das nach abgestandenem Bier roch.

GENEVIEVE

»Genevieve, ich komme rein!«

Im ersten Moment zuckte ich zusammen, weil ich dachte, es wäre Trent, der meine Tür eintreten wollte, aber er war es nicht. Es war Amber, meine beste Freundin auf der ganzen Welt. Gott sei Dank. Sie kam ins Zimmer und rümpfte die Nase. Ich setzte mich auf und wischte mir schniefend mit dem Unterarm übers Gesicht.

Ganz ernst und lieb guckend, setzte sie sich neben mich und legte mir den Arm um die Schultern.

In einem solchen Gefühlschaos hatte ich das letzte Mal gesteckt, als meine Eltern starben. Das war jetzt nicht so, aber es war auch eine Art Todesfall. Der Todesfall einer Beziehung und einer Zukunft, die ich mir mehr als alles andere gewünscht hatte. Und noch schlimmer war, dass der Beweis für diese mögliche Zukunft sicher und warm in meinem Bauch nistete.

Ich versuchte, stark zu sein. Versuchte einfach, sie anzusehen wie an anderen Tagen, an denen ich mir nicht den ganzen Abend die Augen so sehr aus dem Kopf geweint hatte, dass mir die Nase brannte und meine Kehle ganz rau war, aber das schaffte ich nicht. Nicht jetzt. Nicht mit dem, was ich wusste, und schon gar nicht vor meiner besten Freundin.

Es schüttelte mich regelrecht am ganzen Körper, und meine Lippen zitterten. Die Tränen rannen mir über die Wangen und bedeckten Trents Kapuzenjacke, in die ich mich bei meiner großen Weinerei gestern Abend eingemummelt hatte.

»Mein Gott, Viv, was ist los? Ist es Trent?«

Ich stammelte ein unverständliches Ja heraus.

»Ja, es geht um Trent?«

Ich konnte kaum atmen, also nickte ich einfach und ließ die Tränen strömen. Mir lief die Nase, und ich wischte die Tränen weg und zog wieder den Rotz hoch, während ich versuchte, Luft zu bekommen. Trauer und Wut waren wie zwei Wände, die auf mich einstürzten, während ich versuchte, Atem zu holen.

»Oh nein, hat er mit dir Schluss gemacht?«

Ich schüttelte den Kopf und weinte noch mehr, das Schluchzen schüttelte jetzt meinen ganzen Körper. Ich zog die Beine an die Brust, schlang die Arme darum, und legte den Kopf auf die Knie, um dort mein Gesicht ein bisschen zu verbergen.

Amber streichelte mir über den Kopf und fuhr mir mit den Fingern durch mein unordentliches Haar. »Hast du mit ihm Schluss gemacht?« Sie klang sanft und heiter – die tröstlichste Stimme auf der ganzen Welt, seit meine Mutter nicht mehr da war.

Ich nickte. »Ja.« Ich hustete und weinte weiter, steckte den Kopf nach unten und ließ alles raus.

Ein paar Minuten ließ sie mich weinen, während sie mich weiter tröstete und mir leise, aufmunternde Worte zuflüsterte. Irgendwann brauchte sie mehr Informationen.

»Okay. Also dann, warum bist du so verzweifelt?« Langsam hob sie eine Hand und schlug sie vor den Mund. »Oh nein!«

Nickend schob ich die Unterlippe vor, fast wie einprogrammiert.

»Er hat dich betrogen?«, fragte sie keuchend.

Ich nickte erneut. Meine Lippe zitterte, und ich schluckte reichlich, während ich versuchte, alles bei mir zu behalten, wobei mit »alles« mein Verstand und mein karges Mittagessen von gestern gemeint waren. Mein Magen krümmte sich nämlich schon zusammen und rebellierte, weil er zu wenig Essen bekommen hatte.

»Dieser niederträchtige Dreckskerl! Ich fass es nicht, dass er das getan hat. Es tut mir so leid. Gott sei Dank hast du es jetzt rausgefunden, schon nach wenigen Monaten mit ihm und nicht erst nach einem Jahr. Oder schlimmer noch: nachdem du ihn geheiratet und Kinder von der Pfeife bekommen hast.« Stirnrunzelnd schüttelte sie den Kopf.

Ich antwortete nicht. Konnte es nicht. Starrte nur in ihr süßes Gesicht, auf ihre langen braunen Haare und in ihre lieben grünen Augen.

Bis darin ein wissendes Funkeln aufflackerte und sie mich mit schiefem Kopf musterte. »Sag mal, verschweigst du mir etwas?«

Ich leckte mir die Lippen, setzte mich auf und schob mir das zerzauste, ungewaschene Haar aus dem Blickfeld. »Ich habe gestern herausgefunden, dass ...« Ich konnte nicht mal die Worte bilden. Himmel, das war noch schwieriger, als ich gedacht hatte.

Amber ergriff meine beiden Hände und hielt sie zwischen uns. »Alles. Du weißt, du kannst mir alles sagen. Wir sind schon immer beste Freundinnen gewesen. Egal, was passiert. Versprochen.« Sie beugte sich runter und küsste mir die Hände. »Jetzt sag schon. Du machst mir eine Wahnsinnsangst.«

Ich atmete durch, zweimal ganz tief, und dann sagte ich ihr die harte Wahrheit direkt ins Gesicht: »Amber, ich bin schwanger.«

»Oh, das ist nicht so schlimm ... schau ... Du fängst dich schon wieder. Moment ... *was?*« Sie zerquetschte mir fast die Hände.

»Du tust mir weh!« Ich entzog ihr meine Hände.

Es war eine Flut von Emotionen, die urplötzlich Ambers Gesicht überrollte, wie eine Tsunamiwelle eine karge Küstenlandschaft. Schock. Glück. Verwirrung. Angst. Und danach ... Wut. Sie stand auf, legte die Hände auf die Hüften und fing an, auf und ab zu gehen. »Dieser fiese, gemeine, dreckige, widerliche Straßenköter! Ich kann es *nicht* fassen. Er hat dich geschwängert und dann betrogen! So ein Arsch! Nun, weißt du was?« Sie drehte sich um, die Hände in den Hüften wie eine Mädchen-von-nebenan-Version von Wonder Woman. »Du wirst den Arsch ausnehmen wie eine Weihnachtsgans. Du sagtest, er ist superreich, oder?«

»Ja, aber …«

Sie schüttelte den Kopf und schnitt die Luft förmlich mit der Hand auseinander. »Ich habe Männer so satt, die die Nettigkeit von Frauen ausnutzen. Wenn's sein muss, lassen wir einen Vaterschaftstest machen. Zeigen denen genau, wer den kleinen Engel gezeugt hat. Mein Gott …« Sie fuhr sich durchs Haar. »Das ist doch verrückt. Geht's dir gut? Was hat die Ärztin gesagt?«

Ich zuckte die Achseln. »Alles gut. Das ungeborene Baby ist sechs Wochen und vier Tage alt …, na ja, jetzt schon fünf Tage. Das Herzchen schlug gut. Richtig schnell.« Ich musste schlucken. »Möchtest du es sehen?« Ich wollte jemandem die kleine Erdnuss in mir zeigen.

»Aber hallo, klar will ich es sehen. Ich bin die beste Tante, egal, was passiert. Und denk einfach daran, dass ich mich in dieser Hinsicht um den kleinen Jungen oder das kleine Mädchen kümmern kann.« Sie lächelte.

Ich zog sie in meine Arme. »Danke. Danke, dass du mich liebhast. Mich nicht verurteilst.« Ich schniefte. Ich wollte nicht, dass die Tränen wiederkamen.

Amber drückte mich fest. »Honey, ich würde dich nie verurteilen. Nur weil ich noch Jungfrau bin, heißt das nicht, dass ich diejenigen verurteile, die sich für Sex entscheiden. Und ganz bestimmt verurteile ich dich nicht dafür, dass du schwanger geworden bist. Manche Dinge passieren einfach spontan. Ich verstehe das. Ich mach mir nur Sorgen um dich.«

Ich stieß den Atem, den ich angehalten hatte, langsam wieder aus. »Ich mache mir auch Sorgen um mich. Das ist schon eine ziemliche Verrenkung für meinen Fünfjahresplan. Und ich war gerade wieder einigermaßen auf die Füße gekommen, was das Haus angeht, die ganzen Rechnungen, und nächsten Monat sollte ich meine Ausbildung wiederaufnehmen. Das kann ich jetzt nicht mehr. Auf seine Kosten … bäh.«

Ich lag wieder auf dem Bett und rieb mir den Bauch. Ich war

so angespannt, dass ich das Gefühl hatte, nur noch ein Bündel freiliegender Nerven zu sein. Alles tat mir weh.

Amber legte sich neben mich. »Ich verspreche dir, für dich und das Kleine da zu sein«, sagte sie und legte sich die Hand aufs Herz.

Die Tränen kehrten mit aller Macht zurück und strömten mir die Wangen hinunter. »Du darfst für mich da sein, versprochen, und ich werde dich auch um Hilfe bitten, wenn ich welche brauche.« Ich legte mir auch die Hand aufs Herz.

»Ich liebe dich, Vivvie. Du bist die Schwester, die ich nie hatte.«

»Du bist meine Schwester im Geiste, meine Seelenverwandte, Amber.«

Sie prustete und kicherte. Während ich so dalag, meine beste Freundin neben mir, sah ich es als mein Schicksal an, akzeptierte es als Gottes Plan. Ich wusste nur nicht, warum der so grausam sein musste. Zumindest hatte ich bei allem die Liebe meiner Geschwister und meiner besten Freundin. Ich hatte einmal gedacht, dass Trent und seine Familie ein Teil davon sein würden, und vermutlich würden sie es auch irgendwann, nur in einer anderen Eigenschaft.

Ich rieb mir den Bauch und massierte den tiefen Schmerz in mir weg, der aber mehr von dem Riss in meinem Herzen herrührte, als von dem kleinen Leben, das in mir wuchs.

20. KAPITEL

Das Wurzel-Chakra

Wenn dein Wurzel-Chakra geöffnet und in Balance ist, wirst du dich in deiner Welt sicher fühlen. Die üblichen täglichen Aufgaben scheinen mühelos, und du wirst deinen Tag in aller Ruhe verbringen. Du solltest keine Zweifel oder Bedenken über deinen Platz in der Welt haben. Du wirst dich in deinen Beziehungen beschützt und sicher in deinen Finanzen, deiner Karriere und deiner Zukunft fühlen.

TRENT

»Wach auf, du elender Mistkerl!«, donnerte eine Stimme direkt über meinem Gesicht. Regentropfen sprühten auf meine Haut, Tröpfchen sammelten sich im Augenwinkel.

War ich draußen?

Ich blinzelte ein paarmal und versuchte, die Augen zu öffnen. Es war so hell im Zimmer, als würde mir jemand mit einer Taschenlampe direkt in die Augen leuchten. Ich schirmte das Licht mit der Hand ab und versuchte, mich aufzurichten. Der Raum drehte sich, und der Kopf tat mir weh, als hätte ich mich geprügelt und verloren. Großartig.

»Alter, steh auf. Es ist drei Uhr nachmittags. Hier hat einer Abbitte zu leisten, aber ganz schwer.«

Ich erkannte die Stimme.

»Clay?« Meine Stimme klang dünn und heiser, so als hätte man meine Stimmbänder durch einen Fleischwolf gedreht.

»Jep, Mann, steh auf.« Das Bett wackelte um mich herum. »Himmel, bist du ein Milchtrinker!«

Er bewegte weiterhin das Bett, und wenn er so weitermachte, würde ich ihn noch vollkotzen. Geschah ihm nur recht, wenn er mich aus dem Bett schmeißen wollte, obwohl es mir so absolut dreckig ging.

»Alter, verpiss dich! Ich brauche Schlaf. Scheiße, wo ist Genevieve? Meine Zuckerkirsche kriegt das alles wieder hin«, murmelte ich, drehte mich um und drückte das Gesicht in ein Kissen, das nach Waschpulver roch statt nach Zitronen-Duschgel. Wenn

ich meine Gehirnzellen so koordiniert hätte, dass sie meine Ge-
sichtsmuskeln bewegen könnten, hätte ich geschmollt. »Lass
mein Mädchen etwas für mich machen, was den Scheiß aufsaugt,
der in meinem Magen Wellen schlägt, ja?«

Es kam keine Antwort.

»Wo steckt sie überhaupt?« Ich schlug ein Auge auf und
schielte in den Raum.

Clays Gesicht tauchte seitlich und in Betthöhe auf. »Sie ist
nicht da. Du bist in deiner Wohnung. Wir sind mit dem Taxi
hierher und haben uns auf die Couch gehauen. Erinnerst du dich
an nichts mehr von letzter Nacht?«

Der Akt des Denkens ließ meinen Kopf lostrommeln wie den
Trommler einer Marschkapelle. Bruchstückhafte Erinnerungen
an die letzte Nacht blitzten in meinem Bewusstsein auf.

*DawnMarie drückte ihre falschen Titten an meine Brust und
leckte mir den Hals entlang.*

Genevieve schrie.

Ich fass es nicht.

Du verlogener, betrügerischer Widerling!

Flüssigkeit ergoss sich über meinen Kopf.

*Ich bin nichts für dich. Nichts als die Frau, deren Herz du gebro-
chen hast.*

Schwanger mit deinem Baby.

Die Welt drehte sich und wurde schwarz.

»Scheiße, Clay. Ich bin so was von am Arsch.« Ich rieb mir
mit einer Hand übers Gesicht und versuchte verzweifelt, Licht
ins Dunkel zu bringen.

Clay setzte sich aufs Bett und klopfte mir auf die Schulter.

»Ja. Ja, das bist du. Sollen wir Abbitte leisten gehen?«

»Fuck, ja.« Ich rieb mir mit den Fäusten die Augen und auch
noch mal übers Gesicht, wobei die Stoppeln der Nacht unter meinen Händen kratzten. Ein übler Geruch stieg mir in die Nase, als
ich den Arm hob. Ich drehte den Kopf, schnupperte an meiner

Achsel, und eine krasse Duftwolke von Bier und Tequila schlug mir entgegen. »Zuerst muss ich duschen.«

* * *

»Mach auf! Ich weiß, dass du da drin bist«, brüllte ich die schwere Holztür von Genevieves Berkeley-Haus an. Schließlich wurde die Tür geöffnet, und ich stand einer großen Brünetten gegenüber. Hübsch, aber nullachtfünfzehn, nicht zu vergleichen mit meinem blonden *Fireball.*

»Hast du nicht den Hinweis nach den ersten zwanzig Schlägen verstanden, dass deine Anwesenheit hier nicht erwünscht ist?« Sie blinzelte und lächelte abfällig.

»Nein. Ich muss mit Genevieve reden.«

Die Brünette schüttelte den Kopf. »Du bist also der fremdgehende, reiche Baseballer, der meine beste Freundin geschwängert und sie bei der ersten Gelegenheit betrogen hat? Tja, sie hat dir absolut nichts zu sagen. Verschwinde.«

Ich brummte irgendwas und trat von einem Fuß auf den anderen, denn es juckte mich, die Tür aufzustoßen. Meine Zuckerkirsche litt und war in diesem Haus, und ich musste das wieder in Ordnung bringen.

»Aber ich muss mit ihr reden. Und ich habe sie nicht betrogen!«

Sie schnellte mit dem Kopf nach hinten. »Wirklich? Du küsst ein Flittchen und erlaubst ihm, auf deinem Schoß zu sitzen und dabei auf deinem Sack rumzurutschen, an einem öffentlichen Ort, während deine schwangere Freundin voller Sorge zu Hause sitzt und unruhig darauf wartet, dir zu sagen, dass sie ein Kind von dir bekommt? Mag sein, dass das für dich kein Betrügen ist ...«, sie deutete anklagend auf mich, »... aber für den Rest der Welt, das kann ich dir versichern, ist das Betrügen. Und jetzt ...«, diesmal erteilte sie mir winkend einen Platzverweis, »... geh wieder deinem Tagesgeschäft nach. Zwecks des Unterhalts und dergleichen werden sich unsere Anwälte mit dir in Verbindung setzen, wenn es so weit ist.«

»Unterhalt für das Kind? Was soll die Scheiße?«, stieß ich grimmig hervor, während Wut in mir aufflammte und mir heiße Schauer über den Rücken jagte.

»Oh, du willst nicht zahlen? Das werden wir ja sehen.« Ihre Unschuld schien ihr förmlich direkt aus dem Gesicht zu rutschen, und zwar so schnell, wie ich mit den Fingern schnipsen konnte. »Vaterschaftstests werden beweisen ...«

»Ich bestreite nicht, dass das Baby von mir ist!«, knurrte ich. »Ich bestreite, dass sie einen Anwalt braucht. Ich werde da sein, direkt neben ihr, in jeder Sekunde dieser Schwangerschaft, und in ihrem Bett liegen.« Ich zeigte zum Dachgeschoss des Hauses.

Die Frau in der Türöffnung schnaufte aufgebracht und legte sich eine Hand auf die Brust. »Du spinnst wohl, wenn du denkst, du könntest sie dazu bringen, etwas anderes als einen verlogenen Betrüger in dir zu sehen.« Ihre Worte waren so angefüllt mit ätzender Verachtung, dass sie mir fast die Fingerkuppen skalpiert hätten.

Stöhnend holte ich Luft. »Hör zu, Lady ...«

»Amber.« In bitterer Abscheu betonte sie jeden Buchstaben ihres Namens.

»Amber, genau. Die beste Freundin. Ja, sie hat mir von dir erzählt. Ich wollte dich auch schon kennenlernen, doch irgendwie haben wir uns immer verpasst, und du warst die ganzen letzten Monate bei deinem Praktikum. Wie auch immer, ich muss mit ihr reden. Es gibt da einige Dinge, die ich ihr sagen muss.«

Amber setzte ein beschwichtigendes Lächeln auf, bei dem sie ihre Zähne nicht zeigte – eine Geste, die jemand einem Typen gegenüber machte, der einem den Tag mit einem Haufen Bullshit verdarb. Und dieser Typ war ich. Der Typ, der diese Geste verdient hatte. Fuck. Mir war auf jeden Fall klar, dass ich nicht zu ihrer besten Freundin durchdringen sollte. Ich würde etwas anderes versuchen müssen.

»Fürchte, das wird so bald nicht passieren. Genevieve braucht noch etwas Zeit. Sie hat eine Menge um die Ohren, wie du weißt, und diese neue Entwicklung? Nun, daran muss man sich erst mal gewöhnen. Das geht nicht von jetzt auf gleich. Ich würde vorschlagen, dass du ihr noch einen Moment gibst. Warte, bis sie sich meldet.«

»Ja, okay. Gut. Sag ihr einfach, dass ich hier war und dass sie mich anrufen soll.« Ich schenkte ihr den flehentlichsten Hundeblick, den ich im Repertoire hatte.

* * *

Zwei Wochen vergingen. Zwei lange, verfickte Wochen, in denen ich absolut keinen Kontakt zu Genevieve hatte. Ich rief an, simste, schaute jeden Tag vorbei. Beim Yogastudio kam ich nicht weiter als bis zur Eingangstür. Weiter hinein durfte ich nicht. Diese engelhafte Frau namens Crystal, die etwa so alt wie meine Mutter war, kam nach vorne, nachdem ich das ganze Haus niedergebrüllt hatte. Yogis mochten keine Leute, die ihre Stimme erhoben und im Empfangsbereich herumbrüllten, während andere versuchten, den Kern ihres Zen zu finden. Crystal, der der Laden offenbar gehörte, bot mir an, mir mein Geld zu erstatten. Wie sich herausstellte, kannten sie keine Toleranz, wenn jemand eine von ihnen verarscht und betrogen hatte. Und mir wurde deutlich gemacht, dass ich derzeit in der Einrichtung nicht willkommen war.

Nach reiflicher Überlegung ging ich zu ihrem Haus und setzte mich auf die Treppe. Zwei Stunden vergingen, dann hielt der Mustang in der Einfahrt. Ich lief schnell rüber zur Garage und wartete, bis Rowan rauskam.

Kaum sah er mich, guckte er gleich finster. Das war kein gutes Zeichen.

»Was willst du, Trent?« Er versuchte, schnell an mir vorbeizukommen, mit seinem Rucksack über der Schulter.

»Ich muss mit deiner Schwester reden, Mann.«

Er stieß einen Laut aus, der wie eine Mischung aus Hohn und Würger klang. »Aus welchem Grund? Damit sie noch mehr weint? Denn das ist alles, was sie macht. Das und kotzen. Was auch immer du ihr angetan hast, es hat ihr das Herz gebrochen. Normalerweise, wenn ein Mann einem Mädchen das Herz bricht, und er es trotzdem zurückwill, liegt es daran, dass er sie betrogen hat. Ist es das, was passiert ist?« Seine Augen waren hart.

»So war es nicht ...«

Kopfschüttelnd drängte er sich an mir vorbei. »Ich dachte immer, du wärst das Beste, was uns je passieren konnte. Der große Trent Fox.« Er breitete die Hände weit aus. »Der beste Schlagmann im Baseball. Jetzt bist du nur noch der Scheißkerl, der meine Schwester ins Unglück gestürzt hat. Lass uns in Ruhe. Und nimm besser ...«, er kam noch mal zurück zu mir und drückte mir einen Schlüsselbund in die Hand, »... gleich auch das Auto mit. Ich will nichts von jemandem, der meiner Schwester wehgetan hat, nur um sie flachzulegen. Ich hoffe, die nächste Frau, die du ins Bett kriegst, verpasst dir eine Geschlechtskrankheit.«

Dann ging er durch die Garage ins Haus, und das metallene Rolltor senkte sich auf den Betonboden.

Mein Herz zog sich zusammen, und mir zitterten die Knie. Mann, ich hatte dieser Familie wehgetan, und ich fing an, mich zu fragen, ob ich jemals wieder zu ihnen durchdringen würde. Im Umdrehen spürte ich einen schmerzhaften Stich im Herzen. Ein paarmal tief ein- und ausatmend rieb ich mir über die Brust. Ein klimperndes Geräusch erinnerte mich an das, was sich in meinen Händen befand. Der Schlüsselbund. Und direkt neben

329

dem Autoschlüssel baumelte der Schlüssel, mit dem ich mir Zutritt verschaffen konnte.

Der Haustürschlüssel.

Später in der Nacht, etwa gegen Mitternacht, ging ich ums Haus rum und checkte es aus. Alles war dunkel und ruhig. Ich ging zurück zur Eingangstür, nahm den Schlüssel und schloss auf. Die Alarmanlage piepte einmal. Ich tippte das Sterbedatum der Eltern der Harpers ein. Die Anlage piepte noch mal und schaltete sich aus.

Ich konnte kaum glauben, dass ich mich entschieden hatte, hier einzubrechen. Gut, genau genommen war ich nicht eingebrochen, da ich den Schlüssel hatte, aber trotzdem ... Wenn sie mich anzeigen wollten, könnte ich in ernste Schwierigkeiten geraten. Doch das war es mir wert. Die Frau oben im ersten Stock hatte mein Herz und mein ungeborenes Kind.

Ich musste reagieren. Alles riskieren. Das hatte mir meine Mutter gesagt, als ich ihr erzählte, in welche Scheiße ich mich da reingeritten hatte in dem Pub. Zuerst schickte sie mich ins Jenseits. Danach rannte sie durchs Haus, plante das Leben ihres zukünftigen Enkelkindes und wie sie dabei eine wichtige Rolle spielen könnte.

Langsam schlich ich die Treppe hinauf. Aus Rowans Zimmer drang Musik, aber das war nicht ungewöhnlich. Der Junge schlief dabei weiter.

Ich hielt den Atem an, ging den kurzen Treppenabsatz hinauf und lauschte vor Genevieves Tür. Alles ruhig. Ich atmete kurz ein und drehte den Knauf. Ich sah auf das Bett, aber sie lag nicht drin. Das Licht im Bad war an. Auf leisen Sohlen ging ich rüber, und da sah ich meinen schlimmsten Albtraum vor mir auf dem Boden. Leblos hingestreckt lag Genevieve auf ihrer pinken Fransen-Badematte.

Ich rannte hinüber, warf mich mit den Knien auf die Fliesen und zog sie in meine Arme. »Babe, oh mein Gott, Genevieve!«

Ich schlug ihr ins Gesicht. Ihre Lider flatterten. Ich presste ihren Kopf an meine Brust und dankte dem Herrn da oben, dass sie mich nicht verlassen hatte. »Genevieve, was ist passiert?«

Sie blinzelte, verdrehte irgendwie unkoordiniert die Augen nach oben.

»Total krank.« Sie fing an, wieder zu würgen.

Ich drehte sie auf die Seite, und sie spuckte nur grüne Galle.

»Rowan!«, brüllte ich lauthals.

Seine Tür knallte gegen die Wand. Dann hörte ich das Trappeln seiner Füße im Flur, den Treppenabsatz hinauf und in den Raum. Er rutschte auf seinen Socken über den Holzboden.

»Was hast du getan?«, schrie er.

»Nichts! Ich habe sie hier ohnmächtig gefunden. Sie ist wirklich krank.«

»Ja, weiß ich, du Vollhonk. Sie übergibt sich schon seit zwei Wochen nonstop.« Er machte einen Schritt über uns hinweg, holte einen Waschlappen, befeuchtete ihn und legte ihn ihr über die Stirn. »Sie glüht. Was sollen wir tun?« Er zuckte zusammen und wurde ganz bleich.

Ich entschied mich schnell und hob sie hoch, manövrierte sie in einen Wiegegriff. »Pass auf deine Schwester auf. Ich bringe Genevieve zur Notaufnahme.«

»Sie ist nicht angezogen«, sagte Rowan und zog sich an den Haaren.

Ich sah nach unten. Genevieve trug ein winziges Tanktop, ein Höschen und sonst nichts.

»Gib mir die Decke da. Schnell!«

Rowan warf sie der ohnmächtigen Genevieve über den Leib.

»Zuckerkirsche, es wird alles gut. Ganz bestimmt. Row, ruf meine Mutter an. Sie soll herkommen und auf Mary aufpassen. Wir treffen uns im *Summit Medical*.«

»Okay. Okay.« Er blieb stehen, atmete tief durch, richtete sich gerade auf und drückte die Schultern nach hinten durch.

Ein Mann stand an Rowans Stelle. Irgendwie war er in den zehn Sekunden, die er brauchte, um sich zu sammeln, älter geworden.

GENEVIEVE

Ich wurde von aufgebrachtem Geflüster geweckt, ließ aber die Augen zu, weil ich mir nicht sicher war, ob ich wollte, dass jemand merkte, dass ich wach war. Eine Stimme klang wie die von Trent und die andere wie die meiner Freundin Amber.

»Ich sag es noch einmal. Ich. Habe. Genevieve. Nicht. Betrogen. Diese Tussi ist ein Groupie. Vögelt alles, was sich bewegt. Ich war betrunken, und sie konnte die Finger nicht von mir lassen.« Trent stieß die Worte flüsternd im Stakkato heraus.

»Klar. Bequeme Ausrede.« Sogar flüsternd klang Amber stark angespannt. Sie war voll im Bärenmama-Modus.

»Amber, ich schwöre dir, ich schwöre dir, bei allem, was mir heilig ist, beim Leben meiner Mutter, bei meinem Job, ich würde Genevieve nie betrügen. Ich liebe sie. Mehr als alles auf der Welt.«

Sie höhnte über mich. »Das sagst du jetzt, aber was passiert, wenn ihr Bauch in der Schwangerschaft immer dicker wird? Hm?«

»Habe ich noch mehr von ihr zu lieben«, sagte er sofort.

Beinahe hätte ich gelacht, weil das so eine typische Trent-Antwort war.

»Und wenn du wieder auf Tour bist? Wenn du kein gemütliches Zuhause hast und jemanden, der auf dich wartet und dich nachts warm hält? Was passiert dann?«

Er seufzte, und er klang schwer gequält, so, als würde seine ganze Zukunft allein von dieser Frage abhängen.

»Keine Ahnung, Amber. Zig Kerle bei uns sind verheiratet oder haben Freundinnen. Genevieve wird hoffentlich einige Male kommen können, Rowan andere Male. Ich werde mit den Jungs rumhängen, die ihre Spielerfrauen dabeihaben. Was auch geschieht.«

»Spielerfrauen?«

»Ehefrauen und Lebensabschnittsgefährtinnen, feste Freundinnen. Und ich schwöre bei Genevieve, wenn sie mich denn zurückhaben will, dass ich mich von allen Groupies fernhalten werde. Besonders von DawnMarie. Es tut ihr übrigens wahnsinnig leid. Sie hatte auch was getrunken, und normalerweise, wenn ein Spieler ihr sagt, dass er fest mit einer Frau zusammen ist, schwirrt sie sofort ab.«

»Jetzt verteidigst du deine Affäre noch?«

Ambers Worte waren vernichtend, und ich wollte Trent helfen und ihn verteidigen, weil ich wusste, was er meinte, obwohl es immer noch wehtat, es zu hören.

»Nein. Überhaupt nicht. Ich will nur klarstellen, dass ich sie nicht angebaggert habe. Sie hat meine Verfassung ausgenutzt. Ich habe drei Leute, darunter Clay, die dir genau sagen werden, wie es gelaufen ist.«

»Nun, schön für dich. Ein Haufen Lügner ist bereit, dich zu decken.«

»Jesus, Maria und Josef, Frau! Du würdest dir ins eigene Fleisch schneiden«, knurrte Trent.

Ein trockenes, höhnisches Auflachen hallte durch den Raum, noch lauter als vorher. »Wage es nicht, den Namen des Herrn zu missbrauchen.«

»Heiliger Strohsack!«, stöhnte Trent.

Jetzt war es an der Zeit, mich bemerkbar zu machen und einzuschreiten, bevor es noch hässlicher wurde. »Will jemand hören, was ich zu sagen habe?« Ich hatte kaum Stimme, konnte nur schwach wispern.

Amber und Trent stürmten entgegengesetzt los, er zur einen Seite des Krankenhausbetts, sie zur anderen.

Trent beugte sich vor, küsste meine Hand, die Handinnenfläche und das Handgelenk und hielt dann meine Hand an seine Wange. »Gott sei Dank, es geht dir gut. Du hast mir so einen Schrecken eingejagt.« Unvergossene Tränen standen ihm in den Augen.

Amber hielt mir ein rosafarbenes Gefäß mit einem Strohhalm hin, und ich trank einen Schluck Wasser daraus. Es fühlte sich an, als würden Rasierklingen meine Kehle hinuntergleiten. Ich hustete ein paarmal, behielt aber erstaunlicherweise das Wasser drin, und es kam nicht gleich wieder oben raus.

»Was ist passiert?« Ich warf einen Blick auf den Tropf, der irgendwelche Flüssigkeiten in mich hineinpumpte.

»Du bist stark dehydriert. Du hast in den letzten Wochen ziemlich viel an Gewicht verloren, weil du so krank warst. Sie haben einen vaginalen Ultraschall gemacht, während du weggetreten warst, und dem Baby geht's gut. Sein Herzchen schlägt nach wie vor kräftig.« Trent lächelte. »Sie haben dir ein paar ziemlich starke Mittelchen gegen Übelkeit gegeben.« Er rieb sein Gesicht in meiner Hand. »Zuckerkirsche …«

Ich schloss die Augen und drehte meinen Kopf zu meiner Freundin. »Amber, danke, dass du hier bist.«

»Es gibt keinen Ort, an dem ich lieber wäre«, sagte sie.

»Ich brauche ein paar Minuten mit Trent. Okay?«

Sie nickte, sah Trent scharf an und ging dann zur Tür. »Ich bin gleich draußen, falls du mich brauchst, um einen eingebildeten Baseballspieler rauszuschmeißen, der Herzen bricht.«

Ich lächelte. »Danke, Amber. Ich komm schon klar.«

Als sich die Tür schloss, beugte Trent sich vor und drückte seine Stirn an meinen Bauch. Da kamen mir die Tränen. Der Mann, den ich liebte – dieser Kerl, der Schwächen und Macken hatte, aber schön, gutmütig, eingebildet und maßlos selbstbewusst war –, umklammerte meinen Leib und weinte. Jedes Wort war Balsam für meine verletzte Seele.

»Ich habe dich nicht betrogen«, würgte er hervor. »Das

würde ich nie tun. Das musst du mir glauben. Bitte, Genevieve. Ich brauche dich. Ich brauche uns. Ich werde alles tun, um es wiedergutzumachen.«

Er hob den Blick. Dunkelviolette Ringe umgaben seine Haselnussaugen wie Heiligenscheine. »Ich liebe dich. Ich liebe dieses Baby. Ich will mit dir zusammen sein. Immer. Genevieve, ich will dich heiraten. Unser gemeinsames Leben aufbauen. Ich, du ...«, er legte seine Hand auf meinen Bauch, »... unser Baby, Rowan und Mary. Eine große Familie. Bitte, nimm uns das nicht weg, nur wegen eines Missverständnisses. Es wird nie wieder vorkommen. Das schwöre ich.«

Trent verteilte Küsse auf meinem Bauch und griff nach meiner Hand. Zwei Wochen lang war ich unglücklich und gefühllos gewesen. Ganz und gar verloren ohne ihn. Ich wusste nicht mehr, wie ich einfach nur ich sein konnte. Und seit ich sein Kind in mir trug, wollte ich nicht mehr nur ich sein. Ich wollte Teil eines Wir sein – er, ich und unser Baby. Natürlich würden Rowan und Mary auch da sein, aber das war die Gründung meiner eigenen Familie.

»Ich glaube dir und ...«

»Und?« Noch mehr Tränen sammelten sich in seinen Augen.

»Ich liebe dich. Ich werde dich immer lieben, Trent, und ich will keinen Tag mehr ohne dich leben.«

»Ach, Gott sei Dank.« Er ließ die Schultern sacken, und die ganze innere Anspannung schien ihm förmlich aus den Poren zu dampfen, als er die Augen schloss und die Tränen einfach laufen ließ, die ihm die Wangen herunterrannen.

Ich zog ihn an der Hand näher zu mir heran. Er küsste meine Stirn, jede Wange, jede Träne, obwohl ich nicht mal gemerkt hatte, dass ich welche weinte, und schließlich meine Lippen. Ein lebensveränderndes, einfaches Lippen-auf-Lippen-Drücken sagte alles, was wir uns sagen wollten und mehr.

EPILOG

»Zuckerkirsche, wach auf!« Trent kuschelte an meinem Hals und rieb mit dem Kinn über meine Halswirbel.

Es fühlte sich an, als streiften tausend Schmetterlingsflügel meinen Nacken und durch meinen gesamten Körper, als er jede Stelle küsste, die er erreichen konnte.

»Mmmm, das ist gut.«

Er legte sich mit seinem kratzigen Kinn zwischen meine Brüste. In Sekundenschnelle hatte er mir mein kurzes Camisole-Top über die Brüste nach unten gezogen, und die kühle Luft küsste meine erigierten Nippel. Sie blieben nicht lange kalt. Trent leckte jede Spitze, und eine nahm er in seinen warmen Mund und saugte daran. Er wirbelte mit der Zunge über die Spitze, hielt mich erst gefangen mit seinem hypnotischen Blick, und dann biss er sanft hinein in die empfindsame Knospe. Ein verlangendes Ziehen zuckte wie ein Blitz von meiner Brust zwischen meine Schenkel. Meine Klit pulsierte sehnsüchtig, brauchte ihn woanders. Ich spreizte die Beine weit auseinander, sodass er mit seiner großen Masse besser dazwischengleiten und ich schamlos meine Mitte an seiner dicken Erektion reiben konnte. Himmel, ich liebte seinen großen Körper. Alles an ihm schrie förmlich vor Männlichkeit, Sex und Ekstase, ein feines Gesamtpaket, das mir zur freien Verfügung stand.

»Babe, ich habe ihn.«

Er zupfte an dem erigierten Busen, und ich bot mich ihm an und bog den Rücken durch.

»Jaaa, du hast ihn«, seufzte ich, damit er noch weiter so schön an mir rummachte.

Er gluckste an meiner Brust, küsste sie und presste dann seinen Unterleib an mein Geschlecht.

»Nein, Zuckerkirsche, ich habe den Vertrag bekommen. Sie haben ihn verlängert.« Er glitt mit der Hand zwischen uns und von dort weiter in das Höschen, das ich im Bett trug. In Sekundenschnelle führte er zwei Finger tief in mich ein. Ich keuchte auf und hob mich ihm entgegen, weil ich ihn tiefer wollte. Noch tiefer, dermaßen tief, dass ich nicht mehr wusste, wo er aufhörte und ich anfing.

Er fingerte mich, drang tief ein, kitzelte die Stelle in mir, an der ich es so liebte, und glitt wieder heraus. Er wiederholte die Prozedur, bis ich untenrum so nass war, dass er aus mir hätte trinken können. So gefiel ihm das. Trent machte mich immer wahnsinnig vor Lust, bevor er mich von meinen erotischen Qualen erlöste und mir Orgasmen bereitete, als würde er mir einen Teller dekadenter Desserts servieren.

»Baby …« Ich kippte das Becken, um noch mehr von diesem Kitzeln im Inneren zu spüren, das mich fast um den Verstand brachte.

»Wenn ich dich kommen lasse, hörst du mir dann mal zu?« Er drang mit den Fingern ein und beließ sie dort, bewegte sie hoch und wieder tief.

Ich stöhnte und bog den Rücken durch, war fast so weit. »Jaaa, bitte …«

Ich war noch nicht fertig mit betteln. Seit dem zweiten Drittel meiner Schwangerschaft wollte ich ihn die ganze Zeit. Tag und Nacht und manchmal auch dazwischen. Er wollte mir freiwillig zu Diensten sein. Sah es als seine männliche Pflicht an, für seine schwangere Freundin zu sorgen.

»Also gut, Zuckerkirsche, bist du bereit?«

Ich nickte nur, denn wenn er über mein inneres Paradies

rieb, war ich sprechunfähig. Zielgerichtet und hart und mit einem geilen Funkeln in den Augen massierte er mit einem Daumen meine Klit. Es schüttelte mich am ganzen Körper, in alle Glieder fuhr mir die Lust und entfachte dort ein so intensives Fühlen, dass es mir den Atem raubte. Kreisend bewegte er den anderen Daumen auf meiner heißen Knospe, drang von Neuem mit seinen so herrlich dicken Fingern hoch und tief in mich ein, und im Anschluss nahm er meinen erigierten Nippel in den Mund und saugte daran. Als er zubiss, verlor ich meinen Verstand, meinen Körper und mein Herz an den einzigen Mann, der mir so extrem lustvolle Glückseligkeit bescheren konnte.

Einige Augenblicke fingerte er mich langsam und weniger tief, dann nahm er die Hand weg, zog mir mein Höschen aus und züngelte durch meine Mitte.

»Honig pur. Das reinste Zuckerschlecken«, knurrte er wie ein Tier, steckte die Zunge so weit hinein, wie es ging, und wirbelte damit herum, bis mein Inneres unter seinem Mund zitterte.

Sowie er spürte, dass ich ruhiger wurde, küsste er sich wieder zu mir nach oben, ging in eine kniende Stellung und umfasste meine Fesseln, drückte mir die Beine hoch und legte sie sich über die breiten, jetzt von meinen Füßen umrahmten Schultern. Schön langsam drang er dann in mich ein, achtete sorgfältig darauf, mich in der Mitte nicht zu sehr zu knicken. Dort, wo sein ungeborenes Kind ruhte. Als er tief in mir steckte, fing er an, sich zu bewegen, kreiste mit dem Becken – und hörte auf.

Ich öffnete die Augen und schmollte. »Warum hörst du auf? Ich war gerade so schön drin.«

Er lachte und küsste meine Fesseln. »Weil du mir vorhin nicht zugehört hast. Ich wollte dir sagen, dass man mich gerade angerufen hat. Mein Vertrag wurde um fünf Jahre verlängert. Du wirst nicht glauben, für wie viel.« Er grinste und stieß in mich hinein.

»Sehr viel?«, fragte ich keuchend.

Er biss in meine Fessel. »Gib Acht.«

Ich hob ihm mein Becken entgegen, um ihm zu verstehen zu geben, dass ich gewisse Bewegungen brauchte. »Ich gebe Acht.« »Nicht auf meinen Schwanz. Auf meine Worte. Zuckerkirsche, die haben meinen Vertrag für fünf Jahre und fünfundsiebzig Millionen verlängert. Das sind fünfzehn Millionen pro Jahr!« Er zog ihn raus und schob ihn wieder rein. Dann umfasste er meine Hüften, hob mich etwas an und begann zu stoßen. Glitt rein und raus.

Ich stöhnte auf und spannte meine inneren Muskeln an, um ihm noch mal extra diesen Druck zu geben, der ihn, wie ich wusste, wahnsinnig machte. Er atmete schwer und biss die Zähne zusammen, spannte den Kiefer an, stoisch und hart, und nahm lustvoll alle Empfindungen in sich auf, die er spürte, während er in mir war.

»Warum um alles in der Welt sollte jemand so viel Geld dafür bezahlen?« Ich bog den Rücken durch und schlang ihm die Beine um die Hüften. In der neuen Stellung traf er mit seinem Long Dong genau auf meinen G-Punkt. Jeder Stoß seines Schwanzes war Glückseligkeit pur.

Er presste seinen Daumen auf den empfindsamsten Punkt meines Geschlechts und kreiste atemberaubend darüber. »Weil … ich verdammt gut in meinem Job bin.«

»O Gott …«, schrie ich und schlang ihm die Beine fester um die Hüften.

Er umfasste mein Becken und stieß in mich hinein.

»Ich werd …«

»Jaa, wirst du. Komm auf meinem Schwanz. Fuck, ich liebe es, wenn deine Muskeln mich so eng umschließen. Nichts ist besser, als in dir zu sein, Genevieve. Nichts auf dieser Welt.«

Mein ganzer Körper wurde steif, jeder Muskel spannte sich an, alles kribbelte bis in die Zehen. Halt suchend griff ich ins Laken, krallte mich daran fest, und mein Geschlecht explodierte förmlich auf dem Mann, den ich liebte. Er war nicht weit zurück. Mit festem Griff packte Trent meine Hüften, stieß einmal, zweimal, dreimal in mich hinein, und schließlich, tief in mir verwurzelt, ließ er alles herausfließen.

TRENT

»Hast du Spaß?«, hörte ich Genevieve über das Mikrofon meines Laptops fragen. Das blonde Haar war wieder im Nacken zu einem festen Knoten hochgesteckt, und sie hatte heute roten Lippenstift drauf. Alter Falter, ich vermisste diese roten Lippen.

»Vivvie, du ahnst nicht, was Trent mir heute gezeigt hat. Ich durfte in der Umkleide abhängen. Einige Jungs liefen nackt rum, andere zogen sich ihre Spielkleidung an, und sie machten Witze, als wären sie Brüder. Trent hat mir sogar ein eigenes Auswärtstrikot besorgt, das ich dann zu jedem Spiel der Mannschaft anziehen kann, wenn wir in einer anderen Stadt spielen.«

Ich grinste, als das schönste Lächeln der Welt auf dem Gesicht meines Mädchens erstrahlte. »Das ist so toll, Row. Hast du Trent dafür gedankt, dass er dich mitnimmt?«

»Das hat er!«, brüllte ich, als ich gerade im Bad fertig war. »Öfter, als ich zählen kann. Noch schwerer begeistert ist er allerdings von den Touren im späteren Sommer.«

Es war Juni, und ich hatte den Coach bequatschen können, dass Rowan statt zum Sommerball zu gehen bei meinen Auswärtsspielen mitkommen durfte und den Sommer freinehmen konnte. Er würde mit den Majors am Spielfeldrand trainieren, ein bisschen Bälle fangen, Wasser und Handtücher holen, Balljunge bei den Spielen sein und etwas Geld verdienen. Und ich hatte die Gewissheit, dass mein Mädchen sich keine Sorgen machte, dass ich mich noch auf einem anderen Spielfeld austoben könnte.

»Row, gehst du schon mal runter an den Pool? Wir treffen uns dann da. Ich möchte noch ein bisschen allein mit deiner Schwester sprechen. Okay?«

»Klar. Gibt ja hier ein paar heiße Bräute in Vegas.«

Ich lachte und klapste dem Jungen auf den Hinterkopf, aber nur leicht, damit er merkte, dass ich es spaßig meinte. »Benimm dich.«

Er rieb sich die Birne und tat, als wäre er beleidigt. »Immer.« Er grinste. »Hab dich lieb, Vivvie!« Rowan stand auf und ging zur Hotelzimmertür.

»Hab dich noch mehr lieb, Row!«

»Hey, du.« Ich setzte mich vor den Laptop und sah die schönste Frau unter der Sonne an. »Los. Du weißt, ich will es sehen.« Ich lächelte und leckte mir schon die Lippen, während ich darauf wartete, dass sie sich bewegte.

Sie runzelte die Stirn. »Muss ich das denn?« Sie schob die rote Unterlippe vor.

»Komm schon. Ich bin's nur.«

»Aber ich fühle mich fett.« Sie schmollte noch mehr als vorher.

»Du bist nicht fett. Du bist schwanger mit meinem Baby, und ich will es sehen. Es ist jetzt schon einen Tag her.« Diesmal schmollte ich. Die Frau, die ich liebte, konnte einem Originalschmollmund von Trent Fox nicht widerstehen. Ich hatte das verdammte Ding in der Sekunde perfektioniert, als ich merkte, dass es sie so stark beeinflusste.

Sie verdrehte die Augen. »Also gut!« Nun stand sie da in voller Pracht in ihrem Yoga-Zeug, wandte sich von der Kamera ab, drehte sich seitlich, zog sich ihr Tanktop hoch bis unter den Riesen-Busen und zeigte mir ihre dicke Kugel.

Mein Baby. Ihr schwangerer Bauch wurde jeden Tag dicker. Da ihr errechneter Termin Ende August lag, checkte ich immer wieder meinen Spielplan, um sicherzugehen, dass ich von jetzt auf gleich losfliegen konnte. Für alle Fälle hatte ich auch die Nummer des Reisebüros unter der Kurzwahl einprogrammiert. Jetzt, im Juni, war sie perfekt rund. Die ganze Welt erkannte definitiv, dass sie schwanger war, und ich fand es toll.

»Allmächtiger, du siehst sensationell aus, Zuckerkirsche.« Sie schnaufte irgendwas und zog ihr Tanktop wieder runter. Der gelbe Baumwollstoff schmiegte sich eng um ihren Kugelbauch. Schon bald würde sie es noch eine Nummer größer brauchen, aber ich würde ihr da nichts empfehlen. So was sagte ein Mann einer Frau besser nicht. Alles, was Größe oder Kleidung betraf, war tabu, insbesondere wenn sie Probleme mit ihrem Körperbild hatte. Ganz ehrlich, ich hatte auch keine Ahnung, warum sie da Probleme hatte. Ich fand es toll zu sehen, wie sie immer runder wurde, während mein Baby in ihrem Bauch wuchs. Es gab mir ein unglaubliches Gefühl von männlichem Stolz. Mein Kind veränderte sie, ließ sie Mutter werden. Wenn ich sie jetzt noch dazu bewegen könnte, mich zu heiraten, wären wir bereit.

»Klappe! Das sagst du immer.«

»Wie wär's damit? Heirate mich.«

Sie stöhnte wieder irgendwas. »Selbe Antwort wie gestern: Ich brauch noch Zeit.«

»Zeit wofür? Um zu entscheiden, dass du mich nicht in deinem Leben willst?«

Das brachte sie zum Lachen. »Du liebe Güte, nein. Ich will keine Ehe mit dir, nur weil du mich geschwängert hast. Lass uns darüber reden, wenn er auf der Welt ist.«

»Er?« Ich spürte ein aufgeregtes Kribbeln.

Genevieves Lächeln wurde breiter, und sie hielt den Papierausdruck eines Bildes in die Kamera. Es war die Ultraschallaufnahme von gestern. Ich fand es furchtbar, dass ich nicht dabei gewesen war, aber ich dachte auch, wir würden die Frage, welches Geschlecht das Kind hat, erst dann stellen, wenn wir beide da sein konnten. Ich berührte den Bildschirm und zeichnete mit dem Zeigefinger die Konturen des kleinen Gesichtchens und Köpfchens meines Kindes nach. Nun hielt sie noch ein anderes Bild in die Kamera.

»Es sollte eigentlich eine Überraschung werden, aber dieses Bild entstand bei einem Ultraschall von unten zwischen die Beine. Als ich fragte, was das für ein Fleck da zwischen den Beinen sei, lachte die Ärztin und sagte, es seien der Penis und die Hoden des Babys. Sie wusste nicht, dass sie damit die Überraschung versaut hatte, aber wirklich, es war mein Fehler. Tut mir leid. Bist du jetzt sauer?« Ihr Lächeln verwandelte sich sofort in ein Stirnrunzeln.

Ich schüttelte den Kopf. »Sauer, weil ich einen Sohn bekomme? Verdammt, nein. Das ist der beste Tag meines Lebens. Ich werde einen Sohn bekommen ...« Ich beugte mich über den Tisch und starrte die wunderschöne Frau an, die mir etwas gegeben hatte, was ich mir für mein Leben eigentlich gar nicht hätte vorstellen können.

Ich war endlich sesshaft geworden. Bald würden wir unseren kleinen Jungen bekommen, William Richard Fox – William nach ihrem Vater und Richard nach meinem. Dann musste ich sie nur noch überreden, meine Frau zu werden, und das Leben wäre perfekt.

»Hast du nicht mehr das Gefühl, dich dagegen sträuben zu müssen, an einem Ort Wurzeln zu schlagen? Siehst du immer noch die Muladhara-Chakra-Rottöne, wenn du deine Augen schließt und meditierst, wie ich es dir beigebracht habe?« Sie zwinkerte mir zu und stützte das Kinn auf eine Hand.

»Auf jeden Fall. Wir richten uns jetzt hier ein, Genevieve. Von nun an bin ich hier zu Hause, mit dem sicheren Gefühl, dass ich genau da bin, wo ich sein sollte. Mit dir und unserem Sohn. Meine Wurzeln sind hier, und hier sollen sie bleiben.«

– ENDE –

DANKE

An **Debbie Wolski** – meine Gurn-Yogini, denn du warst es, die mir alles beigebracht hat, was ich über die Kunst des Yoga weiß. Mein Traum ist, dass dieses Buch den Leserinnen und Lesern Yoga so positiv und praxisnah vermittelt, dass alle motiviert sind, es auszuprobieren und zu praktizieren. Danke dafür, dass deine Türen immer geöffnet waren und du mich in deine Welt eingeladen hast. Ich bewundere dich.

Meinem Ehemann **Eric** – weil du fünfzehn Monate Yoga-lehrerinnen-Ausbildung an meiner Seite durchgehalten hast, Monate voller verlorener Wochenenden, in denen ich geschrieben und meine Beziehung zur Schönheit Yoga gepflegt habe, und weil du diese neue Facette an mir so liebst wie alles an mir, und das seit neunzehn Jahren. Ich habe das Gefühl, dich jeden Tag mehr zu lieben, und ich gehe mit dem Wissen ins Bett, mit noch mal mehr Liebe aufzuwachen, die mein Leben füllt und bereichert.

Meiner Lektorin **Ekatarina Sayanova** bei **Red Quill Editing LLC**: Du verstehst mich und meine Romane fast genauso gut wie ich. Mit jeder Überarbeitung zauberst du eine Seite meines Schreibens hervor, von der ich nicht mal wusste, dass ich sie habe. Ich danke dir, weil du mich strahlen lässt.

Helen Hardt – danke für das, was du mir alles zum Thema Füllwörter gesagt und dass du mir gezeigt hast, wie ich meine Sätze ohne sie stärker mache.

Meiner außergewöhnlich talentierten persönlichen Assistentin **Heather White** (auch bekannt als »**Göttliche Persönliche Assistentin**«): Du hilfst mir, mich zu konzentrieren und auf das zu fokussieren, was im Leben wichtig ist. Das, meine Liebe, ist unbezahlbar.

Jeananna Goodall, **Ginelle Blanch**, **Anita Shofner** – danke, weil ihr so gute Beta-Testerinnen seid, aber vor allem, weil ihr noch bessere Freundinnen seid.

Meinem superfantastischen, fantabulösen Verlag **Waterhouse Press** – mein riesiger Dank gebührt dir dafür, dass du so ein unkonventioneller Traditionsverlag bist!

Dem gesamten **Audrey-Carlan-Wicked-Hot-Angels-Street-Team** – gemeinsam verändern wir die Welt. Buch für Buch. BESOS-4-LIFE, Ladys.

12 MONATE

12 HEISSE ABENTEUER

www.ullstein-buchverlage.de

Die neue Serie von Audrey Carlan

Ein neues Leben.
Eine große Liebe.
Eine tödliche Gefahr.

Trinity – Verzehrende Leidenschaft
Band 1

Ab Januar 2017 im Handel
Alle Titel sind als Taschenbuch und als E-Book erhältlich.

Trinity – Gefährliche Nähe
Band 2

Trinity – Tödliche Liebe
Band 3

Trinity – Bittersüße Träume
Band 4

Trinity – Brennendes Verlangen
Band 5

www.ullstein-buchverlage.de

Die DREAM MAKER-Serie von unserer Bestsellerautorin Audrey Carlan

Was begehrst du?
Liebe.
Träume.
Geld.
Parker Ellis gibt es dir.

Dream Maker – Sehnsucht
Paris | New York | Kopenhagen
Band 1

Alle Titel sind als Taschenbuch und als E-Book erhältlich.

Dream Maker – Lust
Mailand | San Francisco | Montreal
Band 2

Dream Maker – Triumph
London | Berlin | Washington D. C.
Band 3

Dream Maker – Liebe
Madrid | Rio de Janeiro | Los Angeles
Band 4

www.ullstein-buchverlage.de